国家社科基金
后期资助项目
GUOJIA SHEKE JIJIN HOUQI ZIZHU XIANGMU

毛南山乡文艺生态审美

The Eco-aesthetic of Maonan Literature and
Art in Mountainous Villages

吕瑞荣　著

中国社会科学出版社

图书在版编目(CIP)数据

毛南山乡文艺生态审美/吕瑞荣著. —北京：中国社会科学出版社，
2016.6
ISBN 978－7－5161－8663－3

Ⅰ.①毛… Ⅱ.①吕… Ⅲ.①毛南族—文艺学—生态学—研究—中国
Ⅳ.①I207.976

中国版本图书馆 CIP 数据核字(2016)第 174965 号

出 版 人　赵剑英
责任编辑　熊　瑞
责任校对　李　莉
责任印制　李寡寡

出　　　版　中国社会科学出版社
社　　　址　北京鼓楼西大街甲 158 号
邮　　　编　100720
网　　　址　http://www.csspw.cn
发 行 部　010－84083685
门 市 部　010－84029450
经　　　销　新华书店及其他书店

印　　　刷　北京君升印刷有限公司
装　　　订　廊坊市广阳区广增装订厂
版　　　次　2016 年 6 月第 1 版
印　　　次　2016 年 6 月第 1 次印刷

开　　　本　710×1000　1/16
印　　　张　17
插　　　页　2
字　　　数　298 千字
定　　　价　60.00 元

国家社科基金后期资助项目

出 版 说 明

后期资助项目是国家社科基金设立的一类重要项目，旨在鼓励广大社科研究者潜心治学，支持基础研究多出优秀成果。它是经过严格评审，从接近完成的科研成果中遴选立项的。为扩大后期资助项目的影响，更好地推动学术发展，促进成果转化，全国哲学社会科学规划办公室按照"统一设计、统一标识、统一版式、形成系列"的总体要求，组织出版国家社科基金后期资助项目成果。

全国哲学社会科学规划办公室

目　　录

绪　论

第一节　毛南山乡文艺及主要概念界定

一　毛南族及其文学艺术

　　毛南族是我国人口较少的民族。广西毛南族主要分布在广西河池市环江毛南族自治县。宋朝周去非的《岭外代答》中曾经有"茅滩"一词[1]，当可算毛南族在汉文史籍中与该族称谓相关的最早记载。此后，关于毛南族族称来源，在历代的汉语文献中曾经有"茆滩"、"茆难"、"茅难"、"冒南"[2]、"毛南"、"毛难"[3] 等诸多写法。广西毛南族聚居区周围的壮族人称毛南族聚居地为"江毛南"，毛南族人则自称之为"大毛南"。这里的"江毛南"和"大毛南"其意均为"毛南地方"。附近壮、汉、苗、瑶、仫佬等族人习惯称毛南族人为"毛南人"。1956 年 2 月 11 日，国家民族事务委员会批准毛南人为"毛难族"。为尊重该民族人民意愿，国务院于 1986 年 6 月 5 日批准同意将"毛难族"改为"毛南族"。2010 年第六次人口普查，广西毛南族人口有 65587 人，其中居住在广西河池市环江毛南族自治县的有 43448 人。在广西的毛南族居住地较为集中，主要生活在广西西北部环江毛南族自治县西南一隅的毛南山乡，即传统上所说的环江毛南族自治县西南部之上南、中南、下南（按地势高低大致划分）地区（人们习惯称之为"三南"），其中尤以下南地区最为集中。下南地区

---

① （宋）周去非：《岭外代答》（卷一），广西民族大学图书馆排印馆藏本，第 1 页。
② 环江毛南族自治县地方志编纂委员会：《环江毛南族自治县志》，广西人民出版社 2002 年版，第 904 页。
③ 《谭家世谱》碑。该碑由毛南族谭姓族人立于清乾隆年间，现存于环江毛南族自治县下南乡波川小学内。

（主要属现在的下南乡）面积约 256 平方公里，该县毛南族人口的 90% 以上居住于此。三南地区周边的环江毛南族自治县川山、水源、洛阳、思恩等乡镇，以及与环江毛南族自治县接壤的河池市的金城江区、宜州市、都安瑶族自治县和南丹县等地亦有少量毛南族人居住。

20 世纪 90 年代以前，所有关于毛南族的研究基本上都以广西特别是广西环江毛南族自治县的毛南族为对象，毛南族文艺也是指生活在毛南山乡及其周边地区的毛南族人民创造的文化成果。因此，有的学者习惯称毛南族为"广西壮族自治区特有的少数民族"①。贵州省政府于 1990 年 7 月 27 日批准贵州佯僙人为毛南族，全国毛南族人口得以迅速扩大。但本书将研究对象定位于广西毛南族文艺以及与其相关的领域，这既有毛南族历史发展的原因，也有毛南族传统文艺成果呈现事实的原因，故而本书中出现的"广西毛南族"、"毛南族"等概念，均指生活在广西壮族自治区，尤其指生活在环江毛南族自治县西南一隅的毛南族；毛南族文学艺术亦特指为广西尤其毛南山乡毛南族所创造的，具有毛南族文化符号特征，在毛南族社会及其周边地区具有重要影响的文艺形态，特别是传统文艺形态。

毛南族文艺形态较为丰富。如果按照 20 世纪 50 年代初期的文学艺术成果总量与毛南族人口总量（1953 年 9 月 27 日统计数字，毛南人总人口为 18149 人，其中居住在广西环江的毛南人为 16753 人②）的比率而论，毛南族传统文艺成果的人均占有量是非常大的：仅仅以民间说唱文学艺术成果而论，毛南族有民歌 200 余首，常用曲调 28 种，歌词 25000 余行，③ 其中还不包括人们即兴编唱尚未载入流行文本的歌谣；毛南族传统民间故事 110 余篇。④ 应该说，毛南族早期说唱艺术作品（仅仅以民间传说故事及民间歌谣而言）的数量还是比较大的。毛南族综合表演艺术"肥套"中，有说唱词语包含巫语 25000 余字，叙事歌谣 3000 多行，30 多个神话故事（多用毛南语叙述，仅《三界公爷的故事》、《韩仲定的故事》就各有约 500 字），均载于相对稳定的毛南族师公唱本。这些说唱歌谣跟许多毛南族民间歌谣一样，多有稳定的韵律和曲谱。⑤ 除民间说唱艺术成果外，还有难以统计的建筑、绘画、木刻、石刻、服饰和手工编织等

---

① 央吉等：《中国京族毛南族人口研究》，中国人口出版社 2003 年版，第 217 页。
② 广西省民族事务委员会：《环江毛难人情况调查》，1953 年版，第 1 页。
③ 过伟：《毛南族民歌初探》，袁凤辰等编《毛南族民歌选》（前言），广西民族出版社 1987 年版。
④ 袁凤辰等编：《毛南族、京族民间故事选》，上海文艺出版社 1987 年版。
⑤ 蒙国荣、谭亚洲：《毛南族民歌》，广西民族出版社 1999 年版，第 986 页。

艺术作品。

在毛南族的文学艺术成果中，具有文化符号意义，在毛南山乡及其周边地区具有重大影响，可以称之为经典文学艺术形态的有毛南族礼俗歌与长篇叙事歌《枫蛾歌》、墓葬及其石刻、顶卡花和傩面，以及综合表演艺术肥套、干栏石楼等五类。它们都是毛南族的民间传统艺术领域的奇葩。因此，本书将重点聚焦于这五类文艺形态，在必要时兼及毛南族其他类型的文艺形态。

二　毛南族经典文学艺术的特征

毛南山乡文艺生态的核心得益于毛南族具有丰富多彩的经典文学艺术形态。文学艺术形态之能够发展成经典，往往具有而且必须具有其独到之处，能够在相应的文艺领域有鲜明的特征。毛南族经典文艺形态的特征主要体现在下述方面。

一是具有悠久而深厚的历史积淀。经典文艺形态应该能够经得起不同历史时期的检验而为不同历史时期的人们热爱和珍视，而不仅仅是在短时期内炙手可热却在时过境迁以后便为人们所遗忘甚至厌弃。毛南族没有自己的文字，其文艺形态在历史上虽然缺乏具体而权威的文字记载，但其中的一些文艺形态所反映的人类社会早期历史的生活痕迹及发展脉络清晰可辨，从而在许多侧面体现出毛南族的某些文艺形态形成和发展的历史较为悠久。毛南族的礼俗歌具有明显的母权社会遗迹，以及反映毛南族由母权社会向父权社会过渡的特点；毛南族的织造艺术反映了其艺术形态由早期的向其他民族借鉴艺术手法，到多民族文化元素的融合，再到本民族文化特点的凝聚等漫长的发展过程；毛南族的墓葬石刻艺术和综合表演艺术承袭并发展了岭南古百越民族自然崇拜和祖先崇拜的原始宗教意识，并在漫长的历史进程中吸收了道教、佛教的元素，从而体现了毛南族多种宗教元素混融，以原始宗教为核心、以道教及佛教元素为外形的繁杂宗教体系。所有这些，无论是从时间跨度还是从社会进程而言，都有着漫长的历史。这些文艺形态在形成和发展的过程中，蕴含着毛南族丰富的生产和生活成果，成为毛南山乡文化风貌的主要成分，展现了毛南山乡整体生态的演变景象和毛南族最为基本的审美范式，成为人们研究毛南族社会演进情况的重要参考材料。

二是具有广泛而深刻的社会影响。毛南族经典文艺形态在毛南山乡这一特定区域几乎是全民性的：全民热衷、民间创造和全民推崇，其影响遍及和深入毛南族社会的各个角落以及每一个层面，而且以不同的方式塑造着毛南族人的整体文化心理。毛南族的礼俗歌呈现于毛南族人的每一个人生大典，而且具有隆重而规范的程序；毛南族顶卡花成为青年男女情爱的象征，是毛南族传统社会中青年男女谈情说爱和婚礼中的必备之物；毛南族傩面融手工雕刻和原始宗教内涵为一体，将俗世生活与神话世界有机沟通，展现了毛南族传统观念中的神与人和融的理想境界；毛南族墓葬石刻是毛南族人心灵的重要寄托，体现毛南族人的祖先崇拜和利生观念；毛南族综合表演艺术"肥套"是毛南族家庭每一代人必须举行的大典，其以祈神、酬神为结构平台，将毛南族先民所创造的百科知识融入其中，确立了毛南族传统社会生活的道德规范，成为毛南族传统生活中最为常见和影响力最大的通俗教科书；干栏石楼则为毛南山乡自然与人文在特定阶段相融相谐的典范。从毛南山乡周边各民族以及其他地区民众对于毛南族文化的认知来讲，这些典型文艺形态也具有强大的吸引力：顶卡花和墓葬石刻制品在清末时期就已经畅销周边地区，而且一些精品往往成为大户人家的珍重之物；综合表演文艺形态"肥套"在毛南山乡周边的壮族、瑶族地区有极大的需求，甚至波及贵州省的荔波县一带，这些地区的一些人家同样视举办"肥套"为人生大典。毛南族礼俗歌、顶卡花、傩面和"肥套"，不仅成为毛南山乡的文化符号，还是环江毛南族自治县的重要名片，成为外人认识该县的重要媒介。

三是具有鲜明而独特的民族色彩。我们认为，毛南族的文艺经典或许不为毛南族先民所独创，曾经的某些初级形式，包括其重要元素也不一定为毛南族所独有，但经过数百甚至上千年的发展，这些文艺经典被打上了鲜明的毛南族文化印记，成为毛南族传统艺术的代表，从而具有毛南族文化的符号意义。毛南族及其周边其他民族在谈到这些文艺形态的时候，很自然地而且当然地与毛南族联系起来。这实际上是这些文艺形态所蕴含的鲜明而独特的毛南族色彩使然。毛南族的礼俗歌，展现了毛南族醇厚古雅的民风和诚挚淳朴的期盼，应该是岭南古百越文化保存得较为完整及发展得极有特色的文艺样式；毛南族传统的织造、雕刻艺术在融合其他民族文化元素的同时，将原始宗教信仰和艺术审美理念完美地结合起来，突出了毛南族对天人和融的期盼及对精湛技艺的追求；毛南族"肥套"在继承岭南古百越民族"傩愿"的基础上，发展成集文化传承、民风教化和开智娱乐等功能为一体的综合文艺形态，毛南山乡周边地区甚至岭右地区的相关文艺形态难有出其右者。正是因为具有这样的民族色彩，这些文艺形态已经为毛南族所独有。

四是具有坚忍而顽强的生存活力。民族民间传统文艺形态有很多在不同时代都遭受过生存和发展危机，有时候还是致命危机。毛南族文艺经典于此也莫能例外。毛南族礼俗歌谣是与毛南族传统社会的生活仪式相伴而生的。毛南族传统的建房、婚庆、寿庆、葬礼等仪式随着时代的变化而产生许多变化，但一些核心部分，尤其是以歌谣展现的某些仪式，基本上能够保存下来；毛南族传统墓葬和综合表演艺术"肥套"，由于包含了许多传统的自然崇拜及祖先崇拜等原始宗教观念，曾经在移风易俗活动中遭受劫难，例如综合表演艺术"肥套"在19世纪下半叶太平天国时期、20世纪上半叶民国时期以及20世纪50—70年代等时期，都不同程度受到冲击；毛南族顶卡花由于其制作工艺复杂、经济效益微薄等原因，也一度受到冷遇。但这些艺术经典仍然能够存活下来并艰难发展，有的还呈现蓬勃复兴的景象，足见毛南族文艺经典顽强的生命力。当然，这些文艺经典的复兴可能在一定程度上依赖艺术本身以外的推力，但这种外部推力本身就体现出毛南族文艺经典的内在价值，以及从侧面证明了文艺经典的生存活力。

三 文艺生态主要元素的概念界定

这里的文艺系文学艺术的略称。与此相对应，毛南山乡文艺生态即为毛南山乡文学艺术生态的简称。毛南山乡文艺生态是指毛南族文学艺术赖以孕育、生存、演变和发展的，以及由毛南山乡文艺审美风尚、毛南族人民文艺创作观念、创作手法、创作方式和创作成果等诸多元素所构成的整体生态，包括毛南山乡独特的、与毛南族文学艺术密切相关的自然生态和文化生态。毛南山乡文艺生态不是孤立存在的，而是与周边相关民族的文艺生态密切交汇，有时甚至在很多地方融合，我们在探讨毛南山乡文艺生态的时候，其地理范围有时会涉及或者跨越毛南山乡的地理边界。

毛南山乡的自然生态是毛南山乡文艺生态构成的重要元素。特定地域人们的文化心理及相关行为往往与该地域的自然特征密切相关，甚至在很多特定的时期，自然条件影响人们的文艺观念和文艺行为，其作用有时要比文化条件来得更为明显、普遍和深刻得多。毛南族文艺的独特，与毛南山乡自然生态的独特有着直接而本质的联系。所以，探讨毛南山乡的文艺生态，必须深入而全面地观照毛南山乡的自然生态。

毛南山乡的文化生态系毛南山乡文艺生态最为重要而直接的母体，或曰毛南山乡的文艺生态属于毛南山乡文化生态的重要组成部分。毛南族的文学艺术之所以有其独特的成就，与毛南族人民的根性文化、毛南族人民的文艺审美风尚，毛南族人民的文艺创作观念、创作热情、创作方式等要素的关系极为密切，还与毛南山乡周边其他民族文化的濡染甚至融合分不开。因此，研究毛南山乡的文艺生态，必须将其置于毛南山乡的文化生态以及与其相关的周边其他民族的文化生态之中进行整体观照。

我们认为，文艺形态亦云文艺形式、文艺成果，是基于不同认定观念及认定方式下具有大致相同属性的事物，即都是以文字、语言以及其他形体为工具，形象化地反映主观世界和客观世界的艺术或社会意识形态。我们认为文艺形态这一称谓相较于文艺形式或者文艺成果更具有动态特征，所以在很多场合我们采用文艺形态这一称谓。文艺形态是文艺生态的重要组成部分，是从属于文艺生态这一大范畴中的子范畴。研究毛南山乡的文艺生态，必须直接和全面地观照毛南山乡文艺形态这一客观存在。文中的"艺术形态"一语，其意亦与此类似。

如果从字面上理解，毛南山乡文艺生态当然具有历史性与现实性两重内涵。但是，要考察毛南山乡文艺生态的表现、属性、特征，毛南山乡文艺生态的形成、发展规律，以及毛南山乡文艺生态对周边其他民族文艺生态的影响，以及研究毛南山乡文艺生态之于当今语境下的意义，我们认为以毛南山乡传统社会为背景，以毛南族传统审美风尚及传统文艺形态等元素为考查对象更为合适。所以，在这里我们将毛南山乡文艺生态定位于毛南山乡曾经有过的自然生态景象和传统社会文化背景之中，并主要观照毛南山乡传统文艺活动及其成果。

第二节　毛南山乡的自然生态

一　下南地区

毛南族最大的聚居区毛南山乡与其说是一个行政区域概念，还不如说是一个文化区域概念，这样表述更为准确。广义上，人们习惯将广西环江毛南族自治县连成整片的下南、中南、上南地区，以及与之相毗邻的水源、川山、洛阳、木论等乡镇的部分地区，甚至广西河池市的南丹县和金城江区两地的一些村、寨，称为毛南山乡。但通常说到毛南山乡的时候，许多人往往将这一概念局限于环江毛南族自治县的下南、中南、上南地区。毛南族聚居区由明代正德年间开始至民国二十一年（1932）统称为毛难（毛南），民国二十二年（1933）设下南、中南、上南乡，直至中华人民共和国成立初期。① 习惯上的下南、中南、上南的"三南"之称当由民国时期开始沿袭至今。从行政区划来讲，现在的下南、中南地区实为一个行政乡，中南地区有下南乡的多个行政村。上南地区曾经独立建乡，后合并到水源镇，如是多次反复，现今上南地区成为水源镇的一个行政村。与毛南山乡的文化属性相对应的下南、中南、上南，也分别指称的是文化区域，尽管它们在某些时期，其行政区域与文化区域的边界基本吻合。当我们提及下南、中南、上南的时候，主要偏重于文化方面的地域范围。传统上，这三个地区在文化上具有高度一致性，但在自然环境和社会生活中的许多方面，比如经济条件、教育水平、风俗习惯等，差异还是比较明显的。

下南地区承云贵高原余脉，山势巍峨，峰峦峻拔。石灰岩斧劈刀削，壁立千仞。发源于贵州省荔波县的打狗河将高山切成两块后，蜿蜒而成下南地区的西部边界。整个下南地区的西部，以及北部的大部分，均为峰丛洼地。山上多石少土，基本上是荆棘灌木，少见乔木。山麓有极少量坡地。下南的中心地带六圩周边系三四华里见方的平坝，平坝中仍随处可见笋簪形的石峰和条状石岭，将平坝分割得零零碎碎。在毛南族文化中具有神圣地位的岜音山和圣母山，就分峙于六圩平坝的东、西两边。下南地区北部、东部的一部分，及其东北部的狭长地带，属于相对低矮的山地。山地土层略厚，多生长乔木，且可种植玉米、豆类、瓜类、红薯等旱地作物。六圩周边以及东北部的狭长地带，属毛南山乡最重要的农业区。

土地稀少瘠薄仍然是下南地区突出的特点。相对而言，六圩周边的下南地区已经算得上是毛南山乡的富庶之区，在毛南山区有"鱼米之乡"的美誉。但土地稀缺、土层浅薄、土性瘦瘠仍令外界难以想象。根据1952 年土地改革材料统计，六圩平坝地区中心地带的环江县第四区坡川乡（现为环江毛南族自治县下南乡波川行政村）号称毛南山乡的富庶之地。"地主平均每人占有田 2.5 亩（实为 2.54 亩，《毛南族简史》引用的当是概数——笔者根据广西省民族事务委员会 1953 年版的《环江毛难人情况调查》之《环江县第四区坡川乡土改前各阶层土地占有及使用情况统计表》说明），地 0.31 亩，为贫苦农民每人平均占有耕地的 19 倍。"② 下南地区其他峒场（毛南山区将峰丛低洼处多见旱地、极少水田的地带

① 环江毛南族自治县地方志编纂委员会：《环江毛南族自治县志》，广西人民出版社 2002 年版，第 57—66 页。

② 《毛南族简史》修订本编写组：《毛南族简史》，民族出版社 2008 年版，第 39 页。

称为"晓桐",亦即"峒场",与广西其他地方称山麓之间有平阔田地之
处为峒场有很大不同),土地之稀少,由此可以想见。下南地区六圩平坝
地带的坡川号称土地平旷,田质肥沃,但亩产稻谷仍然极低:坡川乡
"贫农谭日辉有四亩田,往年最多收干谷1100斤。今年因为精耕细作,追
肥三次,收入湿谷1980斤,晒干后仍有1600斤,比往年增产四成"。[①]
亩产刚好400斤。处于下南地区峰丛地带的峒场村屯,不唯田地稀少,其
土地之贫瘠更为惊人。环江县第四区景阳乡(现为环江毛南族自治县下
南乡景阳行政村)"中农平均每人有田0.7亩,每年每人平均收稻谷76
斤"[②],平均亩产也就百来斤。景阳位于下南地区西部,田地更为稀少瘠
薄。水田之贫瘠尚且如此,旱地则不难想见。

暴雨过后四五日,下南平坝地区地势较高处不能自流灌溉的水田

　　水源不足、用水紧张是整个毛南山乡的突出状况,其中当然也包括下
南地区。在中华人民共和国成立以前的毛南山乡,一水四用(先洗脸,
后洗脚,再洗红薯,最后用来煮猪潲)的情况非常普遍。下南地区状况
虽然略好一点,但缺水仍然是其重要特征。整个地区很少见长年流淌的地
表溪流,水井、泉眼稀少。由于山体陡峭,山上土壤稀薄,岩石基本上呈

---

① 广西省民族事务委员会:《环江毛难人情况调查》,1953年版,第132页。
② 同上书,第147页。

旧时的黔桂古道。路面宽约 1.2 米，多用不规则的片石、条石铺就。据传始建于汉代，拓宽于唐朝。毛南山乡的一段有关隘九处，均用巨石砌成。旧《思恩县志》记载，民国十年以前往返黔桂的商旅悉经此道。(覃自昆供图)

裸露状态，截水、涵水性能极差；加上岩溶地貌，地下河洞密布，地表水的存留就更为困难。往往大雨过后不久，洪流冲刷的新近痕迹十分清晰，田畴中便旱象毕现。笔者 2011 年 6 月 23 日赴毛南山乡考察。该地此前三五天遭遇一场暴雨，许多地方的沟坎山谷被山洪毁坏的迹象宛如昨日，但某些水田却又龟裂异常了。即便是雨水丰沛的春夏两季，要在下南地区找几处湖、汊、河、塘也绝非易事。进入秋冬季节，土地常常旱得冒烟。毛南山区的雨水，季节性非常强，多集中于春夏两季。因此，下南地区的生活用水虽然不如毛南山乡其他地区窘迫，但灌溉用水仍然相当紧缺。"下南乡有田 13988 亩……经过多年兴修水利，现有保水田 6282 亩，其余仍靠天雨栽种。"[①] 这里说的是 1958 年前后的情况。中华人民共和国成立以前，下南地区基本无水利设施，其干旱缺水情形不难推测。

在毛南山乡，下南的交通相对便利，但与周边汉、壮等族聚居地区相比仍然显得相当落后。在中华人民共和国成立以前的肩挑马驮的时代，以

---

① 广西壮族自治区编辑组：《广西仫佬族毛难族社会历史调查》，广西民族出版社 1987 年版，第 9 页。

六圩为中心的下南地区还可以说得上是交通枢纽，因为云贵客商东进两广，或者两广客商西上云贵，这里都是重要的歇息地。山外汉、壮等族客商或者毛南族商贩将日用杂货运至六圩，再供给到此赶圩的壮、苗、瑶、毛南等族人民；毛南族小贩或者外地客商通过六圩的集市收购土产山货，再贩运到山外各地。正因为有商业的需要以及为商业提供了方便，下南在新中国成立前就有商道通往思恩、河池、南丹甚至贵州。当然，这些商道都还是人行马走的崎岖羊肠小道。中华人民共和国成立以后，由环江县城和河池县通往下南的公路相继开通，但由于山路险阻，以及下南对周边地区的辐射功能逐渐减弱，加上下南周边地区已通公路，且无须经过下南转接，下南在地理位置上已经基本成为公路的终点。从投入与产出的费效比来讲，人们投资下南地区交通的积极性不是很高，至今毛南山乡以外经水源、洛阳、川山、塘万进入下南的公路等次极低，直至 2012 年年底仍未见大的改善；经水源、过上南、中南，越铁坳进入下南的公路大部分仍为沙石泥土筑成，路面坑洼不平，而且时断时通。因此，无论从现状还是从未来可预测的发展成效来讲，下南交通落后的状况不容易改变，其相对闭塞的情况应该有愈加严重的趋势。

二　中南地区

中南地区与下南地区仅一岭之隔，属于毛南山区由平坝丘陵地带向大石山区过渡的中间地带。中南地区的石灰岩峰岭虽然仍如下南地区峭拔高耸，但已不如下南地区西部和西北部的连绵巍峨；平坝田畴虽然不如下南六圩、仪凤一带宽阔平整，但仍然有大小不等、时断时续的田园风光。从铁坳山脚到南木屯，平展的水田当有百数十亩。只是越往东、南，平坝地块越少而小，峒场（晓桐）地貌越普遍而典型。峰丛间多有洼地而且相对封闭，洼地与洼地之间仅有山坳上崎岖的山路相通。

水土缺乏和水土保持是中南地区面临的最重要的生态课题。中南地区的峰岭土薄石垒，岩层重叠裸露，多见荆棘灌木，乔木少有。水土极易流失，而且一旦流失之后要想恢复极度困难。由于政府强调生态保护，民众的环境保护和优化意识也比较强，中南地区的植被状态还比较好。雨水充沛和多雨的季节，峰峦和村舍周边满目葱茏。百姓注重植树，村中空地和不宜稼穑的山岭都被种植材林及果树。人们想方设法营造地块种植庄稼和菜蔬。毛南族的俗语"地能生黄金，寸土也要耕"，在中南地区得到生动而形象的诠释。中南地区的水源远比下南地区宝贵。由于地貌呈峰丛状，山溪短狭陡峭，集水不多，溪流难远，很少有稳定的水源，没有长年有水

多见于中南地区村旁地头的水柜，靠收集雨水储水，以解决村民及禽畜饮用。这样的水柜一般由政府扶持、村民集资出力修建。（张善玲摄）

的河流，且难以修筑水库、山塘之类的水利设施，许多田地基本上靠雨水浇灌。碰上少雨年份和干旱季节，许多村屯人畜饮水问题都难以解决。由于水源没有保障，传统上，人们多种植玉米、红薯、南瓜、豆类等山地作物，并以这些品种为主食。

中南的交通比较闭塞。新中国成立前，中南地区与外界的交往都是靠步行小道。1980年修筑了一条由水源乡至下南的简易公路，这条沙石泥土路面的乡村公路斜贯中南地区中东部，而且该公路弯多坡大，坑洼泥泞，时断时续，无法保证长年通车。该公路仅解决了沿途村屯的交通问题，其他绝大多数地方的人们往来仍然靠步行。所以，中南的整体生态环境较为恶劣。从2012年开始，中南地区各主要村屯之间将原来的机耕路硬化为水泥路，至2014年年底，交通状况已得到极大改善。

三　上南地区

上南地区石灰岩峰丛地貌发育更为典型，串珠形洼地散落于峰峦峭崖之间。基本上属旱地的小块山间平地被称为"峒场"；略有水田而大部分均属旱地的峰丛间地块被称为"田峒"。许多地方石漠化趋势严重，已经不适合人类生存。山崖上多见荆棘、藤葛及灌木，绝少见乔木。地下河流密布，许多峰丛间洼地呈漏斗状天坑，坑底有水道与极深处的地下河相连。雨天水土极易流失。暴雨时漏斗形洼地水流不畅，时常导致内涝。地下河来源不明。有时本地晴好，不知何处大雨，地下河突然暴涨，则会沿着洼地底部水道倒灌上来，也形成内涝。该地区土层极为稀薄，水土保持极为不易，旱涝灾害频发。"有雨则涝，无雨则旱"的情形极为常见。"石漠化引起严重的水土流失，降低了植被覆盖率和涵养水源的能力，造成旱涝灾害频率快速上升。以上南乡为例：50—100 年一遇的洪涝灾害，在近 20 年内连连发生，两度浸淹乡府大院。"[1] 20 世纪七八十年代改革开放以后，该地许多自然村、屯被整体搬迁至该县条件较好的其他地区安置。

上南地区干旱缺水状况极为严重。毛南族俗语"毛南年年为水愁，旱死禾苗渴死牛。男人说水比酒贵，女人讲水贵如油"，是上南地区最为生动而残酷的写照。毛南族民间故事中与缺水及渴求水源的部分，多产自上南地区。每当天旱日久，百姓常常要到十里开外的河里取水，或者沿洼地漏斗探身到深邃陡峭的岩洞去背水。当地有一首民谣："口含火把下岩洞，背水上来如登天。一天背得一筒水，眼望青天泪涟涟。"一个当地人述说："解放前，我的父亲就是因为下岩洞背水失足而身亡的，连骨头都找不到啊。"[2] 因溪流稀少且水源不足，山塘水库等水利建设略等于无，村旁地头水柜成为主要的储水设施。

上南地区可耕地极为稀缺，而且基本上是山地和不能完全保证灌溉的"望天田"（人们称之为"旱田"）。玉环村（玉环曾经长期属于上南乡，现在属于下南乡的一个行政村。这里根据人们的习惯，仍将其置于上南地区论述。玉环村整体生态条件与上南其他地区基本相同）在 20 世纪 50 年代前约有耕地 2140 亩，其中山地 1510 亩，旱田 630 亩。据 20 世纪 50 年代初的土改统计资料，玉环的地主占有条件较好的旱田和山地 400 余亩。毛南族珍惜土地，至清末民初时能开垦的土地已经基本开垦殆尽。新中国成立初期前后耕地数量应无多大差别。据 1958 年统计，全村均为毛南族，有人口 1270 人，分散在 54 处村落，人均耕地不到 1.7 亩。农民在石缝中种玉米、小米、高粱、黄豆、红薯、南瓜等，并以该类产品作为主食。玉米亩产三五十斤，旱田稻谷亩产 200 斤左右。水田中有一部分是

---

① 《环江毛南族自治县概况》编写组：《环江毛南族自治县概况》（修订本），民族出版社 2008 年版，第 294 页。

② 蒙国荣、谭贻生：《毛南山乡》，广西人民出版社 1987 年版，第 6 页。

常年水浸田，耕作十分不易，亩产量往往在 100 斤左右。20 世纪 50 年代，玉环一带刀耕火种的现象还随处可见。① 以此推断，当时上南地区的生态环境应该极为恶劣。

第三节　毛南山乡的文化生态

一　下南地区

下南虽然不是毛南族的发祥地，但由于地理、自然生态、商业和政治等方面的优势，以六圩为中心的下南地区，逐渐发展成为毛南地区的政治经济中心和民族文化的代表，在毛南族社会中具有相当程度的标杆效用。下南地区人文氛围主要有下述特征。

传统文化的保持较为完整。下南地区毛南族人口众多，而且其中多数姓谭，本民族文化特色较为集中而浓厚，与此同时，民族文化演变速度较快，这种看似矛盾其实不难调和的状态长期存在。据毛南族"排见"（毛南族史诗）记载，其始祖谭三孝非毛南山乡本地人，而是由外地辗转迁徙至毛南地方，娶当地土苗妇女为妻，生子繁衍，并通过融合他族的方式，渐至强盛，遂以地名族，发展成当今的毛南族。相对于毛南山乡其他地区而言，下南地区尤其以六圩为中心的平坝地带，生产条件优越，毛南族聚集、繁衍以及融合其他民族的速度远较毛南山乡其他地区要快，因而这一地区的毛南族人口最多，占毛南族总人口的一半以上。毛南族中富有民族特色的文化在下南地区有最为集中和鲜明的体现。毛南族特有的赶"祖先圩"，场面最盛处就是在下南地区的下南村和波川村交界处的下林（毛南话叫"卡林"）。毛南族人认为，祖先活着的时候要赶圩（赶阳圩），逝去以后到阴间也要赶圩（赶阴圩）。但祖先在阴间赶阴圩必须在夜间进行（一般是午夜过后至鸡叫之前的一段时间）。如果祖先在阴间不能赶圩，清明节就无处可去，就会回家作祟。赶祖先圩就是活着的人按时给祖先营造一个圩场（集市），可以让祖先在九泉之下获得赶圩的快乐。每年清明节的凌晨，当地毛南族人便带着火把或点上油灯，到下林赶圩，

---

① 广西壮族自治区编辑组：《广西仫佬族毛难族社会历史调查》，广西民族出版社 1987 年版，第 36 页。

之后再到祖坟上祭扫。① 祖先圩热闹而神秘，成为毛南山乡独特的景致。这应该是毛南地区圩场经济衍生出来的奇特文化现象。

原生态村社文化较为典型而独特。下南地区波川一带的谭姓毛南人"龙轻"（"轻"又称"姜"、"金"、"强"等，是毛南地区在明朝万历年间出现的一种社会组织形态。② 同"轻"之人在象征血缘意义上有较为亲近、紧密的联系）开毛南人先河，于清代道光同治年间在当地建立宗祠，从而在毛南社会形成了较为严密的家族组织。③ 生活在同一地区的覃姓毛南人也曾经建有族祠。④ 这在一定程度上为毛南族的文化保护和发展创造了相应的条件。下南地区的许多毛南族人至今仍然将波川一带看作他们的祖居地。在毛南族历史中具有极高史料价值、为许多毛南族人膜拜、刊于清代乾隆戊申年（1788）的"谭家世谱"碑就安置在下南乡波川小学内。碑文详细叙述谭氏始祖谭三孝祖籍所在、迁徙经历、立业过程等。处于下南东北部条形地带的仪凤（中华人民共和国成立初期为环江县第四区仪凤乡，现为下南乡仪凤村）谭姓族人于清代道光十八年（1838）所立谭氏碑文，与"谭家世谱"碑文相较，对祖系脉络、开宗情况、宗支分布等，记叙更为明了清晰。下南地区毛南族覃姓也持有"覃家祖谱"存本多份。⑤ "谭家世谱"碑、仪凤谭氏碑文及覃家祖谱，其中所记祖系渊源虽然未必全为信史，但家族历史由口传心记转变成文字记载乃至勒石永存，标志毛南族在漫长的历史中，其文化发展已经向前大跨一步。此外，下南波川在清朝道光年间还立有乡规民约碑文，对山场、林木、池鱼、庄稼等进行保护，对民众陋行予以约束，⑥ 以此规范社会秩序。

毛南族曾经在下南地区建立了规模宏大的祭祀三界公的正式场所"三界庙"（三界公是毛南族最为重要的神灵之一。毛南族许多文艺形态都与其相关，该庙毁于民国初年），毛南族的许多传统艺术活动都围绕此一场地展开，其中重要的节庆分龙节，最大、最完整的公共群体仪式，就在三界庙前举行，所以分龙节又叫庙节。⑦ 这标志着毛南族的节庆意识和

---

① 蒙国荣、谭贻生等：《毛南族风俗志》，中央民族学院出版社 1988 年版，第 151 页。
② 孟凡云：《论明代广西毛南族谭姓"轻"组织的性质》，《中南民族大学学报》（人文社会科学版）2009 年第 5 期。
③ 广西省民族事务委员会：《环江毛难人情况调查》，1953 年版，第 3 页。
④ 广西壮族自治区编辑组：《广西仫佬族毛难族社会历史调查》，广西民族出版社 1987 年版，第 7 页。
⑤ 广西省民族事务委员会：《环江毛难人情况调查》，1953 年版，第 23—30 页。
⑥ 同上书，第 4 页。
⑦ 莫家仁：《毛南族》，民族出版社 1998 年版，第 93 页。

亭内所竖石碑即为"谭家世谱碑"。

节庆仪式渐趋成熟与规范，群体文化活动意识得到强化。

　　虽然下南地区波川一带自然条件相对毛南山乡其他地区较为优越，但一直到清代咸丰末期，该处的政治、经济地位仍未见凸显。至清朝同光年间以后，随着六圩集市的兴起，其政治、经济作用日渐显露。原来的"下南六圩所在地，还是五户人的偏僻山寨。那时，从云贵来往的烟商，赶着成帮的马驮，经过这里东去。当时，有个姓伍的汉人，因参加太平天国时期的广西农民大起义，失败后避祸来到这里，在路边摆摊卖茶，接待路过的商旅。因生意兴隆，吸引了附近村屯的毛难人，也来这里摆摊卖饭，或带来自己的农村土特产品，到此交易。有的就迁来这里，建房设店，逐渐形成了热闹的圩市"。经过清末及民国时期数十年发展，至中华人民共和国成立时，平常圩日赶圩的达五六千人，节日则上万人。① "牛行里摆卖的耕牛不少于 100 头，每圩屠宰牛 30—40 头，猪 70—80 头。到春节前夕的圩日，屠宰猪多达 200—300 头，均销售一空。1948 年，六圩有坐商 17 家……资金 100 元—500 元者有 8 家，500 元以上者有 2 家，其中 1 家拥有千元（银元）以上的资金。" "据 1953 年的统计，下南六圩经

---

① 广西壮族自治区编辑组：《广西仫佬族毛难族社会历史调查》，广西民族出版社 1987 年版，第 8 页。

营商业的有 79 户，其中 60 户为毛南族。"① 下南六圩经济地位的显露促进了它的政治地位的提升。自清末以后，毛南山乡历届政权机构基本上都设立在下南六圩。中华人民共和国成立以后的下南乡政府，也一直驻设于下南六圩。下南地区在毛南族心目中的政治中心地位，已经愈加巩固。

毛南山乡向以重视教育、学风隆盛闻名。清末约有本地文武秀才 25人。下南因其地理、政治、经济等方面的优势，清末民初私塾广布，六圩一带较大村屯均延师设塾。1929 年起，下南开办高级小学校，招生 120人。1931 年新桂系统治广西，推行乡村国民基础教育，下南各村初级小学相继建立。② 至今，下南地区有小学 3 所，初级中学 1 所。中学招生面向下南全乡，在体现下南地区教育影响力的辐射作用的同时，也突出了下南地区在毛南山乡的教育中心地位。

多民族文化交流频繁。下南还是多民族文化交流中心。这一交流中心的地位主要体现在三个方面。一是毛南族传统的民间民族经典文艺形态有许多以下南地区的自然与人文作为构成素材，具有鲜明的下南地区风土人情标识。比如毛南族的神话、宗教和说唱艺术，其构成元素中有许多都可以在下南地区的山水、人文中找到影子或原型。二是下南地区的学子走出毛南山乡学成后归来，在家乡从事文化创造活动，提高了下南地区的文化知名度。标志着毛南族古代文人创作水平的碑帖、楹联作品，基本上是以下南地区相关文化事象为代表，文人创作斐然可观；近、现代生活在下南地区的毛南族诗人如谭中立、谭云锦辈，其诗作有较高的艺术成就。③ 三是六圩作为一个经贸集市，其文化交流舞台的功能也是非常强大的。各族人民在这里从事商品交易的同时，也在相互交流文化意识、风俗习惯乃至艺术创造方法。

传统文艺品种较为齐全。下南地区的文艺形态囊括了毛南族所有的艺术类型，例如民间歌谣、民族故事、建筑、雕刻、服饰、与宗教相关的民间音乐舞蹈、文人作品等。从现在收集到的毛南族文学艺术作品来看，属于下南地区的，其数量繁多、品种丰富、作品精致等，当可居毛南山乡首位。尤其文人作品，其数量之丰，品质之精，毛南山乡其他地区难出其右。许多起源于整个毛南山乡，但经过下南地区浓缩、升华之后的毛南族艺术，至今仍然显示出强大的生命力，比如节庆艺术（以分龙节及其文

① 《毛南族简史》修订本编写组：《毛南族简史》，民族出版社 2008 年版，第 49 页。
② 广西壮族自治区编辑组：《广西仫佬族毛难族社会历史调查》，广西民族出版社 1987 年版，第 30 页。
③ 《毛南族简史》修订本编写组：《毛南族简史》，民族出版社 2008 年版，第 87 页。

艺形态表演方式为代表）、工艺制作艺术（以顶卡花的制作为代表）、石刻艺术（以墓碑石刻和民居建筑石刻技艺为代表）等，已经发展成毛南族文化的符号，成为毛南族非物质文化遗产的重要组成部分。下南乡文化站作为收集毛南山乡传统文艺作品、优化毛南族文艺创作理念与方式的主要机构和场所，本身就是毛南族文艺形态的有机组成部分。

二　中南地区

中南是毛南族发祥地，现今包括中南、塘八、古周、下塘等行政村或行政村中的自然屯。传说毛南族始祖谭三孝公迁徙多处，皆因环境艰险难以安居，"又移居毛难土苗地方，卖货生理。苗语难通，生疏礼貌，百味用酸，妇女穿衣无裙……多蒙益友方刚振，始而结盟，继而姻婚，生育男女"①。"后来他又娶了当地覃姓的妇女为妾。其妻妾共生八子。前妻的子孙聚居于今中南、堂八等村屯；后妾的子孙则分布于下南一带。"② 谭三孝的势力发展后，通过多种手段获取了当地瑶民的地盘："庶几苗瑶散于四方。"③ 大部分瑶民失去土地后只能往他处迁徙。少数未能迁走的瑶民，谭三孝则对他们说："你们只要改姓谭，就可算为我的同族留下，可以到我指定的地方去落户。"④ 谭三孝及其居住于中南、堂八一带的谭姓族人，通过族姓的兼并，迫使原居于该地的方、颜、蔡、杜等姓居民，或更改族姓，或迁徙他方。此种情况至 20 世纪 30 年代仍有个别发生。⑤ 至今中南、堂八等村几乎全为谭姓，略无杂姓。清末以降至于民国，出任毛南山乡军政要职者，多为中南一带谭姓毛南族人。以是观之，中南地区谭姓毛南族民风中的强悍与刚劲一面，其由来久欤？

中南学风浓郁，百姓崇学之心虔诚。毛南族向来以好学、善学闻名于周边其他民族，但相比之下，中南学风尤为炽盛。中南地区有一个蒙姓毛南族村寨名上丈屯。村里有这么一个风俗：每年大年初一凌晨鸡叫头遍，父母就催促孩子起来诵读诗书，直到黎明鸣炮迎新时止。为供孩子读书，父兄辈不惜割草卖柴、为佣帮工，甚至有人典屋卖地。如果父母供孩子上学有困难，

---

① 《谭家世谱》碑。清乾隆戊申年（1788）刊立，今保存于下南乡波川小学内。
② 广西壮族自治区编辑组：《广西仫佬族毛难族社会历史调查》，广西民族出版社 1987 年版，第 56 页。
③ 《谭家世谱》碑。清乾隆戊申年（1788）刊立，今保存于下南乡波川小学内。
④ 广西壮族自治区编辑组：《广西仫佬族毛难族社会历史调查》，广西民族出版社 1987 年版，第 56 页。
⑤ 同上书，第 57 页。

叔伯兄弟往往都慷慨相助。大家都把助后代上学当作自己的义务。

中南地区有一处地方被毛南族人奉为心灵中的神圣殿堂，那就是位于堂八村附近的凤腾山（又称松腾山）。毛南族人酷信风水，尤钟情于墓地意象中的地势脉理。他们认为凤腾山来势雄奇，脉象纯正，前后龙凤相谐，是逝者理想的安息之地，必能予后人以莫大福荫，因而成为谭氏族人最重要的公共墓地。传说此地由毛南族始祖谭三孝在地理先生的帮助下选定："忽闻康节地理先生寻龙点穴，点得草木一山。后来湾弓龙脉，前面凤舞三台。礼葬严亲，龙降虎伏。"传说谭三孝逝世就葬于此地。经过百数十年的经营，该地已经形成宏大庄严的古墓群，是毛南族文化又一重要的符号。凤腾山古墓群不仅系广西重点文物保护单位，2013年还被国务院确定为全国重点文物保护单位。

中南的南昌屯，传说毛南族始祖最先从这里发迹。

中南地区是孕育毛南族傩戏最重要的土壤。毛南族的傩戏，又称傩面舞、师公舞、还愿舞，毛南语称"肥套"，是毛南族艺术的集大成者。旧时在毛南族地区最为流行，对毛南族的社会生活和文化意识影响巨大。新中国成立前，活跃在毛南族地区影响较大的师公戏班子主要有松崖班、堂八班、上干强班、南木班、东信班、下塘班等。[1] 这些师公戏班以其所在

---

[1]　韦秋桐、谭亚洲：《毛南族神话研究》，广西人民出版社1994年版，第83页。

的村屯命名，几乎全在中南地区。戏班人员平时务农，有仪式时结班演出。据上干强班谭耀乐1986年讲述（谭老先生其时61岁，现已去世），傩戏唱本在他家流传已有400年左右。① 凭此而论，中南地区作为毛南族经典文学艺术的发祥地和发展地，应该是当之无愧的。

中南地区文艺形态的经典不仅在其涵盖面的广泛，更在其形式的精美及原生态内涵的丰富。与毛南族傩戏表演相适应的服饰艺术、道具（法器）与乐器制作艺术、傩面雕刻艺术、场景再造艺术、舞蹈艺术、说唱艺术及情景表演艺术等，都具有鲜明的民族特色。一个师公戏班往往还是演出所用的服装、道具、乐器、傩面、唱本等艺术品的创作团体，或者有的著名师公就是各种傩面具的创作大师。当然，有的师公的这些艺术品是花钱购置的。每个师公都有一副"担子"，即表演所用的服饰、面具、道具（法器）、乐器、经书（说唱文本）等。担子的大小，在一定程度上意味着师公文化财富的多少。② 中南地区有如此多的著名师公戏班，其艺术品的多样也就可以推想了。

经书丰富而且生成年代久远。傩戏表演所用的说唱文本，毛南族师公谓之"经书"。师公在表演时，虽然有的可以根据场景和表演者的才能增加一些唱词和道白，但绝大多数说唱是有固定文本，不可随意发挥的，至少不可在排练或准备之外随意发挥。因此，师公需要准备大量的说唱文本，而且要求承担念唱之责的师公将经文背下来。这些文本代代相传，虽然在传承的过程中有的需要誊抄、改动。笔者在做田野调查时，亲见过清朝乾隆年间的文本。此外，师公们还有表演所依据的鼓点击法、舞蹈步伐要领等文本，有的师公也将其归为经书之列。在一些师公家里，特别是一些师公世家，这样的经书繁多，而且保存得相当完好。

石刻作品繁多而且雕刻技艺精湛。这集中体现在凤腾山墓碑石刻上。凤腾山墓地既是毛南族人民的精神圣地，更是一座规模宏大、各种艺术品争奇斗艳的艺术殿堂。墓地的石墓大多建于明末至民国初年。人们从这里可以充分领略到毛南族人民与石刻艺术相关的丰富而奇特的艺术想象力、严谨而虔诚的创作态度及精湛的雕刻艺术手法。立于该地、建于清朝咸丰年间的谭上达墓，可称为该墓地石刻艺术的代表之作。当然，类似此处的石刻精品在下南波川等地亦多见，例如建于1946年的波川谭老孺人"生

---

① 蒙国荣、王弋丁等：《毛南族文学史》，广西人民出版社1992年版，第166页。

② 韩德明：《与神共舞——毛南族傩文化考察札记》，广西人民出版社2006年版，第62页。

墓","雕刻技术之精胜过凤腾山诸墓之上"①。但他处墓葬石刻不如此处集中且大规模保存完好。曾有人传说这样的精品系外来的汉族工匠所为，但不足信，"因为在汉区尚无发现类似这种纹饰的石刻"②。

三　上南地区

上南地区注重汉文化教育，新中国成立前的私塾聘请的多是汉族或壮族文人，采用汉文教材，主要用汉语的西南官话或者壮话、毛南话讲解，灌输汉族文化和封建思想。③ 传统意义上的上南地区在划归水源乡（镇）以后，与汉、壮等民族的交流机会增多，人文氛围中的汉、壮等民族文化元素愈加丰富。上南地区修通了八圩（曾为上南乡政府驻地，现为上南村委所在地）至水源乡（镇）政府所在地的公路，全段为柏油路面，上南地区至县城及河池市驻地的路程大为缩短，且不必绕道中南、下南，因而更便于与汉、壮等族地区直接进行经济、文化交流，该地毛南族要保持本民族文化特色的难度已大大增加。上南地区在划入水源乡（镇）后，毛南族人的求学、集会及经贸等活动中多与汉、壮等民族在一起，其毛南族文化受到汉、壮等民族文化冲击的程度加剧。至今，上南地区毛南族人相互之间交流主要用汉语西南官话和壮话，许多毛南族年轻一代特别是孩童已经不能用本民族语言交流，多民族文化融合速度较毛南山乡其他许多地区要快。

在上南地区，一些具有毛南族特色的风俗习惯仍然有相当程度的保留。与此同时，当地群众也大量吸收并移植与周边汉、壮等民族相关的某些风俗习惯，而且在保留、舍弃、吸收、融合等多重活动中缔造新的风俗。在田垌地区，毛南族的民居建筑观念及方式有很大改变，与周边的汉、壮等族民居基本相同；在峒场地带，或限于经济条件，或受传统生产、生活方式影响，毛南族的建筑观念及方式与传统的并无太大差异。

上南地区的毛南族基本上是中南地区迁徙过去的，或者是其他民族由外地迁入该地区后为毛南族所同化的，因而民族内不同群体之间的文化呈现出一定差异。与下南、中南两地区基本上以谭姓为大姓、强姓，谭姓大户在社会生活，包括政治、经济、文化等各方面起主导、决定作用有所不同。20世纪50年代前，上南地区的卢姓为该地区的大姓、强姓，地主卢

---

① 莫家仁：《毛南族》，民族出版社1998年版，第58页。

② 广西壮族自治区编辑组：《广西仫佬族毛难族社会历史调查》，广西民族出版社1987年版，第13页。

③ 同上书，第60页。

九皋占有原玉环乡 70% 的田地。①

在上南地区，母系氏族文化遗迹较多且色彩较为浓厚。毛南族多说自己的祖先是外地来的男子，与当地妇女结婚后所生子女随母亲过活，都说是一个老母亲的后代，都尊称这个老母亲为"母老"；舅权甚重，处理重大事件必须舅父舅公（外祖父）到场并由舅父、舅公作出决断；舅父之子有娶姑母之女为妻的优先权。这实际上具有浓厚的母系氏族文化遗留色彩。此种风俗在上南地区尤为盛行，直至中华人民共和国成立初期仍然极为普遍。与母系氏族文化残留相对应的婚丧娶嫁等仪式，成为上南地区毛南族很有代表性的文艺形态。

不落夫家、兄终弟及（或弟终兄及）的婚俗甚为普遍，直至中华人民共和国建立之后的初期仍然有出现。婚后暂不落夫家的习俗实际上是母系氏族后期母权式微、父权渐盛过渡时期的文化残留，以及毛南山区特殊的环境造就的婚俗文化。新中国成立前毛南族盛行早婚，"小者八九岁，大者十四五岁就结婚了。婚姻由父母和舅舅包办"②。如此幼小，虽成婚但未至生育年龄，结婚女性回娘家生活，待怀孕后再长住夫家。此种风俗的产生与发展便具有女性生理基础。此种婚俗与岭南百越系民族如壮、仫佬等族略同。不落夫家俗称"走媳妇路"。"县境内的壮族、毛南族的婚俗中有'走媳妇路'的习俗。"③ 环江毛南族自治县与罗城仫佬族自治县毗邻。"仫佬人……在结婚后女子不落夫家，过了十年八年长大成人，并怀孕生小孩后，才长住夫家。"④ 这反映出在母系社会时期人们对于母系氏族的归属与依赖关系，以及发展到父系社会以后人们对舅家的依恋情结。中华人民共和国成立以后，"不落夫家"的婚俗已经基本改变。尤其近 20 多年来，该地毛南族婚俗已经与周边汉、壮等族婚俗无大差异。⑤ 毛南族兄终弟及或者弟终兄及，毛南语谓之"拿茶"，翻译成汉语称为"换茶"，应该是人类社会发展到父系氏族阶段以后，男方对已婚妇女形成人身所有权而衍生出来的婚姻习俗。广西其他百越系民族地区多见，

① 广西壮族自治区编辑组：《广西仫佬族毛难族社会历史调查》，广西民族出版社 1987 年版，第 38 页。
② 《毛南族简史》修订本编写组：《毛南族简史》，民族出版社 2008 年版，第 103 页。
③ 环江毛南族自治县地方志编纂委员会：《环江毛南族自治县志》，广西人民出版社 2002 年版，第 914 页。
④ 广西壮族自治区编辑组：《广西仫佬族毛难族社会历史调查》，广西民族出版社 1987 年版，第 197 页。
⑤ 甘品元：《毛南族婚姻行为变迁研究》，《广西民族大学学报》（哲学社会科学版）2007 年第 6 期。

"兄死则妻其姒……弟死亦然"①，甚至汉族地区也不乏此俗。传统上毛南族男子初婚需要花费较多财物，上南地区经济条件很差，因结婚而花费的财礼及备办宴席对于一般家庭而言是一项极为沉重的负担，多有因此至于倾家荡产者。而"换茶"则不需要财礼和举办宴席即可在男家成婚，故"换茶"之俗融合了古老文化与经济因素。

好饮以及与饮酒相伴而生的文艺形态别具一格。毛南族男子喜酒，上南地区几乎每个成年男子都嗜好喝酒，"非酒不足以敬客"②。上南地区正式而隆重的场合饮酒，往往有规范的敬酒仪式。盛传于上南地区的毛南族《敬酒歌》，以酒为媒，融情于酒，成为毛南族民歌的典范之作。

第四节　文艺生态的未来与学界的担当

一　文艺生态的未来

作为中华民族艺术宝库中的一分子，毛南山乡文艺生态尤其毛南山乡中的经典文艺形态的未来，毫无疑问会受到中华民族整体艺术宝库中各族文学艺术形态的影响。而且随着民族融合程度的加深，这样的影响会越来越大。毛南山乡文艺生态的发展能够从正面昭示毛南族整体文化的发展。从毛南山乡文艺生态的形成与发展的轨迹来看，毛南山乡文艺生态尤其毛南族具有的典型的文艺形态，实际上是自身的艺术基因在独特的自然环境与民族文化的孕育的同时，受其他民族艺术熏染与融会的产物。未来毛南山乡文艺生态的发展轨迹，仍然应该沿着这条轨迹继续下去，即便当中会有一些曲折和坎坷。毛南山乡文艺生态的发展趋向，估计主要会有如下前景。

一是毛南山乡整体文艺生态连同现今所具有的艺术特色完全融入周边诸如汉、壮等民族的文艺大熔炉中的同时，毛南山乡及其符号性文学艺术派生出新的形式并展现新的特色。这样的情形已经出现，而且日趋明显。应该说，中华人民共和国成立以后，我们党和政府在保护和发展毛南族的文学艺术、重塑毛南山乡的文艺生态方面是花了大力气，下了大

---

① 广西壮族自治区编辑组：《广西仫佬族毛难族社会历史调查》，广西民族出版社1987年版，第45页。

② 同上书，第70页。

功夫的，但艺术及其文艺生态的发展受其外部环境影响及内在流变规律制约。毛南族人民与周边各民族特别是汉族人民广泛而深入的接触及交流，必然导致其语言、服饰、主要生活风俗等文艺形态变异，从而销蚀其民族特色。毛南族人民当今在日常交流中，甚至在本民族内交流中更多地使用汉语西南官话乃至普通话，毛南话使用频率急剧降低；传统服饰在日常生活中已不多见；传统婚俗基本上被新式婚俗所取代；一些传统的文学艺术经典逐渐变形。比如毛南族传统经典文艺形态"肥套"，影响逐渐衰弱；在"肥套"基础上发展起来的毛南戏以及具有现代风格的毛南族歌舞，基本上是全新的文艺形态，尽管其中还有"肥套"艺术的许多元素。

　　二是在相应时期内保留毛南族符号性文艺形态的某些个体及其个性的同时，以毛南族符号性文学艺术为代表的毛南族文艺主潮被周边其他民族例如汉、壮等民族经典文艺主潮所融合，从而导致毛南山乡文艺生态的剧变。这实际上仅仅是包括符号性文艺形态在内的毛南族文学艺术融入他族文学艺术时所表现的速度快慢问题。从毛南族传统文学艺术尤其是经典文学艺术近十几年的发展情况来看，毛南族某些传统文艺形态生命力减弱、某些文艺形态消失的速度加快等现象并不是均衡的，而是有地区和时期差异的，这样的情形也在毛南族符号性文学艺术中发生。一些经济条件较好、以汉文化特征为主的大众文化普及较为容易且流行规模比较大的毛南族地区，例如毛南山乡原来的圩场所在地及其周边地区，毛南族的某些文艺形态变异乃至消亡的速度就比较快。比如毛南族的干栏石楼，这十几年的变化是极为明显和迅速的——防潮和防伤害（防虫、蛇、野兽等伤害）功能，储存及保护财物、禽畜功能等迅速弱化——毛南族建筑的外部造型和内部结构都有很大的变化；毛南族的口头文学，比如歌谣、民间传说等，有的已经失去了呈现与创造的场景——日常生活中的歌墟及劳动过程中自发、即兴对歌等现实场景——多不复存在，民间传说的某些文化传承功能与教育功能多被现代大众文化及正规教育所取代，有的娱乐功能难以经受现代报刊图书及影视作品的冲击，因而其生命力的衰弱当属意料中的事情。不过，在这些变异过程中，毛南族符号性文艺形态的某些独特个性仍然得以保持，比如体现于毛南族建筑中的生态和融艺术，石雕和木雕艺术，室内布局艺术，综合表演艺术中的神、人和融观念及其所体现出来的营造和融境界的艺术等，都有不同程度的保持与发展。

　　三是周边相关民族经典文艺在融合毛南族符号性文艺形态进而形成新型文艺形态的同时，在新的文艺形态中体现出与毛南族相关的地域与文化特色，从而促使毛南山乡文艺生态与周边其他民族的文艺生态进一步融合。应该说，这一类型的变异也是长期存在并持续未断的。广西是一个多民族聚居区域，岭南古百越文化不仅对其后裔各民族影响较大，对汉族及其他非百越系民族的影响也极为强烈，各民族间的文化交流及文艺形态的互相融会未见有明显的人为藩篱与鸿沟，几乎任凭各民族经典文艺形态相互之间自然浸润，以致不同民族、不同地域的文艺形态在很多方面呈现出相似性乃至同质性。各民族中的各种文艺形态之间你中有我、我中有你，甚或是共同拥有，不分彼此。即使这样，我们仍然能够从生成于斯或者植根于斯的许多文艺形态中辨认出毛南族符号性文学艺术的不同个性，认识到毛南山乡文艺生态的不同色彩。

应该说，上述三种类型没有严格的本质区分，可能体现的仅仅是某些侧面的不同或者进程及程度的差异。

二　学界的担当

我们研究毛南山乡文艺生态的目的是什么？是应该长期停滞于某一层面还是视情况不断深入？在毛南山乡文艺生态的演变过程中学者是否应该确定相应的担当？等等。所有这些，学者们都需要更多的思考。其实，面对毛南山乡文艺生态尤其毛南族符号性文艺形态的发展趋势，学者可以有多种选择：任其自然，无所作为，积极参与，等等。

任其自然者认为，民族文艺生态及其符号性文艺形态的生成、生存及发展有其外在的客观条件和内在的流变规律，在民族文艺生态尤其符号性文艺形态的流变过程中人为地施加作用，未必符合艺术发展规律；"无为才是大为"，只有给民族文艺生态尤其经典文艺形态一片自由的空间，民族文艺生态及其符号性文艺形态才有可能自由、自主地生存和发展。这种对民族文艺生态及其符号性艺术的生成、生存和发展放任自流的态度其实未必符合艺术本身的流变规律。民族文艺生态及其符号性文学艺术的生成和发展的大多数实践已经证明，其本身已经融入了相关民族的艺术理念和艺术创造活动。而一定时期的艺术理念及艺术创造活动是与该时期的客观条件及创造主体的素质相对应的，蕴含了相当多的人为主导的因素。片面的"无为"态度从某种角度而言对少数民族文艺生态及其符号性文艺形态甚不负责，因为相对而言，少数民族文艺生态及其符号性文艺形态在当代语境中，本来就常常处于极为不利的发展境遇，现代生活给予少数民族文艺生态及其符号性文艺形态生存与发展的机遇并不完全平等。所以，保护并发展少数民族文艺生态及其符号性艺术，需要的不是片面的"无为"，而是更多的关注。

在保护及发展少数民族文艺生态方面，尤其在保护和发展少数民族某些符号性文艺形态方面，由于社会其他领域的作用力过于强大，而这种作用力往往与保护与发展力呈反向状态，于是许多学人"知难而退"，慨叹自己力量的渺小，因而在少数民族文艺生态、尤其少数民族符号性文艺形态及其艺术特点消亡趋势面前显得无所作为。诚然，当我们把作用于少数民族文艺生态尤其符号性艺术的经济、政治和社会文化领域的其他力量看作是保护及发展少数民族文艺生态及其符号性文艺形态的反作用力时，一介书生的绵力往往显得微不足道。假如我们着眼于借助经济、政治和社会文化领域的其他力量，我们的心胸和视域或许会宽阔得多，我们能够作用的空间也许会大得多。况且，学界的科学参与及其成果，即便有些东西在某些人看来也许仅仅是纸上谈兵，但仍然能够能让民众看到民族文艺生态尤其符号性文艺形态的发展前景和恰当路径，故而其作用也不可小觑。

学界的担当应该是积极参与到保护并发展少数民族文艺生态尤其少数民族符号性文艺形态的相关活动中来。其科学的理念与作为，后文将设专章探讨，此处暂不赘述。

实际上，毛南山乡文艺生态，尤其是毛南族符号性文艺形态在当代语境下的地位与前景，已经赋予学人相应的明确的历史使命，那就是在毛南山乡文艺生态尤其毛南族符号性文艺形态的生存与演变中，学人们要确立积极的态度，将毛南山乡文艺生态以及毛南族符号性文艺形态的研究活动不断深化，并且针对毛南山乡文艺生态以及毛南族符号性文艺形态的重塑与优化提出自己的恰当主张，从而为毛南山乡文艺生态以及毛南族符号性文艺形态的保护与发展营造理想的氛围，更大程度地促进毛南山乡文艺生态以及毛南族符号性文艺形态的发展。

第一章 毛南山乡审美风尚主潮

审美风尚是在一定时期与区域内成型并流行的审美情趣，尤其指审美主体领会及创造文艺现象的风气与习惯。审美风尚有时具有多种形态，而审美风尚主潮则是在审美风尚中居于主导地位，能够体现审美风尚的本质与规律的那些核心部分。我们这里所要重点着笔的，将是在毛南山乡传统社会中体现并获得注重的审美风尚。毛南山乡传统的审美风尚是其传统文艺生态的重要组成部分，甚至是起决定性的部分，是许多传统艺术活动或者艺术元素含量丰富的活动的生发基础与催化剂。毛南山乡传统的审美风尚主要缘于或者体现于毛南山乡传统社会中人们的基本生存活动，以及与生存期盼相关的宗教活动和世俗情感抒发活动，同时在许多时候往往与毛南山乡人所追求的一丝不苟及尽善尽美等民族个性融合起来，因而毛南山乡传统的审美风尚往往具有朴素性、简洁性、宗教性以及精致性等特征。这应该是毛南山乡整体文艺生态优于周边许多地区的重要原因。由于自然生态的作用，以及人们寻求基本生存与生活条件等观念的影响，毛南山乡的审美风尚具有极为浓厚的实用性成分。随着时代的推移，毛南山乡审美风尚的文艺性色彩日渐鲜明，因而这样的审美情趣成为毛南山乡打造符号性文艺形态的主要推动力。

毛南山乡传统的审美风尚是在传承传统文化基因的基础上，不断主动吸收周边其他民族例如壮族、汉族等文化强势民族的文化元素的情形下，建构并优化起来的。因此，毛南山乡的传统审美风尚同时又体现出鲜明的岭南古百越民族文化的特性以及多民族文化交汇、融合的特征。而这些特征在很大程度上左右着毛南族人审视传统文艺活动及其成果的巨大力量，尽管有时候这样的审视或多或少缺乏相应的主动性和理论性。

考察毛南山乡的文艺生态必须首先从考察毛南山乡的审美风尚入手，而考察毛南山乡的审美风尚必须准确把握毛南山乡的自然生态、文化基因以及多民族文化融合等三个主要元素对于毛南山乡传统审美风尚及其主潮的影响。因为这三个元素在一定程度上构成了毛南山乡传统文艺生态的三个重要维度。由于毛南山乡的自然生态概况在本书绪论中已经有多方面的涉及，本章将从岭南古百越民族传统文化与毛南山乡自然生态结合及其在毛南山乡传统审美风尚中的地位与作用、毛南山乡周边其他民族文化元素对毛南山乡审美风尚的影响，以及毛南山乡传统审美风尚对毛南山乡整体文艺生态的多维作用等方面进行探讨。

第一节　鲜明独特的色彩

一　岭南古百越文化的传承

无论是考诸历史文献，还是证诸古俗遗迹，人们都能清晰地看出，岭南古百越族（越到后来越以生活于广西地区的百越系民族为代表）文化有三个最为重要的特征：一是巫鬼气息浓郁，二是山水色彩鲜明，三是群体观念厚重。这些特征既承袭了人类社会早期的原始宗教观念，更有自然生态的孕育与熔铸。《列子·说符》云：“楚人鬼而越人礼。”《史记》也明确记载：“是时既灭南越，越人勇之乃言：‘越人俗信鬼，而其祠皆见鬼，数有效’。”[1] 楚越在文化上具有同源关系，楚文化与古百越文化中的“巫鬼”元素都极为浓厚。实际上，楚人、越人的巫鬼文化在观念与表现形式上并无本质上的差异，生活在岭南地区的古百越民族后裔之“巫鬼文化”就承袭甚至发扬光大了楚越巫鬼文化成分。[2] 直到今天，广西俗语中仍然有“鬼出龙州”之说。实际上，桂南、桂西、桂西北一带的百越系民族的传统观念中巫鬼元素仍然极为繁多。

南蛮传俗尚巫鬼，大部落有大鬼，百家则置小鬼主一姓。

粤人淫祀而上（尚）鬼，病不服药，日事祈祷，视贫富为丰杀，延巫鸣钟铙，跳跃歌舞，结幡焚楮，日夕不休。

（庆远府）伶者，壮之别种，其性情习气，饮食居处，服用器

---

① （汉）司马迁：《史记》，中华书局1959年版，第478页。
② 巫瑞书：《越楚同俗探讨》，广西民族大学文学院主编《百越论丛》第一辑，广西人民出版社2008年版。

械，及婚葬燕祭，皆与壮同。其俗畏鬼神，尤尚淫祀。①

当然，由于社会进步的速度有异、各民族之间的风俗相互浸染，以及自然环境对人们心理的影响等原因，巫鬼观念较为浓厚成为包括汉族在内的居于八桂地域之内的各个民族的一种较为普遍的现象：

> 信鬼神，重淫祀为"南蛮"（包括楚与后世的南方民族）具有的一种共同文化表征。②

> 岭南风俗，家有人病，先杀鸡、鹅以祀之，将为修福。若不差，即次杀猪、狗以祈之。不差，即次杀太牢以祷之。更不差，即是命，不复更祷。③

毛南族作为岭南（到后来主要为今广西地区）古百越民族的后裔，其文化现象带有大量岭南古百越民族文化基因，在这一点上学界基本上无异议：壮、傣、侗、水、仫佬、毛南等民族在建筑、器具、丧葬、婚姻、服饰、语言、宗教、歌舞等方面基本一致。④ 由巫鬼观念的传承而衍生出来的鬼神崇拜，在毛南山乡至为常见："民间有多种自然崇拜，山有山神，水有水神，树有树神，村头村尾土地神（庙），名目繁多。"⑤ 因此，考察毛南山乡的审美风尚的特征及其大致成因，必须充分认识到岭南尤其广右古百越民族所遗传下来的浓厚的巫鬼观念，以及这种观念在毛南山乡传统生活中的遗存与发展。

广西号称"八山一水一分田"，可谓所望皆山，出门见水。崇山峻岭、急流险滩几乎成为八桂自然环境最为重要的标志。人们生产生活、卜居立寨，山水形胜往往被作为重要的考虑因素。正因为如此，包括汉族在内的广西各民族养成了对于山水的深切依恋情怀，而以百越系民族为最。百越系民族传统的自然崇拜和多神崇拜所创造的神灵中，与山水相关的神

---

① 黄振中、吴中任等：《〈粤西丛载〉校注》，广西民族出版社 2007 年版，第 755、1030、1032 页。
② 吴永章：《中国南方民族文化源流史》，广西教育出版社 1991 年版，第 298 页。
③ 吴永章：《中国南方民族文化源流史》，引唐代张鷟《朝野金载》卷五，广西教育出版社 1991 年版，第 297 页。
④ 钟文典等：《广西通史》第一卷，广西人民出版社 1999 年版，第 19—22、29—36、102—111 页。
⑤ 广西壮族自治区编辑组：《广西仫佬族毛难族社会历史调查》，广西民族出版社 1987 年版，第 49 页。

灵极为繁多，而且在其神灵队伍中居于重要位置，例如山神、土地、雷王、龙王、桥神等神灵，至今在人们的社会生活中仍然发挥着重要作用。岭南古百越民族的"买水浴尸"风俗，亦足证其文化观念中的"水"色彩的丰富："'买水'为古越俗。"① "亲始死，披发持瓶瓮，恸哭水滨，掷铜钱、纸钱于水，汲归浴尸，谓之买水。"② 毛南族亦然："父母死后先要买水。用一根禾穗、三枝香、一叠钱纸到井旁或河边去买，不用请鬼师，只由亲生的两个儿子拿水桶去扛回家，往返都不哭。将水烧热后，由亲生子（或侄）来给死者洗身。"③

古代汉文献所载以及今人的研究成果都有很多认为"粤（越）人之俗好相攻击"，"越人相攻击，其常事"；越人好相攻击之俗，"除了指氏族、部落间的掠夺、兼并战争外，也是越人盛行血族复仇制的一种真实写照"④。这种现象也从侧面证明古百越人的群体观念浓厚。直到今天，广西百越系民族仍然表现出极为浓厚的以家族、姓氏、村屯等为单位的群体团结性。毛南族在生产和生活中所表现出来的群体观念更是有过之而无不及："一般来说，毛难人都是聚族而居，同姓的聚居在一个乡或一个村屯，异姓杂居在一个村屯内是很少的。此外与其他少数民族杂居的情况也是很少的。"⑤ 包括毛南族在内的广西百越系少数民族的歌圩，大规模的宗族、民族性祭祀活动，群体性节庆活动等，往往人山人海，几成八桂一景，蔚为壮观。毛南族"每到旧历新年的头几天内，青年男女都集合到村外附近的山坡上对唱山歌，有时聚众至千数百人"⑥。此实为岭南古百越民族群体观念的传承与变异。

岭南古百越民族对文艺活动或者文艺元素丰富的社会文化活动所展现的视角及其特色，有很多被遗传到毛南族的文化血液之中，从而形成了毛南族的传统文化根性，进而影响到毛南族对待文艺活动的观念。我们从展现于毛南山乡的传统文艺活动以及传统文艺成果可以看出，毛南山乡至今存留的较为丰富的岭南古百越文化元素及其变体，实则为毛南族在继承岭南古百越民族文化基因、保留岭南古百越民族文化根性的基础上，探索、再造的结果。

---

① 吴永章：《中国南方民族文化源流史》，广西教育出版社1991年版，第279页。
② （宋）范成大撰，齐志平校补：《桂海虞衡志补校》，广西民族出版社1984年版，第35页。
③ 广西省民族事务委员会：《环江毛难人情况调查》，1953年版，第108页。
④ 吴永章：《中国南方民族文化源流史》，广西教育出版社1991年版，第401页。
⑤ 广西省民族事务委员会：《环江毛难人情况调查》，1953年版，第3页。
⑥ 同上书，第82页。

二　自然生态的催生

毛南山乡传统审美风尚的成型，极大地得益于毛南山乡的自然生态系统及其主要元素。我们可以这样认为：没有岭南古百越民族的文化基因的传承，很难有毛南山乡审美风尚的民族根性；没有毛南山乡的自然生态，则毛南山乡的传统审美风尚不可能有如此鲜明的地域特色。因此，毛南山乡传统审美风尚的整体特征，正是文化的民族根性与自然生态的特性水乳交融的产物。毛南山乡传统审美风尚的地域性特征，主要从下述方面体现出来。

一是毛南山乡的自然生态元素大量被人格化或者神格化，从而更多地内化为人们传统观念中的神灵形象。借助自然生态元素，特别是借助山川形胜外形，通过联想和想象，将自然生态元素，尤其将山水形态比附为具有特殊蕴意的形象加以人格化或神格化，并不是毛南山乡的特产，而是存在于广大地区的普遍现象。只是毛南族人出于其文化根性，更是由于毛南山乡的自然景致，在这方面表现得极为活跃罢了。毛南族文化的重要发源地之一，位于毛南山乡中南地区堂八村附近的凤腾山谭姓公共墓地，其形胜就是"后来湾弓龙脉，前面凤舞三台，礼葬严亲，龙降虎伏"①，被人们比附成极具灵性的龙脉之地，自古以来广受毛南族人推崇，成为毛南族人的圣地之一。耸立于下南六圩附近的岜音山，因其巍峨险峻，被毛南族人誉为力量、威严和神圣的象征，围绕岜音山产生了大量的民间故事，岜音山成为毛南山乡最为重要的圣山之一。位于下南乡波川村附近，在绵延不断的群峰之中，有两座山峰背靠背地朝天昂首而立，有如天马腾空之势，其势雄伟异常。其中耸立着一尊巨大的石人，形似一位背负小孩的妇女，昂首挺胸，惟妙惟肖，人们称为"圣母石"。更有趣的是在圣母石的肚脐眼处长出一株野山桃，枝繁叶茂，传说百年不枯。若能有幸尝一枚桃子，据说不生育的女性不久就会有孕在身，所以常有善男信女上山朝拜，香火非常旺盛。传说圣母山本是天上的一位仙女，因同情人世间劳动人民的疾苦而犯了天规，被玉帝罚她下凡来重新修炼，主管这一带人的生育事宜，后碰见一位背小孩的妇女在山间辛苦跋涉，就念动真言把她化成石头，自己则到别处去了，这就是圣母石的简单来历。遍观毛南山乡，此类被人格化、神格化的自然生态元素不胜枚举，尤其与石山、石头相关的自然景致被神格化的，更是多见。自然生态特征催生了毛南族人的审美期盼

---

① 《谭家世谱》碑。清乾隆戊申年（1788）刊立，今保存于环江毛南族自治县下南乡波川小学内。

及审美能力，成为毛南山乡审美风尚的重要特征。

二是恶劣的自然生态孕育了毛南族和融神灵的生存期盼与实践。直到20世纪50年代末期，毛南山乡仍弥漫着浓郁的神灵气息，几乎山乡的每一个角落都或隐或现着神灵的身影，几乎每一个人的心灵深处都给神灵留下了一个崇高而圣洁的位置，人们生活中的一切几乎都受着神灵的主宰，等等。如果将毛南山乡与周边其他区域比较，直到今天，毛南山乡这股神灵气息仍然可以算得上是独一无二的。因此，传统社会生活中的毛南族人，其和融神灵的期盼至为强烈，为和融神灵所从事的实践活动至为烦琐与虔诚。毛南族人的事神活动几乎无处不见，后述的综合性宗教活动"肥套"，就是最为隆重、最为系统的，体现毛南族人和融神灵期盼的实践活动。除了频繁而虔诚的事神活动外，毛南山乡的诸多禁忌也与和融神灵的期盼有极密切的联系。此等禁忌在20世纪50年代初期仍极为普遍：

生产上的禁忌：

1. 戊日不种地，不犁田耙田，因毛难话"戊"字发音和腐字相近，怕在此日下田种地，将来种的作物像豆腐一样，长不好。

2. "立秋"之日不能进田地，怕以后田地中的野草铲除不尽。

3. 六月初六不能下田，怕禾生虫。

4. 逢"谷雨"日不能拿火出外，更不能烧火，否则会天旱。

5. 每年初种苞粟或撒秧时，必须选好日子。否则会受鸟兽等灾害。

6. 在种地或种田时，不能吹口哨，更不能讲野鸟及老鼠等兽类之名称，否则以后有鸟兽来吃作物。

7. 遇着赶街或往远处做生意时，如在路上遇见有人送丧时，认为不吉利，则不去。又忌别人坐在自己门外，因犯拦门生意。

8. 初教牛犁田或犁地时，不能和怀孕的妇女及其丈夫讲话，否则牛不听教。

9. 走远路或出去做生意时，煮饭不熟或打破碗盏就不去，怕在半路被匪抢。

生活上的禁忌：

1. 元月初一忌讲粗鲁话，更不能骂人，否则双方都不吉利。

2. 元月初一（农历）至十五忌洗衣、扫地、晒衣被在外，否则是扫家财。

3. 尝新玉米或新米时要看好日子，如收、成、开、闭等日子是好日子，忌危、破、建的不是好日子，否则粮食很快会吃完。如遇外人在那天来时，不能给他吃，甚至出嫁的女儿回来也不能吃，否则就等于危、破、建的日子一样。

4. 米仓及谷仓不许外人及小孩进去看，看了会有老鼠来吃。

5. 家有患重病的人，则用两根棍子支叉拦在门口，不准外人进，也不准用红纸写字贴在门外，否则病势会加重。

6. 灶上不能吐口水或用脚踩，否则会犯灶王；烧柴是必先将大的一头进灶，否则孕妇会发生倒产的危险；也不准放鞋子、衣裤和桐油灯在灶上。

7. 走远路前吃饭时，在盛第一碗饭之后忌将饭瓢上粘的饭刮到锅边，也不能将筷子上粘的饭刮到碗边，否则路上的草会割脚或脚起泡。

8. 神龛上不能放桐油，否则会犯祖先和供奉的神。

9. 元月初一初二不能吃青菜，怕以后田地生草多。

10. 别人来借水桶去挑水，用后送还时，不能将水桶成对的挑进来，只能用手提一个，扁担上挑一个。

11. 女子出嫁后，忌在回娘家时梳头或爬果树，怕树会枯死。

12. 见岩石崩落时，不能说有关岩石崩落的话，否则会有病。

13. 天下雨，不能戴着雨帽进屋里。

14. 赶街那天有外人进门时，不能踩门槛，因犯拦门生意。

结婚及生育的禁忌：

1. 新娘进门时孕妇要避开，否则新娘会嫌恶她的丈夫。

2. 新娘进门时，不能用脚踏门槛，不能抬头望神龛（因此神龛往往要用被面挡住），怕以后夫妇要闹意见。

3. 新娘出嫁，离家时不能回头望，否则以后都想回娘家，不想去男家。

4. 孕妇房内不能乱翻床铺和其他东西，屋内不能打钉，怕犯着胎儿，将来会流产。

5. 孕妇的丈夫不能打蛇，否则以后生下来的娃仔舌头会常常伸出来。

6. 产妇分娩后未满三天或七天，若要走出房外，必须用草席把灶挡住，否则"秽犯灶王"。

7. 初生婴儿未满三天不能见天。

8. 婴儿满月外婆来看，进门时，家人手提锅盖，让外婆从锅盖下走过，否则婴儿会生病。

丧葬的禁忌：

　　1. 为死者洗身的人，未满十天不能进别人的家，怕"秽气"大，惊动别人的家神。孝男、孝女在未出殡前也忌进别人家，怕别家也会有人死或生病。

　　2. 孝男孝女哭泣时，眼泪不能滴在尸体或棺材上。①

　　这些禁忌几乎都直接或间接地表达了毛南族人在传统社会生活中期盼与神灵建立和融关系的愿望。而这些和融神灵的期盼与实践，除了毛南族从岭南古百越族传承下来的文化基因以外，更多的应该系毛南山乡相对险恶、封闭的自然生态系统孕育所致。因为同为百越系民族，与周边其他百越系民族相较，毛南族与神灵和融的期盼要强烈得多，事神活动也繁杂得多。当周边其他百越系民族的传统神灵日渐销声匿迹的时候，毛南族的众多神灵仍然活跃在毛南山乡。即便在毛南山乡内部，深山峒场地带的神灵气息也远比丘陵水田地带要浓厚许多。

　　三是整体自然生态环境恶劣而局部田园美景偶有呈现，催生了毛南族优化自然、再造宜居生态环境，将自然生态美化与人们心境美化结合起来的美生化审美情趣。笔者曾经论言，从整体自然属性来讲，直至 20 世纪 50 年代初期，毛南山乡生态系统中的许多构成元素普遍恶劣，要达到养人的程度都极为不易，欲使其怡人、娱人多属奢望，故而在毛南族传统民歌和民间故事中，很难寻觅到牧歌式的田园景象。然而，毛南山乡局部、少数地区不乏风景秀丽的佳境。再者，毛南族一般百姓普遍心态平和，对生活期望不高。尽管需要比周边地区人们多付出几倍甚至十数倍的辛劳才能过上半饥半寒的生活，但毛南族下层百姓仍然深深眷恋着这方贫瘠的土地。因此，人们心理上对于生态和谐

毛南山乡凤腾山谭姓毛南族人公共墓地谭上达墓壁石雕"夏日垂钓"图。该墓建于清朝咸丰八年（1858）。

---

① 广西省民族事务委员会：《环江毛难人情况调查》，1953 年版，第 111—113 页。

的诠释极为简朴、豁达，常常在心境上编织出生态和谐的乐章，甚至有时候当极度努力而不能达致物质目的时，毛南族人往往善于通过心境建构来弥补物质上的空缺。其中某些宗教活动频繁举行，实为心境再造活动中极为重要的一环。情感元素丰富的民间社交活动则为另外重要一环。"每到旧历新年的头几天内，青年男女都集合到村外附近的山坡上对唱山歌，有时聚众至千数百人，非常热闹。这不但是有声有色的文娱活动，还是青年男女谈恋爱的好机会。据说在较早以前，毛难的青年男子到了晚上，常到别村，邀约年轻妇女到村外对唱山歌，家长知道也不干涉。"① 广西百越系民族往往能随遇而安，善于以多种娱乐活动营造和谐心境；心境的和谐，则能大幅度降低人们对于生态和谐的期望值与评价标准。与此同时，毛南族人也在现实生活中努力构建最为基本的、局部的生态和谐佳境，尽管有时候这样的构建理念本身就富含原始宗教色彩，成为神话仪式的有机组成部分："村寨和房屋无固定的方位和布局，多是选定在避风、光照充足的山麓地方建筑。许多古老的村寨，村后均有茂密的风水林，视为祖先神灵所居，严禁砍伐，故林木葱葱，防止了水土流失，保住了水源，形成良好的生态环境。"② 除了与原始宗教观念密切相关的良性生态系统构建意识与构建场所外，毛南族人追求生态和谐的理念也扩散至自然环境中的其他领域。③ 在毛南族的墓葬石刻中，不乏自然生态和美、人们在其中怡然自乐的艺术画面。正是这样的审美创造活动，构建了毛南族人在整体恶劣而局部优美的自然生态环境中，知足且祥和的美生式生活情景，推动了毛南山乡由求生式审美风尚逐渐向宜生式和美生式审美风尚的追求与转变。当20世纪50年代社会剧变以后，尤其到了20世纪90年代，毛南山乡的自然生态得到根本性优化以后，毛南山乡的美生式审美风尚得到普及和强化，成为最为引人注目的、主流型的审美风尚。

三　神灵遍布的世界

本来，在岭南古百越民族中，自古以来巫鬼气息就极为浓厚，源自于自然崇拜和祖先崇拜观念的神灵队伍极为庞大，与这两类神灵相关的活动也极为繁盛。"万物有灵"和"祖先崇拜"等观念在岭南古百越族文化中多有所见，而信鬼神、重淫祀，从古至今几乎成为岭南尤其广右古百越族

---

① 广西省民族事务委员会：《环江毛难人情况调查》，1953 年版，第 92 页。
② 广西壮族自治区编辑组：《广西仫佬族毛难族社会历史调查》，广西民族出版社 1987 年版，第 41 页。
③ 吕瑞荣、谭亚洲、覃自昆：《毛南族神话的生态阐释》，广西人民出版社 2012 年版，第 243 页。

及其后裔民族包括毛南族长盛不衰的社会风气。"先秦时期，瓯骆人盛行巫术，笃信鬼神……人们认为灾难来临之前，保护自己的神、鬼会给予人们以某种暗示，这就是征兆。而这种征兆并不是人们所能知晓，必须通过巫师问神，这就产生了巫卜。其中最流行的是鸡卜和蛋卜。"① "祭蒙官必须马；延法女赎魂所费颇多；还三界愿以牛八；庙愿均用大豕。"② 唐代张鷟在《朝野佥载》卷五记载："岭南风俗，家有人病，先杀鸡、鹅以祀之，将为修福。若不差，即次以杀猪、狗以祈之。不差，即次杀太牢以祷之。更不差，即是命，不复更祷。"宋代周去非曾经为官岭右，其著作中记载广右民俗："广右敬事雷神，谓之天神，其祭曰祭天……其祭之也，六畜必具，多至百牲，祭之必三：初年薄祭，中年稍丰，末年盛祭。每祭，则养牲三年而后克盛祭。"③ 一直到 20 世纪 50 年代前期，广西百越系民族如壮、侗、水、仫佬、毛南等民族仍然笃信万物有灵，自然崇拜之风甚炽，视山、石、草、木以及飞禽走兽等属有灵，对其顶礼膜拜。④ 古时候，人们对自然百物及其所产生的现象难以理解，从而产生对他们的盲目崇拜观念。"这种对自然崇拜的遗风，还长期保留在广西少数民族的日常生活中。"岭南尤其广右地区的人们直到今天仍然普遍"认为死者灵魂不灭，死后要给他在阴间生活的舒服，以便保佑子孙后代"，此系原始的祖先崇拜意识的残留。⑤ 主要生活于岭南广右地区的"瓯骆民族最早的宗教信仰，也与世界上许多古老民族一样，是自然崇拜"，其自然崇拜的表现形式便是包括火神崇拜、水神崇拜、树木崇拜、土地崇拜、山石崇拜，以及对自然界诸多元素的变体的崇拜等。⑥

　　毛南族在原始宗教观念方面极大地承袭了岭南古百越民族的这种自然崇拜和祖先崇拜的传统。与广西百越系其他民族一样，毛南族有着庞大的土生土长的神灵队伍，而这一神灵队伍主要由自然物和正常逝去的先辈神化而成。随着道教及佛教的传入，毛南山乡本就极为庞大的神灵队伍又增加了许多外来神灵的身影。说毛南山乡的传统社会是一个充满神灵的世界一点也不过分。"毛南族有名字的神共有 58 尊，每一尊神都

① 张声震等：《壮族通史》，民族出版社 1997 年版，第 223—225 页。

② 梁构、吴瑜：《思恩县志》，民国二十二年九月铅印，（台北）成文出版社有限公司 1975 年版，第 85 页。

③ （宋）周去非：《岭外代答》，广西民族大学图书馆排印馆藏本，第 121 页。

④ 广西壮族自治区地方志编纂委员会：《广西通志·民俗志》，广西人民出版社 1992 年版，第 362—364 页。

⑤ 钟文典等：《广西通史》第一卷，广西人民出版社 1999 年版，第 20 页。

⑥ 张声震等：《壮族通史》，民族出版社 1997 年版，第 225—230 页。

有一个神话故事。按人口比例，毛南族是一个造神最多的民族，是一个富于'造神'能力的民族。"① （按照 1953 年 9 月 27 日的统计数字，其时毛南族总人口不足 19000 人。）传统社会中毛南族的艰难处境需要借助神灵来舒缓内心压力，他们创造的神灵似乎也能给其生活增加相应的期盼，二者相互为用，毛南山乡的神灵气氛格外浓郁。这也是传统的毛南山乡最为重要的特色，在某种程度上讲也是毛南山乡与周边其他地区最为重要的差异。

　　尽管在表现形式上，甚至在一些人的认识中，毛南族人信奉的是道教——尤其在毛南山乡最为重要的神职人员三元公的认识中，他们源于道教中的茅山教派，而且尊奉道教中的三元为自己的祖师。但实际上，毛南族人"迷信'万物有灵'的原始宗教，也吸收壮、汉族的宗教影响"②。毛南山乡传统社会所行的实际为以原始宗教为核心，杂糅了道教、佛教等外来宗教元素的混融宗教。因此，毛南山乡的神灵谱系以毛南族原始宗教范畴内的神灵为主，兼有道教及佛教体系内的神灵。传统社会生活中的毛南族人最为尊崇的当系源于其原始宗教观念的神灵。这样的宗教观念在很大程度上主宰了毛南山乡传统的审美风尚。

第二节　古朴淳厚的习俗

一　母权制遗迹多见

　　在百越系民族乃至居住在广西各地的民族，包括汉族，其传统观念里对于舅权的敬畏与尊重，往往被视作为人的重要准则，成为社会评判其为人高下的重要指标。此种情形成为人们日常生活中必须遵守的伦序。笔者曾经亲眼多见，文献中也有记录："广西各民族的家规……舅父有权威，一般兄弟分家，要舅父到场主持公道；母亲去世，先向舅父报丧，舅父到场，方可入殓；红白喜事，要请舅父坐上席。"③ 居于八桂的汉、瑶、苗等民族有"娘亲舅大，爷（即父亲）亲叔大"之说。父权与母权虽然在

① 丘振声：《毛南族神话研究·序》，广西人民出版社 1994 年版。
② 广西壮族自治区编辑组：《广西仫佬族毛难族社会历史调查》，广西民族出版社 1987 年版，第 49 页。
③ 广西壮族自治区地方志编纂委员会：《广西通志·民俗志》，广西人民出版社 1992 年版，第 150 页。

传统观念中被置于平等的地位，但在家庭重要仪式诸如婚丧娶嫁等仪式中，外祖父及舅父往往居于最为高贵的规格，其是否亲临以及所表现的态度甚至决定了仪式的顺利与喜庆程度。壮族民间有谚云："地上舅公大，天上雷公大。"①

毛南山乡的这种母权制社会遗留迹象几乎随处可见，甚至在很大程度上主导着人们的观念走向。毛南族有"舅权大过天"的信条，舅权被提高到无以复加的境界："在毛南人的心目中，舅舅是家族中权力最大的长者。尤其在建国前，外甥家里的事，无论巨细，从吃饭到婚姻、治丧、建屋以及分家等等，舅舅都有权过问。没有得到他的点头应允，就一事无成。因此，说舅权无所不在，一点也不过分。"② 毛南族过除夕，年轻的妈妈们要到娘家为孩童"领魂"：除夕日一大早，年轻的母亲要备办礼物回娘家（路远的要提前一天回娘家）。娘家人要备办红蛋等物，母亲带着这些礼物在除夕晚饭前赶回夫家（没有年轻母亲回娘家或者年轻母亲不能回娘家的，娘家需派人将红蛋等物品在除夕晚饭前送到孩童家）。主妇将娘家送的红蛋等物品供奉在大堂香火牌位前。等一切祭祀活动结束以后，大人让孩童分领红蛋，谓之"领新魂"③。此意谓孩童原属于舅家的，只是舅家将孩童形骸赋予父家，但仍然掌握着孩童的魂灵，每年要履行一定的仪式，将生命力强盛的新魂赋予父家，孩童在新的一年里才能健康成长。神权遍布下的母权隆盛，成为毛南山乡审美风尚的重要特征，并由此产生了相应的文艺活动及产品。毛南山乡母权制社会遗风的弥漫，导致毛南族人在建构神灵谱系的时候对女神尤其主管生育的女神给予特别的关爱和尊崇，因而令其整体社会平添了诸多的古朴色彩。在毛南山乡，主管生育以及护佑孩童平安成长的婆王（也被称为"花婆"、"圣母婆王"、"花婆圣母"等）被赋予崇高而庄严的地位。由此衍生出来的一系列艺术元素极为丰富的活动，成为毛南族传统社会生活中最为虔诚的宗教活动，并因此而产生了大量的文艺作品。

二　和融群体的期盼与实践

毛南山乡非常注重家规门风的建设，并将家规门风的优劣作为评价人们社会地位的重要标准。"如果家族或家庭成员中，有人违背了几百年来

①　张声震等：《壮族通史》，民族出版社 1997 年版，第 228—229 页。
②　卢敏飞、蒙国荣：《毛南山乡风情录》，四川民族出版社 1994 年版，第 27 页。
③　蒙国荣、谭贻生等：《毛南族风俗志》，中央民族学院出版社 1988 年版，第 148—149 页。

约定俗成的社会伦理道德和家庭生活准则，他就会被指责为'败家子'、
'败坏门风'，受到社会舆论所谴责和人们的侧目。"① 毛南族人还将这些
伦理道德标准细化为生活中的具体言行规则，并且严格地施行，有很多还
被视为禁忌。如果屡次践踏社会伦理而未能矫正或悔改，村寨可以将某一
户或者某一人驱逐出村寨，吊销其"村籍"或"寨籍"。这样的处罚方式
非常有震慑力。被吊销"村籍"或"寨籍"的人顷刻间社会地位一落千
丈或者完全丧失社会地位。毛南山乡正是采取倡导与惩罚并行的措施，使
得其地社会风气和谐醇美。笔者赴毛南山乡考察，曾经有一段经历被记入
考察札记中并在几处地方引用：

　　2011 年 6 月 23 日下午 5 时许到下南，住谭旭生家庭旅馆。约 6：30
到圩上谭俊敏家小饭馆吃饭。饭后笔者聊起到下南目的，俊敏即主动
用两轮摩托带至波川小学（距圩场约 3 公里）看"谭家世谱"碑，
拍照若干。俊敏听闻我欲次日访凤腾山古墓群，且只能步行前往，遂
遗憾地说："可惜我明天有两桌客人，脱不开身，不然我用摩托送你
去。"旭生、俊敏均为毛南族，笔者初次拜识。

　　返回至谭旭生门店，询其"圣母山"事，旭生未能详说。旁有
一年约 70 岁老者趋前详说圣母山形胜。言谈中，旭生先生离去，未
几，推一电动三轮摩托至店门前，坚持要带老者与我至圣母山下。旭
生年约 65 岁，门店距圣母山脚约 4 公里。天晚矣，虽已至圣母山下，
只可仰见山体轮廓。

　　24 日早步行赴凤腾山。由下南六圩至凤腾山约 16 里，有一乡村
公路，因雨水毁坏基本不通汽车，偶见乡民骑两轮摩托往来。约 8 时
到古墓群。墓地脉势雄壮，背景稳健，前境开阔，远处矗立一峰，势
若笔立。拍照若干。

　　由墓地下来，行至路口，恰遇一男子骑摩托由远而近，遂招手
示意。该男子停车询问何故。乃趋前致辞曰，吾系远方来客，清晨
从下南六圩步行而来参观古墓。现欲返回下南六圩。腰腿疲软矣，
想搭个便车。该男子欣然应允。彼云"谭永恒"，川山镇人，毛南
族，往来于中南、下南各村屯，以屠猪为业。"我要去中南办事，
恐怕带你不远。如果你能够在中南等我一下，我可以一直带你到下
南。"我喜出望外。到中南稍停片刻，永恒的伙伴已从另一山村购

①　卢敏飞、蒙国荣：《毛南山乡风情录》，四川民族出版社 1994 年版，第 11 页。

一肉猪至矣。永恒与其交代清楚，即搭我到下南。路面为沙石铺就，坑洼相接，颠簸异常，但远比步行省力省时多了。与永恒在途中合影留念。

中南、下南民风古朴，其民厚道热情，为此行印象最为深切者。

毛南族在历史发展过程中曾经与原居住于毛南山乡的白裤瑶族、水族等发生过竞争，他们之间也曾产生过较为深刻的矛盾，但毛南族在后来的实际行动中对这些不愉快的经历作出了较为深刻的反思，并将白裤瑶族的头人塑造、尊奉为毛南族的神灵。此足见毛南族和融群体与和融社会胸怀的宽厚与博大。

第三节　平和开放的胸襟

一　族源的多元性

长期以来，广西持续着多民族的交流与融合。生活在毛南山乡的毛南族与广西境内许多其他少数民族一样，在形成与发展的过程中广泛地融合了包括汉民族在内的多个民族的血液，包括体制上的和文化上的。在毛南族几个大姓的口传史诗或族谱记载中，其父系始祖均为来自湖南、山东、福建等地的汉人，与当地女子成婚后繁衍成族。尽管口头传说或族谱记载并非全等于民族形成与发展的信史，但这样的口传史诗与族谱在广西却有着可信的历史文化背景：民国时期广西省政府十年建设编纂委员会编写、民国三十五年四月出版的《桂政纪实》上篇383页记载："广西位处中国西南边陲，山岭重叠，交通梗阻。夏商之际，为荆州之南缴（徼），周末为百越之地。直至秦灭六国，始皇挟其统一中原之余威，先后派其部将王翦、屠睢，率兵南进，遂将百越平定而分置郡县。"有广西壮族学者研究证明，上古时期汉语和壮语中的许多基本词语，其声母和韵母有较为整齐的对应关系。亦即上古汉语和壮语的许多基本词语有着共同的来源①，这说明岭南百越系民族与中国中、北部地区的汉族在文化方面具有很大的同源关系。商朝时期，包括现今广西范围内的地区向商王朝进贡"仓吾翡翠"；周王朝把岭南的百越划为统治范围；到楚国称霸以后，岭南百越之

---

① 蒙元耀：《壮汉语同源词研究》，民族出版社2010年版，第28—343页。

地又成了楚国的势力范围。① 20 世纪 70 年代，广西武鸣县农民在劳动中发现并出土的商代青铜器，至今陈列在广西壮族自治区博物馆。② 秦汉以降，岭北汉人更多南下，汉民族与今广西地区的百越系民族融合速度加快，规模也迅速扩大。这是毛南族先民与包括汉族及苗、瑶系民族在内的其他民族先民相融合的大背景。"宋、明时期，封建王朝……在这一带（指毛南山区及其周边地区——笔者注）设立卫、所，驻兵屯田等，都有大批汉族和其他民族的人来到毛南地方，其中有的安家落户。"③ 这样的人员迁徙及民族之间的融合，可以看作是毛南族先民与包括汉族在内的其他民族融合的必然现象。这样的民族融合及民族间的文化融合，为毛南族开阔的文化胸怀的形成与发展奠定了坚实的基础。

明清乃至民国时期，毛南山乡及其周边地区各民族相互融合，进而形成了毛南山乡及其周边地区的毛南族。蒙姓毛南族人来自今环江毛南族自治县北部地区，后来定居毛南山乡生息繁衍，成为毛南山乡的大姓之一；传说韦姓毛南族人系由壮族同化为毛南族；颜姓毛南族人的祖先系未能迁往他地而留下来的瑶族（白裤瑶）。即便如毛南山乡毛南族大姓谭姓毛南族人，有一些就是近代甚至民国时期由其他姓氏同化为谭姓的。尽管在这种融合或同化的过程中出现了这样或那样的情况，对于某些被迫同化的群体而言甚至是不好的记忆，但毛南族来源多样这一事实本身既强化了毛南山乡的文化多样性，又促使毛南山乡的文化整体性得到了统一和加强，从而为毛南族较为宏阔的文化心胸的形成与发展创造了极为有利的条件。

多来源的民族群体融合为毛南山乡形成并发展的审美风尚整体奠定了基础，也为毛南山乡审美风尚的多方向流变营造了较为良好的文化氛围。族源的多元性促使毛南山乡的居民——土著的和外来的——在一个相对狭小且封闭的空间里更多更快地融合在一起，包括语言、建筑、饮食、服饰、宗教信仰、劳作方式等。《谭家世谱》碑记载，谭姓毛南族人男性始祖刚到毛南山乡的时候，所看到的景象是"苗语难通，生疏礼貌，百味用酸，妇女穿衣无裙"；定居毛南山乡以后，"多蒙益友方刚振，始而结

---

① 钟文典等：《广西通史》第一卷，广西人民出版社 1999 年版，第 23—24 页。

② 1974 年 1 月 19 日，广西武鸣县马头公社全苏大队第一生产队农科组的几名社员正在村附近的免岭挖地修筑粪池。其中一名社员一锄头挥下去，挖出一件有纹饰的铜器。他把挖出来的铜器清洗干净后，送往当时的公社革委会。公社立刻拨通了县文化局电话，县文化局又立刻通知了自治区文化局。这件青铜器是一件盛酒器，称为铜卣。铜卣高 40 厘米，腹部宽 19 厘米，重 10 公斤，且有提梁、有盖，呈椭圆形。因为器物的盖面和腹部是浮雕式的明显兽面纹，最终，它被专家命名为"兽面纹提梁铜卣"，属于标准的商代青铜器，系商代晚期的遗物。

③ 《毛南族简史》修订本编写组：《毛南族简史》，民族出版社 2008 年版，第 15 页。

盟，继而姻婚，生育男女，玲珑智慧。庶几苗瑶散于四方，由是出作入息，耕食凿饮，土苗互语，了然明白，田产器皿，绰然有余。将见交朋结友，情义和稔，男姻女嫁，了配风光"①。应该说，即便是在封建时代，在交通极为闭塞的毛南山乡，外来汉人与当地土著群体之间的文化融合，以及毛南族人与周边其他少数民族融合的结果，于审美风尚的影响是较为广泛和深远的。毛南语的形成和流变就深受汉语及周边其他少数民族语言，尤其壮语、仫佬语的深刻影响。毛南族学者谭亚洲先生曾经跟笔者说，毛南语就是汉语和当地土语融合再造的产物。②此说虽然有待语言学家的考证，但切近毛南山乡多民族文化融合而成为一种新的文化——毛南族文化——的真实情况，却是不争的事实。

二　乐于接受他族文化

即便是毛南族人，他们自己也认为，在毛南山乡及其周边的少数民族当中，其汉文化水平最高，而且常常为此自豪。③这种乐于接受周边其他民族文化，同时又对自己独特的根性文化依依不舍的情感与作为，造就了毛南山乡独特的文化现象：在岭南古百越文化元素被保持得极为丰富和完整的同时，其他民族尤其汉族较为先进的文化元素被大量地引进到毛南山乡，其中有的还根据毛南山乡的实际情况被作出相应的改造。无论从纵向还是横向而言，毛南山乡吸收其他民族文化都是积极的，成果也是丰硕的。这成为毛南山乡审美风尚的一大鲜明特征。毛南山乡注重吸收他族文化元素并深刻地影响其审美风尚，主要体现出下述特点。

其一，毛南族在吸收他族先进文化方面注重保持心理上的畅通渠道。心理方面的文化藩篱，往往是不同民族之间进行文化交流与融合的大敌，也是民族自我封闭的牢笼，是促使民族整体文化裹足不前、最终导致民族整体素质下降的要害之一。这样的心理藩篱对于人口较少、整体文化处于相对弱势地位的民族，危害更为巨大和深远。毛南山乡在地理上相对封

---

① 《谭家世谱》碑。清乾隆戊申年（1788）刊立，今保存于环江毛南族自治县下南乡波川小学内。

② 2012年10月25日至28日，毛南族诗人、作家、学者谭亚洲先生（于毛南山乡的古周村出生、长大，曾供职于环江毛南族自治县邮局和文化局，在环江毛南族自治县文联副主席任上退休后到环江毛南族自治县洛阳镇团结村团社屯居住）在家中举办肥套仪式，邀请笔者前往参观。肥套仪式中有许多道白用毛南语。在谈到毛南语时，谭亚洲先生说："我们老祖宗从湖南来到毛南山乡的时候，当地人说的话他听不懂，他说的话当地人听不懂。时间长了，双方靠近一步，后来就成了毛南话。"谭先生说完仰头大笑。

③ 韩德明：《与神共舞——毛南族傩文化考察札记》，广西人民出版社2006年版，第125—130页。

闭，但毛南族人在文化心理上极为注重保持开放的状态，注重吸收汉、壮等民族较为先进的文化元素，以促使本民族在文化上尽可能与周边较为先进的民族的发展步伐相同。在教育上，毛南族尽可能多地学习并采用汉文化教育，很早就主动接受传统的儒家文化观念，尽可能促使毛南山乡快速融入汉文化教育体系。明朝万历三十六年（1598），思恩县（环江毛南族自治县前身）始设学宫于县城；清朝乾隆年间，毛南山乡开始建立私塾，同时期毛南人子弟入县庠就学，毛南山乡好学、助学之风日渐炽热。到清末及民初，毛南山乡几成思恩县文化教育的首善之区，有"三南文风颇盛"的美誉。旧时毛南山乡百姓日常交流用毛南语，但演唱民歌则多用壮语，在重大仪式（例如毛南山乡人生大典"肥套"）中，神职人员的道白经常采用汉语（西南官话），碑文、楹联基本上用较为规范的汉文。开敞的文化胸怀，不仅使得毛南山乡在整体文化水平上与周边其他地区无太大差异，即便在一些传统的符号性文艺形态上，也凝聚有浓厚的多民族文化融合而成的色彩。

其二，毛南族对于本民族的传统文化始终保持恰当的自信与自尊。我们衡量开放的文化胸怀是否科学，其标准应该主要包含两个方面：一个是能否正确地对待他族或他地的文化，另一个是在他族或他地的文化面前能否对自己的文化有正确的认识。这两者任何一方面缺位或者有所偏颇，所谓"开放的文化胸怀"就是不全面的，因而是有欠科学的。这实际上是能否处理好本土文化与客体文化的关系问题。毛南族比较好地处理了这一关系，尽管这样的处理有时候是不自觉或者缺乏足够理性的。毛南族在很长时期内，在吸收他族文化或其元素的同时，并没有片面地舍弃自己的根性文化及其元素，而是注重保留和改造自己的本土文化，借用外来文化的推力凝聚和优化本土文化的特色。当外来戏剧及其元素浸染毛南山乡的时候，毛南山乡神灵色彩浓厚的宗教仪式没有因此绝迹或停滞不前，而是变得更具综合性、教育性、娱乐性和观赏性；当现代楼房在毛南山乡显示出日益强大的实用性和美观性的同时，适合于毛南山乡地理与气候特征的干栏式建制仍然发挥着作用；当外来绘画和服饰对毛南山乡的视觉习惯形成冲击的时候，毛南山乡的雕塑和宗教仪式用画则一如既往地充满着原始宗教的神秘气氛；当现代影视在毛南山乡施展着美丽的时候，群众娱乐场所和重要的人生仪式上仍然是传统的吟唱与歌舞。毛南山乡一直在探寻着传统文化前行的足迹。

其三，注重将外来文化及其元素融进本土文艺形态之中，使其为本土文学艺术的符号性特点凝聚服务。这方面最能体现毛南族人的性格，也是毛南山乡自然生态对毛南族人的要求以及将努力适应生存环境的生活态度迁移到文艺创造和艺术审美观念上的表现——恶劣的自然环境给予毛南族人创造物质财富的机会极其有限，毛南族人唯有精心谋划、精耕细作，才有可能获得极为菲薄的收入。这样的劳作惯性延伸到艺术审美和艺术创造领域，就导致毛南族人极其珍视并精心利用从外界获得的文学艺术元素。这就促使毛南山乡形成了极为注重精致性的艺术审美风尚——毛南山乡具有符号性的文艺品种数量极为有限，但它们却被毛南族人打造得尽善尽美。无论从一般民间传说，还是从毛南族符号性文艺品种的整体呈现，毛南山乡的文艺形态都富含他族的文化元素，但这些文艺品种从形式到内容都出自毛南山乡这一独特熔炉，具有毛南山乡的独特标识。毛南山乡的干栏石楼、顶卡花、傩面以及综合宗教仪式"肥套"，无不系这一特征的集中体现。

三 积极顺应社会发展

能否顺应整体社会发展，适时、果断地革除文艺观念及文艺形态中严重落后于时代的成分，往往体现出一个民族的文化勇气，也从某些侧面体现出一个民族的某些艺术的活力。尽管主要由于自然生态的原因——环境相对封闭，祈求生存与追求改善生活极为不易等——毛南山乡的人们更相信自然或者自然元素化身的神灵的力量，但他们也逐渐感觉到某些文艺形态乃至文化观念需要适应社会的发展，尽管这样的感觉有时候不是通过理性探讨，而是通过文艺实践体现出来。作为毛南山乡的一个特殊群体——三元公（师公）群体，在毛南山乡享有较为崇高的社会地位和声誉，在某种程度上讲，他们是毛南山乡传统社会中民族传统文化的重要继承者和主要传播者。他们在举行宗教仪式的时候，往往坚持毛南语和汉语（西南官话）夹杂使用——对于许多毛南族下层百姓来讲，旧时候听、说汉语是一件较为困难的事。这样的坚持对于其宗教仪式本身没有太大的帮助，但却顺应了整体社会的发展，各地区及各民族人民必须相互交流、加强交流的历史发展大势——也许这样的高度和深度在每一个三元公的认识中并不一定有坚定而系统的地位，但三元公们用实际行动体现出这样的高度和深度。毛南族傩面在发展的过程中逐渐舍弃了原始宗教观念中的恐怖色彩，而强化了艺术审美特性。随着毛南山乡及其周边地区青年男女交往风俗的改变，顶卡花的表情功能逐渐淡化以后，毛南族民间艺人强化了顶卡花的艺术收藏价值。毛南族综合宗教仪式"肥套"在表演场次上增加娱人成分更多的环节，减少了原始的唱神跳神情节，从而使这一古老的宗教仪式更多地往艺术审美方向发展。正是这种积极顺应社会历史潮流发展大势的心态与实践，毛南山乡的艺术审美观念在古朴、简洁的基础上，展现出合时代、合潮流、合需求的发展趋势。

　　毛南山乡人在顺应社会发展方面还注重对自己文化心态的调整。毛南山乡人的性格往往呈现出多重性：注重行事过程中的进取与勤勉，但对于结果则采取淡泊与超然的心态。这种进取、勤勉与淡泊、超然的复杂融合体，极大地影响着毛南山乡人看待世事变幻的观念：当社会发展导致毛南山乡的某些文化事象发生变化时，人们并不急于评论或制止；即便他族人或域外人对毛南山乡的某些传统文化事象暂时未能深解时，他们也不急于剖白。① 社会发展了，各民族、各地域人们交流的机会日益增多，适当地调整文化心态，对一些事象采取相应宽容而不是过分较真的淡然心态，既是毛南山乡人良好的传统文化观念，也是他们平和开放的文化心胸在内涵和外延方面的拓展。

---

① 2011 年 7 月 14 日，笔者与毛南族学者谭亚洲先生同住于环江毛南族自治县县城的长城宾馆。其间笔者随手翻看宾馆提供的《美丽神奇的环江》画册。画册上有青年舞者以毛南族"肥套"仪式傩舞为素材新创的舞蹈剧照。谭先生微笑着说："那是青年人弄的，跟毛南傩戏有很大差异。"然后不再深论。2012 年 10 月 26 日，笔者在"肥套"现场观摩的间隙中，与表演班子的三元公覃万畅（法号仁畅，男，62 岁，环江毛南族自治县下南乡玉环村下开屯人。1980 年师从其父做三元公。父、祖辈皆三元公。曾为下南乡玉环小学教师。任教期间偶尔参加师公班子做"肥套"，2011 年退休后常营此业）谈起不同"肥套"表演戏班所表演的仪式有所不同时，覃先生说："以前许多师公使用的手抄经文本经常出现错字、漏字的情况。师公在使用的过程中可以根据自己的理解对经文进行修改，也可以参照好的本子完善。这种情况很多见。只要经文意思不发生根本性变化，师公都可以根据自己的理解对经文进行改进，以便使词句更完善。还可以添加现实社会中发生的情事，以便使故事更生动。例如鲁仙在表演中描述来主办者之家路上的所见所闻，可以照搬经文本上原有的，也可以全部自己临时创作。一般自己临时创作的比较新颖生动，表演效果比较好，更能吸引观众的注意。"毛南族三元公对于"肥套"仪式及其形式与内容基本上抱持执著与融通的心态。"肥套"是毛南族人生大典，一般不在家里随便谈论。但外人不明就里，偶然谈起，毛南族当事人也不以为怪，常常一笑置之。毛南族在生产和生活中有许多禁忌，但外来人因不了解而触犯时，毛南族人常常予以宽容——2012 年 10 月 25 日至 28 日，笔者在现场观摩"肥套"时，亲眼见到几件此类事例。

第二章 淳厚凄清之美:礼俗歌与《枫蛾歌》

广西多山,旧时人们在山岭中劳作、行走,多喜欢以歌咏自娱或娱人,因为歌咏之声能够在一定程度上驱逐内心的寂寞与恐惧。这一习俗不唯毛南族有,也遍行于岭右其他百越系及苗瑶系民族,甚至在汉族中也极为浓厚。很多时候的田畴山野,歌答之声往往此伏彼起。毛南族人喜欢唱歌,也善于唱歌,"唱歌是他们最普遍的文娱活动"①。"毛南族人民生活在桂西北大石山区,在他们中间口头流传有许多反映古代毛南族先民生活状态和思想意识的古歌谣。"② 早在清朝咸丰年间,曾有当地文人记录、翻译过属于毛南族的"蛮歌",其中有两首颇具名气:"送君至何处?送至河水头。思君如河水,千里共悠悠。送君至何处?送至杨柳桥。思君如杨柳,万缕复千条。""出门采念子,念子盈袖衣。出门望郎君,郎君何日归。六月念子苦,八月念子甘。寄将念子盒,滋味教郎尝。"③ 其比兴手法的娴熟运用,令人慨叹。

在传统的风俗习惯里,毛南族家庭或者人生之中有许多仪式,其中有一些仪式是较为重要的。在这种重要的仪式当中,往往伴随着歌唱,借以表情达意或者推动仪式进程。此类歌谣被称为"礼俗歌",在反映毛南族传统社会形式、体现毛南族传统社会生活中的情感追求等方面,均有典型性。毛南族礼俗歌对于场景、内容及行歌者往往有特定的要求,所表达的意义也较为规范,是毛南族传统社会习俗与审美风尚的重要载体,也是毛南族传统文化的重要方面,能够在一定程度上体现毛南族社会发展的某些痕迹。毛南族传统礼俗歌有的被收集整理后载于较为规范的文本,有的出自歌手的即兴创作。本书的研究对象,基本上限于已经刊载于规范文本的

---

① 蒙国荣、王弋丁等:《毛南族文学史》,广西人民出版社1992年版,第96页。
② 曾宏华、谭亚洲:《毛南族古歌研究》,《歌海》2010年第3期。
③ 莫家仁:《毛南族》,民族出版社1988年版,第39页。念子,一种低矮灌木所结的果实,形如乳头,食指指头大小,中秋前后成熟,成熟后色紫黑,果肉柔绵而味甘美。广西各地山岭所在多有。因其乳头形状,常常有女性尤其母性(由母性而延伸出故土情怀)等蕴意。

礼俗歌谣；未见规范文本刊载的，暂时难以纳入本书之中。

除一些具有史料价值的叙事诗歌以外，毛南族以虚构的人物和情节作为艺术形象塑造材料的传统叙事歌谣不多，尤其长篇叙事歌谣更是凤毛麟角。《枫蛾歌》可谓毛南族传统长篇叙事歌谣中的佼佼者。《枫蛾歌》在一定程度上代表了毛南族民歌的最高成就，是毛南族传统社会某一方面及民歌艺术的缩影，在毛南族民歌艺术中具有相应的典型意义，是毛南山乡文艺生态中的重要元素。

第一节　礼俗歌

一　礼俗歌类型

毛南族崇文、重礼、好客，在人生及家庭重大事项中，往往有一套程式规范、过程复杂和层次分明的礼仪（一般来讲，行礼俗歌的仪式不包括专门的宗教仪式），其中伴随着唱诵表演。因此，在人生或家庭重大仪式中演唱的歌谣，被归为礼俗歌的范畴。毛南族传统社会生活中视为重大礼仪的有婚礼、作客、建屋、祝寿和丧葬等。这些仪式都要伴随歌唱。歌唱不仅有特定的唱词和曲调，有时还规定演唱者的身份。毛南族传统礼俗歌主要有以下几类。

1. 婚礼歌

婚礼是毛南山乡人传统生活中的重要仪式，整个婚礼主要分为娘家仪式和夫家仪式两个阶段，每个阶段有歌师演唱特定的礼仪歌。婚礼当天，男方迎亲的人赶赴女家，在正午时刻前吃过午饭。正午时起女家开始举行折被仪式。新娘的母亲用铜盆盛满染红的鸡蛋及其他果品，由儿女双全的姑、嫂或伯母、婶母将陪嫁的被子折成四方形，被子中包裹一些象征吉祥的红蛋、香粽、谷穗以及果品等物，然后用红丝线或红棉线十字交叉将被子捆好。一边折被，一边由女歌师唱《折被歌》（毛南语叫《欢折棉》。"欢"是毛南族民歌的一种主要体裁，带有"罗喂"衬音，也叫"罗喂歌"，多用于演唱祝贺歌、仪式歌和情歌等）。《折被歌》一般用壮语演唱：[1]

---

[1]　本书所引民歌主要以《毛南族民歌选》（袁凤辰、谭贻生等编，广西民族出版社1987年版）和《毛南族民歌》（蒙国荣、谭亚洲译注，广西民族出版社1999年版）为蓝本，参考其他版本所载同一民歌，并结合本书作者田野资料，对个别字句和标点符号略作核正。下同。无特殊情况不再注明。

喜折新被送嫁妆，口唱欢歌先敬香火堂。①
阿侬出门去婆家，梳妆打扮做新娘。
阿妈日想夜做梦，指望鸾凤早成双。
久积的金银布帛藏箱底，大喜之日才开箱。
新织锦被红彤彤，金龙绣在锦被上。

开通山溪连大海，龙凤衔珠拜新堂。
折起新被第一张，红蛋香粽被里放。
粽叶包着芝麻拌香糯，红蛋个个蛋双黄。②
张张新被阿妈亲手织，儿女睡来暖心房。
张张新被包含妈心愿，但愿来年桃李满园香。③

折起新被第二张，选的谷穗长又长。
粒粒糯谷金闪闪，穗穗糯谷喷喷香。
送到婆家做良种，早发莞来早灌浆。
青青禾苗满田峒，八月秋收谷满仓。

折起新被第三张，金桔蜜柑大又黄。
掰开柑皮好比莲花瓣，送给阿婆阿公亲口尝。
柑籽留下做种子，种在屋前石凳旁。
枝粗叶茂四季绿，甜果密密满枝上。
……

　　新棉被一直折至第九张，《欢折棉》也一直伴唱，最后还有一段总括，再将折好的棉被收拾齐整置于抬架上（毛南语叫"岗棉"，意即抬棉被的担盒）这一段仪式才告结束。然后女歌师唱起《嘱咐歌》（毛南语叫《比言》，"比"是毛南族民间歌谣的一种体裁，带有"罗嗨"衬音，也叫"罗嗨歌"，"比"多用于演唱情歌和苦歌，长于抒发忧伤情怀）。《嘱咐歌》用壮语演唱：

---

① 香火堂，即毛南族民居大堂正面悬挂或张贴写有祖先及神灵牌位的板壁或墙壁，置有香炉，四时节庆或者家中有重大事务需要燃香化纸。香火堂是毛南族民居中极为神圣的地方。
② 毛南族民俗常将蛋之双黄喻示夫妇生双胞胎。这里是表达一种对于子孙繁盛的美好祝愿和期盼。
③ 毛南族传统观念崇尚多子多福，因此这里的"桃李满园"喻示儿女繁盛，表达的仍然是祝福与期盼之意。

还在花山婆王就吩咐，① 是女儿就要出嫁莫阻拦。
塘里的鱼苗大了还分塘，子女都挤在一家也是难。
侬像山中的斑鸠鸟，各栖一树把身安。
侬像浅泥瘦地一枝柳，本该栽到好园配牡丹。

男婚女嫁古来人间事，侬要牢记在心窝。
母女分别无关碍，侬多关照阿公和阿婆。
天上七星随北斗，地上阿妹配阿哥。
到时侬下阶梯去婆家，要穿花衣戴绫罗。

媒婆前面带路侬就跟，出了家门莫要回头望。
低头走过三重坳，娘伴陪送侬莫慌。②
撑伞戴帽莫给歪，带到婆家侬慢放。
扶你登梯进屋堂，莫踩门槛免遭殃。③

吉日过后娘伴回家转，你在婆家莫乱想。
浆洗端拿要勤快，真心实意伴新郎。
千记莫跟村上后生闹吱喳，莫让公婆见了心发凉。
埋头乖乖做你分内事，时时记住自己是新娘。

立春雨水到惊蛰，侬要及时翻畲地。
四月立夏连小满，扯秧插田抢时机。
舂米满仓水满缸，公满意来婆欢喜。
农事季节未脱手，莫忙转回娘家过闲日。

嘱咐完毕，吉时已到，新娘走出大堂步下阶梯，与娘家人依依惜别，含泪唱起《出门下阶歌》（毛南语叫《比蹓几》）。《出门下阶歌》仍用壮语歌唱：

先前圣母立规矩，男女配合做夫妻。
男儿娶媳建家业，女儿嫁人随夫意。

---

① 在毛南族以及广西百越系其他民族传说中，婆王（又称花婆、花王圣母等）是人类的祖母神、生育神。
② 娘伴，犹言伴娘，壮语常常是中心词位置倒装。
③ 毛南族习俗中的一种禁忌：新娘进夫家堂屋时不能踩踏大门的门槛，否则新郎家不吉利。

理当在家还报父母恩，如今出门怎叫我暗哭泣？
身落夫家是正理，哪能强蛮傲脾气？

个个都是娘肚生，我不如人真悔恨。
生来是女要出嫁，离爹离娘好心疼。
躺在娘肚九月整，一世难忘养育恩。
服侍父母不到头，思来想去泪淋淋。

人虽走来心不走，出门三步想回头。
望见弟妹年纪都还小，去到夫家也难住得久。
阿婆早定喜事在今日，日子越近心里越担忧。
枉费爹妈养我长成人，负恩难报心发愁。
……

《出门下阶歌》一般 5 段 40 行，尽叙新娘思家恋亲之情，歌意凄婉忧伤。唱完后新娘随迎亲和送亲队伍上路。传统毛南族人迎亲、出嫁一般步行，不坐轿马，只有极少数的富裕家庭才用轿马。① 毛南山乡面积不大，毛南族传统婚姻大多依据"父母之命，媒妁之言"，人们择偶范围较狭窄，夫家和娘家往往相距不远甚或毗邻村寨。新娘到新郎家门口，夫家所请歌师唱《恭贺歌》。歌师为男性，用壮语演唱：

唱首山歌在屋前，恭贺主人喜事添。
新郎新娘成婚配，满堂吉庆乐无边。

唱首山歌在门口，笑迎新娘进门楼。
恭贺主家六畜旺，媳妇养猪大如牛。

唱首山歌在堂前，百年好合喜连连。
后生个个有文化，老人长寿活千年。

唱首山歌在新房，夫妻恩爱像鸳鸯。
男耕女织勤俭过日子，主家生活美满万年长。

---

① 广西省民族事务委员会：《环江毛难人情况调查》，1953 年版，第 73 页。

唱首山歌在灶旁，年年丰收谷金黄。

菜牛肥来饭菜香，全家个个保安康。

　　毛南族传统婚礼一般不拜堂，不拜天地和父母，不闹洞房，"据说只有个别家教严的才拜"①，设歌堂由男方聘请的歌师和女方聘请的歌师对唱。歌唱内容非常广泛。女方送亲的青年男女及男家村寨的青年男女则到户外或山坡对唱情歌。歌堂于新婚当晚设在男家大堂，举行一定仪式后由女方聘请的女歌师演唱《吉日敬神歌》（毛南语叫《欢吉辰》），仍然用壮语歌唱：

　　　　点起炷香敬神台，袅袅香烟飘窗外。

　　　　师公甩开阴阳板，我把欢歌唱起来。

　　　　今日办喜酒，堂前灯花开。

　　　　新媳登阶进新房，八方神祇都请来。

　　　　第一炷香先插香火堂，袅袅香烟升上天。

　　　　一禀玉皇大神主，三界公爷也请上。②

　　　　祈求天地众神灵，莫给芒套进屋堂。③

　　　　保佑远近众宾客，开怀畅饮甜又香。

　　　　第二炷香插在大门口，袅袅香烟飘九州。

　　　　敬请门神大将军，同进宴席喝杯酒。

　　　　今日主家宴宾客，来去纷纷难应酬。

　　　　有劳两位多关注，莫让野鬼闯门楼。

　　　　……

　　仪式中要插三炷香烛，每插一炷香烛要唱一段，连同开场和结尾各一段，女歌师一共要唱 5 段，合计 40 行。献香礼毕，接着敬酒。每敬一杯

① 广西省民族事务委员会：《环江毛难人情况调查》，1953 年版，第 75 页。

② 三界公爷，毛南族也称之为三界、公爷，是毛南族极为崇敬、依赖的神灵之一，被立有塑像、书于香火牌位享受供奉。清末民初时期，毛南山乡规模较大的村寨几乎都建有三界庙，是为村民集体祭祀的重要场所。旧时候毛南族传统节日分龙节常常在三界庙前举行剽牛和跳神仪式，热闹非凡。毛南山乡的下南六圩曾有一座规模宏大、装饰华丽的三界庙，毁于民国初年，其旧址现建有下南中学。笔者 2011 年 6 月到该地考察，三界庙遗址巨型条石墙基存焉。

③ 芒套，毛南族民间传说中的一种饿鬼名称音译。毛南族人认为，如果芒套闯进筵席，宾客就会进食不香，而且会腹胀不消化。

酒唱一首歌，同样由女歌师用壮语演唱:

> 敬第一杯酒，双手举过头。
> 祖宗都到齐，合家乐悠悠。
> 敬第二杯酒，神祇先喝够。
> 三祖坐正位,① 白虎快离走。②
> ……

整个仪式中一连要敬7杯酒，女歌师要唱7段歌。之后，男女歌师同唱《祝贺歌》(毛南语叫《欢恭贺》)，仍然用壮语歌唱:

> 大门贴红对，中堂挂新联。
> 亲朋纷纷来，欢歌贺主人。
>
> 公像葫芦藤，攀满金竹架。
> 奶像园中桔，红果满枝挂。
>
> 吉日接新娘，满堂皆欢喜。
> 明春到今日，桃李笑嘻嘻。

至此，当晚歌堂的礼俗歌告一段落，青年男女或成群结伙，或各寻对象，到屋外对唱情歌。男女歌师仍然留在歌堂内对唱，但体裁要广泛、自由得多了。

第二天清晨，新郎的房族设宴招待新娘及女方来的客人。客人进屋时女方歌师用壮语唱《答谢歌》(毛南语叫《欢那端》):

> 阿伯家清早摆宴台，请一声我们就进来。

---

① 三祖，即毛南族风俗中重点敬拜的三代祖宗，通常指始祖、高祖和曾祖。笔者于2011年7月15日赴毛南山乡考察，见毛南族学者谭亚洲先生家中大堂供奉的香火牌位上书写有"始高曾祖诸故叔伯"。谭先生也说，三是概数，三祖包括历代祖宗。毛南族师公谭善明收藏手草本《安墓祭坟歌》中有"蜡烛点香烟袅袅，三代公佬都闻香";毛南族"肥套"唱本《报奏家先开关歌》中有"香炉点火烟袅袅，三代祖公都闻香"。

② 白虎，在毛南族风俗中有多重含义。此处说的"白虎"是一个败神。毛南族传说，办喜事时如果白虎闯入，主家就凶多吉少。但在毛南族传统的风水地理脉象观念中，白虎则为吉祥之物。毛南族人就认为谭姓毛南族人传统的墓葬地凤腾山就是"左青龙，右白虎，前凤凰"，是为风水宝地。

两手空空无礼品，没得什么哄娃仔。①
……

答谢歌较为简短，凡四章16行，以夸奖主人所备菜肴丰盛、祝福主家百事和顺，以及抒发客人的感激之情为要。

到中午，新郎家要在大堂举行开被仪式，亦即将娘家陪嫁的棉被一张张打开。仪式由新娘的母舅主持，新郎的母亲手捧铜盆在一旁等着接被子里包裹的鸡蛋、果品之物。每开一张被，男女歌师各唱一首。此一段仪式所唱为《开被歌》（毛南语叫《欢开棉》），仍用壮语歌唱：

今日开被拆嫁妆，阿奶手端铜盆喜接红鸡蛋。
花花绿绿一架新锦被，满堂宾客个个笑开颜。
新娘绽开桃花脸，新郎心里比蜜甜。
阿公口含竹烟袋，手抨新被一遍又一遍。
（男歌师）　　打开新被第一张，被里值钱千千万。
　　　　　　阿婆爱女如爱子，日后富贵得双全。
（女歌师）　　你家媳妇手脚笨，阿奶今后多费心。
　　　　　　陪送嫁妆欠齐全，多多包涵三几分。
……

一直到打开第九张，男女歌师对唱九首，加上开篇一首，共19首凡80行，当属婚礼仪式礼俗歌最长者。

旧时毛南族风俗，新娘婚后不落夫家。婚礼第二天，至迟第三天，新娘和伴娘须得返回娘家。启程前，新娘的母亲或者娘家聘请的女歌师（以母亲的口吻）要用壮语唱一组名为《嘱咐歌》（毛南语叫《嘱咐欢》）的短歌。《嘱咐歌》分《嘱花神》、《嘱亲家》、《嘱亲家公》、《嘱亲家婆》、《嘱女婿》、《嘱女儿》以及结尾章，共7章，每章8行，表达的是期盼、谦虚、勉励之情。

嘱花神
我来到亲家，送来一枝花。

———————————

① 娃仔，犹言"孩童"。

拜嘱花山神，① 请听我的话。

春时燕造窝，今日女成家。

巴望从今后，仍要关照她。

嘱亲家

嘱咐好亲家，农忙就传话。②

七月打蓝靛，九月剪谷把。

我女年纪小，做工手艺差。

费神公婆教，带她学当家。

……

唱毕，新娘及伴娘随来的一干亲友上路回家。至此，婚礼仪式基本结束。

2. 作客歌

毛南族重礼，人们赴宴作客都有一套规范、完整的程序。《作客歌》的毛南语叫《作客欢》，是毛南族人在传统社会生活中作客时登临主家庭院和石楼时要唱的歌谣。"作客欢"意即"作客时演唱的歌谣"，内容主要为表达客人对主家的赞颂、祝福、招呼、期盼和感谢之情，一般为23章92行。

来到大田垌，垌平好放牛。

来到小山沟，沟深好放鹅。

跨步进庭院，院子宽又圆。

挨近有菜园，种成千种菜。

登一级门梯③，鸡鸭叽嘎叫。

---

① 毛南族传说，世界上有一座神秘的花山，掌管花山的是婆王及其属下各神。花山中的每一朵花都对应着人间的每一个人。人们要向婆王祈求，婆王将象征生命的花朵赐予人间夫妇，妇女才能怀孕。新娘母亲在这里嘱咐花神，意即祈求婆王关照女儿，让女儿早生儿女。生活在广西的百越系其他民族亦多有此俗。

② 毛南族旧时行不落夫家习俗：女子婚后一段时间暂不住夫家，待若干年怀孕后才归夫家。在不落夫家期间，农忙时节或者节庆，夫家派人迎接或者传话，已婚女性须得回夫家帮忙或者小住几日。这段时间新妇往来婆家和娘家，毛南族称之为"走媳妇路"。

③ 毛南族传统民居采用干栏式建制：地面用长条形青石板铺就，柱基为大理石雕凿，墙基及露出地面以上五六尺高部分用打制的条石砌成，其上墙体再用泥土夯筑。一楼圈养畜禽及堆放杂物，二楼住人。一楼和二楼之间架以木梯或以条石砌作石梯，这就是毛南族著名的"干栏石楼"民居。

又养马二槽①，斑骠杂龙驹。

......

3. 上梁歌

《上梁歌》的毛南语为《欢学梁》，是毛南族建新房过程中架房梁时必须演唱的歌谣。上梁仪式有"贺欢"、"登梯"、"悬梁"、"送福"、"洒雨"及"撒粮"等主要环节，每一个环节都要唱歌。仪式前要在梁木上书写"梁文"——以梁木的中心点为界，一端书写上梁的年、月、日、时辰，另一端写主家的住址（从省一直详写到村屯）和姓名。执笔者为一位儿女双全的舅舅或者舅舅房族中一位儿女双全之人。上梁仪式和上梁歌由外祖父或者外祖父委托的人主持及演唱，他人不得随便僭越。

建房的主家将一架特制的九级木梯靠在副梁上，木梯的每一级均挂有一个封包。外祖父走向前用壮语唱起《贺欢》：

> 百事办停当，我把贺欢唱。
> 吉日太阳升，正好上红梁。
> 亲朋挤满堂，心中喜洋洋。
> 上梁对利时，日后定兴旺。

唱毕，歌者双手扶住木梯，一边用汉语歌唱，一边登梯；唱完一首取下一个封包，一直登上第九级阶梯：

> 眼望云梯舍中立，束装准备上阶梯。
> 吉日建造新宅舍，预祝主家多吉利。
>
> 脚踏云梯第二根，百年喜逢两头春。
> 辛勤耕作获丰产，谷满禾仓有余盈。
> 脚踏云梯第三根，喜看新宅一色新。
> 全家老少同康健，和睦团聚万世兴。
> ......

外祖父登上第九级阶梯，唱毕《登梯歌》最后一段，木匠登上另一

---

① 马二槽，毛南话，即马匹。

架木梯,与外祖父遥遥相对,各拿一条黑土布,分别将自己手持的黑土布的一端抛到地面。地面的人将黑布系在红梁木的两端。在众人的协助下,外祖父跟木匠缓慢提起布条,将红梁木提升起来。两人安装梁木时,外祖父用汉语高唱《悬梁歌》。《悬梁歌》极为简短,仅4句28字:

> 左边上梁金鸡叫,右边上梁凤凰啼。
> 金鸡叫了上华堂,凤凰鸣啼上宝梁。

放好正梁后,木匠走下木梯,外祖父移动木梯到梁木正中位置,手持红布、黑布各一条,并将布条的一端悬下,让主家夫妻打结接上,拢成布槽,连到主家夫妻的衣襟里。外祖父将茅粽、糍粑、鸡蛋、糖果、硬币等物,沿着布槽送到主家夫妻的衣襟里,表示送福。外祖父同时用壮语高唱《送福歌》:

> 远朋与近亲,同堂来欢庆。
> 红布与黑布,送福给子孙。
> 亲朋到得齐,眼看乐在心。
> 仪式合
> 常礼,个个喜盈盈。
> ……

《送福歌》共3章,每章8行,总计24行,均为恭贺祝福之语。外祖父歌罢送福毕,主家夫妇收起布条后,分食外祖父所送的糖果熟食,意谓"受福"。主家受福后,外祖父口含糖水向新宅四方喷洒,意为"洒甘露"。外祖父一面洒甘露,一面用汉语唱起《洒雨歌》:

> 三月下雨水茫茫,农家种田好插秧。
> 年年禾苗生长好,五谷丰登盛满仓。
> 头滴甘露点龙头,金银布帛满笼箱。
> 二滴甘露点龙尾,五禽六畜多兴旺。
> 三滴甘露点新宅,遮风挡雨均无恙。
> 四滴甘露点主家,来日子孙满家堂。

"洒雨"之后,外祖父一边向来宾抛撒茅粽、糍粑、糖食、果品及甘蔗等物,一边用汉语高唱"撒粮歌",以表示对亲朋光临的感谢,并祝福主家百业兴旺。贺喜的人哄笑着抢捡外祖父撒下的物品，场面热闹非凡。

> 东方玉粮撒得匀，送给主家养子孙。
> 南方玉粮撒得齐，送给亲朋养男女。
> 西方玉粮撒得密，送给主家做生意。
> 北方玉粮撒得多，亲朋个个享安乐。
> 中央玉粮撒得广，四面八方都安康。

歌唱罢，撒粮毕，外祖父走下楼梯，建屋安梁礼成。然后入席宴饮，外祖父再用壮语唱一首"赞歌"，即赞美木匠功绩，同时对主家表达祝福之意。

4. 祝寿歌

毛南族祝寿歌一般在两种场合演唱：一是老年人过生日的时候，人们给老人祝寿时所唱（毛南族老人一般不太兴过生日）；二是过了60岁的老人，体弱多病，人们要为老人举行仪式，即"添粮补寿"。为老人举行添粮补寿仪式以期增加老人寿命，广西百越系其他民族如壮族、仫佬族、侗族等也行此俗。在很多时候，毛南族老人过生日与添粮补寿仪式合并举行，所唱歌谣内容基本相同。单纯的生辰祝寿，毛南族与周边其他民族没什么大的差异。而添粮补寿一俗当值得细说。毛南族人认为，人年过六旬而且体弱多病，则意味着"倒马"，需要择日"扶马"，要吃百家米才容易康复并且延年益寿。毛南族添粮补寿有两种途径：一是家庭经济较为宽裕，儿女备办宴席邀请亲朋好友到家里举办仪式，亲朋好友提着粮米（一般每位亲友送粮三至五斤）给老人补寿；二是家境较为困难，无法邀请亲朋好友举办仪式，则由老人趁赶圩（赶集）的机会到圩场上乞讨"百家米"补寿。家庭筹办酒席邀请亲朋好友举行添粮补寿的，还要请一位师公举行完整的仪式。仪式上要用汉语或壮语演唱《祝寿歌》和《添粮补寿歌》：

祝寿歌
公公生日扬九州，儿孙给公添粮又补寿。
公公吃了百家米，福上加福过千秋。

公公请坐堂，儿孙来添粮。
谭家给半斤，覃家送一筐。

蒙家补一袋，卢家添一担。①
吃了百家粮，公公寿无疆。
生日福满堂，祝公寿无疆。
福如东海深，寿比南山长。

　　　　添粮补寿歌
阿公做生日，满堂皆欢喜。
良辰立寿匾，百岁还有余。

吉日补寿粮，好比灯添油。
明灯挂中堂，红光照千秋。
吉日添寿礼，喜过金满斗。
面色像红蛋，体壮如牡牛。
吉日补寿粮，老树发新苑。
不管冬和夏，绿叶如伞稠。
吉日添寿礼，干塘接远流。
四季水不断，鱼虾满山沟。
阿公坐高堂，欢歌满石楼。
从早唱到晚，日落歌不休。

5. 吊丧歌

　　毛南族老人病逝后，要举行一整套繁复的仪式，仪式中要唱《吊丧歌》等规定的歌曲，还可以视情况按相应规则即兴编唱新词。一般由毛南族道士用毛南语和汉语演唱。吊丧歌有《开路歌》、《三念五办》、《敬献歌》和《敬献十杯酒》等曲目。《开路歌》为召唤早逝的先祖返乡来迎接新逝者亡灵。《三念五办》主要陈述仪式备办情形、寻找早逝祖先亡灵以及祖先亡灵赴会的情形。《敬献歌》描述在世亲人向先祖和新逝者魂灵的礼献情形。《敬献十杯酒》由主持仪式的道士根据新逝者家庭的相关情况，即兴创作歌词，配以俗成的曲调，代表新逝者子女唱述亡者生平典型事迹，歌颂亡者的创业艰辛和养育子女深恩。此段仪式前后共唱歌十首。道士每唱完一首，一执幡孝男即叩拜一次，旁边另一人给供桌上的酒杯续一次酒。

---

① 谭、覃、蒙、卢均为毛南山乡毛南族大姓，尤其谭姓更大，其人口占毛南族总人口的80%以上。

开路歌

这时是吉时，今天是好日子。

此时吉利才去喊，此刻正对戌乾。

月亮亮堂堂，现在准备做谱啦。①

门头②摆在簸箕里，还有一坛香喷喷的酒。

三条纸幡来引路，蒸笼里的糯米饭还在冒气。

木耳几碟摆在桌上，点香敬吉辰。

点起香来烟袅袅，惊动到三祖吉辰。

撒米到墓门，此时请你们下来。

……

三念五办

一念焚香请家仙③，土地跟随着香烟的气味④。

又纷纷撒着白米，老人小孩全都告诉他们。

各人都准备行装返驾，装轿备马和打扮；

前行后继要排队，各位伙夫也都回来；

各位三代祖先们，高祖曾祖祖父都要回家。

……

敬献歌

祖先登梯来到了，⑤ 回到灵堂位置安坐。

听我慢讲慢叙说，点好明香就敬献。

……

---

① 做谱，毛南语叫"肥谱"，是吊丧仪式中的一段，由道士代表子女追忆逝者的生平及歌颂逝者功德。

② 门头，毛南语，一种祭品，将米饭舂成泥状，然后捏成畜禽及逝者生前常用的生产工具等模样，祭献逝者，以便让逝者在阴间仍有畜禽饲养及农具使用。

③ 在毛南族的传统观念里，正常逝世的祖先都会成神成仙，大堂香火牌上有他们的位置，家中有重大仪式要请家仙光临，节庆、四时要焚香礼拜，平常每饭必祝。

④ 土地，即土地神，毛南族传说中管理整个大地的神灵，传统的毛南族村寨都立有土地神，以保佑村寨平安。在毛南族宗教仪式"肥套"中，土地神还担任各神之间及人鬼之间的联系工作。

⑤ 毛南族传统民居为干栏石楼，一楼圈养畜禽及堆放杂物，大堂和房间设于二楼。二楼与一楼地面之间以木梯或石阶连接。人们进屋，需要登梯而上。"祖先登梯来到了"，意即祖先降临进家了。

敬献十杯酒

第一杯 娘身怀我们八九个月,遭灾受难不用说。

　　　　寒冬腊月洗屎尿,事务再忙也将我们背在身上。

　　　　现在离开世间什么都消失了,儿女欠下的恩情未得还报。

第二杯 父母子女来世间共一家,婆王吩咐我们不要吵架。

　　　　山林中的乌鸦还会养娘,羊崽都知道跪下再吃奶。

　　　　父母还在世时就互相关照,往后你到地府就不相逢了。

第三杯 母亲抚养儿女就巴望儿女早成人,巴望到年老那一天得到还清。

　　　　想不到天下有需要,子女一个一处不在身边。

　　　　老人受凉得不到照顾,命里注定受苦挂西天。

第四杯 父母的恩情实在值得思念,到离别的那一天悲泪涟涟。

　　　　从今后夜晚回家黑洞洞,孩子哭闹再没有父母分担。

　　　　轻重活儿没有父母来帮忙,越想越悲苦一辈子都忘不了。

第五杯 娘养女儿吞泪水,女儿出嫁了不能经常回来。

　　　　母亲生病了也看不见,不能在跟前照顾递茶水。

　　　　去世了才回来已看不见娘的面,跪在灵前泪涟涟。

第六杯 现在敬一杯酒告亡灵,母女离别去纷纷。

　　　　酉时太阳落西边,卯时还见出东方。

　　　　从今后每逢春节和七月十四,燃香上灵台喊你你就回来。

第七杯 过去娘在世家里很热闹,如今娘住在荒野静悄悄。

　　　　露浸雨淋娘身不知冷,皑皑雪埋娘身不觉寒。

　　　　日后节日点香上灵台,魂灵若还有记忆你就回来享供品。

第八杯 娘亲抚养儿女真辛苦,背儿挑担还要爬山坳。

　　　　回家满身汗水未曾抹,先解下儿女喂饭又喂奶。

　　　　现在仙去屋内静悄悄,儿孙们住在屋里谁可怜。

第九杯 娘跟祖先去做仙,弃我孤苦守香烟。

　　　　从今后永远不见面,梦中呼喊我娘听不见!

　　　　以后每到清明和七月十四,燃香焚纸你定要来到跟前。

第十杯 母女恩情永不忘,可惜归西这事拦不住。

　　　　你到阴间千万别牵挂,我活在阳世也好少受熬煎。

　　　　今后有好吃的我燃香请你回来,记得保佑你的儿孙到永远!

二 礼俗歌的多重价值

从某种角度而言，一个民族或地域的礼俗能够展示该民族或该地域特定时期内的社会生活，以及人们的主流价值观，而礼俗歌以及与其相关的元素则是该社会生活缩影和主流价值观的重要载体。孕育和发展于毛南山乡传统社会的礼俗歌，也完全具备这样的功能，因而其价值是丰富多样的。大致来说，毛南山乡的礼俗歌在下述方面所体现出来的价值较为明显。

一是较为完整地保留了古代毛南社会的转型痕迹。应该说，世居于广西的少数民族早已经完成了由母权制社会向父权制社会的转型。总体而言，男性在社会和家庭生活中占据绝对主导地位。毛南山乡也不例外。在中华人民共和国成立以前，毛南族"成年男子为一家之长，掌握全家生计"，妇女"处在从属于男子的地位，夫权统治相当突出"[①]。但毛南山乡传统社会生活中的母权制社会遗迹较为普遍和明显，毛南族俗语"舅权大过天"，就是这种观念的真实写照（百越系民族如壮族、侗族和仫佬族等也持这种观念）。"遵照传统的规定，舅家的儿子有权优先娶姑姑的一个女儿。只有在舅父放弃迎娶的特权以后，（姑姑的女儿）才能外嫁。而所得的财礼，至少一半或大半归舅舅，作为姑家对舅家的补偿。"[②] 新郎在迎亲礼品中专门备一份"吉辰漏篮"[③] 送给外婆家。[④] 这些风俗实际上是母权社会的遗迹以及母权在毛南山乡传统社会发展过程中的变异。

《婚礼歌·欢折棉》第二章和《婚礼歌·欢开棉》第一章分别有这样的句子：

折起新被第一张，红蛋香粽被里放。
粽叶包着芝麻拌香糯，红蛋个个蛋双黄。

今日开被拆嫁妆，阿奶手端铜盆喜接红鸡蛋。
花花绿绿一架新锦被，满堂宾客个个笑开颜。

婚礼歌中的这些句子与毛南族的古老观念一脉相承，明显地保留着母

---

① 广西壮族自治区编辑组：《广西仫佬族毛难族社会历史调查》，广西民族出版社1987年版，第46页。
② 同上书，第43页。
③ 毛南族漏篮用竹篾编成，形似猪笼。篮内先用竹壳铺垫四周，以遮挡漏孔，然后装上礼品。
④ 蒙国荣、谭贻生等：《毛南族风俗志》，中央民族学院出版社1988年版，第87页。

权制社会的痕迹——红鸡蛋象征着未来的生命,是新婚夫妇未来儿女的魂灵。这些魂灵(未来的生命)本来是属于外祖母家的,女儿新婚由外祖母家转移到女婿家。折被仪式上由新娘母亲将鸡蛋送予新娘,以及开被仪式上由婆婆用铜盆承接鸡蛋,意味着完成了未来新生命的交接过程。我们如果将这一过程与毛南族婚礼中具有同等意义的另一仪式联系起来,则象征毛南族历史进程中母权制社会形态向父权制社会形态过渡的脉络就更为清晰:在毛南族的原始宗教观念中,孩童的生命都是由居于花山总管神位的婆王赐予和护佑的,夫妇必须向婆王祈求,婆王将金花和银花——分别象征男孩和女孩——赐予夫妇,夫妇才能孕育生命。因此,新婚的毛南族夫妇都要向婆王许愿,祈求婆王赐予生命并承诺获得儿女后一定重谢婆王。毛南族传统生活中的婆王形象,在一定程度上讲就是外祖母的化身。

毛南族的《上梁歌》(《欢学梁》)及其仪式过程必须由外祖父(或者由外祖父的一个通识礼仪的兄弟)来承担,以及由舅舅或者与舅舅具有相同地位的男子书写梁文,也体现出毛南社会由母权制向父权制转化的痕迹。

二是凸显毛南族传统的原始宗教观念与群体发展理念。毛南族原始宗教观念以自然崇拜——进而演变为多神崇拜——和祖先崇拜为核心。在毛南山乡的礼俗歌以及与其相关的仪式中,万物有灵的特征虽然不甚明显,但仍然或多或少地显露出相应的痕迹。婚礼歌中提到了一位神灵——婆王,这一神灵在很大程度上应该是自然崇拜与其他相关元素融合的产物。"毛南族最为尊贵的神灵之一婆王,我们认为应该是起源于岭南古百越民族的自然崇拜:花朵的孕育、含苞、灿烂、凋谢,与人生的生长过程多有暗合之处;而在岭南古百越民族看来,花朵灿烂枯萎的背后,应该有一个神灵在主宰。[①] 此一阶段的婆王应该被看作生态系统中相关要素的凝聚和升华,人文色彩还较为淡薄。但到了毛南族综合宗教仪式'还愿'中,婆王被塑造成慈祥悲悯、谦恭大度,活脱脱的一个人间外祖母的可尊可敬的形象,对向其表达祈求之意的人们充满温情和关爱。"[②] 毛南族婚礼中的《嘱咐歌》和《出门下阶歌》分别唱道:"还在花山婆王就吩咐,是女儿就要出嫁莫阻拦。塘里的鱼苗大了还分塘,子女都挤在一家也是难。""先前圣母立规矩,男女配合做夫妻。男儿娶媳建家业,女儿嫁人随夫意。"歌词中自

---

① 至今在广西百越系民族如壮、毛南、仫佬等民族中,盛传着与此类似的花婆神话,婆王是这些民族最为敬重和依赖的神灵之一。

② 吕瑞荣、谭亚洲等:《毛南族神话的生态阐释》,广西人民出版社 2012 年版,第 336 页。

然崇拜的色彩虽然极淡，但仍然能够寻找到隐约的痕迹。婚礼歌中的《欢吉辰》第二章和第五章在毛南族传统的多神崇拜观念方面有较多表现：

> 第一炷香先插香火堂，袅袅香烟升上天。
> 一禀玉皇大神主，三界公爷也请上。
> 祈求天地众神灵，莫给芒套进屋堂。
> 保佑远近众宾客，开怀畅饮甜又香。
>
> 敬第一杯酒，双手举过头。
> 祖宗都到齐，合家乐悠悠。
>
> 敬第二杯酒，神祇先喝够。
> 三祖坐正位，白虎快离走。
>
> 袅袅香烟飘四方，拜托土地帮个忙。
> 带上儿孙情和意，飞身上马走仙乡。
> 先接天地众神祇，再接祖先回山庄。
> 神马仙鞍放庭前，同进屋里坐一堂。

在毛南族的传统观念里，"男子 33 岁以上及女子 42 岁以上病死者，属正常死亡，其灵魂可以成为家仙，名列祖宗灵位；否则，就是非正常死亡，亡灵变成外鬼"。但"因国事牺牲，为民捐躯又有后嗣的死者，可入家神行列，按家仙来祭丧，名字列在祖宗灵位上"①。这些应该是祖先崇拜的孑遗或变异。在礼俗歌尤其吊丧歌以及与其相关的仪式中，毛南族传统观念中的祖先崇拜色彩更为浓厚。在《开路歌》、《三念五办》和《敬献歌》中，首先要拜请家仙降临，以便接引新逝者归于祖宗行列：

> 三条纸幡来引路，蒸笼里的糯米饭还在冒气。
> 木耳几碟摆在桌上，点香敬吉辰。
> 点起香来烟袅袅，惊动到三祖吉辰。
> 撒米到墓门，此时请你们下来。
> 一念焚香请家仙，土地跟随着香烟的气味。

---

① 卢敏飞、蒙国荣：《毛南山乡风情录》，四川民族出版社 1994 年版，第 192 页。

又纷纷撒着白米,老人小孩全都告诉他们。

各人都准备行装返驾,装轿备马和打扮;

前行后继要排队,各位伙夫也都回来;

各位三代祖先们,高祖曾祖祖父都要回家。

在毛南族的传统观念中,家仙神通广大,时刻护佑着后辈。家中事无巨细,都要拜请家仙光临。

毛南族的追求子孙繁衍、群体强大等传统观念根深蒂固,这些在婚礼歌以及与其相关的仪式中体现得最为强烈。仪式中某些过程的参与者,例如婚礼上杀猪的持刀者、为新人折被和开被者等,必须是儿女双全之人;歌词中运用大量的白描、比喻、夸张等艺术手法,寄托人们期望新娘早生贵子、儿女成行的愿望:"红蛋香粽被里放,红蛋个个蛋双黄。""折起新被第二张,选的谷穗长又长。粒粒糯谷金闪闪,穗穗糯谷喷喷香。送到婆家做良种,早发蔸来早灌浆。""打开新被第六张,一对鲤鱼戏深潭。单等春雷播春雨,对对鱼花浮水上。""多亏亲家福气大,鱼花自然来得早。如今鱼仔刚换塘,还望阿公多照料。"[①]"打开新被第八张,观音、婆王送福来。正月种下红牡丹,二月春分花就开。""栽花愿望花早开,种树望树早成材。亲家今日接新人,指望明春喜满怀。""金银落地有回音,小燕新窝已筑成。只等明春喝甜酒[②],同看燕雏戏门庭。"这些歌词如果能够置于毛南族传统文化中的子孙繁衍期盼语境,我们就能够恰当、深刻地领会其含义。在封建和半封建时代,家族发展的重要标志就是人口增多;而家族人口增多的前提之一就是适龄夫妇多生子女。这种对子孙繁衍的期盼不仅毛南族有,百越系其他民族也广泛有之,只是毛南族人口向来稀少,此种观念更为强烈罢了。

三是注重教化功能,突出公序良俗的规范作用。毛南族虽然人口较少,而且偏居崇山峻岭,在20世纪50年代以前,交通极为闭塞,经济相当落后,百姓生活特别艰苦。清乾隆(1786—1795)年间所修《庆远府志》记载:"(苦荬伶)山田硗确,时时苦饥,每采药负薪,易粟而食。"另有史籍也载:"思恩县五十二峒及仪凤,茅滩,上中下瞳皆瑶、僮居之,俗亦与宜山同。伶人则谓之苦荬伶,山田硗确,时时苦饥,每采药负

---

① 毛南族语"阿公"在不同场合有不同含义,此处指父辈,即新郎的父母。

② 毛南族有"踏生"风俗:婴孩出生后第一个走进生产之家的外人叫"踏生人"。主家对踏生人极为敬重。踏生人一进门,主人就会敬上一杯酒。"喝甜酒"意味着生小孩。

薪，易粟而食。"①封建时代，一些文献多将广西某些少数民族诬称为苗蛮、瑶蛮、蛮。上述文献中的瑶、僮以及苦荬伶，就有可能包括当今的毛南族，甚至就是特指毛南。但毛南山乡的文化水平相较于周边的其他少数民族甚至汉族要高。下南乡文风颇盛，清末民初，毛南族的秀才、廪生、贡生等多达20余人，大都成为朝廷所属命官。此种局面的形成，固然与当地推崇学校教育有关，但以民间礼俗歌谣为代表的整体文化氛围的浸润应该在其中发挥了重要作用，因为毛南山乡传统礼俗歌谣普及面大，受众面广，在当时的社会环境下是其他许多教育形式及教育材料难以比拟的。另外，传统的毛南山乡尊老爱幼、和睦邻里、热情好客及注重伦序关系等成为重要风尚，也应该得力于毛南山乡传统礼俗歌谣的熏染。其中，婚礼歌中的《嘱咐歌》（包括娘家在女儿出嫁前的嘱咐以及在婚礼结束后娘家人离开新郎家时娘家或其聘请的女歌师对亲家公、亲家母、女婿和女儿的嘱咐）最能体现出毛南族礼俗歌的教育功能：

比言（嘱咐歌）
吉日过后娘伴回家转，你在婆家莫乱想。
浆洗端拿要勤快，真心实意伴新郎。
千记莫跟村上后生闹吱喳，莫让公婆见了心发凉。
埋头乖乖做你分内事，时时记住自己是新娘。
立春雨水到惊蛰，侬要及时翻畲地。
四月立夏连小满，扯秧插田抢时机。
春米满仓水满缸，公满意来婆欢喜。
农事季节未脱手，莫忙转回娘家过闲日。

嘱亲家
嘱咐好亲家，农忙就传话。
七月打蓝靛，九月剪谷把。
我女年纪小，做工手艺差。
费神公婆教，带她学当家。

嘱亲家公
嘱咐亲家公，包涵多督促。

媳妇有差错,把理讲清楚。
待客不到家,礼节先教熟。
处事要公平,当作亲骨肉。

嘱亲家母

嘱咐亲家母,莫乱骂媳妇。
遇事多开导,耐心来说服。
媳妇有病痛,靠你多照顾。
婆媳如母女,日子才热乎。

嘱女婿

嘱你好女婿,待妻要和气。
平时少争吵,不生隔夜气。
和气多生财,相帮才相亲。
养育好儿女,做白头夫妻。

嘱女儿

女儿初当家,早起莫怕苦。
孝敬公和婆,关照小叔姑。
近邻要多走,工夫要勤做。
待客莫失礼,当个好媳妇。

诸人嘱咐完毕,最后来一章总结:

鼓不打不响,话不讲不明。
唱完嘱咐欢,回家好放心。
亲家情谊重,胜过骨肉亲。
今日辞别去,两家美如春。

这些礼俗歌,歌师在传唱和传授时往往要相互切磋,新娘在出嫁前也广邀姐妹们练习,因而毛南山乡传统社会对礼俗歌极为看重。毛南山乡传统婚礼,无论是男方婚礼还是女方婚礼,几乎都是全村寨参与,婚礼歌所蕴含的积极教育意义以及所体现出来的良好教育效果皆不难想见。这些都能够成为人们日常言行的规范,进而升华为价值取向和审美风尚。尽管当今社会生活与 20 世纪 50 年代之前相比在很多方面已经发生了本质变化，但毛南山乡礼俗歌所蕴含的道德规范意义仍然具有很强的借鉴价值，倘能合理运用，仍然能对现实生活产生积极影响。

三　礼俗歌的局限与未来

某种民俗的孕育、成熟乃至消失，除了受其本身的延续力作用之外，更多地与自然生态以及相关的文化生态有着密切的关系。当自然生态发生变化，尤其自然生态发生本质上的变化，以及相关的文化生态产生剧变时，特定民俗的生存空间便会随之改变。

毛南山乡传统礼俗歌有很多根源于自然生态——即便表面看来这些礼俗歌与文化生态的关系更为紧密一些，但追根溯源，仍然与自然生态有着千丝万缕的联系。例如礼俗歌中的《上梁歌》，看似伴随着文化生态的变迁而变迁，但毛南山乡民居建构本身便是自然生态的重要产物，是生活在毛南山乡的居民在特定时期利用自然生态与和融自然生态的重要表征。当自然生态改变以后，人们的生活观念也随之改变，进而导致民居建筑式样与建筑材质的改变，曾经长期流行于毛南山乡的礼俗歌《上梁歌》逐渐退出毛南山乡的艺术舞台。这里引述一段笔者于 2014 年 12 月 11 日赴毛南山乡田野调查时，对下南乡文化站站长谭达道[①]的访问记录作为毛南山乡《上梁歌》等礼俗歌的现状与未来的描述：

> 《上梁歌》基本上已经没人唱了。因为以前的房子是木质结构，有房梁，所以上梁的时候要唱《上梁歌》，现在新建的一般都是砖混楼房，屋顶已经不用木头房梁了，上梁的仪式也就没有了。但《上梁歌》的歌本还存在，老歌师还保留这种唱法，但会唱的人越来越少。
>
> 《婚礼歌》还有很小一部分人唱，主要是山里面的人结婚的时候唱。过去毛南族人结婚仪式比较复杂，仪式中的每一个环节都要唱歌。结婚时，要拆别人送的彩礼，包括棉被，里面有糖、水果等，请歌师来唱歌，唱一句，开一次棉被。在我小的时候，结婚都举行这种仪式，这种仪式很热闹。以前没有电视和其他娱乐活动，唱婚礼歌会让家里热闹一点，也图个吉利。歌词一般都有固定内容，主要是赞美结婚时婆家送的东西又贵又好等。我这一代结婚时还有人举行这样的仪式，

---

① 谭达道，毛南族，1973 年出生于环江毛南族自治县下南乡六圩，时为环江毛南族自治县下南乡文化站站长。

现在基本上没人做了。现在仪式简化了，有很多环节都不唱歌了。

丧葬歌还有一部分人唱，基本上是歌师演唱，歌曲有固定内容，参加活动的老百姓不唱。

毛南族人一般不过生日，有一个仪式叫做"添粮补寿"，但不是每个人都要过，一般是年纪大了以后身体不太好，假托人问一下："这几年身体不太好，是不是粮食少了，要不要用百家的米供养？"有点迷信的思想在里面。

这个仪式中有一段必须唱歌，规定有12句歌词。直到现在还有这个仪式，形式没有大的变化。仪式在上南、中南、下南也都相似。听众多少要看情况，有的人家仪式的场面大，各方亲戚都来，听众就多一点；家里没什么钱的，只是为了过这个关，应付一下而已，人就很少。

在毛南山乡，有的人对礼俗歌还是很认同的，认为必须要这样做，这是一种风俗，也是一种信仰。毛南山乡至今仍然有歌师。歌师的地域分布也有差异，山区的歌师多一些，丘陵地区的少一些。现在几个二十几岁的歌师都在山区。学习唱歌没有拜师的情况，都是凭着自己的兴趣爱好，自然而然就学会了。

不过，虽然毛南山乡唱礼俗歌的场景也许难以简单再现，但毛南山乡的礼俗歌已经被大量地以文字形式规范下来，其传承的优势显然非旧时可比。倘若传播和继承的观念及方式得当，毛南山乡礼俗歌的社会功能当能更为深入和广泛地发挥，其受益地区也将远远突破毛南山乡的传统文化边界。

第二节　《枫蛾歌》

一　《枫蛾歌》产生的社会背景

《枫蛾歌》是毛南族著名的叙事长歌，分"引歌"、"遗腹子"、"好媳妇"、"会夫君"、"报娘恩"、"伴孤灯"、"尾歌"，凡7章，共376行。《枫蛾歌》的毛南语名称为《比妮迈》（汉语意为《寡妇歌》）、《比桶年》（汉语意为《虫的歌》），《枫蛾歌》是其整理后的汉译歌名。1983年获首届全国民间文学优秀作品三等奖，1988年获广西首届铜鼓奖。《枫蛾歌》叙述的故事主要情节是：一个生活在毛南山乡的妇女，40岁的时候独生子去世了，其丈夫因为难以承受失子的打击也离开人世，该妇女成为无所依托的"妮迈"（毛南语，意即"寡妇"）。族中头人视妮迈为"白虎"（毛南族旧时风俗中所谓命有凶相的妇人）转世，借此霸占了她的财产，并将她驱逐至深山老林独居。妮迈为了恢复常人的生活并夺回自己的财产，将衣物裹在腹部假装有遗腹子在身。一天，妮迈看见一只黄蜂在枫树上结下一个巨大的蜂蛹——实际上这只蜂蛹是她逝去的儿子变化的——便将这只蜂蛹精心地饲养起来。在饲养蜂蛹的过程中，妮迈将贫家女子达凤娶进家门作为儿媳。达凤几年不见夫君，心生疑问，但妮迈哄达凤说儿子在外求学，学成后即会归来，还说儿子偶然会回到自己的房间磨墨作文。达凤听见夫君的书房里经常有窸窸窣窣的声音，对家婆的话则将信将疑。一天，达凤趁家婆外出的机会，悄悄打开夫君的房门，揭开床上的被子，看见的却是一只桶般大的蜂蛹躺在床上。以为受到媒人和家婆哄骗的达凤又气又恨，提起一桶滚烫的潲水向蜂蛹泼去，将蜂蛹烫死在床上。大惊失色的妮迈赶回家来，看见死在床上的却是一个后生！因为时日不足，蜂蛹还没有完成转化。妮迈再次失去了儿子，达凤也就真正成为寡妇，步入跟家婆一样的悲惨命运。

文艺作品系社会生活的能动反映。《枫蛾歌》应该产生于毛南社会传统习俗仍然隆盛而外族文化观念尤其汉文化观念对毛南山乡传统社会逐渐浸润的时代。作为社会生活曲折的写照，《枫蛾歌》所反映的毛南山乡传统社会具有下述特征。

一是女权受到极大束缚、妇女社会地位极度低下。在漫长的封建半封建时代里，尽管毛南山乡传统社会残存着母系社会的许多遗迹，母权制在毛南山乡传统生活中的许多方面仍然产生着巨大的影响，但一般情况下，妇女尤其已婚女性的社会地位是非常低下的。她们的婚姻不能自主，基本上要受制于父母之命、媒妁之言："毛难人盛行早婚，儿女婚事全由父母包办，经媒人说合，拿八字合命后便订婚而结婚。"[1] 不管女家是否乐意，舅父家的儿子具有优先迎娶姑母家女儿的特权："遵照传统的规定，舅家的儿子有权优先娶姑姑的一个女儿。只有在舅父放弃迎娶的特权以后，（姑姑的女儿）才能外嫁。而（外嫁女儿）所得的财礼，至少一半或大半归舅舅，作为姑家对舅家的补偿。"[2] 寡居或离婚的女性再婚，更是受到极大的歧视："再嫁（兼指寡妇、离婚妇再婚，下同）时，嫁妇不能再在她父母家里嫁出，只能在她兄弟或其他亲戚家里嫁出。因为父母认为妇女

① 广西省民族事务委员会：《环江毛难人情况调查》，1953 年版，第 71 页。
② 广西壮族自治区编辑组：《广西仫佬族毛难族社会历史调查》，广西民族出版社 1987 年版，第 43 页。

只能嫁一次，再嫁便不爱了（不喜欢）。"① 因此，反映于《枫蛾歌》中的女性悲剧，实为传统婚姻制度下的女性悲歌。从某种意义上来说，毛南山乡传统社会生活中的女性是可供买卖的特殊品，她们自身的价值往往仅能在依附男性的生活中体现。《枫蛾歌》这样叙说:

> 妮迈毛南农家女，生出娘肚受孤寒。
> 三岁学会看弟妹，七岁拣柴会爬山。
> 穷家长出伶俐女，纺纱织布巧花样。
>
> 高山岭顶哝嗦花，移栽花园配牡丹。
> 花开果落年过年，青丝黑发白霜染。
> 四十死了宝贝仔，三代独苗断了线。
> 三代积蓄无分散，肥田好地有一片。
>
> 今后田地哪个种，丈夫一气闭双眼。
> "吃草牛母有仔跟，衔泥燕子孵子孙。
> 女人不是白虎命，哪样克夫又绝根!"
> 皇帝金口哼一哼，文臣武将失了魂。
> 族长轻声一句话，重比圣旨全村惊。
> 妮迈挨骂"白虎"变，辣椒苦胆拌泪咽。
> 哭声爹娘偏心眼，留仔嫁女图银钱;
> 哭声丈夫死得早，烂碗落锅任熬煎;
> 哭声祖宗无恩义，死仔绝孙断香烟。

后来，被认为是"白虎"转世的妮迈被驱逐到深山野岭，田产被房族霸占。不自主的婚姻以及由丈夫和儿女主宰的命运，决定了旧时代毛南山乡女性在家庭和社会中的地位。这是旧时毛南山乡传统社会所体现的性别特征。正是因为毛南山乡传统社会这样的性别特征，为《枫蛾歌》的情节展开准备了宏观条件。

二是新家庭的组合方式处于新旧交替的变革时期。传统的毛南山乡及其周边地区曾经盛行不落夫家习俗。这一习俗起源于何时不得而知，但古文献中关于这方面的记载还是较为翔实的:"壮俗……娶妇回父母

---

① 广西省民族事务委员会:《环江毛难人情况调查》，1953 年版，第 75 页。

家……惟四时节令，方至夫家。至，不与（夫）言语，不与同宿，寄宿于邻家之妇女。一二年间，夫治（干）栏成……（妇）有孕，方归住栏……故夷无无子者。"① 在不落夫家方面，毛南族与周边壮族习俗几无大异。旧时文献云伶家苗"生子后方归夫家，名曰回家。未生子，终不成家"②。此处所述情形，当与古时毛南山乡习俗无二，因为其时毛南山乡为黔南地，毛南族先民系该地伶人一支。而且直到 20 世纪 50 年代初期，女子结婚后不落夫家的习俗仍然广泛存在于毛南山乡："毛难人与壮族在婚姻习惯上，仅有以下相同之处：……女子嫁后，不落夫家……"③ 女子"如果婚后即落夫家，将会受人非议和讥笑"④。随着时间的推移，这样的习俗应该在逐渐改变。至少在观念上，女子婚后不落夫家已经不是铁板一块。《枫蛾歌》所描述的情形，前后对照，已经隐约地体现出这种变化：

> 九月田垌一片黄，妮迈接亲百事忙。
> 一顶花轿抬到家，妮迈媳妇进新房。
> 祖宗留下老风俗，不拜天地不拜堂。
> 新娘不要新郎伴，姐妹陪唱到天光。
>
> 一夜唱歌到天亮，不落夫家回旧房。
> 出门好比秋归燕，来春天暖再来访。
> 自古姻缘由天定，达凤随俗无话讲。
> 愿得丈夫人忠厚，莫像竹子无心肠。

　　达凤新婚后即归娘家，这与毛南山乡旧时婚俗吻合，可以表明艺术与生活的高度一致。但接下来的叙述，则反映了毛南山乡婚俗现象或曰人们对当时婚俗的看法已经有些许改变。当达凤多年不见夫君、隐约感觉有异，妮迈试图继续隐瞒真相的时候，她不得不采取相应的措施：

> 六圩请个巧秀才，苏杭细绸画金装。

---

① 黄振中、吴中任等：《〈粤西丛载〉校注》，广西民族出版社 2007 年版，第 747 页。
② 吴永章：《中国南方民族文化源流史》，广西教育出版社 1991 年版，第 254 页。
③ 广西省民族事务委员会：《环江毛难人情况调查》，1953 年版，第 79 页。
④ 广西壮族自治区编辑组：《广西仫佬族毛难族社会历史调查》，广西民族出版社 1987 年版，第 44 页。

画个俊俏后生哥，浓眉凤眼脸四方。
后生就是读书仔，交给达凤贴空房。
一年三百六十夜，夜夜伴妻到天光。

豆角结子早成对，同班姐妹早成家。
前年抹泪上花轿，今年逗仔笑嘻哈。
五年不见郎一面，达凤心事乱如麻。
"不是家婆心肠好，鬼才替他守空家!"

约从 20 世纪 30 年代中期开始，新桂系统治下的广西省政府推行"改良风俗运动"，取缔女子嫁后不落夫家之俗，但在很多偏僻地区或者百越系民族传统婚姻习俗较为浓厚地区，效果并不十分明显。然而普遍来讲，女子婚后暂不落夫家的习俗在很多地方已经逐渐减少。毛南族《枫蛾歌》所描述的这种未曾怀孕而归于夫家的情形，应当与毛南山乡旧时婚俗有较大出入，至多也仅仅是个别情况，或者属于旧婚俗向新婚俗发展的过渡阶段。很显然，这种艺术上的特例化，在体现人们婚俗观念变化的同时，更多的是为情节的展开和发展作出较为周到的铺垫——为枫蛾的夭折、为达凤和妮迈悲苦命运的形成营造了艺术的真实。

三是读书求功名的儒家思想观念已然渗透到毛南山乡传统社会生活的许多角落。旧时的毛南山乡虽属穷乡僻壤，地域狭小，交通阻塞，但民众的求学热情很高，整体汉文化水平远高于周边其他少数民族，甚至高于周边汉族居民。清朝乾隆年间，毛南族聚居地区始设私塾，至清朝光绪年间，毛南族已经出现文武秀才 20 余人。这在文化较为发达的广西汉族地区都是罕见的。新中国成立前夕，毛南地区每个行政村几乎都有一所小学，适龄儿童入学率达 30% 左右。当时，在不足 2 万人的毛南族中，有大专生 5 名，初中生和高中生（包括师范生）90 多名。20 世纪 30 年代，思恩县（环江县前身）无中学，全县到外地国立中学读书的有 20 人，其中毛南族子弟 10 人；上大学的 9 人，其中毛南族 4 人。[①] 1983 年，环江县有毛南族大学生 120 余人。上南乡的上南村，总人口 4000 余人，中华人民共和国成立后至 1987 年，有大专毕业生 29 人，中专毕业生 47 人。上南村是全县 22 个脱盲村中最早脱盲的村之一。[②] 毛南山乡的崇山峻岭

---

① 《毛南族简史》修订本编写组:《毛南族简史》，民族出版社 2008 年版，第 95—96 页。
② 莫家仁:《毛南族》，民族出版社 1988 年版，第 66—67 页。

中有一个小山村叫上丈屯，屯里有这么个习俗：大年初一凌晨鸡叫头遍，孩童们就起来秉灯攻读，琅琅书声响彻整个山村，直到黎明鸣炮迎新时止。①　实际上，从清朝中后期直到 20 世纪 40 年代末期，毛南山乡有权有势的头面人物，绝大多数都是读书人。久而久之，毛南山乡就形成了通过读书改变自身命运和家族命运的牢固观念，而这样的观念在《枫蛾歌》中有着生动而真切的反映。

　　　　日出东山月落西，千里万里两相离。
　　　　千里万里没相会，日月总有共天时。
　　　　前年我仔离家门，寻访名师苦读书。
　　　　有朝学成回家转，夜夜十五月团圆。

　　　　阿妮待你如亲生，人前人后莫乱应。
　　　　我仔天黑常回家，关门磨墨写书文。
　　　　人不戒荤不成佛，书不苦读不成名。
　　　　少小不丢恩情爱，哪成蟒袍官夫人！

　　即便如妮迈这样的苦命人，内心深处仍然饱受传统儒家的"读书做官"观念的影响。考诸历史，思恩县（环江毛南族自治县前身）在"明、清两代，县衙内设教谕署，设训导 1 人，主持孔庙祭祀，宣扬儒家经典和皇帝的训诫，教诲和管束所属生员"②。由此推断，《枫蛾歌》所形成或曰完善的时代，应该是儒家文化对毛南山乡形成较强冲击的时期。

　　四是毛南山乡的财产制度尤其土地所有制度发生了深刻变化，毛南人传统的宗祧承嗣观念融入了大量的财产归属观念，从而使得毛南人传统的子孙繁衍期盼更为强烈和普遍。"明代以前，毛南山乡土地基本为公有，明代及其以后，尤其清朝中叶以后，土地兼并之风盛行，土地私有化迅速，毛南族社会逐步变为封建地主制社会。"③ 毛南山乡这种宗祧承嗣加财产归属观念的演变与深化，在《枫蛾歌》中有较为形象的反映：

---

① 卢敏飞、蒙国荣：《毛南山乡风情录》，四川民族出版社 1994 年版，第 32 页。
② 环江毛南族自治县地方志编纂委员会：《环江毛南族自治县志》，广西人民出版社 2002 年版，第 775 页。
③ 《毛南族简史》修订本编写组：《毛南族简史》，民族出版社 2008 年版，第 28 页。

> 妮迈毛南农家女，生出娘肚受孤寒。
> 三岁学会看弟妹，七岁拣柴会爬山。
> 穷家长出伶俐女，纺纱织布巧花样。
> 高山岭顶哝嗦花，移栽花园配牡丹。
>
> 花开果落年过年，青丝黑发白霜染。
> 四十死了宝贝仔，三代独苗断了线。
> 三代积蓄无分散，肥田好地有一片。
> 今后田地哪个种，丈夫一气闭双眼。

与其说宗祧承嗣危机促成了妮迈丈夫的悲剧，还不如说丰厚家产无人承袭加重了丈夫的焦虑。妮迈处心积虑，假装怀有遗腹子，目的也是夺回被宗族头人霸占的财产:

> 香烟断了坟碑在，妮迈世上难做人。
> 不准"白虎"伤房族，妮迈逼迁独家村。
> 眼看房产挨霸占，心里盘算夺回本。
> 身装怀有遗腹子，石压竹苑要标笋。[①]

宗祧承嗣和财产归属之外，还有以族权为象征的政治力量，也成为一般百姓难以承受的沉重负担:"在中华人民共和国成立以前，一般生活在社会下层的毛南族民众所面对的政治压力主要来自两个方面:一是各级政权机构的压力，二是宗族组织的压力。这些压力有些是可以预料到的，而有许多是无法预料的。传统毛南山乡曾经盛行'隆款'制度——村社推举富有威望和能力的老人为乡老，以制定村规民约（隆款），并赋予其管理村社的权力。随着社会的发展和阶级分化，乡老多由有钱人充任。在这些人把持下的隆款，往往成为有钱人攫取私利、鱼肉百姓的工具，诸如妄断是非、乱加罚款、挑起械斗等等。到清末民初的时候，乡老制'隆款'日趋式微，代之以组织更为严密、与政府行政权力融为一体的团、甲制度和乡、村、甲机构。这些机构成为一张大网，一般百姓置于其中无力挣扎:人们交纳捐税、充服徭役，负担极为沉重，甚至多有为之倾

---

① 广西地区汉语西南官话，植物新芽新枝长出状谓之"标"。此句意为虽然妮迈饱受欺压，但也要图谋东山再起，报仇雪恨，夺回被占财产。

家荡产者。"① 家庭、家族发展危机融入阶级或阶层矛盾，表明了《枫蛾歌》所产生及完善的时代，具有极为复杂的社会因素。

二 《枫蛾歌》的价值体系

相对于毛南族目前所见的传统文学作品而言，《枫蛾歌》可以算得上是结构严谨复杂、情节脉络清晰、人物形象生动丰满的大型叙事作品。如果将《枫蛾歌》置于毛南族没有自己的文字而只有语言，并且毛南族旧时的历史书写往往仅凭口头相传而不是书面记载的历史背景下，那么，《枫蛾歌》的价值就不仅仅表现在语言方面，而是可以被看作一个价值体系。这个价值体系当然包括历史的、自然的、社会变迁的以及家庭结构等方面，因而其价值是多元的。

其一，《枫蛾歌》可以作为毛南山乡的风俗变迁史或者作为婚俗观念的演变史来进行解读。毛南山乡的风俗是导致妮迈和达凤人生悲剧的重要原因，妮迈和达凤的人生悲剧则成为毛南山乡习俗的具体表征。毛南山乡的青年男女"恋爱可自由，婚姻难做主"，一般是靠"父母之命，媒妁之言"决定他们的婚姻。女性在出嫁以后，往往要依附丈夫或子女，自身缺乏独立的地位。在这方面，毛南山乡的传统婚姻习俗跟周边汉族地区的婚姻习俗没有太大的差异。女子出嫁后不落夫家的习俗在某种程度上对早婚的女性能够起到一定的生理保护作用，但实质上也有检验女性生育能力的一面，即女性若无生育能力，其完整的组织家庭的权力都会丧失，即如古籍上所言的"未生子，终不成家"。因此，婚后正常怀孕，成为毛南族传统社会生活中出嫁女子获得婚姻幸福的必备条件，舍此难有他途。毛南山乡传统社会生活中有一习俗谓之"走媳妇路"，即新娘在男家婚礼结束后返回娘家，仍然过着如姑娘般的生活，每逢过年过节和农忙时分，或者男方家有重大喜事，新郎家派人将新娘接回住上三五天，之后新娘仍回娘家居住，直到新媳妇怀孕快生孩子，才长住夫家。新媳妇这一段在娘家和夫家之间的来来往往，被称为"走媳妇路"。而《枫蛾歌》中的达凤，在走过一段时间的媳妇路之后，在并未怀孕的时候即长住夫家：

> 六圩请个巧秀才，苏杭细绸画金装。
> 画个俊俏后生哥，浓眉凤眼脸四方。

---

① 广西壮族自治区编辑组：《广西仫佬族毛难族社会历史调查》，广西民族出版社 1987 年版，第 16、59 页。

　　后生就是读书仔，交给达凤贴空房。
　　一年三百六十夜，夜夜伴妻到天光。

　　很显然，达凤并未规范地走完毛南山乡传统习俗中的"媳妇路"。歌谣中的这一细节，蕴含着毛南山乡某些传统风俗，或者与某些传统风俗相联系的观念，正处于缓慢变化之中。

　　其二，《枫蛾歌》表征旧时的毛南山乡在婚育方面的观念，用艺术形态对毛南山乡的习俗作出形象的诠释。旧时的毛南山乡，女子出嫁后在不落夫家期间，虽然有如姑娘一样的社交权利，但这样的社交权利是受到一定限制的，尤其在与异性交往方面，必须保持一定的度。"妻子在不落夫家期间，另有情夫而怀孕生了野仔（'野仔'为广西汉语方言，即私生子——笔者注），丈夫明知也不便于指出。因为一旦群众知道了，便要他家里出大笔钱，用来安龙谢土，消除全屯'秽气'，并不准野仔在本屯生养，母子必须搬到山洞里去。"[1] 旧时毛南山乡的青少年男女，"由于盛行早婚，少女们很早就处于封建的包办婚姻的藩篱之中，身不由己。（已婚女性）待年长后，有的与情投意合的人热恋，若是双双当场被夫家抓住，便被押送到夫家，由'村老'议处。有的被视为对本族和祖先的渎犯。有的合族到对方村中兴师问罪，要求惩办和处罚。之后，认罪的男子怀抱一只大鹅，随同请来的道公，前往其夫村寨游村诵经，禳除晦气，并到每家门上贴三张'安龙谢土'的符咒，赔礼谢罪，然后再送给该村一笔可观的财物作为赔偿。倘不遵从，势必发生纠纷，以致形成村与村、族与族的争斗。有的则被送官究办。然而，如果夫家未能抓到真凭实据，即使妻子怀孕生子，也难以委罪他人。若果其夫张扬外传，则将引起本村本族对他的反感，被认为是渎犯村民和祖宗神灵，以至被责令出钱出物，请道公举办盛大的'安龙谢土'，消除灾害。因此，丈夫一般将所生的婴儿当即弄死。"[2]《枫蛾歌》中有这样的描述：

　　蚕坟堆泥尖又尖，生苞玉米指青天。
　　青天有主不做主，万个神仙也枉然！
　　神仙有灵不显灵，害我早早入黄泉。

---

① 广西省民族事务委员会：《环江毛难人情况调查》，1953 年版，第 81 页。
② 广西壮族自治区编辑组：《广西仫佬族毛难族社会历史调查》，广西民族出版社 1987 年版，第 44 页。

结包玉米比玉美，三里开外闻香甜。

玉米就是枫蚕变，金珠银粒报大恩。
谢妮喂养二十年，谢妮娶嫁一片心。
本想变人报妮恩，奈何已成坟里人。
不享仔福享孙福，求神送孙养娘亲。

妮迈收回大苞米，煮锅香粥尝尝新。
妮迈吃了精神爽，眼明耳聪转年轻；
达凤吃了身体壮，腰粗腹鼓像怀孕。
达凤诧异妮迈怕，凶吉难定心担惊。

潭水清清有鱼虾，寡妇门前是非多，
话有脚来语是翘，异闻传扬不用锣。
同班姐妹讲风凉，姑姑嫂嫂骂轻浮。
山脚族长咬牙齿："不捉奸夫不罢休！"

猫吃鱼腥狗背名，白白挨打讲不清。
达凤无夫肚子大，冷言风语实难顶：
"姑嫂姐妹你白笑，爹娘叔伯你空恨。
美玉沾泥还是玉，牛油进水一身轻。"

岭上扯把断肠草，断送苦命断恶言。
半夜吞药天亮去，清清白白见祖先。
断肠草花鲜又鲜，鲜花送我上阎殿，
阎王殿上骂阎王："糊涂昏君该油煎！"

饿虎扑食不过三，妮迈连连遭苦难，
媳妇含冤离妮去，空剩灵前灯一盏。
灵前长灯夜夜明，妮迈夜夜翻苦肠。
神鬼不知妮迈知，达凤是个好姑娘。

　　无夫而有孕，在毛南山乡传统女性中是一种难以摆脱的沉重的社会压力和心理压力。艺术诠释了生活，但也表征了生活的演变。

其三，对常见的社会生活主题，《枫蛾歌》采用新颖的视角和独到的方式进行展示。在中国各民族文艺领域中，以悲惨的女性命运和低下的女性地位为题材的作品不在少数，其中有许多以夫权对妇权的欺压、婆婆对儿媳的刁难、族权对女性的蹂躏等视域展现。这种陈旧的视角及老套的呈现方式虽然也塑造了许多刻骨铭心的艺术形象，但有时难免予人以略带疲惫的视觉模糊。但《枫蛾歌》从婆媳两代遭遇不同但命运近似的悲剧中，揭示了在封建半封建时代带有普遍性的生活内涵，那就是女性无法主宰自己的命运，她们难以挣脱社会对其精神及肉体的戏弄与宰割。妮迈和达凤的人生悲剧，在艺术效果叠加的手法中得到更为淋漓尽致的展示，因而也就具有更为震撼人心的艺术力量。尤其在故事结局，妮迈和达凤孤苦无助、倾心相怜，更是裂人肺腑：

> 一年三百六十夜，夜夜灯前求神灵。
> 哭得嘶哑难出声，哭得眉毛跌落净。
> 达凤魂归魄不散，苦鬼同情苦命人，
> 每逢寒风凄雨夜，化作枫蛾伴孤灯。
>
> 枫蛾绕灯叫嘤嘤，劝婆莫哭快快停；
> 劝婆保重多行善，来生不再做女人；
> 免得夫死成寡妇，时时处处受欺凌；
> 婆当爹来媳当仔，风里雨里跟爹行。
>
> 枫蛾绕灯叫嘤嘤，千圈百圈伴苦人；
> 千呼百呼婆不应，夜夜不眠到天明。
> 枫蛾心急扑灯火，媳妇想让婆安宁。
> 蛾死灯灭黑沉沉，妮迈惊魂飞天庭……

展示生活的视角一新，人物形象便显得更为丰满和更有个性，作品的艺术力量也就得到更多的强化，艺术效果也就显得更为凄美。

其四，作为最大规模以及情节结构完整的毛南山乡民间语言艺术的典范作品，《枫蛾歌》精思傅会，多种艺术手段并用，无论是在情节设置，还是在人物形象塑造，抑或在遣词用语方面的锤炼等，均能够称为毛南山乡传统语言艺术的最高代表。《枫蛾歌》继承和发展了中华民族民间歌谣最为常用的艺术手法——比兴，并将这一艺术手法体现于该歌谣的许多关键部位：

> 巴音山高高百丈，青石铺路曲曲弯。
> 岸畔潭水深千尺，六月潭水透心凉。
> 依山傍水枫树村，村边枫树血泪养。
> 妮迈艰难达凤苦，寡婆孤媳苦情长。

　　叙事古歌开篇即以毛南山乡的典型风物起兴，以潭水的深幽、寒彻比喻妮迈和达凤的悲苦之情，艺术感染力顿时不同凡响。毛南族人好歌由来已久，民歌中比兴手法运用得娴熟，在一般的山歌对唱中已经得到充分体现。"毛南族的男女老少都把唱歌当作主要的文娱活动，有许多有名的'匠比'、'匠欢'（毛南语，即'歌手'）能触景咏情，随编随唱，男女对唱，通宵不停。"① 作为流传已久、多人传唱的长篇叙事歌谣，《枫蛾歌》的锤炼之功远非一般场合的山歌对唱可以比肩。如此类的起兴、比喻手法，在《枫蛾歌》中所在多有。其他如语言的个性化、动态感、凝练性等，故事情节的铺排与转承，自然风物与社会习俗的相映成趣，这些都在《枫蛾歌》中得到很好的体现。

三　《枫蛾歌》的比较性解读

　　由于自然生态的关系，广西多地多民族均有虫蛹化人的传说——广西气候湿热，蜂虫类繁多，虫蛹变化为成虫的大致过程为一般人所熟悉，一些民间传说便将虫蛹化为成虫与人之发展成型联系起来。与毛南族关系极为密切的仫佬族（一是族源接近，二是语言相近，三是现今聚居地比邻）有一则民间故事《土主庙（地神庙）的来历》，其情节及主人公与毛南族《枫蛾歌》所叙大致相同：从前有一个人（后来成了土主王）要起兵攻打朝廷，被发觉后逃到一个山洞里，再后来这个人的头被官军砍了下来。故事接着说道：

> 　　可是土主王的头却自己滚起来，很快就滚回到自己的家里来，并且吩咐他的母亲赶快把头放进缸子里用盖盖好，要过九天才能打开。后来母亲一时心急，只等了三天便把盖揭开。缸子里飞出三只黄蜂，其余六只因时间太短，还是幼蜂不能飞。这三只黄蜂一直飞到朝廷里

---

① 莫家仁：《毛南族》，民族出版社1988年版，第40页。

去，皇帝正在洗脸，有一只飞去螫皇帝。皇帝顺手拍落了，说："你不要吵闹了，我封你做土主王。"于是他便飞回来成了土主王。从此以后，这里便有了土主庙……①

　　这里的幼蜂因时日不够不能飞翔，与《枫蛾歌》中的蜂蛹因为时间不够尚未变化成人有内在相似之处。我们当然不能据此判断二者在创作过程中相互之间是否有过借鉴，但毛南族先民和仫佬族先民同处于基本相似的生态环境，因而艺术作品中的元素具有某种程度的相近或相同，确为不争的事实。

　　如果说，同属于岭南百越系民族的毛南族和仫佬族在民间艺术构思方面具有相同或相似特质的话，那么与毛南族聚居地相距不远，居住地的自然生态属性跟毛南山乡具有高度一致性，以及远古传说多有同一性的黔东南苗族，其民间艺术作品也有大量与毛南族民间艺术作品相同或相似的元素：

　　　　　榜留和水泡，游方多少天？
　　　　　成双多少夜？怀了多少蛋？
　　　　　生了多少宝？榜留和水泡，
　　　　　游方十二天，成双十二夜，
　　　　　怀十二个蛋，生十二个宝。②

　　黔东南苗族认为人类源于卵生，与毛南族原始宗教信仰中的人由蛋中诞生、人的灵魂寄托于蛋中是高度一致的，毛南族原始的求子仪式"肥套"（红筵，即婆王愿），从始至终都有一枚被染成红色的鸡蛋置于竹篮中，象征孩童的灵魂由神山送至家中。毛南山乡至今还有一独特风俗：除夕日一大早，年轻的母亲要备办礼物回娘家（路远的要提前一天回娘家）。娘家人要备办红蛋等物，母亲带着这些礼物在除夕晚饭前赶回夫家（没有年轻母亲回娘家或者年轻母亲不能回娘家的，娘家需派人将红蛋等物品在除夕晚饭前送到孩童家）。主妇将娘家送的红蛋等物品供奉在大堂香火牌位前。等一切祭祀活动结束以后，大人让孩童分领红蛋，谓之"领新魂"③。因此，从远古传说切入，再结合自然生态特征，审视毛南族《枫蛾歌》与苗族

① 广西壮族自治区编辑组：《广西仫佬族毛难族社会历史调查》，广西民族出版社1987年版，第193页。
② 田兵：《苗族古歌》，贵州人民出版社1979年版，第196页。
③ 蒙国荣、谭贻生等：《毛南族风俗志》，中央民族学院出版社1988年版，第148—149页。

《枫木歌》，我们对于两者相同或相似的元素，就不必觉得惊奇了：

枫蛾歌

巴音山高高百丈，青石铺路曲曲弯。

岸畔潭水深千尺，六月潭水透心凉。

依山傍水枫树村，村边枫树血泪养。

妮迈艰难达凤苦，寡婆孤媳苦情长。

枫木歌

枫树太淘气，喜欢栽哪里？

栽在村子边，种在寨子旁。

村边有个井，寨边有个塘。

枝叶护村寨，树根保鱼塘。

枫树心喜欢，枫树长得快。

一天三个样，三天九个样。

毛南族《枫蛾歌》中有黄蜂"口叼青虫当仔养"和妮迈求子得枫蛹的情节：

手捧枫蚕像捧金，望蚕感恩化成人，

莫要再生双翅飞，莫离我家进山林。

给蚕做个大摇篮，喂饭喂菜当亲生，

悉悉索索像讲话，大眼晶晶望娘亲。

苗族古歌《枫木歌》则有这样的情节：当枫树种子飞入天宫被雷公锁进仓柜不能回到地上，大家心中发慌没有主意的时候，是蜜蜂飞入天庭救出枫树种子，从而孕育出天下百物。两个不同民族的艺术作品具有相似的情节，应该不是简单的巧合，而是民族之间文化交流和融合的结果。考诸毛南族谭姓家谱，其先祖与原来生活在毛南山乡的"苗瑶"关系至为密切：

……又移居毛难土苗地方。卖货生理，苗语难通，生疏礼貌，百味用酸，妇女穿衣无裙。忽闻康节地理先生寻龙点穴，点得草木一山，后来湾弓龙脉，前面凤舞三台，礼葬严亲，龙降虎伏。多蒙益友方刚振，始而结盟，继而姻婚，生育男女，玲珑智慧。庶几苗瑶散于四方，由是出作入息，耕食凿饮，土苗互语，了然明白，田产器皿，绰然有余……①

据毛南山乡谭姓老人介绍，毛南族谭姓男始祖为外来汉人，流落到毛南山乡以后与当地土苗女子结婚成家，养儿育女，繁衍壮大。其语言受当地土苗语言影响甚巨。② 谭姓毛南人势力扩展以后与当地土苗产生矛盾，苗瑶人于是迁徙他方。因此，《枫蛾歌》的某些元素与诸如苗族古歌《枫木歌》等其他相关民族的艺术作品有形似甚至神似之处，当不为怪。这样的比较性解读能够让我们从更为宽阔的视域去审视《枫蛾歌》。毛南族的文化心胸甚为开阔，其民间文艺形态广受周边其他民族尤其汉族、壮族等民族文化影响。这样的情形在毛南山乡民间文艺作品中俯拾皆是。

四　《枫蛾歌》的流传现状与未来

毛南族《枫蛾歌》的产生与流传仍然与毛南山乡独特的自然生态以及跟自然生态密切相关的社会文化生态有着密切的关系。作为文化生态中的元素，或者说作为毛南山乡文艺生态的重要元素，《枫蛾歌》成为毛南山乡特定时期独特的社会风貌的生动而形象的写照。随着毛南山乡社会生活的巨大变化和自然生态的改善，《枫蛾歌》赖以生存的土壤已经发生了本质性蜕变。尤其自中华人民共和国成立以后，毛南山乡全新的政治体制和社会生活机制得以全面建立，妇女的社会地位迅速上升，家族利益承袭机制得到国家法律和民俗的认可与保护，毛南山乡《枫蛾歌》所反映的社会生活距离人们的认知范围越来越远，因而《枫蛾歌》就社会现实而言，对毛南山乡新生代的艺术感染力也越来越弱。

即便在封建半封建社会，毛南山乡《枫蛾歌》的艺术价值有许多体现在其社会认识功能之上，以及女性内心苦闷的宣泄之上，与一般民众的娱乐生活形成了一定的距离。尽管《枫蛾歌》艺术性卓然，但其流布与传承更多地局限于特定的社会群体以及特定的艺术展示氛围，即传唱者和欣赏者往往为毛南山乡的女性，而且其传唱者往往需要具备较高的艺术涵

① 《谭家世谱》碑。清乾隆戊申年（1788）刊立，今保存于环江毛南族自治县下南乡波川小学内。

② 谈到毛南语时，谭老说："我们的老祖宗是湖南来的汉族人，娶了当地的苗瑶人以后，苗瑶人学说汉话，老祖宗学说苗瑶话。几种话合起来，后来就成了毛南话。"此说未必确切，但从一个侧面说明了毛南族先民与苗瑶人文化交流的情况。

养，因而《枫蛾歌》流传的广度与深度均受到社会生活的影响。在毛南山乡这种独特的生态环境里，《枫蛾歌》的影响难免步入日渐式微的窘境。对于毛南山乡《枫蛾歌》的现状与未来，在毛南山乡长期从事文化工作的谭达道的一番言语，或许有助于人们获得关于《枫蛾歌》较为清晰的认识：

> 　　现在会唱《枫蛾歌》的人很少，连一些五六十岁的歌师都不懂得怎么唱。但关于《枫蛾歌》的故事，年龄大一点的人都知道，但二十岁左右的年轻的人都不太了解。今后从文字上对《枫蛾歌》进行的解读会更多一些，以民歌形式传承的可能性已经越来越小了。但我们有一种《诉苦歌》与《枫蛾歌》的形式和内容都很相似。《诉苦歌》一般是一个人，有时候几个人，随时随地唱，唱自己的真实生活，诉说自己一生的不幸。没有文字本，但会经常有人唱。

　　谭达道先生对于《枫蛾歌》未来传承情形的论断未必能够全部应验，但也在一定程度上反映了《枫蛾歌》当前的处境。毛南山乡《枫蛾歌》所具有的大众娱乐色彩本来就极为淡薄，而且这种淡薄的娱乐色彩在现代娱乐工具和娱乐形式面前更是很难经得起长期冲洗。或许，毛南山乡《枫蛾歌》的某些表现手法来源于毛南山乡传统的《诉苦歌》，或者毛南山乡《枫蛾歌》的某些表现手法对于《诉苦歌》产生影响，但令人感到欣慰的是，毕竟毛南山乡《枫蛾歌》体现的是对毛南山乡远去的曾经的社会生活画面的再现，而不再是当今真实生活的描绘，其艺术形态与宗旨仍然能够从当今毛南山乡的一些艺术形态中得到展现。

第三章　宏阔细腻之美：墓葬及其石雕

毛南山乡的石料建筑、雕刻艺术品尤其石雕艺术品在很早的时候就享誉周边地区。"毛难及牛峒内曩村，下干之下肥、下沙等处石工，对于房屋、坟茔各项亦均能建造。"[①] 直至今日，"毛南族石匠刻制的石碑，以丰富的图案和精美的艺术性而出名，附近的壮、汉人民甚至港澳同胞也前来订制"[②]。毛南山乡雕刻艺术的精湛还体现在其木刻艺术品上。在"肥套"中呈现的木刻作品，其想象之奇特，布局之缜密，制作之精致，堪称雕刻上品。这些在"肥套"中展现的艺术作品虽然与它们在生活中呈现的艺术在形态、品质等方面有一定的差异，但作为相应艺术形态的缩影，仍然能够反映出该艺术形态的基本面貌。毛南山乡的石雕是远近闻名的。大到桥梁建筑石雕、房屋建筑石雕，中到墓葬石雕，以及石碾、石磨、石碓、石槽、石缸等雕刻，小到石质茶杯、碗碟等雕制，几乎无所不有。毛南山乡的墓葬石雕，构思宏阔，雕凿精细，融人物、动物、植物及天象为一体，宗教场景与世俗生活相互交织，体现出毛南族高远的审美境界和独到的艺术水平。毛南山乡的石雕艺术也广泛用于房屋建筑之中。毛南山乡人建房，即便是经济水平中下人家，其墙基、阶梯、柱础也多用雕凿的石制品，这是毛南山乡干栏式民居与周边壮、瑶、水等族干栏式民居最为明显的区别。毛南山乡多石，且材质多种多样。毛南山乡石工选材费心，雕凿细腻，远非一般人可以想象，毛南山乡到处矗立的石墓，有的历经数百年风吹雨蚀，墓碑上生动传神的人物、动物、植物造型及云水纹饰仍然清晰可辨。

毛南山乡的墓葬石雕，不同时期有着不同的构建理念：凤腾山早期的墓葬石雕，体现更多的是原始宗教意象和对祖先、对神灵的崇敬，独特的民族原始宗教意识浓厚；中期的墓葬石雕则在体现宗教情感的基础上增加

---

① 梁构、吴瑜：《思恩县志》，民国二十二年九月铅印，（台北）成文出版社有限公司1975年据原铅印本影印，第169页。

② 《毛南族简史》修订本编写组：《毛南族简史》，民族出版社2008年版，第93页。

了汉文化与毛南族文化交融的成分，注重对家族荣誉的夸耀，更多地突出儒家文化中的"达则兼济天下、穷则独善其身"的济世修身色彩；后期的墓葬石雕则更多地展现了一般的世俗生活，将石雕的宗教功能与审美功能完美地融合在一起。从毛南族的重要墓地凤腾山的墓葬石雕来看，毛南山乡工匠至晚在明、清之际已经具备高超的绘画水平，否则难以有如此宏大的构图和精湛的刀法。环江毛南族自治县下南乡波川村建于民国三十五年（1946）的生墓，是几个毛南族工匠费时 3 年才完成的。该墓画构图完整，形象生动，刀法细腻，毛南山乡乃至远近数县，未见墓葬壁画能出其右者。倘若事先没有完整的画本，要完成如此规模宏大的艺术工程，那是不可想象的。所以，我们有理由相信毛南族很早就具有水平极高的绘画才能。只是其绘画理念与才能多为宗教活动所左右，功用单一，未能向更为广阔的领域发展。

毛南山乡石雕作品繁多，而且雕刻技艺精湛，这集中体现在凤腾山墓葬石雕上。凤腾山墓地既是毛南族人民的精神圣地，更是一座规模宏大、各种石雕制品争奇斗艳的艺术殿堂。墓地的石墓大多建于明末至民国初年。人们从这里可以充分领略到毛南山乡人民与石雕艺术相关的丰富而奇特的艺术想象力、严谨而虔诚的创作态度以及精湛的雕刻艺术手法。以墓葬石雕为代表的毛南山乡雕刻艺术充满蒙昧观念与理性意识相互混融的内涵：制作的宗旨、展现的情景以及采用的元素等方面，具有强烈的蒙昧观念，即体现了万物有灵和祖先崇拜的人类原始观念；然而在艺术构思和表现手法上，又富有宏阔的艺术气魄和娴熟的艺术技巧。许多画面，尤其许多主体构件，我们能够从中审视出毛南族传统观念中的原始意识脉理，比如涉及毛南族原始宗教的某些构图——日神、雷神、龙神以及葫芦图案等，具有毛南族浓厚的原始神话色彩，体现出较多的蒙昧观念痕迹；而这些构图中的生活情景、栩栩如生的形象、各个元素之间的组合规律与技巧，则充满毛南族的艺术智慧，应该是理性意识的艺术呈现。

第一节　宗教观念与世俗情感的凝结

一　祖先崇拜的观念

在长期的社会生活中，毛南山乡所行的系以原始宗教，即万物有灵、多神崇拜与祖先崇拜为核心，逐渐吸收了道教、佛教等元素并以其为外壳的宗教体系。在毛南族人的传统观念里,祖先有着极为崇高的地位:"毛南族非常崇敬自己的祖先,把祖先称为第一真神加以供奉。"① 在毛南山乡的风俗里,正常去世的祖先被列入香火牌位,不仅在过年过节享受供品祭祀,平时有客人来家或者家中有好酒好菜,也会享受后辈的虔诚供奉。毛南山乡人传统生活中最为重大的仪式"肥套"(毛南语音译,译成汉语叫"还愿",周边其他民族称之为"毛南傩",后文辟专章探讨),有关于家仙的故事及《报奏家仙开关歌》唱词:

> 家仙,生时在家叫作婆(这个婆是毛南语,即父辈之意,非婆媳之婆),死后进坟墓变成鬼,丢下儿孙在家不管,每到春节和七月十四请你就来,到灵位前领香烟。今日儿子做还愿,接你阿婆家仙回家,去花山向婆王求子求孙,这样才有子孙万代接祖源。②
> 坛中锣鼓闹喧喧,三召四请接家先。
> 根底祖公最宝贵,唢呐吹响办红筵。
> 厨师红带要分齐,灯盏添油照得亮。
> 香炉点火烟袅袅,三代祖公都闻香。
> 先撒白米去纷纷,功曹土地报四方。
> 门户侧耳细静听,后跟土地乘云龙。
> 年值③上山去骑虎,一跃跳过大山林。
> 月值南边骑凤凰,飘飘飞去过火山。
> 日值西边骑骏马,不用步行快如车。
> 时值骑龙下水去,来来去去不用船。
> 五值中央走云路,腾云驾雾请家仙。
> 先望东方甲乙木,骑马骑骡来得齐。
> 二望南方丙丁路,若不见路就备灯。
> 三望西方金光照,金车银轿接家仙。

---

① 莫家仁:《毛南族》,民族出版社 1988 年版,第 82 页。

② 韦秋桐、谭亚洲:《毛南族神话研究》,广西人民出版社 1994 年版,第 150 页。毛南族师公所用的"肥套"唱本被称为"经文",绝大多数为土俗字手抄本,内容大同小异,且多有讹误。毛南族学者谭亚洲先生经过艰辛比对,翻译整理出一个较为规范的汉文译本。此处及以后所引,主要出于谭亚洲先生的译本。鉴于译文中某些地方的表述有待商榷,笔者在引用时,结合其他唱本及田野调查所得,略有校正。以后所引,情形与此基本类似,不再一一注明。

③ 这是把时间神格化,只是担任轮到的职务,按毛南族说法,年、月、日、时加上天干地支,就可以将星宿神煞和人的命运结合起来。这也是毛南族人对星和神的一种崇拜心理。

四望北方壬癸水，大河小河船上渡。

五望中宫土地召，墓门大庙正开关。

伯公叔公都请齐，还愿去喊你们回。

各位公奶祖辈们，连同曾祖都回家。

拜请八仙都来齐，无论上下通报完。

撑伞扛旗又吹号，又打三炮响隆隆。

社王守路无关碍，兵马保护在后面。

简装宝笔和印盒，龙头拐杖慢引你。

又拿船杆来绚马，一顶新轿到门前。

你们不用忙和慌，慢慢歇息慢抽烟。

吉辰各位都敬供，此时别语不多言。

有缘骑马来赴筵，师公打板下街迎。

　　家仙的地位既然如此重要，毛南族人又要祈求家仙对儿孙及家庭的福佑，于是便竭尽全力为家仙营造一个理想的处所，以便家仙能够更好地施福于家人。因此，毛南山乡人按照现实生活情境为家仙构拟了相应的生活场景：

　　风俗一："赶祖先圩"是毛南族历史上特有的一种活动。"祖先圩"又称"阴圩"，人们认为人活着的时候经常赶圩（赶集），死后灵魂还在，也要"赶圩"。祖先的灵魂如果不在清明节这天赶圩，就得不到安慰和去处，就会回家作祟，活着的人就会有灾殃。在毛南山乡下南、波川两个交界处的下林（毛南语叫"卡林"）的地方有座小山坡，形似一把交椅，前面是一条山溪，风景很好。山麓上坟冢密布，为一个规模极大的墓地。赶祖先圩要在清明节这天的天亮之前进行。每到清明节这天凌晨，下南、波川一带的毛南族人就会带上孩子到卡林的坟地上购买蜡烛、香支、纸钱、沙纸、猪肉、糖果等清明节用品。人们在货摊旁边安放一盆清水，交易时先将一枚制钱（硬币）放入盆中。如果制钱浮于水面，则意味着祖先已经到来而且已经买走物品了，这时便不能再交易；如果制钱沉入盆底，则交易进行。此俗在 20 世纪 50 年代前极为兴盛。①

　　风俗二：毛南族人安葬逝者四个月以后的第一个清明节才去扫墓（如果逝者去世日期离当年的清明节不到四个月，则需等到次年的清

---

① 蒙国荣、谭贻生等：《毛南族风俗志》，中央民族学院出版社 1988 年版，第 151 页。

明节才去扫墓），并在安葬四个月后的第一个农历七月初七或七月十四要给逝者"分田"（如果逝者去世日期离当年的七月初七或七月十四不到四个月，则需等到次年再行"分田"）。分田这一天，亲属们前来协助办理事宜，主家杀乳猪、备牛红，所有曾经戴孝的亲朋也都带着鸡、鸭前来祭奠。杀牲后，主家在家里烧香焚纸，将死者全部遗物一一"过火"（将遗物从纸钱燃起的火苗上掠过。人们认为，这样逝者就能接受其遗物了）。人们一边将遗物"过火"，一边祝诵："父亲（母亲），你的××物件在这里，请你拿去吧！""过火"毕，儿女们说："父亲（母亲），跟我们去分田啰！"一行人走到田边地角后，先禀告哪一块田地分给逝者，然后将一束剪好的沙纸挂在一根青竹上，在田地上走三步，将青竹插在田地里，并告诉逝者："日落西三步那边是你的，日出东六步这边是我们的。"给逝者分田，目的是让逝者在阴间也有田地耕种。[①]

左图有人认为系毛南族"肥套"傩舞，右为盛夏垂钓图。
均为凤腾山谭上达墓壁石雕。该墓建于清朝咸丰中期。

　　毛南族传统的祖先崇拜观念，发展到后来，逐渐用世俗人生的情景给体现出来。这样的观念及其体现方式，我们还可以从毛南山乡的墓葬碑刻中找到生动而有力的实据。这样的实据在谭姓毛南族人著名墓地凤腾山古

① 蒙国荣、谭贻生等:《毛南族风俗志》，中央民族学院出版社 1988 年版，第 144 页。

墓葬碑刻中甚为多见，在毛南山乡其他地方也极为常见。因此，沿着这一路径，亦即人神生活境遇同构观念的生成与体现去探讨毛南山乡人的祖先崇拜意识，进而对毛南山乡的墓葬及其石雕艺术进行研究，当能展开另一片天地。

毛南山乡人在传统社会生活中，对于选择墓葬地址、修建坟墓、为坟墓立碑等，都要举行相应的仪式，要请师公临场作法诵经：

《安墓用谟》经文

好吉日时，天机有应，敬奉山神，起身龙驾，下降台前，点牲领命，喜领筵席，刻定来临，保护亡人，安坐墓茔，安营安泰，万代吉昌，乃烧香一炷。

《立碑起谟》经文

今日时利，富贵双全，子孙聪明未应，刻定今日，考试在前，千年利施，四季安宁，亡人从位，立碑墓茔，安宁无碍，万代吉昌，乃烧香一炷。

《选坟连立碑结合用谟》经文

好吉日好时辰，求祈保佑，保护亡魂；日吉时利，天遗福德，今刻大明，亡魂坐在墓茔，安身无碍，万代吉昌，孝男女今日办牲完备，恩心山丰，安位墓殿，子孙千年旺相，发旺双全，乃烧香一炷……

……茅山大庙，张天大法，六甲六丁，防身护命先师，鲁仙大庙，李远先生，行乡师巫，极宫大庙，京天教主张、赵、李天师，鲁仙大庙，九天玄女仙娘，三千徒弟，七十二贤人，拜请四天门下，外文公她，外祖先灵，天乙伶俐，地乙贵人，吉星华盖，保泰亡魂，安身无碍，万赖吉昌，拜请梅山大庙，本殿三元，上元师主唐真君，中元教主葛真君，下元法主周真君……朋友先祖，诸故伯叔，一路同群，同来起接，引荐神仙……①

毛南山乡的墓葬石雕艺术形态应该是在岭南古百越民族的祖先崇拜观念的影响下，在毛南山乡多石材的生态环境下形成并发展起来的，而墓葬石雕艺术形态的发展，无疑对毛南族敬崇祖先的社会习俗的发展起到了促进作用。与其所处的周边民族相比，毛南族的"家仙"（祖宗神灵）文化是非常独特的：有依序排列的家仙谱系，有专门供奉家仙的香火牌位，有

---

① 以上三经均为毛南族师公珍藏手抄本，原文为毛南族师公用土俗字，谭亚洲翻译。

专门为家仙营造的活动场所（祖先圩），重大的家庭祭祀活动家仙必须亲临（专门有家仙傩面），等等。此种情形的出现，固然与毛南族原始宗教理念有关，并且应该与毛南族宏大、精致，而且在毛南山乡无处不在的墓葬石雕艺术形态有着较为密切的关系。

毛南山乡的墓葬石雕艺术形态经历了敬神（敬家仙）和娱神（娱家仙）的流变：毛南山乡早期墓葬石雕图案以毛南族的原始宗教元素为主，发展到后来则增添了大量的世俗生活元素，而且这些世俗生活元素所构成的艺术情境成为毛南山乡墓葬石雕艺术形态最为耀眼的部分。这与毛南山乡文艺主旨决定毛南山乡文艺形态的形式及内容的艺术流变规律是一脉相传的。

二　人生归宿的居所

生活在岭右的人们认为，人在世间（包括形体与灵魂合一状态，即生命存续状态，以及形体与灵魂分离状态，即生命消失状态）的过程分为两大部分：从出生到逝世之前，是生命的活跃期。在这一阶段，人的灵魂与形体合二为一，从事着人生中的一切世俗活动。从逝世直至永远，是生命的延续及沉寂期。在这一阶段，人的形体托寄于山川，其灵魂或附着于形体、坟墓，或游逸于太虚、村舍，但仍然时时眷顾着家人、家族乃至其原来居住的村舍。[①] 因此，广西各民族意念中的居住之所，理所当然地包括两个地方：一个是生者栖息繁衍之处，即平常所言之住房及村舍；另一个是逝者托身安息之处，即平常所言之坟茔冢墓。毛南族传统观念中此种意识更为浓厚。因此，毛南族人营造坟冢，往往有如营造活人庐舍般精心和投入，在很多方面甚至有过之而无不及。

毛南山乡虽然地处僻壤，人们生计百般艰难，但于庐舍居所的建造，却是极不含糊。毛南山乡的自然条件一向艰难，人们劳作终日累年难得一饱。"上、中、下三疃及北遐一镇……亦种水田、采鱼。其保聚山险者，虽有畲田，收谷粟甚少，但以药箭射生。取鸟兽尽，即徙他处。无牛羊桑柘。"[②] "解放前的毛南山乡，九分石头一分土，十年九旱穷山沟……下塘村谭有敢家，九口人，每餐只煮两斤猫豆拌野菜充饥。上南村人均旱地九分，被人嘲笑为'有女莫嫁上南村，挑水好比上天门。早晨吃点苦麻菜，夜晚啃点雷公根。'（下南乡景阳村农民）一般只有早上吃玉米粥，常年吃红薯、南瓜，没有油盐……贫苦人家，常是衣不蔽体，缺少卧具，夏则

---

① 蒙元耀：《生生不息的传承：孝与壮族行孝歌之研究》，民族出版社 2010 年版，第 9—20 页。
② （清）谢启昆：《广西通志》，广西人民出版社 1988 年版，第 6861 页。

烧艾驱蚊，冬则烧柴取暖。"①"山区的毛难族生活较为贫困，普遍缺2—3个月的口粮，所以每天只能吃两顿稀粥，并拌合瓜菜、红薯充饥，经常缺少油盐。"② 与周边"种稻似湖湘"的龙江地区（现广西河池市金城江区辖区内的龙江河谷稻作地带）相比，毛南山乡的生计可谓艰难至极。但毛南族人在居所建设方面，则比周边其他民族讲究："毛难人的住屋，一般较壮族为整齐与坚固，面积较仫佬人为宽阔。"③"富裕户建砖墙瓦屋者，屋分几层，有精制的石雕和木刻装饰，颇为壮观。"④ 毛南族人不仅注重现实中的居住条件，而且将这样的居所建造追求移植到先人坟冢的建造中来，以体现其人生整体生存观念及祖先崇拜观念。毛南山乡建筑气派、石雕精美的坟冢所在多有。

毛南山乡人选择安葬时机的态度极为慎重，乃至到了极为讲究的程度。本来，建造房屋及坟墓偏好于时辰吉凶之说、迷惑于风水玄理几成广右痼疾，只是在毛南山乡的传统社会中，这种痼疾症状与毛南人的原始宗教观念结合在一起，赋予丧葬活动以更为复杂的文化内涵。毛南族人"对死者失魂日期、死时吉凶如何、出殡时辰、何日回家十分重视，要慎重其事地请魔公、道士来为死者算命推算，做道场"⑤；"安葬的时间和地点，都必须请地理先生（风水先生）择定"，如果地理先生认为"出殡的人日子不吉利，则不能安葬，就地搭一间棚，架好棺木，举行浮葬，待到吉日"再行安葬⑥。

在传统观念里，毛南山乡人将家庭的平顺及兴旺与否跟祖先的安息之所及安息状况联系起来，并赋予祖先的坟冢以超自然力。毛南山乡人认为，逝世后的祖先具有神奇的力量，能够福佑后代。但这种神奇力量的聚集与发挥，往往需要借助相应的外力，比如墓地的自然形状、山川脉理以及这些元素与祖先魂灵相关要素所构成的和谐情况等。倘若这些要素不匹配或者融合得不好，就会严重制约祖先魂灵超自然力的聚集和发挥，从而对其福佑后代的力量形成负面影响，甚至作祟于后人。当人们认为这样的

---

① 环江毛南族自治县地方志编纂委员会：《环江毛南族自治县志》，广西人民出版社2002年版，第941页。
② 广西壮族自治区编辑组：《广西仫佬族毛难族社会历史调查》，广西民族出版社1987年版，第69页。
③ 广西省民族事务委员会：《环江毛难人情况调查》，1953年版，第69页。
④ 广西壮族自治区编辑组：《广西仫佬族毛难族社会历史调查》，广西民族出版社1987年版，第42页。
⑤ 卢敏飞、蒙国荣：《毛南山乡风情录》，四川民族出版社1994年版，第179页。
⑥ 莫家仁：《毛南族》，民族出版社1988年版，第84页。

情况发生以后，将祖先的坟冢迁移另行择地安葬就成为不可避免的事情
了。"有的因逢灾年或患病等，认为葬地风水不好，致使死者不得安宁，
故而折腾家人。为此必须另选吉地吉时，取出遗骨重葬。开坟取骨时，孝
子亲手动土，用白布遮住开棺，忌讳见天。将取出的骨骸，依次放入一只
小木棺内，移至新地埋葬。重葬时气氛肃穆，人们小心从事，不敢讲话和
走动，惟恐惊动亡灵，招致灾祸。"① "'风水'不好的坟要重葬。在地理
先生看好开坟的日期时，孝子到坟地去，最先在坟上挖一锄，其他的人才
接着动土。开棺拾骨时，都不能讲话。男的先拾左边的骨，后拾右边的
骨；女的相反。骨上有泥，要用清水洗净。拾完，再依骨骸原来次序放进
新棺内，不能乱放。装殓完毕，便抬到已经择好的葬穴内重葬下去。葬期
也要选好日子。"② 祖先的魂灵及其安息之所，已经与后人的日常生活紧
密地联系在一起了，祖先的坟冢被赋予超自然力的特殊内涵，并成为超自
然力的特殊载体。

　　毛南族墓葬石雕。碑首饰以重檐，龙凤伴田园风光，系世俗世界与神话世
界的完美融合。

　　毛南山乡的现实自然生态虽然脆弱，在漫长的封建半封建时代，生活
给予毛南族人的虽然更多的是艰辛与苦难，但他们往往在出离艰辛与苦难
之后，对生活寄予更多的期盼，期盼逝去的祖先能够生活在充满牧歌的优

① 广西壮族自治区编辑组：《广西仫佬族毛难族社会历史调查》，广西民族出版社 1987 年版，
　第 49 页。
② 广西省民族事务委员会：《环江毛难人情况调查》，1953 年版，第 109 页。

美田园之中，以弥补他们在生存年代留下的遗憾，以及在充满牧歌的田园生活中凝聚超自然力，从而福佑子孙。因此，毛南山乡人按照现实人生理想的居住模式与意念中的魂灵栖息模式之融合体来建构逝者的居所。依据这样的建构观念，毛南山乡墓葬石雕上不仅充满了宗教色彩，还广布着迷人的田园风光。所以，毛南山乡坟冢往往是世俗期盼与神灵秘境相交织的，富有理想韵味的特殊世界。毛南山乡人安葬逝者时的祝祷，实际上是现实与虚幻的交织：

> 一封东，亡人墓内暖烘烘；
> 二封南，亡人墓内喜洋洋；
> 三封西，亡人墓内生欢喜；
> 四封北，亡人富贵自然得；
> ……

三　亲情回报的模式

毛南山乡人敬重父母，念念不忘父母的养育之恩。不知道毛南山乡人的祖先崇拜观念是孝敬父母、尊重长辈之俗的延伸，或是毛南山乡的祖先崇拜之风促进了孝敬长辈之俗的浓郁，还是二者处于相互共进、良性循环的态势。"毛南族非常敬重父母和祖先，把父母视若天地，不可侵害。厅堂中的主位是父母亲的坐位，子孙晚辈人'越位'被视为无礼。过年过节，以至平日吃饭，都要把舒适、显要的位子留给老人坐。吃鸡鸭时，要把胸脯肉、臀部肉和肝脏等肥嫩少骨的部位给年事最高的人吃；儿孙们要给老人加酒添饭，敬茶献烟，并尽到赡养的责任。老人得到良好的照顾，受到社会的尊敬。子孙们以尊敬老人受到社会的赞誉而感到光荣。"① 毛南山乡传统丧礼上的"肥谱"（"肥谱"，毛南语音译。"肥"在毛南语中是"做、举行、举办"之意；"谱"在毛南语中带有歌咏、叙事、抒情成分的仪式）内容最能体现毛南族人对逝者的孝敬之情（详见第二章"礼俗歌"中"吊丧歌"所录《敬献十杯酒》），生动地体现了毛南人对亲情的诚挚的回报之心。

毛南山乡传统的墓葬及其文化内涵可以看作是亲情回报的一种重要模式。毛南人营造先人坟冢的初衷、结果以及这一整体过程所体现出来的内

---

① 莫家仁：《毛南族》，民族出版社 1988 年版，第 107 页。

涵，除了原始宗教属性以外，与毛南族人铭记祖先深恩、借营造坟冢和祭拜祖先魂灵以表达对逝去的先人缅怀和回报之情有着极为密切的关系。于此可做生动例证的是后人为前辈建造生坟（为尚未逝世的人建造的坟墓，待其去世后安葬）。毛南山乡上南地区有个歌场叫肯引散（毛南族借用壮语的词语，意即"石板坡"），是人们集中对唱山歌的地方。有一个酷爱唱歌、年逾古稀的老太太叫卢炳凡，逢年过节或者歌会，她都要到该地唱歌，被人们讥称为石板坡歌主，因为按照当地传统风俗，过了30岁一般不再到歌场唱歌："西南诸夷，种类既繁，俗习介别。在广右者，曰瑶、曰壮、曰伶、曰侗、曰水、曰伴、曰俍……田事毕，则十余人为群越村，偕其村之幼妇偶歌，谓之博双亲。三旬以上则否……新娶入门，不即合……答歌通宵，至晚而散，返父母家。遇正月旦、三月三、八月半，出与人歌……及有娠，乃归夫家，以后再不如作女子时歌唱也。"[1] 有的年轻人用山歌讥笑她，甚至不愿意跟她对歌。但她不在乎，照样逢场必到。为了死后能听到别人唱歌，她嘱咐其子，等她死后一定要将她安葬在石板坡上。其子为了使老太太放心，在老太太82岁的时候为她在石板坡

建于民国三十五年（1946）的
谭老孺人生墓

中心建造了一座雕龙刻字、富丽堂皇的生坟。老太太嘱咐青年人在她去世安葬后不要害怕，要经常到石板坡来唱歌，好让她在九泉之下照样能够听到歌声。老太太活到88岁去世，其子将老太太安葬在原来建造好的坟墓里。后来的年轻人不负老太太所望，仍然聚集到石板坡上唱歌。

---

[1]　（清）谢启昆：《广西通志》，广西人民出版社 1988 年版，第 6872 页。

该地一直热闹到 20 世纪 50 年代初。① 为老人精心建造的著名生坟，在毛南山乡波川村还有一座，被称为谭老孺人生坟，是几个工匠费时三年才建成的。墓石上雕龙刻凤，构图精美，周边墓葬难出其右。毛南山乡这类生坟，出资建造者与其说注重老人去世后为后人所发挥的超自然力福佑作用，还不如说关注更多的是后代对尚在人世的前辈老人的孝敬和慰藉。

所以，毛南山乡人为逝去的祖先营构墓室，固然有着浓厚的原始宗教，即自然崇拜与祖先崇拜色彩，但往往同时体现出清晰的亲情回报模式，他们期望以恢宏、富丽及百物俱备的墓葬为祖先营造一方优美而具有独特韵味的生活场景，借以回报父母的养育深恩或祖先血脉亲情。他们想象着祖先在另一个世界的生活情景，而这样的想象是以毛南山乡人的现实生活场景为基础的。下引毛南山乡师公《安墓祭坟歌》（部分）：

> 酒斟初盏献山神，金身龙驾降临筵。
> 移动山神同喜领，小师拜跪敬初巡。
> 酒斟二盏献山神，保护坟墓得安宁。
> 左有青龙来保护，右有白虎来护灵。
> 三安中央龙脉位，父母祖奶坐上得安宁。
> 酒斟三盏在台前，土公土母列两边。
> 玄武在前来祝贺，后有朱雀护坟宅。
> 保阳坐宽无牵挂，子孙万代接荣华。
> 酒斟四盏献合缘，以古通礼不可瞒。
> 兄弟团圆立墓碑，留与后代容易传。
> 后生骨肉不可昧，荣华富贵接祖宗。
> 酒斟五盏献三元，同献五祖及家先。
> 本部社王排班坐，满杯诉说话陈通。②

这里不仅仅是原始宗教观念的体现，还有面对父母和祖先魂灵时涉及家庭和睦、弟兄团圆等情形的诉陈，对墓地山川形胜的描绘，诸位神灵的拱卫等，重要主旨实为告请祖先与父母魂灵安宁。

---

① 卢敏飞、蒙国荣：《毛南山乡风情录》，四川民族出版社 1994 年版，第 293 页。
② 毛南族师公珍藏手抄本，原文为毛南族师公用土俗字，谭亚洲翻译。师公在仪式上用毛南语吟诵。

四　美化领域的拓展

毛南族是一个崇尚美而且善于创造美的民族，其美化生活的期盼与实践几乎涉及世俗生活的每一个角落。与周边地区相比，毛南山乡的生活极为艰难，旧时一般民众欲求一饱殊为不易。即便是这样，毛南族人仍然极力美化生存环境，尽可能增加生活中的亮色。其中最具典型意义的当属民居建筑，由实用型向审美型发展。生活在岭南地区尤其广西地区的百越系民族，为适应卑湿炎热、瘴气浓郁和虫兽繁多的自然生态条件，在居屋构架上多采用干栏式建制。毛南人在承袭这一建筑风格的基础上，于实用中融入更多的审美元素，创制了与周边其他百越系民族相区别的具有鲜明民族特色的毛南山乡传统建筑干栏石楼，因而在居屋建筑中凝聚了毛南山乡自然生态特征及毛南族文化特色：墙基及山墙下部用精制的料石砌成，离地面三五尺高之后再夯筑土墙，既能够抵御风雨侵袭，坚固耐用，又整齐平整，美观大方；庭院、廊道用片石铺就，干净整洁；柱础和登楼阶梯多用雕琢的料石，家境殷实人家还在其上饰以花鸟虫鱼或云水图案。整个建筑体现出毛南族传统的审美追求与情趣：即便在条件艰难的情境下，仍然期望生活中有尽可能丰富的审美元素。当今天的毛南山乡生活条件大为改善之后，毛南族人在居住方面追求审美化的愿望就更为强烈，赋予居处的审美化元素也更为丰富。整体而言，今天的毛南山乡在居住方面，无论是房屋建筑，还是居所环境营造，均优于周边其他民族。毛南山乡自然生态系统脆弱，而在 20 世纪中期及以前，毛南人为了解决基本的生存问题又不得不大面积垦荒耕种，甚至广行刀耕火种的落后生产方式，因而于自然环境造成极大的破坏。但毛南山乡人利用一切可能保护和恢复自然生态系统。"新老村寨多是选定在避风、光照充足的地方，不占耕地。房屋多靠山（坡）向阳，屋前展现耕地，山后均有茂密的风水林，严禁砍伐，防止水土流失和山石崩裂，形成了良好的生态环境。"① 由此可以看出，毛南山乡人爱美以及创造美的意识是非常强烈的。

毛南人还将这种美化生活的期盼与实践拓展到"魂灵生存空间"，亦极大地拓展了美化生活的领域。这样的审美化拓展在一定程度上成为毛南山乡墓葬石雕艺术高度发达的重要原因。毛南山乡人在现实生活中难以企及的美景，

---

① 环江毛南族自治县地方志编纂委员会：《环江毛南族自治县志》，广西人民出版社 2002 年版，第 910 页。

毛南山乡下南村松现屯的毛南族现代民居，此类田园风光当今并不少见。

毛南山乡玉环村下结屯谭荣胜家原有的传统干栏石楼，现已基本废弃不住。

往往通过联想与想象将其呈现于墓葬石雕之上；他们在现实生活中偶然撷取的优美片段，往往通过丰富和再造后将其奉献给祖先。墓葬石雕成为毛南山乡人审美化生活的重要寄托，也成为他们重要的抒情方式。毛南山乡的墓葬，"墓碑上端是重檐石阁，除饰以花边外，里面还刻有凤凰、画眉、仙鹤、蝙蝠、花蝶、游鱼、梅鹿、大象、仙桃、细柳、寿松、水仙、太阳以及毛南族最崇敬的雷王和水神等图像"①。这些实际上是现实与想象的完美结合,是毛南山乡人传统审美领域由现实生活向神灵世界的拓展,是审美化生活期盼的另一种书写形式。

　　左图为凤腾山谭上达墓碑全景,整体造型一气呵成,将阴阳两界的场景融为一体。右图为毛南族村寨口的保护神,简洁直白,宗教诉求至为明晰。

　　毛南山乡的墓葬石雕艺术与其传统的原始宗教观念密切相关,其中的许多艺术观念甚至直接来源于传统的原始宗教观念。但上升到艺术层面的石雕造型及其体现出来的艺术审美情趣,已经与其传统的原始宗教观念的直白形成了极大的反差,表征毛南山乡石雕艺术已经进入情境交融的较为高远的境界。因此,毛南山乡的这种美化领域的拓展,不仅仅是艺术观念与手法由此世界向彼世界的物理性延伸,更多的是造型艺术观念的蜕变与升华,即毛南山乡人在其墓葬石雕艺术中追求的是一种意境,而非简单的原始宗教观念的诠释。

第二节　山川脉理与利生观念

一　传统择居观念

　　由于万物有灵、祖先崇拜等原始宗教观念的孑遗,独特的自然生态环

————————————

① 卢敏飞、蒙国荣:《毛南山乡风情录》,四川民族出版社1994年版,第281页。

境以及因为自然环境所造就的文化心理等因素的影响，生活于广西的各民族，其中包括汉族，对于择居方面有较为特别的要求，而且越是生活在山区，这样的要求越是强烈。笔者在拙著《广西民族择居心理的生态批评》中对此有过论述："长期以来，广西各民族'万物有灵'观念根深蒂固。人们不仅认为人有灵魂，而且认为山川、草木、虫兽皆有灵气，并且认为这些客观事物的灵气会在一定的条件下聚合、强化，或者消散、弱化，相机作用于人类。这些灵气与人们生产、生活场所的其他各种因素一起，构成一个特殊而复杂的氛围——类似于现代人意念中的'场'，对人产生无微不至的作用。即便人的死亡，也仅仅意味其形体沉寂，其灵魂仍然存在，并与其形体一起对后代、家族、村庄产生影响。卜葬其形体，为其形体修建一个坟墓，意味着为其形体和灵魂寻找、确定一个理想的永久居留之所。死者的形体、灵魂与这个居留之所的灵气聚合在一起，其作用是无所不在、无所不能的。为死者择居，要综合考虑死者的出生、死亡时辰，死者生前与死亡后的福缘深浅，家族特别是家庭承受、和融卜葬地灵气的福缘大小，形体下葬时机，以及坟头的朝向、坟头正对的山川形势等等要素。这些综合要素与卜葬地的形态、灵气聚合在一起，才能形成对家庭、家族、村庄的福荫作用，否则就有可能对家庭、家族、村庄作祟。这也是为死者择居，其过程之繁琐与仪式之隆重远胜为生者择居的重要原因。即使随着科学知识的普及，许多人能够认识到这种'灵气'的荒谬，但潜意识中仍然难以抹去其原始宗教观念所烙下的阴影。[①] 广西各民族为逝者择居，其态度之虔诚，其讲究之周详，其仪式之繁琐，往往非其他地区人们可以尽解其详。"

　　毛南山乡这种观念较广西许多其他地区来得更为深远与浓厚。由于生活环境的长期浸染，毛南山乡人既注重山水的外形，又注重自然山水所透露出来的神韵，并将心灵与山水沟通，直接丰富且获取山水的内涵。山水的朝向、造型和走势，以及山脉的显隐勾连，当属自然之状，本身并不具有文化内涵。然而，毛南山乡人往往赋予其深奥的审美意象，将山川的象形与审美过程中的"会意"完美地结合起来。深深植根于毛南山乡人生态审美心理中的"龙脉"理念，很能诠释人们对于山水神韵依恋乃至崇敬的心理。所谓"龙脉"者，即山形起伏曲折逶迤如游龙，如蹲虎，如睡狮，如坐椅，如华盖，如网罾等动物或者器物也。人们认为，倘若择居得当，就能承接游龙、蹲虎、睡狮、坐椅、华盖、网罾等动物或者器物的

---

① 吕瑞荣：《广西民族择居心理的生态批评》，《广西师范学院学报》（哲学社会科学版）2012年第 3 期。

神韵,甚至自身能够化为游龙、蹲虎、睡狮等神奇动物,以及指令或者执掌坐椅、华盖、网罾等动物与器物,给自身或者子孙带来福荫。这些在现实世界存在或者不存在的动物与器具,尽管人们未见或者在现实生活中本就极为寻常,但一进入"龙脉"范畴,便在人们的意念中具有超自然神力,因而在择居审美过程中占有崇高地位。甚至在人们的视域中,某些脉段潜隐于河谷、平地深处;以至于分属两处山系,仅仅是遥遥相对的两道山岭,也是脉气互通,神韵相接,从而蕴含着相应的超自然力量。这实际上是自然构建力与人们文化心理构建力相互融通所产生的结果。我们很容易从中窥探出人们自然崇拜、万物有灵的原始宗教遗迹。毛南山乡下南地区坡川(即今之波川)于清朝道光十八年(1838)公议禁约并勒石为《坡川乡协众约款严禁正俗护持风水碑》载:

　　一、禁下林川一泽,不许私将药毒鱼虾,开坑泄水,以便打网。犯者罚三十六牲安龙,绝不姑贷。

　　一、禁上林连坡一带,不许挖土打石,损伤龙脉。犯者,亦罚安龙如数。

　　一、禁坟山及初种田,定四月至九月止,凡牛、马、猪、鸭皆不许故意放纵,踏伤坟冢,踏害青苗,违者并(重)罚。

　　川原发自天一仙水洞来,流过石崇沟,到孟郎潭潆洄星宿池,湾包至下相泉,遂曲屈达下林太泽,正是奇观。况显有三级浪,可嘉尧岩龙门。第一级,合水口,第二级,大赏,第三级,鱼登三级,乃变。则此潭实化龙之潭,朝宗之泽也,而可不宝重乎?故特示禁以培厚风水云。

　　毛南山乡传统社会中有一种特有的宗教活动,名曰"安龙谢土",意即因为自然或者人为因素导致龙脉不正,影响村舍或者家族、家庭人丁不旺,禽畜不繁,或者其他灾殃,需要举行相应仪式以使龙脉复正安稳。大的安龙谢土仪式需请道公、鬼师若干,备72只禽畜,计黄牛1头、猪4口、羊1只、鸭4只、鸡60只(禽畜总数与禽畜分计不符,但两份不同文献皆如此——笔者注),外加吃喝用度,耗费甚巨。[①] 毛南山乡人传统的"龙脉风水"观念,由此可见一斑。直到今天,毛南山乡许多毛南族人的"龙脉"观念仍然根深蒂固,将许多自然现象与"龙脉"之说联系

---

① 广西省民族事务委员会:《环江毛难人情况调查》,1953年版,第104页;广西壮族自治区编辑组:《广西仫佬族毛难族社会历史调查》,广西民族出版社1987年版,第164页。

起来，非一般人所能理解。①

　　毛南山乡谭姓族人的公共墓地凤腾山，就被认为系龙脉极佳的风水宝地："忽闻康节地理先生寻龙点穴，点得草木一山，后来湾弓龙脉，前面凤舞三台，礼葬严亲，龙降虎伏。"② 传说毛南山乡的谭姓毛南族人始祖谭三孝在地理先生的指点下将父母葬于凤腾山之中，尽得山中灵气，家族迅速发达。

　　毛南族传统择居观念中的自然生态元素鲜明而众多。毛南族传统择居观念固然深受其原始宗教意识影响，但自然环境因素无疑在其中发挥了巨大的作用。从大的自然环境来讲，广西气候温暖，雨量充沛，降水分配（地域与季节降水量）除因四季有所增减外，大致相对均匀，没有特别的旱季、雨季之分，因而植物品种多，植被覆盖率大，山体涵水性好，河流自净力强。整体来说，广西自然生态环境体现出一种山峻、谷幽、林丰、草茂、潭深、水清的自然景观。大自然的奇特神功，将广西山川塑造得千姿百态——刚柔与婉约，雄浑与清丽，特立与温厚。广西各民族将这些形体借来，融入富有山川特征的文化因素，孕育成自己独特的择居审美心理，那就是追求与山川形体相和谐，即择居时审度山川形态，借用山川大势与细局，将居处融入山势水韵之中，进而与山川构成和谐整体。广西各民族择居时追求的"依山傍水"、"望山借水"、"竹木扶疏"心理非常普遍而且历史悠久。考察广西各地人民从先祖直至现代的栖息地，往往依恋并追求山水田园的诗意格局。倘若在生活中发现栖息环境与山水不相谐和，人们宁可舍弃原处而迁至他方，哪怕大量耗费财力也在所不惜。因此，广西人择居之费心与隆重，往往非他处人们所能详解。山体的深沉静默，赋予人生宽厚稳重的审美追求；河水的蜿蜒悠长，蕴含家族源丰流远的心理期盼；林木的葱郁繁茂，是家业兴旺发达的表征。广西各地巧夺天工的自然山水景象和借山水之势营造的局部生产生活环境，与人们的心理营构有机组合，逐渐达至自然与人生的和谐，成为人们理想的精神支柱和

----

① 谭亚洲堂弟谭伟洲（毛南族，62 岁，原住下南乡古周村古周屯，20 世纪 70 年代移民思恩镇三乐村肯福屯）也前往祝贺。26 日笔者很早就起床，谭伟洲也起得极早。快到 6 时，谭伟洲跟笔者坐在场院里聊天。谭伟洲告诉笔者，古周屯是一个峒场，屯里有 200 来人，全部姓谭，没有杂姓。很早前有十来亩水田，有一口水井。水井常年的水位没什么变化，秋冬大旱四五个月，水量也不见怎么少；连续下雨很长时间，水位也不见怎么上升。峒场里十来亩水田的灌溉主要靠这口井。后来有人葬坟断了龙脉，这口水井就干涸了，水田也不能种了，就只能种旱地作物。

② 《谭家世谱》碑。清乾隆戊申年（公元 1788）刊立，今保存于环江毛南族自治县下南乡波川小学内。

物质家园。从局部环境而言,毛南山乡的自然环境最为鲜明的特征可以用六个字来概括:多山、少土、缺水。毛南山乡北承云贵高原余脉,连绵起伏、高大巍峨的群山由贵州荔波奔涌而来,到毛南山乡以后几乎被破成碎片。西部隔打狗河与广西河池市南丹县交界（打狗河西岸南丹县境内也居住有少量毛南族人）。其地属于大石山区,尤其在上南、玉环、古周、才门、下塘、景阳、希远等村,喀斯特地貌极为典型。经过长期的水流切割,打狗河河谷幽深,水流湍急;河岸危峰耸立,水土流失严重,绝少水田。南部与河池市金城江区毗邻,境内仍然群峰高峙。毛南山乡的峰丛之间是一个个漏斗状的洼地,洼地底部多有岩口与深邃幽暗的地下河相通,易旱易涝。洼地与洼地之间由山坳间的崎岖小道相通,形似串串珍珠。下南六圩周边有土山平坝,土地相对肥沃,灌溉便利,是为毛南山乡的半山半平原地区,农业相对发达,但在整个毛南山乡所占比例极小。在 20 世纪 50 年代以前,毛南山乡只有崎岖的山间小道与外界相通,物资往来都是靠人挑马驮,因而毛南山乡是一个相对封闭的地区。毛南山乡西部、北部和东南部的大石山区群峰密布自不必说,即使被毛南族人称为鱼米之乡的下南六圩周边,不大的平坝地区也被石山割裂得支离破碎,甚至在成片的水田之中矗立着石峰或石丘。毛南族人择居,既要避开极为珍贵的水田和坡地,又要远离极容易发生地质灾害的峻险峰谷。所以,毛南族传统的择居观念,虽然饱含迷信色彩,实则具有较为浓厚的自然科学成分,应该属于自然与人文的混融体系。

二　丧葬仪礼的利生期盼

应该说,毛南族既充满浪漫情怀,又着眼于现实追求,即许多与传统宗教观念相关的期盼与实践,最主要的还是在于改善人的现实生活。他们所行的丧礼和墓葬习俗,以不妨碍人的基本生存和发展为原则,并在此基础上最好能够对家人或家族的生存与发展有良好的促进。因此,毛南山乡传统社会生活中的丧葬习俗,大多直接或者间接地具有利生内涵:

> 与死者洗身的人（毛南族传统上行买水浴尸风俗）,未满十天不能进别人的家,怕"秽气"大,惊动别人的家神;孝男孝女在逝者未出殡前也忌讳进别人的家门,怕导致别人家也会死人或者生病。[1]
>
> 对于非正常死亡者,毛南族人认为往往有其他鬼怪作祟。为了避

---

[1]　广西省民族事务委员会:《环江毛难人情况调查》,1953 年版,第 113 页。

免类似情况再度发生，他们有一套特别的规矩，以避免亡灵日后祸害家人或者相关的人。尤其对于难产或者产后虚弱而亡的妇女，毛南族人更为忌讳：出殡安葬时，其棺材抬到墓地时要来回转圈三次，以便令其魂魄迷失方向而无法回家；同时有人敛住气往地上撒几把芝麻，说道："你捡完这些芝麻再回家吧！"有的还为此设置重重障碍，其目的就是为了阻碍亡灵回家影响家人或者村人。①

等棺材抬上山后，由道士念经，杀一只雄鸡，将鸡血淋入葬穴四角，先淋东方，再依次淋南方、西方和北方。淋毕，道士问孝男："愿富还是愿贵？"孝男回答："子孙发达，富贵双全！"接着下棺盖土。②

安葬时，地理先生向墓穴四周撒白米，口中念念有词："奉请：添米粮，添米粮，抛撒五谷满盈仓。此米不是黄金米。此米何所用？用来分撒与孝男、孝女受福用，延长寿命大吉昌。一撒长命富贵，二撒金玉满堂，三撒钱财满库，四撒五谷丰登，六撒六畜成群，七撒五元增进，八撒瓜瓞延绵，九撒儿孙高年寿，十撒男女满家堂。大吉大利，大发大旺！"③

上述风俗，基本上属于从万物有灵的观念出发，借助于逝者英灵的所谓超自然力表达其福佑后人，或者避免逝者所挟带的晦气妨碍后人的愿望，充满着利生期盼及其实践（不难看出，尽管毛南山乡人在仪式中有十种期盼，但其中的一些期盼是重叠的）。因此，我们在审视毛南山乡传统墓葬及其石雕艺术时，将毛南山乡人从事相关活动时的整体期盼纳入视野，对于探讨毛南山乡墓葬石雕的整体艺术内涵，就会全面、深刻得多。

其实，毛南山乡传统的利生愿望并不高远，一般也就期盼子孙繁衍、家道康顺、五谷丰稔、禽畜平安而已，除此而外的大富大贵，在许多人看来往往是奢望，并不真正放在心上。所以，毛南山乡传统的利生观念蕴含着极为素朴和简洁的成分。而且，就毛南山乡旧时的实际情况而言，居于社会下层、日常食不果腹之辈所在多有，能够将坟冢建造得恢宏气派的人往往凤毛麟角；再者，随着山场、土地私有化和集中化程度加深，一般百姓在墓址选择及墓室建设等方面，均受到极大制约。因此，其利生观念的表达，更多地需要依赖仪式的完整与顺畅。

---

① 卢敏飞、蒙国荣：《毛南山乡风情录》，四川民族出版社1994年版，第192页。
② 广西省民族事务委员会：《环江毛难人情况调查》，1953年版，第109页。
③ 蒙国荣、谭贻生等：《毛南族风俗志》，中央民族学院出版社1988年版，第140页。

毛南山乡人传统生活中的利生期盼及恐惧心理与生俱来。在漫长的封建半封建时代里,自然生态与文化生态所构成的双重压力对于生活在社会底层的毛南山乡百姓是非常沉重的,以及人们对源于自然、社会和生活中巧合的灾变现象难以找到合理的解释,于是将其与原始观念中的超自然力联系起来。他们消解这种恐惧心理的观念与仪式,实则系一种利生期盼与实践。而消解这种恐惧心理的途径,主要为通过宗教仪式禳解,以及祈求祖先英灵的福佑。当今天的整体生态系统——包括自然生态和文化生态——发生质的变化,毛南山乡的丧葬文化并没有本质性的改变,则既可以看成是一定的文化形态形成之后具有相应的发展惯性,又可以理解为毛南山乡人利生观念的长期性与复杂性的表现,即毛南山乡人依赖祖先魂灵福佑的观念成型并产生影响力以后,便具有相对独立于生态系统的特质。在毛南山乡,人们对于原始宗教意识以及与之相关神灵的情结极为浓厚而广泛,而且已经发展成毛南山乡一种集体无意识,与神灵尤其祖先神灵相关的宗教活动以及生产生活习俗的普遍与烦琐,令毛南山乡以外其他民族的人大为讶异。

毛南山乡墓葬石雕的工匠们在进行艺术创作的时候,往往秉持着一种虔诚的心态——为逝者营造一个美好家园,也就意味着为生者增添一分福佑。在毛南族传统的祖先崇拜观念中,被虔诚的后代关怀得无微不至的祖先们,其神力被想象成无所不在、无所不能;后人为逝去的先辈精心营造的庐墓,能够转换成另一个世界的美好家园——坟茔工匠们置身的仍然是一个利生与利他相融合的高尚道德境界。

第三节　构图与创作态度

一　构图中的原始宗教元素

构成毛南山乡原始宗教体系的文化元素(尤以神灵为主)极多,但反映在墓葬石雕中的主要为龙王造型、雷王造型及葫芦造型。

龙王是毛南山乡原始宗教体系中最为古老的神灵之一。在毛南族先民创造的神话中,龙神与雷神常常是混为一体的。到后来,龙神与雷神相对分离,龙神逐渐被塑造为具有更强大超自然力,能够潜藏于地府、遨游于太虚,具有主宰村社、家族、人生兴衰的自然神与人文神的混融体。在毛南族古老的神话中,龙的形象极不稳定,常常以多种形态呈现于人们面前，能够翱翔于云际、瞬间吞云吐雾的闪电，逶迤起伏、连绵腾挪的山脉，甚至于跟太白金星鏖战的神犬，都被纳入龙形象的范畴：

> 狗仰头吠天，天闪电打雷；
> 狗低头吠地，地冒起乌云。
> 天地雾蒙蒙，不见太阳光；
> 龙卷四月八，大雨哗哗下。①

（雷公跟土地大战）雷公丢了卫队，人少敌不过人多，便被活捉了。土地晓得雷公是条龙，得水会生力，就把雷公用铁链锁在石头柱子上，让毒日头晒得他龙鳞脱落，浑身酥软没有力气。②

在毛南族师公举行的"肥套"仪式里，毛南族师公所叙述的故事则将龙神和雷神合并为天狗。其"肥套"经文《劝解》云："天上的雷王制造大旱，想旱死三万六千人。太白大仙前去斥问，见一只野狗坐着塞住塘河口把水堵住。太白和他打闹了一场，结果三月下起雨淹没了世间。伏羲又重新制造天下的人类，五男二女送与郎君。"③

左图为下南乡松现屯旁新墓葬石雕。右图为凤腾山古墓之蟠龙石柱。两处石雕之龙形近似，但神态差别极大。

在毛南族的传统宗教观念里，龙是一个超自然力特别强大，但属性极

---

① 袁凤辰、谭贻生等：《毛南族民歌选·创世歌》，广西民族出版社1987年版，第19页。
② 袁凤辰、苏维光等：《毛南族、京族民间故事选·盘古的传说》，上海文艺出版社1987年版，第5页。
③ 毛南族师公谭圣慈收藏手抄本，谭亚洲翻译。

为复杂的神灵。他应该是自然物象经过人格化以后，再被赋予超自然力的产物。毛南山乡易旱易涝，对于风调雨顺有着特别的期待，而民间传说中的司雨之神龙王便被赋予特别的重任。毛南山乡特有的节日分龙节最能体现毛南族人对于龙神的复杂情感，毛南族先民们根据自己的气象经验和传统宗教观念，认为每年夏至后第一个辰日前后，降雨量有明显的不同，前期雨水均匀正常，后期雨水时有时无，容易出现旱灾。这跟玉皇大帝分配到凡间司雨的龙的数量有关。如果仅仅分配到凡间一条龙，这条龙担心降雨不及，误了季节受罚，结果就拼命降雨，这样就会酿成洪涝；分配到凡间的龙多了，你推我让，谁也不降雨，就容易造成旱灾。玉皇大帝在分配神龙到凡间的时候，最好是让两条龙轮流降雨，人间就会风调雨顺，五谷丰收了。毛南山乡多为望天田，需要雨水均匀而降，多或者少，都会影响农作物的生长收成。为了祈求风调雨顺，确保丰收，毛南族先民就选定农历五月夏至后的某日举行敬天祭神仪式，请求玉皇大帝合理分配龙神司雨，确保雨水正常，解除人间的旱涝之患。天长日久，约定俗成，形成了分龙节，并世代相传下来。因此，古老的祈雨仪式是分龙节的起源之一。实际上，作为司雨之神的龙王，人们对其是爱恨交加的，而对于具有主宰家庭、家族乃至村社运行的超自然力神灵，人们则对其寄予无限的期望。人们在选择屋舍或墓葬地址时，对于龙神的超自然力尤其对当事人及其家庭的福佑能力，已经达到膜拜的程度。在毛南山乡的墓葬石雕上，龙神的外在形象已然大致稳定，与周边其他民族尤其汉族的龙神造型基本一致：蛇身、鱼尾、鹰爪、兽首，是多种动物外形的混合体。毛南山乡墓葬石雕的龙形象已经深受其他民族文化的影响。这将在后文阐述。

毛南族师公举行"肥套"时佩戴的雷王傩面

　　雷神是毛南族先民创造的非常古老的神灵，针对雷神有非常多的传说。其来源应该系自然天象诸种相关元素的组合、概括与抽象，再赋予人类的某些情感要素。雷神的性格极为复杂，而且发展变化极大。在毛南族的传统观念里，雷神被归为凶神一列。这是将雷这一自然现象经过概括、抽象以后，并赋予其超自然力的结果。实际上，毛南族神话中的雷王，从龙神分离出来的过程，也就是其自然属性不断弱化而文化属性不断增强的过程，只是雷王的文化属性的强化始终以其自然属性为基础。雷神的暴烈、凌厉及其排山倒海般的威力，是其各种文化属性生成和升华的自然条件。雷神在进化中，其司雨之职逐渐分化至龙神身上，惩恶除暴、驱邪去秽成为其主要职能。毛南族人认为，鲁莽暴躁、无所不能的雷神一方面能给人们带来深重的灾难，另一方面又能为人们驱邪除秽，能够造福于人类。因此，雷神这一形象应该是人们生产生活经历与生活期盼的综合体现。在传统生活中，毛南族人通过各种方式或仪式祈求与雷神和融，从而避开雷神的伤害，进而获得雷神的福佑。毛南族有许多传统的宗教活动和习俗都与祈求雷神相关。而墓葬石雕中的雷神形象，则主要为企图借助雷神能够驱逐一切邪秽的巨大威力，保佑祖先在另一个世界的家居平安，进而与祖先魂灵、龙脉地气等元素综合聚集起超自然力，福佑家人和家族。这实际上仍然是原始宗教意识与利生观念的有机凝结，与毛南山乡传统的墓葬期盼是一脉相承的。

从面部造型看，毛南山乡墓葬石雕的雷王神像更多的具有狮、虎一类凶猛动物的特征，尚未如毛南山乡传统宗教仪式"肥套"一样对其完成人格化过程，因而具有更多的原始宗教形态韵味。而且其周边的衬托物多为云水、龙鱼、狮虎等自然物象，使雷王的自然神特征至为突出，因而更符合毛南族传统观念中的万物有灵、多神崇拜的原始宗教特性。

毛南族古墓葬石雕中的雷王神像

葫芦神话是流传于中华大地上，尤其在我国西南地区广泛流传的神话。毛南族的葫芦神话与人类起源神话有着密切的关系，应该属于该民族较为古老的创世神话之一。在毛南族的神话歌《创世歌》里，威力无比、武艺高强、敢与老天一争高下的创世神之一的"格"，在地上拾到一粒葫芦种子，然后点种在自家园里。格精心灌溉施肥，葫芦藤结了一个像谷仓一样大的葫芦王。格将葫芦掏空，存放在家里，第二年四月便发生了滔天洪水：

> 天地雾蒙蒙，不见太阳光。
> 龙卷四月八，大雨哗哗下。
> 三十天瓢泼，六十天倾盆。
> 大河灌小溪，洪波漫天门。
> 八仙山最高，只露葵扇大。
> 韦山算最大，只露被面宽。
> 鸟儿往哪躲，乌鸦往哪逃。
>
> 洪水淹过后，世上绝人烟。
> 只剩盘和古，躲在大葫芦。
> 随洪水漂流，剩下两宝贝。
> 古是盘亲哥，盘是古亲妹。
> 无人来作媒，兄妹难结合。
> ……

　　后来在旁人的撮合下，盘古兄妹结为夫妻，三年半以后生出一个肉团。盘古挥刀将肉团剁碎，鸟儿将肉块衔到四面八方，于是这些肉块变成汉、壮、瑶、毛南等族人，之后各族各姓人相互通婚，不断繁衍壮大。①

　　在毛南族民间故事里，葫芦神话的情节与《创世歌》大致相同：雷神被土地神打败以后，被铁链锁在石柱上。雷神由于盘古兄妹的救助而挣脱锁链跑回天宫。在升天之前，雷神拔下两颗牙齿交给盘古兄妹，叮嘱他们："侬！拿这两颗葫芦子回家去种。种出来的葫芦可是个宝贝，遇了灾难，可以进去藏身。"盘古兄妹种下葫芦种以后，长出的葫芦苗结下了两个大金葫芦。时隔不久，暴雨连下六十天，地上发生了滔天洪水。盘古兄妹躲进葫芦，得以生存下来，其他人都被淹死。在神灵的撮合下，盘古兄妹结为夫妻。

---

① 袁凤辰、谭贻生等：《毛南族民歌选·创世歌》，广西民族出版社1987年版，第19页。

盘和古结婚三年，还没有生娃仔，就用泥捏成人仔，叫乌鸦衔去丢。盘和古捏泥人，捏了七七四十九天，乌鸦衔泥人，却整整衔了十九年。从此，不论是峒场或村庄，山上或河边，都有了人烟。用黄泥、白泥、红泥和各样泥土捏成的人仔，就成了三百六十行各种各样的人，一代一代传到现在。①

**毛南族古墓葬墓碑顶端的
葫芦造型**

毛南族传统墓葬将葫芦造型置于墓碑最为显要和尊贵的位置，显示葫芦在毛南族人心目中的崇高地位。很显然，葫芦在灾难时期拯救人类、在促进人类繁衍生息方面的特殊功能为毛南族人所注重，于是将其福佑人类的超自然力借来，作为福佑家庭、家族的巨大力量。有的葫芦造型中还蕴含其他图案，当是毛南族原始宗教体系揉入外来宗教（例如道教和佛教）元素以后，在构图上的体现。

在毛南山乡墓葬石雕中，鸟形象或者与鸟相关的元素被广泛应用，这体现了毛南族人朴素的自然生态观念，但更多的是岭南古百越民族图腾意识的孑遗，亦即墓葬石雕构图中大量运用原始宗教元素。"鸟是越人最古老的图腾"②，广西百越系民族对鸟以及鸟的变体——例如鸡、蛋之类——有着特殊的感情，在他们的原始宗教情感中对鸟存在深深的依恋和祈求之情。这种情结甚至影响到居住于广西地区的非百越系少数民族乃至汉族。广西民间的一些重大仪式，例如丧葬、婚娶、建屋、祭祀、开工、乔迁等，至今仍尚杀公鸡取其血淋抹，以祈驱秽祛邪，求安纳福。这应该是鸟图腾崇拜的遗迹或变体。毛南山乡传统文艺形态有许多以鸟（包括鸟的变体）作为素材或题材。在凤腾山墓葬石雕中，以鸟为局部画面主题或组件的甚为多见。毛南山乡传统习俗中有一个非常隆重的节日——"放鸟飞"，应该就是古老的图腾崇拜在毛南山乡的孑

---

① 袁凤辰、苏维光等：《毛南族、京族民间故事选·盘古的传说》，上海文艺出版社1987年版，第5—9页。

② 李路阳、吴浩：《广西傩文化探幽》，广西人民出版社1993年版，第152页。

遗。春节前夕，人们从山上采回菖蒲叶精心编成各类小鸟，除夕那天清晨主妇往百鸟腹中灌入香糯、饭豆、芝麻、花生等物，放入锅内煮熟，分给家中孩子每人一只。人们还将编织的鸟儿悬挂于厅堂正中，祈求百鸟驱逐虫害，确保丰年。此一习俗本身即为艺术的一种形态。如果说该习俗的前部分体现的是人们从祖先那里遗传下来的图腾崇拜情结，那么期望百鸟驱除虫害以求丰年，则具有生态伦理特征。过年的时候，毛南山乡流行的"领新魂"仪式，核心物件便是染红的鸡蛋。这里的"红蛋"将两种类型的社会连接起来，既喻示毛南山乡传统风俗中人们对于母系家族的依恋，又表征毛南社会已经从形式上完成了由母权制社会向父权制社会的过渡。风俗中所暗含的时间跨度之大，颇令人唏嘘。毛南山乡"肥套"仪式中"土地配三娘"一场，三娘且唱且舞，左手始终高擎红蛋。其手中的红蛋就喻示孩童的灵魂。"肥套"仪式中还有一节，师公让主人背一公鸡缓缓步入房内，其意应该包括两个层面：其一是借助于图腾（祖先）的魂灵驱逐邪秽，其二是将魂灵（生命）引入房中以获得子嗣。这些应属广西百越系民族图腾崇拜情结的反映。在这方面，毛南族与广西百越系其他民族基本类似。此一情结同样具有相应的审美内涵。这种鸟图腾崇拜在毛南山乡墓葬石雕中体现得极为多见：墓葬石雕中有很多飞禽图案；谭姓毛南族人公共墓地凤腾山形胜的重要诱人之处就在于"后来湾弓龙脉，前面凤舞三台"，毛南族人的图腾崇拜意识与自然生态意识在其墓葬石雕艺术中得到了较好的统一。

二　构图中的世俗生活元素

毛南山乡墓葬石雕的构图并不总是充满宗教色彩乃致阴森可怖的，其中有大量的现实生活元素。毛南族人将虚幻的祖先魂灵的栖息之地与人们在现实生活当中的场景联系起来，为祖先在另一个世界构筑了如现实生活般的相关场景，并且将这种场景理想化。在毛南山乡的墓葬石雕中，有大量取材于现实生活但又远胜于现实景象的田园风光，有源于世俗的毛南山乡独有的生产生活情景，但又赋予浓厚的宗教和理想元素的牧歌色彩。墓葬石雕构图中，山环水绕、草木翁郁的迷人景色更是所在多见。尽管这样的田园风光在当时的毛南山乡未必能够寻找得到，但却是理想化以后的毛南山乡某些景致的缩影。所有这些实际上体现了毛南山乡人营构诗化环境的强烈愿望，以及用艺术形态将相关期盼展现出来的具体实践活动，呈现了生态优化方面由诗化意识到诗化艺术的轨迹。这样的世俗生活元素，民间艺术家们主要通过几种方法撷取并将其凝聚到墓葬石雕艺术中。

一是虽然取自于宗教题材，但注重漂洗成世俗生活期盼，使其成为墓葬石雕艺术中世俗生活图景的有机组成部分，因而现实生活韵味浓厚。毛南族传统原始宗教体系中的龙王和雷王，如果单纯以宗教的眼光对其审视，它们的地位是相当崇高的。但毛南族工匠将这些神灵置于墓葬碑刻的构图体系中，虽然仍强调并借助其原始宗教的地位与影响，而且其表象目的看似为了护佑墓室平安，但终极目的是通过祖先在另一个世界的平安生活聚集起灵气及更为强大的超自然力，福佑子孙、家庭乃至家族的平安、兴旺。因此，被置身于特定领域而且具有原始宗教内涵的龙王、雷王等神灵，此时更多地成为具有独特护卫力量的吉祥物而被赋予更为厚重而强烈的世俗责任。与此种情形相类似的还有立于墓前的石狮、石虎等具有强大威力象征的兽类雕像。在某一层面来讲，它们都具有一定程度的原始宗教内涵，但表达的却是人们所寄托的世俗生活期盼，因而其元素外形及其属性具有更多的世俗生活色彩。

位于凤腾山毛南族古墓群中谭上达墓石雕（局部）。左为纯花卉图案，右为花卉、鸟兽组合。

　　二是将自然生态中的典型物象概括、抽象后，再将人们的世俗生活观念凝聚其中，以强化人们对祖先神灵超自然力的期盼。毛南山乡营造墓葬石雕的工匠选择当地常见的，或者虽在毛南山乡极为少见甚至未见的，但在中华民族约定俗成的观念中具有特殊寓意的物象，经过艺术糅合，表达毛南族人对于祖先崇拜以及祖先魂灵生境的美好期盼。多见于毛南山乡墓葬石雕中的花、草、虫、鱼等常见物品，在人们习俗中普遍认为具有吉祥内蕴的松、竹、梅、桃、柳等植物，以及极为少见甚至仅仅是传说的梅鹿、大象、仙鹤、凤凰等，在墓葬石雕中常常构成宁静、清幽、悠远、祥和等富于诗意的境界。这些元素基本上已经脱离其自然界之中的大部分物理属性，仅仅保留其特殊的象征意义，成为人们寄托某种情感的特殊载体。这些自然生态中的典型元素，或者在现实生活中未见出现，但在艺术作品中屡见不鲜的元素，不仅被工匠们广泛地运用于毛南山乡的墓葬石雕构图之中，也被用于民居的建筑与装饰之中。这些元素几乎不含有宗教性内涵，可以看成系毛南山乡人诗意栖居的审美化表达。而这样的诗意栖居往往包括两个领域——毛南山乡人所认为的阳界和阴界——所存在的居处，即人们居住的屋舍和祖先阴灵居住的坟冢。由此可以看出，毛南山乡人于阴阳两界居舍构建理念在很多方面是可以通用的。

毛南山乡凤腾山古墓葬墓碑两侧的联句

　　三是撷取世俗生活中的理想元素，建构人们向往但却在毛南山乡难以呈现的诗意化境界。这包括将自然生态元素与人们的世俗活动融合起来的艺术画面。毛南山乡古墓葬石雕中有完整的艺术生活画面，比如盛夏垂钓图、儒士行吟图、武将跃马图、魁星乐舞图等许多场景，与其说是仙境，还不如说是毛南族人理想生境的艺术体现。这实际上是工匠们将现实俗世生活或者理想俗世生活入画，其立意已经远远高于毛南山乡绝大多数底层民众的现实生活，成为审美造境的产物；有些情景交融的题、联，其文字与石雕画面相映成趣，甚至二者相互阐释与深化，远非一般墓葬石雕中的单纯题、联或者刻画的境界可比。当然，这些题、联从内容而言，已经属于文人创作的审美化艺术成果。如果从深层次探究，毛南山乡墓葬中的许多碑刻，应该大量融入了文人创造的成分。下引几处墓葬题、联，以证毛南山乡墓葬构图中世俗元素之丰富——墓葬碑刻中的题、联也是墓葬碑刻整体构图乃至造境中的重要元素。

　　　题：世代兴隆　联：龙蟠朝父穴；虎踞蔚文人。（录于谭永达老大人之墓碑刻，该墓立于清代光绪二年，即公元 1876 年。）
　　　题：永世其昌　联：点穴金鱼地；安坟旺后人。（录于谭慰想老大人之墓碑刻，该墓立于民国二年，即公元 1913 年。）
　　　题：筑固流芳　联：大地乃为慈德厚；发祥幸赖祖山丰。（录于谭氏老太孺人之墓碑刻，该墓立于民国三十一年，即公元 1942 年。）

三　创作态度

　　从表现技法上而言，毛南山乡的石雕与周边其他民族（其中主要是壮族和汉族）的石雕没有特别的差异。但由于地域、历史和经济等原因，毛南山乡在很多方面的发展曾经略嫌滞后，于是毛南族不得不奋力追赶在文化上发展较为先进的民族，例如壮、汉等民族。在这种追赶过程中，毛南族在艺术创造方面所体现出来的严谨与执着的态度及实践，是毛南山乡墓葬石雕能够有今天的地位的重要原因之一。

　　毛南山乡的石雕工匠们的艺术创作态度经过了谦卑、自强一直到自信的艰难变化过程。这一过程也是毛南山乡石雕工匠的艺术理念和审美能力凝聚与升华的过程。艺术态度在特定的时候受艺术实践的激励和磨炼，同时又能够对艺术实践形成逐渐完善乃至促进其丕变的作用。毛南山乡石雕工匠们的创作态度正是在这样的耦合旋升中不断成熟与升华。毛南山乡下南地区都在传说这么一个趣闻：下南波川谭老孺人生坟建于民国三十五年（1946），堪称毛南山乡墓葬建筑的精品。其生坟在建造之初，主人曾经对本地工匠没有信心,特地聘请几位外地石工经营该事。后来经过比较,聘请的外地石工手艺竟然远逊本地毛南族石工,于是才另行聘请毛南族石工取而代之。① 这形象地表明毛南族在石雕艺术创作态度方面由谦卑、自强一直到自信的转变过程。

毛南山乡精制的石础

毛南族谦卑、自强一直到自信的艺术创作态度,在其转变、形成到坚定的过程中,很大程度上得益于毛南族人勤勉、执着和严谨的艺术创作个性。在毛南山乡的石雕行业广泛流传着这样一个故事:一个年轻人投师学艺的时候,师傅教他学刻画眉鸟,要求他精工细刻,每天凿出的石头粉末只能装满一只牛眼杯。如果凿出的粉末多了,就会受到师傅的责怪,被认为是粗制滥造。② 直到今天,毛南山乡早期石雕艺人这种严谨精致的创作态度仍然为后继者们称道和传承。毛南山乡波川村的谭老孺人生坟,构思较为宏阔,雕工极为精细,几个工匠费时三年多,其功乃成。③ 毛南山乡

① 卢敏飞、蒙国荣:《毛南山乡风情录》,四川民族出版社 1994 年版,第 282 页。
② 蒙国荣、谭贻生等:《毛南族风俗志》,中央民族学院出版社 1988 年版,第 49 页。
③ 笔者 2012 年 10 月 24 日赴毛南山乡考察,在下南六圩旁边的一个石雕工场与石工们闲聊。一个石工告诉笔者:"要说毛南墓葬石雕多的,那就是凤腾山;要说墓碑雕刻得漂亮的,就算是波川的那个生坟。"石工说那个生坟不远,就四五里路。笔者于是赴波川寻访谭老孺人生坟。到山下,见一群人正在架桥,于是上前询问。一老人(谭荣昌,下南乡波川村干孟屯人)主动领笔者到该墓前,并做详细讲解。该墓碑石雕刀法果然深具工笔画的神韵。

凤腾山古墓群中建于清代咸丰八年（1858）的谭上达墓，石阁碑雕上有一对大灯笼，其来历更足以表明毛南山乡石工们执着与严谨的艺术创作态度。毛南族人说："（当时）我们这里的灯笼样式不大好看，石刻工匠谭老亨，听说宜山庆远（今广西宜州市庆远镇——笔者注）有一家客商，他家大门挂的灯笼美极了。为了刻好灯笼，他不顾路途遥远，脚穿草鞋，背着干粮，翻山越岭，整整走了三天的路，到那家门前看了三天，来回三三九天时间。胸有成竹了，便叮叮当当雕起灯笼来。不几天时间，一对精巧玲珑的灯笼在石阁两边出现了。这件事，后来人们作为佳话，一直传到现在。"①

第四节　他族元素的借鉴与融会

一　多族文化交融的背景

应该说，毛南族本身便是多民族融合的产物——无论是从体制上还是文化上，这种融合的痕迹极为深刻而鲜明。在毛南山乡一带，很早就生活着岭南古百越系后裔群体，然后不断有其他民族的人迁徙到毛南山乡，与原居住于当地的人们融合成今天的毛南族。在毛南族的史诗、族谱及家族传说里，毛南族中的谭姓、覃姓、卢姓等几个大姓，其父系始祖均系明朝初年至清朝初期来自外地的汉人（谭姓始祖来自湖南，覃姓始祖来自山东，卢姓始祖来自福建等）。谭姓毛南人在族谱、传说、史诗及"肥套"唱本中都说，其始祖谭三孝几经迁徙到达毛南山区后，娶方家之女为妻，之后繁衍壮大：

> 追忆　太祖籍自湖南，游宦池州，嘉靖年间，罢职为民，至今历有数代，子孙昌盛，居住毛难地方，上团八村，下团八村，不啻数千余家，久湮年远，不知班辈之伦。惟今十七代之孙谭烂元，恐后不知祖籍之所自，竟没先祖世谱之所派，命予二人恭求世系，勒石永存，是以为序。始祖是湖南籍常德府武陵县东关外城太平里通长街古灵社，特受河池州知州事加三级纪录二次，号谭三孝，字超群，讳泽深，奶名僚。幼习诗书，十五进步，二十补廪，嘉靖元年取中八名举人，二年会试，复中五十名进士。主考童起凤书升东粤肇庆高要知

---

① 蒙国荣、谭贻生：《毛南山乡》，广西民族出版社 1987 年版，第 136 页。

县，粤东督抚梁大栋拔擢广西庆远府河池州。茌任三年，厂务水灾，归贡厂税银八千，无由填足，罢职归农，逃散异乡，移居如来木锅山躲避，上司追逼，复移孤波里喇桥安住，以渔樵生理度活。无奈山僻云深，鱼梁水险，难以糊口，又逃移三百峒塘口，游猎数载。无何，鸟兽逼人，虫蝗凶恶，又移居毛难土苗地方。卖货生理，苗语难通，生疏礼貌，百味用酸，妇女穿衣无裙。忽闻康节地理先生寻龙点穴，点得草木一山，后来湾弓龙脉，前面凤舞三台，礼葬严亲，龙降虎伏。多蒙益友方刚振，始而结盟，继而姻婚，生育男女，玲珑智慧。庶几苗瑶散于四方，由是出作入息，耕食凿饮，土苗互语，了然明白，田产器皿，绰然有余。将见交朋结友，情义和稔，男姻女嫁，了配风光，人杰地灵，本支不替，偶录世系，万古常新。援笔志识，手择犹存，俾亿万冀奕之曾玄，熏沐恩波，是以为序。嘉靖甲午十三年五月下浣白序。①

　　这些关键情节与20世纪80年代的田野调查相关材料基本吻合。在毛南山乡重要仪式"肥套"中，谭姓毛南人把现今环江毛南族自治县水源镇三才村（该地区原属毛南山区的上南地区）一带的人称为"舅公"。至今，该地居民多为方、蒙二姓。综合多种情况并做推测，毛南族《谭家世谱》、《毛南族史诗》、"肥套"唱本所载谭姓毛南人始祖情况等，除了"中举"、"进士"、"为官"之类情节存疑较大外，其他所述应该是基本符合实际情况的。毛南族当代学者认为，毛南族文化受汉族文化影响极深。②

　　《谭家世谱》提到毛南族谭姓始祖谭三孝初到毛南山乡时，很在意两个极为重要的习俗——"妇女穿衣无裙"和"百味用酸"，这对于我们研究当时毛南山区的民族构成情况，进而研究毛南族的形成与发展历史有很大的参考价值：当地壮族、侗族、仫佬族、苗族、瑶族（白裤瑶）妇女传统上喜着裙装，而水族、布依族妇女一般不穿裙子。以此推测，谭姓毛南族始祖辗转迁徙到达毛南山区的重要一站，应该是在水族、布依族聚居

① 《谭家世谱》碑。清乾隆戊申年（公元1788）刊立，今保存于环江毛南族自治县下南乡波川小学内。
② 2012年10月26日上午，在环江毛南族自治县洛阳镇团结村团社屯谭亚洲先生住屋的场院里，谭亚洲先生跟笔者聊天说："当年我们老祖宗从湖南到毛南山乡，他说的汉话别人不懂，别人说的当地话他听不懂。老祖宗跟当地人结婚，当地话和汉话互相影响，就成了后来的毛南话。"此说当然需要更多的材料予以证明，但跟《谭家世谱》碑所述相近，也说明多民族文化融合在毛南族人文化心理中的深刻影响。

地区，站稳足跟积聚实力后才逐渐向壮族、侗族、仫佬族、苗族、瑶族（白裤瑶）等聚居区扩展，并最终取得了对毛南山乡的主导地位。食物好酸，是广西百越系民族的普遍特点。谭姓毛南族始祖谭三孝对"妇女穿衣无裙"和"百味用酸"印象深刻，而且觉得暂时难以适应当地的人文环境（"苗语难通，生疏礼貌"），可以推想其原来属于非百越族系民族的可能性极大。"肥套"中的《五湖解》记载谭三孝及其后代"土苗互语，了然明白"，可知他们与当地人在语言方面已互相同化。20 世纪 50 年代初，"毛难妇女穿宽长、滚边、开右襟的上衣，滚边的裤，不穿裙子"①，毛南族性喜食酸。由此可以推知，谭姓毛南族人从其始祖谭三孝起，许多方面已经接受了当地文化，并基本上继承了明朝初叶毛南山乡某些地区妇女穿衣不着裙、饮食好用酸等习俗。

二　墓葬石雕中的他族元素

毛南山乡凤腾山谭姓毛南族人古墓虽然在始祖谭三孝时便已开始卜葬，但墓群的大规模建筑，应该始于明末清初，其石雕艺术无论从碑坊造型、墓画构图、线条勾勒，还是从宗教意蕴等方面而言，受其他民族文化尤其汉族文化的影响至为明显。古墓壁画中有大量的建筑物造型呈汉式风格，其田园风光造型及道教风物造型，也显示毛南山乡石雕艺术吸纳了汉族构图艺术的许多元素，因为在毛南山乡很难寻找到该类重檐飞阁、雕窗饰棂的干栏式建筑物原型。整体而言，毛南山乡的石雕艺术吸收了其他民族尤其汉族的石雕艺术养料，但其作品的精美与影响力则远远大于周边其他民族甚至汉族墓葬的石雕艺术，这样的判断应该是较为符合毛南山乡石雕艺术发展实况的。毛南山乡墓葬石雕中的他族文化元素尤其汉族文化元素，主要从以下几个方面体现出来。

首先，展现了飘逸悠远的隐士情调。应当说，隐士情怀是社会经济、文化和政治发展到一定阶段的产物。而从外在条件来看，毛南山乡当时的环境中极度缺乏隐逸氛围。但实际上毛南山乡的上层社会却潜藏暗生着这样的隐逸情调。之所以如此，一是因为处于此阶层的人有相应的经济基础，具备实践隐逸生活的经济实力；二是因为此一阶层的许多人受过较为良好的汉文化教育，其审美情趣与一般的汉族知识分子没有太大差异；三是残酷多变的社会现实生活促使一部分毛南族知识分子产生超脱现实、崇尚隐逸的审美追求；四是因为相对独成体系并且曾经深情哺育过这些知识

---

① 广西省民族事务委员会：《环江毛难人情况调查》，1953 年版，第 67 页。

分子的毛南山乡，让他们产生了深切的眷恋之情。在毛南山乡的现实生活中，从清中直至民初，也有几位这样的高士，如谭德成、谭妙机、谭云锦、谭中立等辈。所以，毛南山乡墓葬石雕中体现出来的田园风光及隐逸情调，既可以看成是现实生活的概括，也可以看成是某种审美风尚的升华。展现此类隐逸情调的墓葬石雕不少，尤其那些造价不菲、墓主为大户人家的石雕。

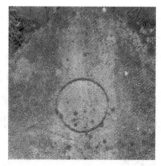

此三图均摄于毛南山乡凤腾山谭姓古墓葬地。左起第一、第二图为太极图造型，第三图为太阳神造型。

　　其次，融合了外族宗教元素。毛南山乡曾经遍行万物有灵、多神崇拜以及祖先崇拜的原始宗教。毛南山乡古墓葬较为普遍地保留了这样的宗教痕迹，体现此种原始宗教情怀的石雕比比皆是，例如上文提到的雷王造型、葫芦造型、太阳造型以及水神造型等，而且这些体现原始宗教观念的神灵在许多地方往往被置于至为崇高的地位。但随着外来宗教诸如道教、佛教的传入，尤其道教的影响在毛南山乡日益扩大，毛南山乡的原始宗教体系被打乱，人们的宗教情结大为丰富。这些都被反映到墓葬石雕艺术中来，例如毛南山乡墓葬石雕中有许多太极图案被置于碑顶，取代了葫芦造型和太阳神造型。从现存毛南山乡的墓葬石雕碑首造型来看，体现道教观念的造型虽然尚无法与葫芦造型和太阳神造型分庭抗礼，但道教元素逐渐增多、道教观念成为人们重要的精神寄托，却是不争的事实。
　　再次，借鉴、融合了其他民族的建筑风格。整体而言，毛南山乡在漫长的封建半封建时代经济力量较为低下，即便是富裕之家，与桂北、桂东等经济较为发达地区相比，差距仍然是相当大的。土地稀少薄瘠，亩产量约为周边稻作地区的一半甚至更少。经济力量既然如此，人们用于房屋建设的投入则可以想见。曾经在毛南山乡中南地区偶见有砖墙瓦顶之屋，但极为罕见。而且这样的建筑基本上采用外来式样，尤其与桂北（习惯上的桂北指桂林市以北地区）及桂东一带平坝地区汉式民居并无二致，完全脱离了桂南、桂西南、桂西及桂西北民居干栏式建制。因而据此推断，毛南山乡墓葬的某些重檐飞阁式造型艺术，以及相应的一些装饰图案，大量借鉴了汉式建筑及装饰风格，应该不是无稽之谈。

　　最后，毛南族受汉族地区墓葬习俗的影响，因而其墓葬及墓葬石雕理念大量借鉴了桂北地区汉族的墓葬文化元素。笔者经考察思考后断言，民间墓葬习俗当为各种习俗中保持极为久远者，这里不对此做展开论述。岭右尤其桂南、桂西南百越系族裔百姓多不喜厚葬，而且很多地方行二次葬习俗，坟茔极为简朴，所立墓碑大多小而且单薄，装饰性构建几近于无，即便富家大户，将祖先坟茔建构得富丽堂皇者也甚为少见。而毛南山乡则可称为该地区墓葬文化中的孤岛，在周边地区独树一帜。其坟茔整体建构形态与桂北地区兴安、全州、灌阳等县一般百姓为祖先营造的坟茔大体相似。上述桂北三县地区受湘楚文化影响较深，而谭姓毛南族人声称其祖先来自湖南。由两地墓葬风俗及墓葬石雕风格相似点观之，毛南山乡的墓葬借鉴了汉族地区的墓葬文化元素，应该是有据可考的。

三　艺术的借鉴与创新

　　各地区、各民族之间的艺术交流，既促进了毛南山乡石雕艺术的进步，也将毛南山乡的石雕技艺往他处传播。这种交流与濡染应该是双向的。外地乃至其他民族石雕工匠在毛南山乡的活动，尽管缺乏详细而丰富的记载，但痕迹还是明显的。这里可以列举两个较为有说服力的例证。一是刊于清朝乾隆戊申年（1788）的《谭家世谱》碑。碑上铭刻"眷孙卢炳蔚、裔孙德成恭撰书，乾隆戊申年孟冬谷旦，慈孙灿元立碑，万福攸归，三楚李明才敬刊"字样，是为外地石工曾经活动于毛南山乡的明证，说明至迟在清朝乾隆年间，外族石雕艺人仍然在毛南山乡活动。二是下南波川谭老孺人生坟在建造之初，主人曾经聘请几位外地石工经营该事。只是主家所聘请的外地石工力道略逊，未能使主人满意，主人于是转请本地一覃姓老石工接替，终善其成。这两件事例说明，外地工匠与本地工匠在毛南山乡就石雕技艺进行切磋、交流，应该并不罕见。另外，文献也记载有当地的传说："至今，（毛南山乡）到处留下的石桥、石墩、石阶、石碑、石槽以及日常用作加工粮食的石碓、石磨等等，都是石工的精品。据说，其中有些珍品是外地来的汉族工匠雕制的。"① 前文所述毛南山乡石

---

① 广西壮族自治区编辑组：《广西仫佬族毛难族社会历史调查》，广西民族出版社 1987 年版，第 13 页。

刻工匠谭老亨赴宜山庆远观摩灯笼造型，返回毛南山乡后其石雕技艺大进，也足为毛南山乡石工借鉴、融合他族技艺的明证。

毛南山乡的墓葬石刻无论从个人还是从整个民族而言，在面对他族文化的时候，借鉴、融合是必定的，也是必须的，但借鉴和融合不应该是终极目的，而应该在借鉴、融合的基础上创造出自己的特色，锻炼出自己的个性，这样才能彰显个人或民族的艺术活力。毛南山乡的石工们正是这样进行着艺术实践和艺术思考，不管他们是出于审美直觉还是出于艺术自觉——也许，从毛南山乡石工们的受教育水平及整体文化素养而言，前者所占的可能性或者比率更大。将毛南山乡墓葬石雕与周边地区和民族的墓葬石雕相比较来看，无论是整体构图、意境创造还是刀工打磨，毛南山乡的石雕艺术皆可称独树一帜。而达到这样的艺术造诣，毛南山乡的石工们所花的时间是较为短暂的——毛南山乡墓葬石雕的艺术高峰，大致是清朝末期到 20 世纪 40 年代前后这段时期所形成的。这其中传统的宗教情结虽然可能发挥了重要作用，但毛南山乡石雕艺术家们在艺术上孜孜不倦的追求而导致的艺术促进力，应该远胜宗教的执着与虔诚所形成的推力，或者他们在墓葬石雕艺术的追求中，其宗教的执着与虔诚已经蜕变为艺术升华的元素，并有机地融入艺术审美的美好境界之中。

一般而言，艺术的借鉴与创新往往不能仅仅从空间与时间的维度来考察，而更多地应该从艺术观念的嬗变、艺术形态品质的升华、审美心理的外化乃至艺术规律的凝聚等方面进行观照，这样才能更为形象和深刻地领会艺术借鉴与艺术创新的力度及造诣。毫无疑问，毛南山乡的墓葬石刻从题材、构图、造境、刀工等方面深受他族传统造型艺术尤其汉族传统造型艺术的影响，但周边其他地区和民族却很难找到如毛南山乡同类型、同品质的精品。毛南山乡的墓葬石刻精品无论从整体构图观念、图案构成元素、生活场景展现以及刀凿技巧运用等，将宗教与世俗、自然与人文、现实与理想较为完美地融为一体，综合体现了传统社会生活中的毛南山乡人对祖先的崇敬以及对未来的期盼。

第四章 神人和融之美:肥套

毛南山乡"肥套"是一种在家庭中举办,由毛南族师公班子表演,融说唱、念诵、法事、舞蹈等为一体,运用多种艺术手法表达宗教期盼的请神、颂神、祈神和酬神的综合性宗教仪式。它以叙说、歌唱、对白、舞蹈及器乐演奏等艺术方式,集中呈现了毛南族的历史发展、自然科学、社会伦理、情感生活、生产情景以及宗教期盼,具有极为丰富而古朴的艺术元素。"肥套"是这一综合仪式的毛南语名称,汉语译为"还愿"、"傩戏",毛南山乡周边其他民族称其为"毛南傩"、"傩愿"。这里的"肥"在毛南语中意为"做、举办、举行"等,"套"意即含有说唱、朗诵、舞蹈等祈神成分的综合表演仪式。肥套分红、黄两类。前者为毛南族人向婆王祈求子孙繁衍、人丁兴旺,被称为"红筵还愿"、"红筵"、"婆王愿";后者为毛南族人向雷王(雷神)祈求消灾祛病、人畜平安及五谷丰登,被称为"黄筵还愿"、"黄筵"、"雷王愿"。从事肥套仪式的神职人员被称为"师公"或"三元公"(毛南话叫"公三元",其语法特点为中心词在前、修饰词在后)。肥套主要流行于广西毛南族聚居的环江毛南族自治县的下南、中南和上南等毛南山乡,周边的壮、瑶等民族地区在过去也偶有请毛南族师公举办。肥套一般在深秋或冬天举办(其时已无雷声,有雷声的日子则不能举办肥套)。

包括毛南族在内的广西百越系民族(也有广西其他民族的许多人,甚至有汉族中的一些人)大多笃信天界有一个巨大的花园,花园的总管为"婆王"(不同民族或者不同地区的人们赋予这一总管以不同称谓,诸如"花婆"、"花王"、"万岁娘娘"、"三尊圣母"、"花王圣母"以及其他名称。毛南族人一般称之为"婆王"或者"万岁娘娘"等),其下有众多司职女神。尘世间的每一个人都对应着花园里的一支花朵。婆王将花朵赐予人间,意味着人间生命的降临;人间生命的消失,则意味着婆王将花朵收归花园。婆王是包括毛南族在内的广西百越系许多民族极为尊崇的神灵。在旧时代,一般家庭尤其新婚夫妇为求生育繁盛,往往虔诚地向婆王举行许多仪式。毛南族一代代祈求婆王（许愿），一代代酬谢婆王（还愿），以达致神人和融。毛南族先民还为此敷陈了一个故事:一对叫韩仲定、卢氏囊的夫妇，家财万贯，可惜没有子嗣，苦恼万分。有人给他们出主意，让他们向婆王祈求。于是韩氏夫妇祈求婆王送给他们花朵，并在神灵跟前立下文书，承诺如愿后一定重谢婆王。后来韩氏夫妇得到五男二女。但韩仲定得到了儿女后，不仅没有酬谢婆王，反而口出恶言，并将许愿文书丢进河里。婆王一气之下派遣司职花神将韩仲定的儿女尽数收回花园。失去儿女的韩仲定夫妇日夜哭天喊地。经过旁人指点，韩仲定举行了隆重的酬谢婆王的仪式（还愿），七个儿女才又回到他的身边。

毛南族先民也为"黄筵还愿"（"雷王愿"）敷陈了一个故事:一个叫黄莲的人错揭了朝廷征人出战的榜文而被迫出征。临行前，他向雷王祈求并立下文书:倘若雷王保佑他平安归来，一定重谢雷王（许愿）。但黄莲打完仗平安归家以后，不仅未兑现诺言，反而将许愿文书当作鞋垫。雷王生气，将灾病降于黄莲身上。病得九死一生的黄莲在亲友的帮助下举行了隆重的仪式向雷王谢罪，并酬答雷王的恩情（还愿），之后才获得平安。

肥套是毛南山乡传统生活中极为隆重的仪式，一般请 6 到 12 位师公（旧时一般请 12 位以上，现在一般为 6 位），从开坛到收兵历时三天三夜，最长的可达七天七夜。"红筵还愿"和"黄筵还愿"曾经是分开举办的，到后来两类仪式往往合在一起举办。除了大多数蒙姓毛南族人之外，毛南族人一般一个家庭一代人举办一次，也有满两代、三代人才举办一次的。但至迟必须三代人举办一次。三代人才举办一次的称为"套三朝"。一代人举办一次的，设一门殿坛，杀 18 只家禽牲口作祭品;两代人举办一次的，设两门殿坛，杀 36 只家禽牲口作祭品;三代人举办一次的，设三门殿坛，杀 72 只家禽牲口作祭品（现在一代人举办一次的，也往往搭建三门殿坛）。肥套的主要内容为 36 位神灵的表演及其相关神话故事，另外还有其他民间传说、百科故事、家世叙述、情歌对唱等。毛南山乡肥套实际上是以宗教仪式作舞台，展现毛南山乡传统生活中人们所认识的自然、社会等多方面知识，是毛南山乡传统社会的百科全书。

民国时期官修《思恩县志》谈到肥套，但"延专歌男二人"与实际情况略有差异，疑句中脱一"十"字:"思恩地系蛮疆，除城厢有操官语外，类皆操参军蛮语，其体向分数种。酬神还愿则延专歌男二人，戴傩面具，互歌诙谐之歌，博人欢笑，有类宋元之滑稽戏。其歌以猗那二音为尾声。"① 毛南山乡肥套较为全面地保存了毛南族传统文化，具有极为浓厚而独特的原生态色彩，2006 年 5 月被列入国家首批非物质文化遗产保护名录，毛南山乡师公谭三岗、谭益庆为肥套代表性传承人。肥套传人于 1994 年和 2000 年被日本邀请去该国演出，后来又到韩国及我国的台湾地区演出。

作为岭南古百越民族的后裔，且所生存的自然环境仍然多为山岭险峻地区，该地区在历史上交通不便，封闭、半封闭性强，毛南族因而较多地保留了岭南古百越民族的生活习惯及文化心理，其血液中的岭南古百越民族文化基因在孕育与传承的过程中保持了原有的许多特性。毛南山乡周边生活着汉、壮等民族，这些民族在文化上表现出相对的强势。由于毛南族与周边其他民族尤其汉族、壮族在政治、经济等方面的交往频繁，以及毛南族本身向来具有较为开阔的文化胸襟，其文化受汉族、壮族文化影响较大，加上毛南族现今聚居的区域曾经为瑶、水等民族所栖息，毛南族文化中多民族文化融合、浸染的痕迹较为明显。在漫长的历史进程中，毛南族一方面大量吸收周边民族较为先进的文化元素，另一方面注重保持和发展本民族文化的特色。肥套在继承岭南古百越民族文化传统的基础上，融合毛南山乡独特的自然生态元素，并从其他民族艺术中吸收养分，凝聚成为具有鲜明民族特色的艺术形态，成为毛南山乡的重要艺术符号之一。毛南山乡肥套艺术形态是多种要素综合孕育的结果，并发展成为研究毛南山乡艺术、毛南山乡艺术发展规律以及毛南族审美心理的重要材料。

第一节　肥套仪式及其文化解读

一　肥套仪式

毛南族师公所从事的肥套仪式，不管是哪个师公班子，仪式环节的整体构成都是差不多的。这里列举三例。

一是谭亚洲先生整理的肥套常式规程：第一场，三光；第二场，三

① 梁杓、吴瑜：《思恩县志》，民国二十二年九月铅印，（台北）成文出版社有限公司 1975 年版，第 95 页。

元；第三场，社王；第四场，桥仙；第五场，鲁仙；第六场，花林仙官；第七场，三娘与杜帝（土地）；第八场，万岁娘娘；第九场，三界、蒙官；第十场，覃三九；第十一场，送花；第十二场，雷王、雷兵；第十三场，太师六官。①

二是环江毛南族自治县下南乡文化站整理公布的《"肥套"仪式程序》：一，红筵。（1）三界保筵；（2）洗面婆王；（3）洗面相公；（4）接祖师；（5）架桥移桥；（6）安坛安楼；（7）开坛；（8）鲁仙伐木；（9）瑶王打鸟；（10）三光带众神；（11）中宵；（12）瑶王拾花踏桥；（13）花林仙官送花；（14）三娘与土地；（15）万岁娘娘送花；（16）部押凶神；（17）杜丹纳亭；（18）大堂送福。二，黄筵。（1）六曹点牲、梁吾点榜文；（2）雷兵点席；（3）雷王坐殿；（4）退光；（5）满供；（6）收兵。②

三是毛南族师公谭圣慈开列的肥套仪式过程：第一场（"婆王愿"）：一，保筵；二，接灶王；三，向婆王许愿；四，为婆王洗面；五，送子仙官；六，孟光地主（血官）；七，向雷王许愿；八，架红桥；九，安楼；十，安坛；十一，祖师上门；十二，破木桥；十三，鲁仙伐木；十四，瑶王找鸟；十五，转桥送到主人房中；十六，开坛；十七，三光过桌；十八，三元过桌；十九，欧官、灵娘过桌；二十，仙乔过桌；二十一，中宵；二十二，师公搭桥；二十三，仙官过桌；二十四，才郎背鸡；二十五，婆王过桌；二十六，大禁血；二十七，三界、蒙官过桌；二十八，太师六官、杜丹过桌；二十九，纳定；三十，唱解关；三十一，转桥铺到主人房间（第一场至此基本结束）。第二场（"雷王愿"）：一，六曹、雷兵过桌；二，封斋；三，雷王过桌；四，退光；五，大满供；六，收兵（第二场至此基本结束。整个肥套仪式基本完成。）③

---

① 资料来源：韦秋桐、谭亚洲：《毛南族神话研究》，广西人民出版社 1994 年版，第 116 页。谭亚洲，毛南族，1940 年出生，作家、诗人、毛南族文化学者。其父谭善明老先生，系毛南山乡著名师公。

② 笔者 2012 年 7 月 14 日采录于环江毛南族自治县下南乡文化站。采集后对个别可疑处作了校正。

③ 2012 年 10 月 25 日上午至 28 日早晨，谭亚洲先生家（谭亚洲老家在环江毛南族自治县下南乡古周村古周屯。退休后住环江洛阳镇团结村团社屯）举行肥套仪式，邀请谭圣慈为领班师公，师公班总人数 8 人。谭圣慈老先生将肥套进程书写并张贴于大门左侧。谭圣慈，毛南族，1940 年出生，毛南族肥套傩面艺术代表性传承人。该次仪式，笔者受邀观摩，从头至尾全程观看、笔录，并拍照。

二　肥套的文化解读

（一）执着：一生中最重要的牵挂

肥套仪式烦琐，耗资巨大。但许多毛南族人家仍然乐此不疲，将其视为一生中必须了结的一个巨大心愿。在旧社会，许多毛南族人甚至为此倾家荡产，但仍然坚持完成人生中的这一最重大仪式，体现出毛南族人对宗教极强的执着。即使在今天，毛南山乡绝大多数人仍然认为，肥套是其一生中必须举办的重要仪式，是他们心目中一个极为重大的心愿。2012 年 3 月 18 日，笔者赴毛南山乡考察，拜访毛南族学者蒙国荣先生。蒙先生告诉笔者，毛南山乡举办肥套仪式的热情仍然未见大的衰减，不管是在家务农或是在外工作，人们多要完成人生中这一重要仪式，这是他们一生的牵挂。这体现出毛南族人对肥套的强烈的执着。

肥套殿坛上领班师公在启动点鼓仪式

作为岭南百越民族的后裔，毛南族从其祖先那里继承了丰富而复杂的原始宗教观念，并在漫长的发展过程中深受独特的自然环境的影响，同时融合了周边其他民族的相关文化元素，建构了属于自己民族的宗教体系，进而造就了自己别具一格的文化心理,那就是执着地认为万物皆有灵性,神灵无处不在,神灵主宰着世间万物,尤其人的生老病死及家庭、家族的兴衰荣辱,等等。这种执着的原始宗教心理构成了毛南山乡审美文化场中的主力之一,并左右着其中许多种力的方向,诸如认识环境、改造环境,认识人生、优化人生等。

作为一种仪式,肥套在漫长的历史时期不断强化毛南族人的原始宗教意识,而毛南族的原始宗教意识又在不断地完善肥套这一仪式,以使其具有更为丰富的超自然力内涵。二者之间形成一种超循环态势。①

(二)融通:肥套书写的随意性

从肥套通常的过程我们可以看出,肥套仪式的主要环节大同小异,而且有的环节可以前置或者后移。这种书写随意性的原因,除了要以重要环节为主安排进程以外(肥套仪式中的重要环节往往要由领班师公根据主家运行、举办肥套仪式的时机、举办肥套仪式之年、月、日、时辰各元素以及东南西北朝向的吉利与凶险匹配等情形择定),师公们认为一些次要环节的前置或者后移并不会对仪式整体构成影响,也不会导致主办家庭或旁人的非议。毛南族人至为关注的是,肥套仪式必须举办,仪式必须完满,至于仪式过程的散漫或紧凑,师公吟诵经文、表演歌舞、讲述神迹等是流利或是生疏,受众并不十分在意。在肥套仪式现场,笔者多次看到,师公在聚精会神念诵经文的时候,突然中断默想片刻仍不得要领,乃侧首询问其他师公,其他师公吟诵几句,诵经的师公再接上继续念诵下去。甚至有提醒的师公也念诵错了,别的师公再打趣地纠正。在场的师公并不以为意,哈哈大笑几声后,方复归庄严肃穆。这实际上可以看成是"仪式主体在(仪式意念与仪式角色)分离阶段,脱落原有的身份的过程"②。

毛南族人的传统观念注重肥套仪式,但对于肥套仪式中的某些环节以及人们在仪式过程中的言行,却表现出极大的融通及顺变心理。即使热衷于此业的毛南族师公,对肥套仪式也表现出极大的融通性。2012年10月27日,笔者在肥套现场(其时毛南族人谭亚洲先生在环江毛南族自治县洛阳镇团结村团社屯的家里举办肥套仪式)看到这样的情景:屯里一位81岁叫覃祖教的壮族老太太到场看热闹,笔者问她对肥套的

---

① 袁鼎生:《超循环生态方法论》,科学出版社2010年版,第234页。
② 张洪友:《通过仪式:自我再生神话的仪式书写——维克多·特纳仪式理论的神话学解读》,《东方论丛》2011年第2期。

看法。覃老太笑着说："热闹，好看。有钱的话做一下也好。"坐在一旁抽烟的毛南族师公大笑着说："阿婆，不要做。有钱吃好点、穿好点。"毛南族人的融通心理，以及其达观、开放的文化心态，由此可见一斑。

（三）表征：传统观念与理性思维的纠结

建立在原始宗教观念基础之上的仪式，本来多源自于主体对于客体的畏惧与膜拜心理，以及主体对于自身信任的怀疑与脆弱。毛南山乡人之于肥套仪式的执着，主要在于其根性文化基因——岭南古百越民族尚巫鬼、重淫祀风尚①——的裂变与传承、恶劣的自然生态孕育、多民族文化浸染和本民族文化特色的凝聚，以及特定的文化心理成型以后所形成的惯性。当这种仪式理念发展成较为完善的系统并反过来作用于肥套仪式本身的时候，肥套既成为绝大多数毛南山乡人心灵中不可或缺的牵挂，也促使肥套作为主体意识与客体能量交融而成的意念化形体，对毛南山乡人的自信造成强烈的冲击。因此，毛南山乡人传统心目中的肥套仪式所具有的潜能，远远大于肥套仪式本身所能给予人们的福佑能力。

随着时代的发展，当肥套逐渐演变——包括其仪式程序的演变以及它在人们心目中地位的演变——成为一种外在性愈来愈强的符号的时候，主体便逐渐能够理性地审视这一仪式的真实内蕴及其作用。这实际上意味着毛南山乡人在肥套仪式中呼唤自我。因此，毛南山乡人在肥套仪式中所表现出来的融通，其实是自我意识的强化，一种自信心的增殖，是人类美生化过程的必然阶段。②

毛南山乡人的宗教心理于执着中体现出融通顺变的智慧，还可以从举办肥套仪式以及仪式中的神灵塑造窥探出来。毛南山乡人的宗教心理执着而不呆板。他们特别注重人生中的相关宗教仪式，但并不将其作为精神上难以挣脱的特别枷锁；他们坚守其民族宗教的信念，但往往又能够理性地吸收自然生态元素和他族文化元素，随着自然生态和文化生态的变化而变化，并能够将其融化于心境建构之中。毛南山乡人宗教心理的这种复杂性表现在对其原始宗教观念的保持及其相关仪式的存废态度上。自然环境与社会生活的变迁，导致毛南山乡人原有宗教观念的某些方面发生了变化，但毛南山乡人对此并未表现出过多的焦虑，而是抱持静观其变的超然心

---

① 吴永章：《中国南方民族文化源流史》，广西教育出版社 1991 年版，第 292 页。

② 袁鼎生：《美生人类学的生成》，《广西民族大学学报》（哲学社会科学版）2012 年第 4 期。

态，当周边其他民族的某些宗教元素渗透到毛南山乡人的生活中并对其原始宗教形式产生影响时，他们并未表现出盲目的拒斥心理，而是有选择地吸收相应成分，用以丰富自己民族的宗教形态。比如毛南山乡人在举办肥套时往往对许多环节并无特别的硬性规定，而是在一般的约定俗成中视举办者的经济情况由举办者作相应的选择；又比如肥套中的面具造型、表演语言以及相关仪式等，就大量地吸收了周边壮、汉等民族的一些宗教文化元素；从事肥套表演活动的师公"职业"具有很强的开放性：他们可以自由选择进入或者退出该行当而不受任何约束或非议，他们从事或者放弃该表演行当后社会地位并无明显变化，等等。这些都体现出毛南山乡人的宗教融通智慧。

从一般的敬神、祈神和酬神的跳神活动演变为娱神与娱人属性兼备、体现神与人和融的综合性宗教艺术活动，毛南山乡肥套演变的观念、方式和结果都表征毛南山乡人传统宗教心理执着与融通的内核，亦即充满着传统观念与理性思维的博弈。无论是从肥套的构建理念而言，还是从其形式所体现的审美价值而言，毛南山乡人宗教心理的执着与融通贯穿其艺术创造和艺术欣赏的全过程。人们在创造和欣赏肥套时，必须遵循敬神、祈神和酬神等和融神灵的宗教心理轨迹，但又可以跳出宗教的桎梏，将敬神、祈神和酬神的宗教诉求与世俗生活融为一体，并借助世俗生活营造相应氛围，从而表达出特定的宗教诉求。毛南山乡人传统生活中的许多宗教理念和仪规本就是从世俗生活中发展而来，二者往往不具备明晰的界线，其本身大多是执着与融通的产物，只是在不断神化的过程中，导致了世俗生活与宗教生活的分离。

在毛南山乡的传统生活中，宗教往往是大众的宗教，毛南山乡几乎无处不弥漫着强烈的原始宗教气息，原始宗教尤其被生活在社会基层的普通百姓所倚重，这种情形在 20 世纪 50 年代尤其突出；艺术更是大众的艺术，人们既用艺术形态来体现宗教情感，又将复杂的宗教期盼凝聚于艺术形态之中。无论是宗教还是艺术，往往都跟日常的世俗生活融为一体：宗教诉求是日常生活的重要组成部分，艺术心理、艺术行为和艺术成果往往在相应的宗教活动中被展现出来。执着与融通这一对难于相处的矛盾体，在毛南山乡传统社会中获得了和谐的生存环境，进而以肥套这一艺术形态体现出来。我们从此一角度切入，进而对毛南族的文艺审美心理作深入的探究，其结果不仅对认识肥套有益处，而且对认识毛南山乡传统社会，都应该有相当大的裨益。

第二节　肥套的孕育图式

一　文化基因的裂变与传承

　　位于广西环江毛南族自治县西南部的下南、中南、上南的毛南山乡，古百越系民族很早就在这个地方栖息繁衍。三国及南北朝以后，包括"茅滩蛮"（茅滩蛮即演变为今天的毛南族）在内的生活在该地域的"蛮僚"与古百越民族有直接关系，是古百越民族的重要支系。① "现今民族历史的研究成果表明，壮、布衣、傣、侗、仫佬、毛南、水、黎等民族都有历史渊源关系，犹如一株大树一样，大家同一根源，随着时代的发展，生长出支干，分化成不同的民族。"② 毛南语属于汉藏语系壮侗语族侗水语支。因此，包括肥套在内的毛南族传统艺术形态，其远祖根源，可以上溯至岭南古百越民族文化，是岭南古百越民族文化基因的裂变与发育。岭南古百越民族文化具有下述鲜明的特点，这些特点直接影响到毛南族的肥套艺术创造心理及其艺术形态。

　　一是巫鬼气息浓郁。正如前文曾经论述到的，居住在岭南一带的古百越民族保留有浓厚的、以鲜明的巫鬼气息为主要特征的原始宗教观念。这实际上是人类早期在某些文化意识方面所具有的共性。"当人类战胜大自然获取了丰富的事物或者击退了外来入侵的强大敌人时，就觉得有某些神、鬼护佑自己；然而当抗拒不了自然灾害或者被敌人战败时，就觉得有些邪神帮助了别人，甚至怀疑自己触犯了鬼神而受到惩罚。这样，就产生对神、鬼的崇敬与畏惧。"③ 正如前文所言，楚越两地此种情形极为突出，而生活在岭南地区的古百越民族后裔之"鬼文化"就承袭甚至发扬光大了古楚越巫鬼文化成分。④ 古百越民族这种巫鬼文化基因遍布毛南族文化周身，并发育成多种与巫鬼观念密不可分的艺术形态。传统上，毛南族宗教观念浓厚，宗教仪式烦琐，宗教意识及宗教行为渗透到生产生活中的各个角落。"万物有灵"的原始宗教观念在毛南山乡人的意识空间占有极为重要的位置，他们由此创造了一百多个神灵，构建了本民族完整

---

①　《毛南族简史》修订本编写组：《毛南族简史》，民族出版社 2008 年版，第 12 页。

②　张声震等：《壮族通史》，民族出版社 1997 年版，第 91 页。

③　同上书，第 223 页。

④　巫瑞书：《越楚同俗探讨》，《百越论丛》第一辑，广西人民出版社 2008 年版。

而庞大的神灵谱系。

　　笔者多次到毛南山乡考察，所到之处多见岭南古百越民族万物有灵、祖先崇拜遗迹：每一个村口寨旁都有一个小庙或小屋，里面立一尊村寨保护神；村后大多有一座神山或一片神林，被视为神灵所居之所，人们不敢冒犯。而此种现象在广西中部、南部百越系少数民族村寨也极为常见：在该地区的村寨中或者村头路口，人们在古树下、山岭旁、石山脚等处，建一所低矮的陋舍，里面置几尊塑像甚至立几块石头，便视为神灵的居所，然后四时祭拜。此类场所气氛神秘，香火极为旺盛。

　　肥套中登场的神灵有三四十位，每一位都有明确的职分。这实际上是岭南古百越民族传统巫鬼观念发展变异后形成的独特宗教意识化身。这种意识直接影响到毛南山乡艺术创造的理念与过程之中。毛南山乡传统艺术形态有许多与宗教关系极为密切，有的艺术形态甚至直接为宗教服务或者表达了毛南山乡人独特的传统宗教理念。在这方面，肥套可以被称为典型代表。

环江毛南族自治县下南乡南木屯后山神林

　　二是山水色彩鲜明。带有巫鬼色彩的文化样式几乎是任何民族早期文化中的重要成分，只是随着环境的改变以及文化素养的提高，许多民族逐渐走出蒙昧状态，迅速步入文明发展的道路，其文化中的巫鬼色彩逐渐淡化。但生活在岭南地区的古百越民族，其总体生态环境不仅没有明显改变，反而因为日渐往深山峻岭地区迁徙生境益发恶劣，某些难以预期的灾

位于广西宁明县峒中镇壮族村口的神树，树右侧下神屋香火旺盛。

在毛南山乡和毛南族人心目中具有文化符号意义的岜音山，矗立在环江下南乡政府大院旁。

难相应增多，这无疑会加重人们内心的恐惧和幻想；加上越来越远离华夏文明中心区域，古百越民族的文明发展步伐增加了许多障碍，并且以适应自然生态特征和心理特征的方式引导或推动其文化发展。岭南古百越文化本来就极富山水元素，随着环境的变化，这样的山水元素日益增多，这就促使岭南古百越民族在很多方面继承甚至强化了人类早期文化的巫鬼色彩。与此同时，山水相依、山清水秀甚或穷山恶水是岭南古百越民族所处生境的主要特点。尽管岭南特别广西地区各个地方环境有所差异，但所望皆山、出门见水的整体格局无多大区别，因而位处广西地区的古百越民族，无论是生产、生活，还是审美心理，都被烙上了深刻的山水印痕。可以毫不夸张地说，生活在广西地区的古百越民族及其后裔对于山水的依恋心理是极为强烈的，其艺术形态中的山水元素是非常丰富而厚重的，山水色彩在百越系民族文化中甚为鲜明。这些特征作为文化基因也很自然地遗传到毛南山乡人的艺术观念及艺术创造方式之中，并受其他因素的共同作用而裂变与传承。毛南族先民对于山水形胜的眷恋几近于痴迷的程度，毛南山乡缺水，极少见宽大的溪流，略有长年不涸的水沟山塘，人们都视为天赐佳境并严加保护。前文所引的《坡川乡协众约款严禁正俗护持风水碑》碑文足可佐证。

由凤腾山墓地远眺,就是毛南山乡的"凤舞三台",毛南族及其文化的重要发祥地。

毛南族先民将山水意象化,将自然生态元素神格化的观念与作为,还集中表现在对于生者与逝者栖息地的选择与营造。谭姓毛南族人视为圣地的凤腾山,其山水特征就是"后来湾弓龙脉,前面凤舞三台"。

三是群体观念厚重。生活在岭南特别是桂南、桂西北地区的古百越民族,其氏族观念——发展到后来则演变为宗族观念——极为浓厚而牢固。这种状况是人类氏族社会现象和独特的生活环境共同作用于人们的心理而形成的文化观念,而且这种理念一直到今天仍然长盛不衰,同姓或同宗族内的人群体观念特别强盛。桂南、桂西北的百越系民族尤其注重人与人之间的血缘关系,而不太注重非血缘关系之间的联盟。各个依血缘关系构成的集团内部联系紧密[1],无血缘关系的集团之间联系较为松散[2],"家国同构"理念极为淡薄甚至于根本不存在。[3] 在同一氏族(宗族)中,每个人都充分认识到自身在群体中的价值,及其在群体中应该承担的义务。由此发展出的群体观念,其浓厚与牢固,非其他民族或其他地区的人可以想象。毛南山乡所居基本为毛南族,传统毛南族村屯基本同一姓氏,多姓杂居的情况很少。在漫长的封建社会,谭姓毛南族甚至形成了政经合一、各种社

① 张声震等:《壮族通史》,民族出版社 1997 年版,第 127 页。

② 同上书,第 128 页。

③ 蒙元耀:《生生不息的传承:孝与壮族行孝歌之研究》,民族出版社 2010 年版,第 3 页。

会形态高度统一的"轻"的社会组织形态①，表明毛南族群体观念得到进一步强化。而这种浓厚的群体观念成为毛南山乡人的集体无意识，并且被广泛地反映到包括肥套在内的民族艺术形态之中。至今在毛南山乡，以家族、村屯等团体意识为特征的群体观念仍然根深蒂固。

二　自然环境的浸染

毛南族艺术继承并发展了岭南古百越民族的文化传统，亦即继承了岭南古百越民族的文化基因，但这仅仅是毛南族肥套艺术形态表现出今天相应特征的一个原因。毛南族肥套艺术形态能够呈现出如今的特征，毛南山乡独特的自然条件成为孕育肥套艺术的丰腴土壤。毛南山乡的自然环境对肥套艺术的浸染作用，主要体现在下述方面。

多瘴疬之气的自然环境和古百越民族的居住文化，凝聚成毛南山乡传统的干栏石楼。

独特的自然环境孕育了毛南族独特的艺术创造心理。人类是大自然的关键物种，在大自然的调节机制中发挥着重要作用，但在特殊的时期却常常受到自然环境的左右。毛南山乡地处云贵高原南麓，山势连绵险峻，峰丛间的串珠式洼地，是一个个封闭半封闭峒场。山多、地少、水奇缺，是毛南山乡自然环境的典型特征。人们行路、劳作于崇山峻岭之间，时刻都

---

① 孟凡云：《论明代广西毛南族谭姓"轻"组织的性质》，《中南民族大学学报》（人文社会科学版）2009 年第 5 期。

会面临意外的灾难。中华人民共和国成立以前，毛南山乡疾病多发，缺医少药，毛南山乡谚语云："谷子黄，病满床。"在这样恶劣的自然环境里，人们生存和繁衍都极为不易，个人很难把握自己的命运。于是，人们听命于天、祈求神灵福佑的观念非常深刻而普遍，在生活、生产中创造出数量众多的神祇并加以顶礼膜拜。毛南山乡人从自己独特的宗教心理出发，对生活、生产中的许多事象进行艺术化构拟，从而创造出适应自然生态特征的、能够宣泄内心情感的、祈求子孙繁衍人生平顺的宗教艺术形态。因此，毛南族传统的艺术创造心理可以大致描述为：内心恐惧——试图通过宗教艺术形态消除恐惧——宗教艺术形态强化内心的恐惧。肥套正是在这样的艺术创造心理左右下得以传承和完善的。

毛南族传统宗教仪式肥套的表演现场

独特的自然环境造就了毛南族独特的艺术形态。肥套的场景构建、形象塑造及成效体现，几乎充满毛南山乡的生态元素。当然，这些生态元素在肥套中的体现，有的是直接的，有的是间接的。肥套将当地的生态元素纳入整个仪式当中，既是艺术形态拉近与受众距离、增强艺术感染力的需要，也是艺术本身发展规律使然。肥套中《鲁仙》一场，从鲁仙的台词、舞蹈动作到劳动场景的展现，都直接或间接地取用了毛南山乡的生态素材。肥套经过数百年的发展，已经基本走出了单纯的敬神、娱神、祈神的宗教窠臼，逐步向娱人、审美的方向迈进。而这样的改进，就包括增加一些世俗性内容，以便从总体上减少仪式的宗教性内容比重。在后来增加的《土地配三娘》和瑶王情节，直接采用毛南山乡的自然元素，数量更多，

毛南族师公珍藏的肥套唱本

地域属性更强。肥套的传统表演场地至今仍然局限于民居大堂，舞蹈动作呈现舒缓、轻柔、小跨度为主的特点，也间接地体现出这一艺术形态所具备的毛南山乡自然特征——传统的毛南族民居为了便于通风透气以适应岭南潮湿、炎热的气候，同时为了防止毒蛇、猛兽的侵扰，基本上采取干栏式建构体制。传统的干栏式建筑多为土、木结构：墙体为泥土夯筑，屋架为木料穿接，屋架底层高约 2 米，作豢养畜禽及堆放杂物之用。楼上住人。楼面以条木为框架，铺以木版、竹片为地板。这样的干栏式建筑抗震性极差，一般只能承受舒缓、轻柔、小跨度的舞蹈动作。这实际上是间接地采用毛南山乡自然生态元素来构建肥套的艺术形态。

毛南族师公在搭建表演肥套用的神坛

独特的自然环境强化了受众的艺术需求意识。肥套不是商业性演出，也难以发展成商业性演出，因为肥套表演班子——师公演出队伍——秉持的是"做善事"的理念，虽然在表演中收取极少的酬劳——这酬劳往往是由主家自己斟酌自愿付给，演出班子不做特别规定，这就排除了肥套的商业化可能。作为民间性的宗教表演，受众——邀请演出的主家及观看演出的村民——之需求意识强烈与否，决定了肥套的存在价值及其发展方

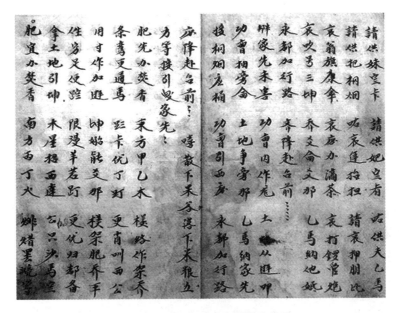

唱本中的土俗字由师公们创造和使用。

毛南族肥套仪式表演现场。着戏服的师公负责舞蹈，或站或坐着便装的
师公负责伴唱及演奏。师公一般按角色登场。舞蹈、演奏或伴唱者可轮换。

向。在漫长的封建半封建社会里，生活在毛南山乡的人们，随着自然环境
的恶化速度加快，各种自然灾害以及伴随着自然灾害而出现的人为磨难增
多，肥套产生和发展的重要背景——子孙繁衍和家运顺等宗教期盼——
日趋复杂，人们需要通过包括肥套在内的宗教活动来消弭内心的恐惧，确

立生活的希望。在中华人民共和国成立前的毛南山乡，表演肥套的师公班子林立，影响比较大的班子有七八个，每个班子有十几名成员。其他小班子人数也有七八人。而且越往深山地区，师公班子越多，一般山民对于师公班子及其表演的肥套越虔诚，坚持举办肥套仪式的态度也就越坚定。据广西省民族事务委员会1953年版的《环江毛难人情况调查》，截至1953年10月23日，居住于环江县的毛南人为3649户，16753人，而居住于下南、中南、上南等毛南山乡的毛南人肯定不及此数。以此推算，表演肥套的戏班及其师公人数占当时毛南山乡毛南人总数的比例是非常高的，显示出毛南人对肥套艺术的需求较为旺盛（当时毛南山乡周边的壮、瑶等民族的农民也偶有请毛南族师公戏班表演肥套的，但毛南山乡的蒙姓毛南人一般不行肥套风俗，两者略可抵消）。这样的旺盛需求，自然环境因素在其中发挥了巨大的作用。

三　多族艺术的融通

毛南族向来有较为开阔的文化心态，大量吸收周边民族如汉、壮、瑶等民族文化，尤其汉族和壮族文化。清乾隆年间，毛南族聚居的毛南山乡始设私塾，至清光绪年间，汉文化教育已成绩斐然，出文武秀才20余人。当时这种情况即使在文化教育较为发达的广西汉族地区也是不多见的。在20世纪50年代初期，毛南族的汉文化程度远高于毛南山乡周边其他少数民族。这其中的功绩，应该有肥套之类艺术形态一份，因为这些艺术形态吸纳其他民族艺术元素并用以广泛教化毛南山乡人民。肥套艺术大量融合各民族艺术元素，其本身可以说是多民族艺术高度融合的产物。这主要体现在下述方面。

肥套所塑造的人物有许多来自其他民族。肥套塑造了三十多个重要人物形象，其中约超过三分之一具有其他民族背景，比如上元、中元、下元、太师六官、三界公爷、鲁仙、瑶王、土地等。这些人物在肥套构建的神灵谱系中居于重要位置，在整个仪式中发挥重要作用。

笔者于2011年7月上旬赴毛南山乡考察，于7月14日邀请毛南族学者、诗人、作家，曾任环江毛南族自治县文联常务副主席，主持过环江毛南族自治县"三套集成"办公室工作，出生于毛南族师公世家且多次参与肥套表演活动的谭亚洲老先生同住环江长城饭店206号房。谭亚洲先生给笔者详细地介绍了肥套中瑶王形象的来历，并就肥套为什么要将白裤瑶（据毛南族民间传说，白裤瑶先民曾经与毛南族先民有过非常激烈的冲突）的首领瑶王纳入毛南族的神灵谱系提出了他自己的见解：一是白裤瑶秉性宽厚，毛南族人敬佩他们；二是白裤瑶生殖力比较旺盛，与毛南族举行肥套的重要主旨——祈求子孙繁衍——非常切合。

肥套仪式大量采用道教、佛教元素。尽管肥套具有传承毛南族文化，教育、娱乐民众的客观作用，但仪式的宗教特征明显。在整个肥套仪式中，虽然毛南山乡本土宗教成分占有大量比例，然而在其中起主要建构作用、主要祈神仪规、用以通神的法器、师公所用的咒语等，基本上来源于道、佛二教。尤其仪式中的三元神（道教中的上元、中元、下元）被毛南山乡师公尊为自己的祖师——毛南山乡师公自称以及人称"公三元"。"公三元"用汉语来表达就是"三元公"。谭亚洲先生在与笔者探讨肥套中的道教元素时，特别强调道教对毛南山乡宗教体系、尤其对毛南族师公的影响："毛南族师公都把道教中的三元作为自己的师傅。每天吃饭前在桌上摆三杯酒，就是敬三元的。"

肥套大量使用汉语和壮语。肥套文本中有师公朗诵的典雅、庄重的颂语，人们称之为"巫语"，数量极多。这些巫语属于散文体颂词，词句凝练，指事绘形，铺排烘托，富有华丽和夸张的修辞色彩，颇具文采，在仪式中担负承接、导引、烘托、激发等职能，皆用汉语德胜话（汉语西南官话中的一个小分支。德胜距毛南地区中心地带百余里）朗诵。肥套中有许多演唱场面（叙事和抒情歌曲），师公们演唱时基本使用壮语，因为歌唱中韵律及词汇的原因，毛南语往往难以胜任其职。从语言的角度审视，肥套就是一个多族语言的大熔炉，既铸造了毛南山乡的多种艺术形态，又体现出毛南族博大的文化胸怀。

上述三图为毛南族肥套表演傩面，从左至右分别为婆王圣母、三界公爷和谭三娘，均为毛南族本土神灵。从额头、眉骨、鼻形、脸型、颧骨、口型等形状看，他们都明显具有中原汉族人特征，且极大地被汉族戏曲脸谱化。

绘制于清乾隆四十五年（1780）的三界公爷，无论是脸部造型还是服饰特征，都明显地受汉文化影响。该画现藏于环江毛南族自治县文物管理所。

2011 年 7 月 15 日，笔者在环江毛南族自治县财政局门口一文印店复印毛南族师公肥套手抄唱本。该店主姓崖，壮族。他看了笔者复印的材料，闲聊道："毛南人说话跟我们不同，但唱歌用的是壮话。"一同到复印店的谭亚洲先生笑着说："是的，是的"，并解释了原因："因为民歌选词、押韵的需要，毛南语词汇少，不能适应，在很多场合毛南族歌手不得不用壮语编唱。"随后崖姓店主又说："其实毛南族的许多东西跟壮族、汉族的东西没什么不同……"谭亚洲先生微笑不语。

肥套的服饰及傩面造型多来源于中原地区。肥套中的文神、善神（毛南族将神灵划分为文神、善神和凶神三类）正式演出的服饰基本为汉式，绣以龙凤图纹，多具宋、明官式服装风格，甚至还能够从中窥探出汉、唐遗韵，雍容典雅，庄重富丽。肥套中的傩面造型秉持中国传统审美理念：女性文神和善神的造型多采取中国传统美女模式，鹅蛋脸，丹凤眼，樱桃口，柳叶眉，鼻直而柔，气润而慈，面容丰满，色调素净，妩媚中不失庄重，明快里富含沉稳；男性文神和善神面庞周正丰润，神态沉稳厚道，富有长者温柔敦厚之风，鼻高梁直，口方唇薄，眉清目秀之中焕发出睿智，往往是智者与善者的融合体。男女傩面整体造型上极少当地人面部特征，这些服饰和人物造型往往是中原汉式舞台艺术的典型移植，肥套大量借用，体现出毛南山乡受汉文化濡染的深刻与普遍，其多种艺术形态已经融合了汉族中原地区舞台艺术的许多成分。

肥套的舞蹈动作吸收了汉族人交往中的某些礼仪形态。肥套中舞蹈场面较多，许多舞蹈动作表现出明显的山区生活特征。但其中有些动作，比如诸位神灵所跳"穿针舞"中的垫步、碎步、行礼等动作，舒缓、轻柔、文雅，仿佛汉式舞台中的官场交往，又如文人墨客间的礼让蕴藉。整个仪式中很少出现少数民族祭祀场面中常见的自由、粗犷、热烈、奔放等舞蹈动作。这可能与毛南山乡民间艺术家们所想象的神灵生活场景有关，或许他们认为，神灵们的生活应该是谦恭礼让、文质彬彬的。

四　民族特色的凝聚

肥套是毛南山乡的百科全书，"像一条金丝彩带把毛南山乡遍地皆是犹如珍珠般的神话、传说、故事、歌谣乃至音乐舞蹈连缀起来"①。肥套之所以成为毛南山乡符号性艺术形态，应该与毛南山乡民间艺术家借助宗教舞台，着力凝聚其民族特色有很大的关系。肥套的民族特色及其凝聚方式，主要体现在下述方面。

与肥套有关的分龙节椎牛仪式有着丰富的原始祭祀内涵。到后来，分龙节成为传授毛南族历史知识及体现娱乐元素的载体。

原生性与发展性融为一体。毛南山乡的肥套产生于民间，传承于民间，优化于民间，其创作队伍、构成材料、结构艺术、语言特点、展现方式等均与民众生活有着紧密的联系，甚至有许多就直接来自民间，其中的许多元素能够从人类或者岭南古百越民族历史文化中找到影子，人们能够从肥套这一艺术形态中探究到岭南古百越民族生活、情感的某些方面，能够领略到毛南族传统的宗教理念、处世态度以及生活情景中的许多成分。可以毫不夸张地说，肥套是真正进入毛南山乡的门票和桥梁，是人们认识毛南族历史和文化的重要材料。肥套也处于缓慢的发展

①　韦秋桐、谭亚洲：《毛南族神话研究》，广西人民出版社1994年版，第92页。

进程中。

　　从肥套的服饰制作特征、傩面造型理念、展现的某些生活情境等要素，我们能够感受到肥套这一"化石"性的艺术形态也在努力追赶社会发展的脚步，例如为了适应受众（主要是聚集到表演场地观看的村民）需要，增加了《土地配三娘》及《瑶王拾花踏桥》等场次和人物，表演的师公在与观众互动的过程中不回避时代话题等。肥套艺术形态作为毛南山乡人民传统宗教意识诉求的主要方式，不可能远离其民间情感而朝纯粹的审美艺术方向发展，否则就会失去其生存的土壤，但肥套艺术形态也不可能长期局限于敬神、娱神、祈神等单一功能中，否则就会逐渐失去受众，因为随着社会的发展，受众的精神需求日益多元化，以前如此，今后更会如此。毛南山乡的民间艺术家们在长期的艺术实践中已经在不断地做出抉择。笔者到环江毛南族自治县造访毛南族学者、曾任该县文化局长、毛南族文学研究专家蒙国荣老先生时，蒙先生说："现在毛南山乡，人们举办肥套的热情有所增长，甚至在外面工作的人也是这样。这是毛南族人的一个心愿。"文化心理的惯性，已经不是该仪式所蕴含的宗教性和娱乐性可以简单地解释的了。

　　宗教性与世俗性互为比翼。肥套的宗教属性是不言而喻的，尤其在形式及表达的期盼方面。假设某一天肥套的宗教特征完全消除，人们的宗教情结完全淡化、宗教期盼不复存在，那么宗教范畴内的肥套也就消亡了。但肥套作为毛南山乡典型的传统艺术形态，其承载和传承毛南族神话、传说、故事、歌谣乃至音乐、舞蹈等文化艺术成果的功能，娱乐民众、满足人们艺术审美需求等方面的作用，基本无可取代者。此种情形一直持续到中华人民共和国成立，甚至其后的一段时期该情形仍然存在。所以，宗教仪式、宗教诉求是肥套的骨架、肤色，而肥套所承载的毛南山乡神话、传说、故事、歌谣乃至音乐、舞蹈，所展现的雕刻、绘画、服饰、剪纸等艺术成果，以及娱乐毛南山乡人民的情感、提高毛南山乡人民的审美素养等职能，则为肥套的肌肉、五脏、血液与精神。毛南山乡的师公们在创造、运用这一宗教属性鲜明的艺术形态时，应该意识到了这种表里之间的辩证关系，只是他们尚无力处理好二者之间的辩证关系，因为从现存的肥套文本及表演情形来看，结构松散、情节模糊、形象单调、材料堆砌等缺陷比比皆是。这体现出毛南山乡的民间艺术家们在肥套艺术形态的完善和优化方面尚缺乏宏观规划能力、中观整合能力和微观雕凿能力。

　　符号性与兼容性和谐共生。傩戏和傩面并不乏见，但如毛南山乡傩戏肥套规模之大，登场神灵之多，表演时间之长，傩面制作之精美，承载的艺术成果之丰富，在毛南山乡的影响之广泛与深刻，发挥的社会功能之多样，现今其他民族傩戏恐少有能出其右者。上述要素构成了毛南山乡肥套的符号性特征。肥套在凝聚毛南族文化特征、凸显毛南山乡自然生态元素的同时，对其他民族艺术元素兼容并包，从而使毛南山乡肥套中的本民族文化元素与其他民族的相关艺术元素形成了和谐共生的态势，这增强了肥套的艺术特性及生存、发展的活力。

第三节　肥套的传承

一　主要传承班底

对于毛南山乡主要师公班子，笔者多次赴毛南山乡做过田野调查。环江毛南族自治县下南乡文化站整理了一份毛南山乡肥套师公班子的传承资料。笔者经田野考察得知，该站所列情形与实际情况有某些出入。笔者结合文献和田野材料，对该资料进行了整理。兹录如后。

肥套主要师公班子传承谱系
（以现任班首出生先后为序）

谭圣慈师公班传承情况：

（一）现任班首：谭圣慈，毛南族，环江毛南族自治县下南乡堂八村上八屯人，肥套表演多面手，肥套傩面制作艺术代表性传承人。中国中央电视台及地方电视台多次对其报道。

（二）传承谱系：

代　别	姓　名	出生年代	文化程度	师承形式	学艺时起	居住地名
第一代	谭金齐	不详	不详	家庭传承	不详	下南乡堂八村
	谭金怀	不详	不详	家庭传承	不详	下南乡堂八村
第二代	谭松合	不详	不详	家庭传承	不详	下南乡堂八村
第三代	谭照兰	不详	不详	家庭传承	不详	下南乡堂八村
第四代	谭富诚	1845	小学	家庭传承	不详	下南乡堂八村
第五代	谭炳逾	1902	小学	家庭传承	不详	下南乡堂八村

代　别	姓　名	出生年代	文化程度	师承形式	学艺时起	居住地名
第六代	谭圣慈	1940	高小	师徒传承	1974 年	下南乡堂八村
	谭红绿	1942	高小	家庭传承	1974 年	下南乡堂八村
	谭道正	1941	高小	家庭传承	1963 年	下南乡堂八村
	谭三况	1940	高小	家庭传承	1975 年	下南乡堂八村
	谭荣师	1962	初中	家庭传承	1980 年	下南乡下塘村
	谭锦烈	1937	高小	家庭传承	1957 年	川山镇下久村
	谭秀芳	1930	高小	师徒传承	1981 年	下南乡下塘村

卢长权师公班传承情况：

（一）现任班首：卢长权，毛南族，环江毛南族自治县下南乡景阳村岜芽屯人，肥套表演多面手。

（二）传承谱系：

代　别	姓　名	出生年代	文化程度	师承形式	学艺时起	居住地名
第一代	卢永祥	不详	不详	不详	不详	下南乡中南村
第二代	卢有心	不详	不详	家庭传承	不详	下南乡堂八村
第三代	卢炳吉	1864	私塾	家庭传承	不详	下南乡堂八村
	卢炳文	1869	私塾	家庭传承	不详	下南乡堂八村
	谭益相	不详	不详	家庭传承	不详	下南乡下南村
第四代	卢善辉	1896	私塾	家庭传承	不详	下南乡景阳村
	卢善球	1901	私塾	家庭传承	不详	下南乡景阳村
	卢善良	1910	私塾	家庭传承	不详	下南乡中南村
第五代	卢长权	1941	高小	家庭传承	1980 年	木论乡木论街
	谭益庆	1954	高中	家庭传承	1988 年	下南乡中南村
第六代	黄显勋	1955	初中	家庭传承	1987 年	木论乡木论街
	韦灿乐	1967	高中	师徒传承	1990 年	川山镇下久村
	谭朝满	1940	高小	师徒传承	1990 年	南丹沙厂龙江
	谭红顺	1973	高中	师徒传承	1990 年	洛阳镇平原村
第七代	卢荣政	1971	初中	家庭传承	1990 年	木论乡木论街

谭义秋师公班传承情况：

（一）现任班首：谭义秋，毛南族，环江毛南族自治县下南乡下塘村成六屯人，肥套仪式多面手，其所在师公班历史久远，影响较大。1986

年环江毛南族自治县成立时，谭义秋率其班子参加庆祝演出。其所在师公班在从事肥套活动时，都要取一法号。

（二）传承谱系：

代　别	姓　名	出生年代	文化程度	师承形式	学艺时起	居住地名
第一代	谭仁片	不详	不详	不详	不详	下南乡下塘村
	谭仁田	不详	不详	家庭传承	不详	下南乡下塘村
第二代	谭仁界	不详	不详	家庭传承	不详	下南乡下塘村
第三代	谭仁成	不详	不详	家庭传承	不详	下南乡下塘村
第四代	谭仁义	不详	不详	家庭传承	不详	下南乡下塘村
第五代	谭仁教	不详	不详	家庭传承	不详	下南乡下塘村
第六代	谭仁独	不详	不详	家庭传承	不详	下南乡下塘村
	谭仁业	不详	不详	家庭传承	不详	下南乡下塘村
第七代	谭以明	不详	不详	家庭传承	不详	下南乡下塘村
	谭以正	不详	不详	家庭传承	不详	下南乡下塘村
第八代	谭正道	不详	不详	家庭传承	不详	下南乡下塘村
	谭云本	不详	不详	家庭传承	不详	下南乡下塘村
第九代	谭东海	不详	不详	家庭传承	不详	下南乡下塘村
第十代	谭高洁	1907	私塾	家庭传承	不详	下南乡下塘村
	谭仁太	1910	私塾	家庭传承	不详	下南乡下塘村
第十一代	谭义秋	1949	高小	家庭传承	1975 年	下南乡下塘村
	谭福军	1959	初中	家庭传承	1987 年	川山镇峒伴村
	谭广桥	1960	初中	家庭传承	1987 年	下南乡下塘村
	谭老杰	1949	高小	家庭传承	1987 年	川山镇峒伴村
第十二代	谭家财	1937	初小	师徒传承	1976 年	下南乡下塘村
	谭老阳	1948	初小	师徒传承	1976 年	下南乡下塘村
	谭志明	1975	小学	家庭传承	1998 年	洛阳镇平原村

谭益庆师公班传承情况：

（一）现任班首：谭益庆，毛南族，环江毛南族自治县下南乡中南村上义屯人，谭家师公班第九代传人，34 岁跟随其父学做三元公。谭益庆家族的肥套师公班有 180 多年的历史，在当地影响极大，谭益庆本人属于肥套仪式中的多面手，各类技艺娴熟，为肥套代表性传承人。

（二）传承谱系：

代 别	姓 名	出生年代	文化程度	师承形式	学艺时起	居住地名
第一代	谭照萱	不详	不详	家庭传承	不详	下南乡才门村
第二代	谭壮喜	不详	不详	家庭传承	不详	下南乡才门村
第三代	谭荣富	不详	私塾	家庭传承	不详	下南乡才门村
第四代	谭炳茂	不详	私塾	家庭传承	不详	下南乡才门村
第五代	谭少鹏	不详	私塾	家庭传承	不详	下南乡才门村
第六代	谭原旺	不详	初小	家庭传承	不详	下南乡才门村
第七代	谭英雄	不详	初小	家庭传承	不详	下南乡才门村
第八代	谭家兴	1918	高小	家庭传承	1938 年	下南乡中南村
第九代	谭益庆	1954	高中	家庭传承	1988 年	下南乡中南村
	韦灿乐	1962	高中	师徒传承	1989 年	川山镇下久村
	谭高祖	1963	高中	师徒传承	1990 年	下南乡中南村
	谭老苏	1960	初中	师徒传承	1989 年	川山镇下久村
	谭合耀	1957	高中	家庭传承	1988 年	下南乡中南村
	谭植合	1957	高中	家庭传承	1990 年	下南乡中南村

谭三岗师公班传承情况：

（一）现任班首：谭三岗，毛南族，环江毛南族自治县下南乡堂八村上干强屯人，肥套代表性传承人，2000 年 10 月作为成员赴日本表演毛南族傩戏。其家族师公班可考历史在 200 年以上，在当地颇有影响。谭三岗班子在当地较有名气。

（二）传承谱系：

代 别	姓 名	出生年代	文化程度	师承形式	学艺时起	居住地名
第一代	谭万府	不详	不详	家庭传承	不详	下南乡堂八村
第二代	谭金齐	不详	不详	家庭传承	不详	下南乡堂八村
第三代	谭仕良	不详	不详	家庭传承	不详	下南乡堂八村
	谭金对	不详	不详	家庭传承	不详	下南乡堂八村
第四代	谭仕斋	不详	不详	家庭传承	不详	下南乡堂八村
第五代	谭安晃	不详	不详	家庭传承	不详	下南乡堂八村
第六代	谭贵政	不详	不详	家庭传承	不详	下南乡堂八村
	谭文良	不详	不详	家庭传承	不详	下南乡堂八村
第七代	谭圣在	不详	不详	家庭传承	不详	下南乡堂八村

续表

代 别	姓 名	出生年代	文化程度	师承形式	学艺时起	居住地名
第八代	谭顺贤	不详	不详	家庭传承	不详	下南乡堂八村
	谭顺直	不详	不详	家庭传承	不详	下南乡堂八村
第九代	谭受宽	不详	私塾	家庭传承	不详	下南乡堂八村
第十代	谭凤翔	不详	不详	家庭传承	不详	下南乡堂八村
第十一代	谭耀乐	1922	私塾	家庭传承	1942 年	下南乡堂八村
第十二代	谭三岗	1963	初中	家庭传承	1982 年	下南乡堂八村
	谭勤勉	1960	初中	师徒传承	1983 年	下南乡堂八村
	谭三谋	1965	初中	家庭传承	1982 年	下南乡堂八村
	覃金囊	1952	初中	师徒传承	1982 年	下南乡玉环村
第十三代	覃托山	1954	初中	师徒传承	1983 年	水源镇上南村
	覃现章	1953	初中	师徒传承	1982 年	下南乡玉环村
	卢荣健	1952	初中	师徒传承	1982 年	下南乡玉环村
	谭老征	1962	初中	师徒传承	1982 年	下南乡堂八村

　　实际上，毛南族肥套师公班子的组成，临时性与变动性极强，很少有稳定性强的固定师公班子。班首的人员也极易变动。通常，只要在这一领域有些威望，并且具备一副"担子"，而且有举办人家邀请的师公，都能够承担班首职责。

【田野笔记】

时间：2012 年 10 月 27 日下午 6 时许

地点：环江毛南族自治县洛阳镇团结村团社屯谭亚洲家门外场院里。

受访人谭金赞，在谭亚洲家举办的肥套仪式中，是该仪式师公班里的一般成员。

采访者：谭师傅，你们辛苦了。

谭金赞：不辛苦，应该的。你们从头到尾又看又记，也很辛苦。

采访者：你们今年接手的活动多不多？

谭金赞：还可以吧，跟去年差不多，也有十来场。这个月 28 号到 31 号，下南乡波川村有户人家做还愿，我是领班师公，你们去不去看？我明天吃了早饭就赶过去。过两天做的还愿跟这里有些不同。那里做的还愿分两段，先"还阴愿"，帮他去世的父亲做的；后"还阳愿"，是儿子自己这一代做。仪式差不多，但过程有些差别："还阴愿"属于白喜事，"还阳愿"属于红喜事，经文有些不同，许多环节也不一样。

采访者：在这样的表演班子里，您做领班师公和做一般师公有什么不同？

谭金赞：在表演的师公班子里，领班师公带担子，不做领班师公的只要带好自用品就行了，行当全部用领班师公的。

领班师公与一般师公往往无本质差异，主要在于是否备有一副担子而已。

二　主要传承特点

毛南山区表演肥套的师公班子众多，班子成员为清一色男性，其师承、教学与相关活动均呈高度开放状态。就此，笔者曾经多次深入毛南山乡采访，并且对肥套代表性传承人、毛南族师公谭三岗先生作过两次采访。现在以第二次采访所得为基础，结合第一次采访所得，整理如下，从中可看出毛南族师公的传承概况。

【田野笔记】

时间：2012年10月24日下午1时许。

地点：环江毛南族自治县下南乡堂八村上八屯旁岩洞。

受访人谭三岗，男，毛南族，50岁，环江毛南族自治县下南乡堂八村上干强屯人，曾作为代表团成员赴日本表演肥套选场。

谭三岗师公是毛南族肥套代表性传承人。此前笔者曾经访问过他，但笔者在撰写论文的过程中，觉得此前的采访没有深入，于是趁赴毛南山乡的时机约定做进一步采访。本次采访谭三岗师公之前，笔者曾经深入环江毛南族自治县下南乡的仪凤、中南、堂八、古周、波川、玉环、下塘等行政村的重点屯，以及环江毛南族自治县川山镇、水源镇和洛阳镇的毛南族村寨进行考察，尤其到水源镇的上南村（上南村是毛南山乡的组成部分，曾经独立建乡，后撤乡归为水源镇的一个行政村。如是者反复多次）做过两次考察。在下塘村考察完毕赴堂八村上干强屯谭三岗家的路上给谭打电话再次确认去采访他的时候，他说临时有事外出，正在赶回家的路上，请我们先到他家里歇息稍候一下，并说已经给家里人打了电话，家里人会招待好我们。我们于是约定在去他家途中的一个岩洞口休息候他。约一个半小时后，谭三岗师公骑摩托车赶到。

采访者:毛南族师公的传承模式一般是怎样?

谭三岗:毛南族师公一般都是父传子,但也有许多是拜家族以外的人做师傅学习、招收家族以外的人做徒弟的。我目前有五六个徒弟,其中有一个是我的二儿子。二儿子今年24岁了,其他的徒弟在35到50岁之间。收徒弟不拘一格,基本条件具备就可以了,比如是毛南族人,会唱、会念,能跳基本的舞蹈动作就行。收徒的时候当然要暗地里考察一下,尽量选择品行、天资比较好的。收徒、出师都要举行特定的仪式,比如在大堂设置供桌,供桌上燃香、摆酒、置菜等,拜三元祖师。

采访者:你们授徒时,一般采用怎样的教学形式?

谭三岗:徒弟抄写好经文唱本(文本中还有舞蹈步伐和鼓点击法、画符位置和字符样式等),师傅讲解、示范一些基本的东西。收儿孙辈做徒弟的,平时随教随学,教学的机会多一些。住得比较远的徒弟,平时自己学习、训练,空闲的时候,特别是春节期间大家集中在师傅家里学习训练。这种时候就要在大堂里设供桌燃香,通报三元祖师,然后师傅讲解、示范,一起练习。师傅组班外出表演时,徒弟一般要临场观摩,参加表演或者做一些杂务,从中学习。

采访者:你们使用的经文唱本如何传承?学徒具备什么条件就可以出师组班表演?

谭三岗:师公所用的经文唱本一般都是从师父那里传抄,也有从父辈、祖辈、师父或者其他人那里直接得到经文唱本的。学徒会唱、会念和会跳就可以参加表演,一般五六年出师。徒弟出师前只能参加班子演出,不能自己组班演出;出师后就可以自己组班表演。出师后有一定威望并且置办一副担子才能够组班。

采访者:你们组班演出一般有什么规矩?

谭三岗:没什么规矩,比较随意的。主办肥套的家庭男主人请一个有威望的师公,确定好做肥套的日期,其他组织表演队伍的事就由这位师公去料理了。这位师公就是领班,准备好担子,出面邀请参与演出的其他师公,在仪式表演中承担主角。班子成员不分出自哪个师傅,没有门户之见,只要脾气相投、容易合作的就行了。当然,如果同门师兄弟或者师徒都方便,大家在一起表演的机会可能多一些。主要讲究一个随缘。

采访者：组班的班头和参加正式表演的成员需要具备哪些条件？

谭三岗：班头必须儿女双全、妻子健在才行。妻子去世的年长师公不能做班头，但可以作为成员参加表演。做师公的最重要条件是必须有儿有女，有儿无女或者有女无儿的不能做师公。

采访者：近年来举办肥套仪式的家庭多不多？

谭三岗：基本上每家每代人都要做一次。20世纪八九十年代做的人家多一些，现在渐渐少了。1982年前后，我们一个班子一年要做二三十场，现在八九场。主要是八九十年代该做肥套的家庭大多数都已经做了，而且因为实行计划生育，孩子少了，家庭也少了，做的人家当然也就少了。

采访者：你们现在使用的道具，比如傩面、服装、法器、乐器等等跟以前的相比有什么不同？

谭三岗：大体上差不多。帽子比以前的做得精致、好看一些；服装没有以前的好，主要是布料没以前的好，手工做的少，都是机器做的。服装的图案没有以前的绣得好，比较粗糙，绣龙绣凤的也很少见了。

采访者：你们师公班子之间有没有大的竞争，或者同行是冤家？

谭三岗：这种情况一般很少，大家一般没有门户之见，不同门户的师公可以杂起来组班，没有同行是冤家的感觉。当然，大家都希望把仪式做好，这种对比还是有的。

采访者：其他民族的人家请你们去做这种仪式不？

谭三岗：毛南族还愿师公班子现在很少到其他民族家庭去做。从我做师公以来，只是在毛南族家庭做，还从没有去其他民族家庭里做。

采访者：您儿子学习得怎么样？他现在跟您外出参加表演么？

谭三岗：大儿子不愿意学，去广东打工了。家中有一个人愿意学就行了。二儿子学会了，今年24岁，现在也在广东打工。等他大了，我以后不能做了，就把担子交给他。

采访者：您做师公，在家里教徒弟，您的妻子有没有意见？

谭三岗：做三元公的人在家里和在社会上的地位是比较高的，很受人尊重，因为我们是在做好事。老婆很喜欢自己的男人是三元公，觉得很有面子。

风尘仆仆的三岗师公（左），尽管从早上到中午奔袭了上百公里，与笔者说起肥套，仍然神采飞扬，滔滔不绝。

笔者说要采访，谭锦烈老先生说："我年纪大了，要调去地委工作（意即快死的人），别问我，我什么都不懂。"结果让笔者逗得合不拢嘴——和融了！

　　毛南山乡肥套的传承特色概括起来主要体现在下述方面。

　　首先是传承观念的古拙与质朴。毛南山乡肥套直接承袭了岭南古百越民族的"愿"文化基因，即着眼于子孙繁衍、群体壮大和人畜平安，具有鲜明而浓厚的"社会公益"属性。毛南山乡师公几乎全盘继承了这种"社会公益性"观念，将自己所从事的此项业余职业视为对民族及社会的奉献，几乎不包含其他私欲。毛南山乡肥套传承三四百年，这一观念至今仍无根本性改变。这种传承观念虽然摒除了肥套传承过程中的商业竞争因素，有利于保持肥套主旨的纯洁性和艺术元素的专一性，但对肥套仪式本身的发展具有一定的负面影响，即肥套活动的举行以及肥套本身从形式到内容的改进均缺乏商业推力，因而肥套的整体发展活力尚嫌不足。这也许是肥套仪式原生性意味浓郁而发展极为缓慢的重要原因。不过，也许正是它古拙与质朴的传承观念，才促使肥套保持了相对纯正的宗教仪式功能，从而有利于它的心灵抚慰作用和文化教育作用的发挥。直至今天，无论是表演者还是观赏者，对于肥套都基本保持一种庄重而虔诚的态度。这除了传统宗教活动本身对特定人群有相应的心理震慑力之外，肥套传承观念中的古拙与质朴的特色，应该发挥了相当大的作用，因为毛南山乡师公所坚持的"社会公益性"角色定位，为他们赢得了受人尊敬的地位，顺带也强化了人们对肥套的虔诚心理。

其次是传承方式的单一与呆板。毛南山乡的许多传统艺术形态在传承过程中所采用的方式与艺术形态本身的发展需求不甚协调，其传承方式的单一与呆板特征极为明显，民间作坊式的师徒传承方式较为普遍。比如在民间歌手和手工艺制作者的培养方面，直至中华人民共和国成立前夕以及成立后的一段时期，普遍采用的仍然是有其爱好者志愿上门求教、师徒间一对一授受技艺，不注重社会选拔及激励措施。这就导致某些技艺处于相对封闭状态，加重了该门技艺的神秘色彩，从而不利于相关艺术规律的探寻与发扬，最终对该门艺术形态的发展形成阻碍作用。毛南山乡肥套更是如此。毛南山乡师公不仅采取上述封闭性传承方式，还承袭了宗教神职人员师承关系中的神秘环节，人为地设计所谓的"符法密技"。毛南山乡肥套已经发展成毛南族具有符号性特征的综合艺术形态，无论在形式上还是在内容上已经与"跳神"一类的原始宗教活动有着本质区别。但在一些师公的潜意识里，它仍然属于一种纯粹表达原始宗教诉求的仪式。另外，其传承规矩中较受注重的"家族世袭"原则和袭职者的"儿女双全"原则，更是加重了肥套的原始宗教色彩。所有这些，虽然在一定程度上保证了肥套原生态属性的延续，以及在毛南山乡传统社会中的神圣地位，但在很大程度上迟滞了肥套的发展进程。

最后是传承场所的狭窄与简陋。毛南山乡的"傩祭"仪式原来分为公共场所祭祀仪式和家庭场所祭祀仪式。公共场所的主要祭祀仪式又被称为"庙祭"，即毛南族在庙节（分龙节）举行的祭祀活动。公祭仪式宏大热烈，伴以歌舞跳神。约在清末民初，公祭仪式逐渐消亡。家庭祭祀的热情一直未见消减。毛南山乡肥套主要是以家祭一脉发展起来的。毛南山乡肥套排练、表演的场所是该仪式重要的传承地。而这些排练和演出场地一般为农村居民的房屋大堂。"毛南族的肥套仪式，迄今为止，演出的场地还没有跳出肥套主家的庭院。肥套仪式仍以一家一户为活动单位。"① 传统的毛南山乡民居多属干栏式建筑，土石墙体加竹木构架。设置在第二层楼面的大堂较为简陋狭窄，竹片木板铺就的楼板抗震性能极差，不适合展现激烈粗犷的舞蹈动作，因而肥套仪式中的舞蹈动作一般以轻盈柔和为主。毛南山乡传统的居住特色不仅决定了肥套的传承场地，而且还在一定程度上决定了肥套这一传统仪式的呈现方式。直到今天，毛南山乡居住条

① 蒙国荣：《广西环江毛南族肥套（傩愿戏）》，《中华艺术论丛》第9辑。

件大为改善，传统干栏式建筑大为减少，或者保持干栏建筑制式但采用钢筋水泥结构，然而表现在传承特色方面的毛南山乡肥套中的舞蹈动作仍然更多地体现出温厚、文雅及轻柔的艺术风格，以及与此艺术风格相谐调的仪式传承特色。

第四节　肥套当今的生存特点

一　自然生态影响其存续

有学者认为，广西百越系民族的"傩祭"仪式由古越族的"愿"宗教文化发展而来，[①]　此说既可以从广西百越系民族的文化源头找到佐证，又能够从当今广西百越系民族文化的相关特质寻找出证据。毛南山乡的肥套无论从仪式过程还是仪式主旨，都与广西百越系民族的"傩愿"有着千丝万缕的联系，只不过由于毛南山乡肥套依赖的整体生态系统有异，其形式与内容有自己独特的地方。这种差异性我们能够从毛南山乡各地域不同的自然生态对肥套的存续作用看出明显的影响。

就一般情形而言，毛南山乡自然环境越恶劣，则人们对肥套的心理依赖程度越高，肥套的存续力也就愈强。毛南山乡肥套的缘起与发展，本来就与毛南族先民原始宗教观念——例如万物有灵、多神崇拜及祖先崇拜等——有着直接而密切的关系；其不断式微，则与毛南山乡传统社会生活中原始宗教观念的不断淡化存在一定的因果关系。而原始宗教观念的浓淡则在一定程度上与人们所处的自然生态条件以及人们对自然生态条件的被动依赖情形有很大的关系。源出于岭南古百越族的毛南族，与其周边的壮、侗、布依、水、仫佬等民族，在原始宗教观念的浓淡方面表现出明显不同的特质，其他因素固然在其中起着不同的作用，但所处自然生态环境的影响不容低估。在毛南山乡，下塘、古周、玉环、景阳、希远等行政村区域，峒场地带较多，山高谷深，人们生产、生活殊为不易，更多地需要仰仗自然生态环境才能获得最为基本的生存条件。尤其下塘、古周、景阳、希远行政村的绝大多数村寨，自然条件更为恶劣，许多地方根本不适合人类居住。这些地区自古以来系肥套仪式极为活跃的地区。即便衣食极度匮乏，但为了子孙繁衍和生活平顺，人们仍然想方设法每家每代都举办

---

① 李路阳、吴浩：《广西傩文化探幽》，广西人民出版社 1993 年版，第 49 页。

肥套仪式，以祈求神灵的眷顾。即便从 20 世纪 50 年代，尤其 20 世纪 80 年代以后，自然生态有较大的改观，人们逐渐不再艰难地从瘠薄的土地和窄狭的石缝中刨食，但其自然生态条件与周边许多地区比较起来，艰难属性未得到根本性改变，故而人们的传统宗教观念仍然浓厚，举办肥套的热情亦未见根本性减退，肥套在上述地区仍然极具活力。尤其下塘地区，自古举办肥套之风甚为炽热，师公班子众多，直至今天，人们举办肥套的热情仍然极高。

　　毛南山乡的上南、仪凤、下南等村，与毛南山乡周边自然生态条件较为优越的水田稻作地区相比，虽然向称艰苦，但与 20 世纪 50 年代之前相比，几乎不可同日而语，人们片面、被动依赖自然生态系统生存、生活的状况有极大改变。再加上其他因素的作用，人们的传统宗教意识逐渐趋于淡化，举办肥套以祈福禳灾的观念逐渐改变，因而肥套在这些地方的存续力相对降低。一些由毛南山乡外迁到其他平原、丘陵地区，生活环境发生根本性转变的毛南族人①，举办肥套的热情也不如留在原居住地的人执着，尽管有许多人仍然热情不减。

　　【田野笔记】
　　时间：2012 年 10 月 25 日下午 4 时许。
　　地点：环江毛南族自治县洛阳镇团结村团社屯谭亚洲门前场院里。
　　受访人覃万畅，男，毛南族，62 岁，环江毛南族自治县下南乡玉环村下开屯人，是肥套师公戏班成员，曾经是环江毛南族自治县下南乡玉环村玉环小学教师，属于毛南族师公世家，祖上都是三元公。1980 年开始拜父亲为师学做三元公，在学校任教期间偶尔参加师公班子做肥套，2011 年 3 月退休后经常参加师公班子做肥套，还经常自己组班帮别人家做肥套。
　　采访者：现在做三元公的人，主要分布在哪些地方？
　　覃万畅：据我所知，下南乡的下塘、玉环、塘八这些村比较多，其他地方比较少。
　　采访者：毛南山乡各地区做还愿仪式的情况有什么差别？
　　覃万畅：现在玉环、下南、中南、堂八、下塘、古周、景阳、希远、柴门、波川等村的各屯，以及川山镇的毛南族村寨做还愿仪式的

---

① 从 1950 年至 1986 年，政府主导、支持，遵从毛南族人意愿，将生活条件特别艰难的毛南族居民 1864 户共计 7922 人迁移到县内其他乡镇定居。

人家比较多。原来居住在毛南山乡、后来移民到县里其他地方的毛南族人家，有的回到原地方做，有的在新居住地做。上南做还愿仪式的人家很少了，个别家庭才做，这种变化特别在新中国成立后更加大。仪凤村各屯做还愿仪式的人家也比较少，许多人家都不兴这个了，但谭姓人家还是很兴做这个。

总体而言，峒场、山区地带自然生态条件的艰苦程度与人们举办肥套的热情基本上呈正比例关系。这说明自然环境成为影响肥套存续的重要因素。当然，自然生态因素在肥套的存续上扮演着重要角色，但不是唯一角色，例如环江毛南族自治县下南乡的下南、波川、堂八等行政村，虽然谈不上富庶，但在毛南山乡已经算是自然环境极佳之地了，尤其下南六圩与波川一带的平坝缓坡地带，田园叠翠，稻菽飘香，素来号称毛南山乡的粮仓，但该地的许多百姓至今仍然热衷于肥套。其中缘由，我们将在下文探讨。

二 社会变迁主宰其命运

就毛南山乡漫长的发展历史而言，自然生态环境与社会文化环境有相互作用、对人们的传统宗教观念形成交替促进的力量。在很多情况下，自然生态元素沉淀并在人们的观念里异化以后，与裂变、传承的岭南古百越民族文化因素一起，加重着毛南山乡的传统宗教氛围。考察毛南山乡，其文化样式在周边地区文化挤压下具有孤岛特征，其传统宗教气息至为浓厚，原因当然是多方面的，但独特的自然生态环境和社会文化环境所构成的综合压力应该在其中发挥着主要作用。这些压力包括经济压力、政治压力、意外伤害压力、疾病压力、生殖抚育压力以及情感压力等。这类压力虽然也呈现在毛南山乡周边地区，但周边地区人们所感受到的这类压力远不如传统社会中的毛南山乡来得沉重和难以预料，故而毛南山乡有诸多与自然生态因素有关、直接表现人们传统宗教观念的生产、生活禁忌。当毛南山乡历史发展的步伐进入20世纪50年代以后，自然生态环境与社会文化环境所融合而成的整体生态环境发生了地覆天翻的变化，尤其以毛南山乡的社会文化风貌的变化最为明显，也最能从本质上对毛南山乡人民的传统宗教观念形成冲击。这种社会变迁的综合效应无疑会对毛南山乡肥套的存续构成至关重要的影响，甚至在一定程度上主宰着毛南山乡肥套当今以及未来的命运。

从20世纪50年代开始，毛南山乡把治山治水、改善自然生态环境当作改变毛南山乡贫困落后面貌的主要着力点，广修山塘、水库、沟渠、水柜以及其他水利工程，努力解决人畜用水问题，从而在根本上改良人们靠天吃饭、人祈于神的传统观念。政府着力建立并不断改善毛南山乡的医疗卫生系统，根治毛南山乡的常见病、多发病，极大地保证了产妇和婴幼儿的平安、健康，从根本上解除了毛南山乡人民期盼子孙繁衍、儿女平安的压力；从 20 世纪 80 年代开始，毛南山乡积极推行计划生育政策，倡导人们少生优生，人们多子多福的传统观念为之大变，仅生二胎甚至一胎的一对夫妇不在少数。正如前文所述，晚清以降，毛南山乡兴学之风隆盛，曾经有"三南文风颇盛"的美誉；清代县城设立一高级小学后，"民国二年，后区牛峒添设一校，十九年毛难添设一校，水源一校"[1]。而牛峒、水源等处的部分曾经为毛南山乡的组成部分或者毗邻毛南山乡，这对于促进整个毛南山乡的向学之风是有极大帮助的。中华人民共和国成立前夕，毛南山乡几乎每个行政村一所小学，学龄儿童入学率达 30%。[2] 民众尚学意识强烈，读书求学能够改变自身和家庭、家族命运的观念至为普遍和牢固。[3] 20 世纪 50 年代以后，毛南山乡更加重视发展教育，也具备了进一步大规模发展教育的条件。到 21 世纪初，毛南山乡的适龄儿童入学率跟广西经济发达地区相比基本上没有差别。近年来，毛南山乡的文化生活多样化速度极快，文化娱乐产品日益丰富，毛南山乡人尤其毛南山乡新生代逐渐形成了新型娱乐消费观念，肥套在体现传统宗教期盼的同时兼行娱乐的功能逐渐弱化。上述多种因素共同作用，强烈地冲击着毛南山乡人民尤其毛南山乡青少年的传统宗教观念。因此，毛南山乡传统宗教意识淡化、一些宗教仪式影响力不振已经成为难以遏止的趋势。

由于跟周边其他民族，尤其跟壮、汉两族的交往频繁，毛南山乡许多地方的民族特色有日益淡薄的趋势。且不说传统上属于毛南山乡的现今环江毛南族自治县的水源镇、洛阳镇、川山镇和木论乡等乡镇的一些地区深受汉文化或壮文化的影响，就是毛南山乡的"三南"地区中的上南、仪凤，以及下南村的六圩周边，汉文化程度也非常高，受壮文化的影响也极为深刻。上南地区曾经长期独立建乡，后来划归为水源镇（乡），成为一个行政村，未几又独立建乡，不多时再划归水源镇，成为一个行政村。如是反复多次，现今为水源镇上南村。上南的毛南族人在语言和生活习俗上

---

① 梁杓、吴瑜：《思恩县志》，民国二十二年九月铅印，（台北）成文出版社有限公司 1975 年版，第 186 页。

② 《毛南族简史》修订本编写组：《毛南族简史》，民族出版社 2008 年版，第 96 页。

③ 卢敏飞、蒙国荣：《毛南山乡风情录》，四川民族出版社 1994 年版，第 30 页。

与汉、壮两族已无多大差异,年轻一代中的绝大多数人已经不说毛南话,交际一般用汉语或者壮语。上南的毛南族人已经基本上不行肥套风俗,偶有举办者,已属极为罕见。仪凤村除谭姓毛南族人以外,其他姓氏的毛南族人也基本不再行肥套风俗。这实际上是社会文化变迁——主要体现为族际交往、民族之间的文化融合——导致的毛南山乡的某些独特文化样式,其中包括肥套仪式正在缩小其影响范围,甚至在走向消亡。

三　民族文化延续其活力

聚居于毛南山乡的毛南族虽然属于人口较少的民族,但其内部仍然有多个群体分支,各群体多有不同来源,其文化事象并不完全一致。占人口80%以上的谭姓毛南族人,传说其祖先谭三孝来自于湖南,谭三孝与当地水族女子成婚,不断繁衍并融合其他群体而成为毛南山乡的第一大姓,长期以来成为毛南山乡政治、经济、文化、教育等方面最重要的主导力量。毛南族另一大姓卢姓,民间认为其祖先也是来自外地。相传卢姓"约在明、清时从福建迁入,其始祖来时寄居于卢姓之家,靠放牧雇工,改为卢姓依附,曾到下隘屯斜坡开荒,后娶妻成家,后人尊称为'卢爷'。卢爷生九个儿子,有八个都到外乡谋生立户,只留下最小的幼子,一脉单传至今,繁衍为全乡最大的族姓之一"[1]。卢姓毛南族人主要聚居于环江毛南族自治县下南乡玉环行政村及其相邻的下塘行政村、才门行政村的一些村屯。毛南族覃姓亦系毛南山乡大姓。覃氏族谱云,覃姓先祖本姓王,原籍山东齐郡,因避世乱人祸而改姓覃,初迁浙江,其中一支于元末明初时辗转迁徙至毛南山乡安居繁衍。[2] 覃姓毛南族人现今主要居住在环江毛南族自治县下南乡的下南、波川、中南、玉环等村。尽管口耳相传抑或族谱所载未必都是家族发展信史,但至少从一个侧面反映了毛南族本身系多民族交流与融合的产物,各个群体的文化存在一定差异当属情理之中。

谭、卢、覃三姓毛南族人皆喜欢行肥套之俗,尤其以谭姓毛南族人为最。考其缘由,大致有三:一是上述三姓毛南族人长期盛行肥套风俗,久而久之肥套风俗演变成上述三姓群体的集体无意识而深深植根于该群体的文化观念之中,成为该群体人们心目中的重要牵挂。二是肥套仪式中有演唱家族历史来源的环节,载于毛南族师公"经文本"《五湖解》中。上述

---

[1]　广西壮族自治区编辑组:《广西仫佬族毛难族社会历史调查》,广西民族出版社1987年版,第35页。

[2]　《覃家祖谱》,《环江毛难人情况调查》,广西省民族事务委员会1953年版,第27页。

三姓群体先民由汉族地区带至毛南山乡的文化，虽然绝大多数已经被当地文化所同化，或者其原先的汉文化已经与当地文化深度融合并创造出新型文化，但村民们传承自己家族历史的情感纯真持久，因而于行肥套仪式的宗教目的之外，更添一层传承宗族文化历史的责任。三是毛南山乡的师公群体中，绝大多数来自谭、覃、卢三姓毛南族人，尤其谭姓毛南族人居绝对多数。师公活动与一般民众行肥套风俗存在相互促进的关系，因而导致上述三姓毛南族人尤其谭姓毛南族人行肥套仪式的热情不减。相对于毛南山乡谭、卢、覃三姓毛南族人，其他姓氏群体在家族历史方面往往不如上述三姓悠久且"显赫"，行肥套仪式的宗教功能更为单纯一些，肥套仪式作为一种文化记忆，其痕迹更为浅淡一些。例如由于自然生态原因和社会文化发展原因，下南乡仪凤行政村许多人已经不行肥套风俗，但其地谭姓毛南族人却是例外。这实际上是宗族文化意识在肥套仪式上的反映。

当然，毛南山乡的肥套作为一种传统文化形态，其活力目前尚称旺盛，仍然系毛南山乡许多家庭每代都惦记的极为重要的仪式，每一代如期举办肥套仍然是毛南山乡家庭的最大心愿之一。

【田野笔记】

时间：2012年10月24日中午12时许。

地点：环江毛南族自治县下南乡堂八村上八屯旁岩洞。

受访人谭春兰，女，毛南族，38岁，娘家在环江毛南族自治县下南乡中南村三圩。现有一子一女。

话题：肥套

该岩洞有一大股地下水流出，长年不断。屯里人都在洞中水池里洗衣服。采访者先跟谭聊天，然后才切入主题。开始，谭不愿谈论肥套话题，聊了许久，她才慢慢聊肥套的事。

谭春兰：村寨里的人都做（肥套），小时候看了很多。那时候大人一般不让小孩去看，怕小孩看了夜里做噩梦，常常是偷偷去看。觉得很热闹。娘家父辈已经做了，兄弟也要做的。大人说，我们这一代人做了，你们以后也要做的，儿孙们以后也要做。家公已经做了，我丈夫也要准备做，不做不行的。老人说，肥套做了只有好处没有害处，家里有不顺利的更要做。我们都觉得应该做。家里没做肥套的，不能在家里谈论肥套的话题，只能在外面谈；做了的可以在家里谈论。丈夫也说要做，等积够了钱就做。大人都跟孩子说，大了都要做肥套。

采访者:屯里人都像你这样认为?你们经常谈论?

谭春兰:都差不多,毛南人总要做的。大家在外面聊天的时候才会聊起。只是做肥套要花很多钱,有些人做不起,但总要想办法做。

笔者多次赴毛南山乡,采访了许多村民。毛南山乡居民对于肥套的态度,与谭春兰相似或者相同者比比皆是。即便社会再往前快速发展,集体无意识以及肥套仪式本身所形成的惯性,应该会在一定时期内推动肥套风俗继续前行。

四 艺术缺陷阻碍其发展

就毛南山乡的肥套而言,无论是形式还是内容,都必须加以优化。其中尤以下述方面的缺陷最为显著。

结构松散,过程冗长。肥套的情节大多各自为政,各个场次之间缺乏黏合性强的人物或故事联结,人物与人物、故事与故事,以及人物、故事与主题之间,有许多不具备必然的逻辑性,不形成铺垫过程及必然结果。这应该是毛南山乡肥套至今尚未发展成戏剧的主要原因。师公戏班根据主办家庭的经济承受能力以及宗教需求情况,准备好数量和型号均不相同的"筐子",将大致相同的内容往筐子里装,于是便形成过程长短不一的仪式。从某种角度来说,"筐子"的大小和多少,成为主办之家显示排场、阵势的工具。人物和故事基本上为静态呈现,不注重情节的推进和人物性格的发展变化。整体过程虽然不缺乏精彩的片段,但这些片段难以构成整体吸引力,师公们至今无法将这些片段整合成引人入胜的符合艺术逻辑的完整情节,仍然是神话传说或生活场景的简单与生硬组合。

唱本各异,随意发挥。从肥套的整体结构和主要元素粗略审视,不同的师公戏班所依据的唱本以及表演的程序基本上大同小异,但具体到某些场次的顺序以及唱词、道白、法事等,则往往由各个师公班子自由发挥,未见有统一规定。尤其《三娘与土地(杜帝)》一场,唱词和舞蹈基本上完全由登场表演的师公即兴编唱和表演,更接近民间传统歌圩所呈现的情形,与人们劳动场景相关的某些表演情景相似,即兴编演的成分也比较多,缺乏相应的规范。此种情形,虽然更能体现毛南山乡这一艺术形态与生活原貌保持近距离的原生态韵味,也有利于师公个体创作才能的发挥,但唱本之不载,往往容易使前人的创作成果或者优化之功流失,从而使艺术形态减少螺旋式累积提升的机会。而且最为重要的是,仪式呈现的前后顺序过分随意、唱词舞蹈锤炼不足,直接的负面影响便是整个仪式给人以训练无素、草率登场，整体形式宏观规划不足、某些细节生硬粗糙的感觉。从外在形式上看，艺术形态缺乏应有的圆润与流畅。

内容庞杂，缺乏凝练。毛南山乡肥套展现的主要神灵有 36 个，通常"共有十三场……每场戏里包含有许多内容互不相干的小戏"①；有许多场面或内容未加多少改动即反复出现；人物和故事有许多呈无序堆积，缺乏情节发展的主线串联，凡此种种，使毛南山乡肥套唱本的内容显得既多且杂。很显然，传统的毛南山乡民间师公们并没有真正弄明白他们所表演的肥套之中为什么有这些内容以及如何处置这些内容。其中的人物故事有许多未做深度加工，口语特征及粗糙性较为突出，其精练程度与舞台艺术所要求的程度相去甚远。因此，急需对肥套文本的内容进行提炼和浓缩，使之更符合艺术形态呈现的特征。

主题与人物故事脱节。毛南山乡的肥套主要是通过娱神、祈神和酬神来表达祈求子孙繁衍、人畜平安的主题。这是人类社会曾经共有的较为原始、较为古老的主题。这一主题至今乃至以后仍然有着积极的意义，只是在生态恶劣、生计艰难的毛南山乡，它显得更为迫切和鲜明罢了。但肥套唱本中的某些神灵故事以及这些故事呈现的语言环境，与肥套所表达的主题并不完全吻合，人们有时对神灵心有不恭甚至调侃的神态跃然纸上。这或许是这类宗教艺术发展到一定阶段，亦即人们一方面祈求神灵，另一方面却对神灵的威严产生怀疑，从而以这种独特方式表达复杂的情感。但从艺术的角度来看，这样的表达方式违反了艺术逻辑，导致人物形象塑造的自相矛盾，影响了主题的突出和鲜明程度。

表演功力较为肤浅。不容否认，毛南山乡的肥套在表演功力上曾经有过辉煌的历史，出现过唱念和舞蹈功夫都引人惊叹的师公；近年来，外界及师公班子本身都在对各个班子表演功力的衰退作出反思，并在探求恢复和发展肥套表演功夫魅力的策略与方法。但肥套仪式由简单的跳神活动流变而来，至今尚未褪尽跳神的痕迹；师公戏班亦巫亦民、亦艺亦农，艺术创作完全系其业余行当；师公们视该项活动为济世善行，追求艺术完善之心欠缺等因素导致毛南山乡这一艺术形态在表演功力方面呈现进步缓慢甚至停滞不前的状态。这也是肥套长期仅仅具备戏剧雏形、未能演变为戏剧的重要原因。

正因为如此，我们可以考虑对肥套进行相应的优化。在对毛南山乡艺术形态优化的过程中，注重对原有表演所依据的脚本及表演力量的整合应

---

① 韦秋桐、谭亚洲：《毛南族神话研究》，广西人民出版社 1994 年版，第 86 页。

该是值得考虑的一种方法。在 20 世纪 50 年代前夕，面积不大、人口不多的毛南山乡形成了团队众多、门户繁杂、成员拥挤的师公表演群体，并因此而出现了大同小异的脚本。这一方面体现了在毛南山乡曾经有过的肥套盛况，另一方面也显示出与肥套相关的嘈杂局面。由于相对封闭的师承关系以及师公团体之间说不清的隔膜，团队之间的交流往往不甚密切，整合就更加不易。20 世纪 80 年代前后，在毛南山乡得以恢复的师公群体，不仅表演团队数量骤减，而且人员减少，表面上看起来已经没有了往日的气势。不过，这正好为队伍及脚本的整合提供了契机。我们可以考虑打破过去那种不同的表演团队之间各自为政、较少往来的状态，将各个表演团体及不同脚本聚集起来，采取优势元素整合的方式，择取各个表演团队和脚本的强项，进行必要的优化以后，整合成更为优秀的团队和高品质的脚本。这在毛南山乡艺术形态前期阶段的优化过程中，应该是一个较为简单易行的方法。

作为优化的另一个阶段，我们可以尝试就肥套这一艺术形态进行重新设计，包括在主题、场次、情节、说唱语词、舞蹈动作、服装道具等方面进行全新的建构；在吸取、凝聚原有艺术形态精华的基础上，适当采用新型的、与时代相适应的艺术元素进行重新创作。在这一阶段的优化中，可以考虑吸收毛南山乡师公、熟悉毛南山乡传统艺术尤其熟悉肥套这一艺术形态的作家、专业的民族民间舞蹈工作者、民俗学家等组成综合型创作团队。作为尝试性的优化可以更多地考虑原创，而不仅仅着眼于改编。这种原创甚至可以考虑跳出原有肥套的窠臼，尽可能少一些束缚，具备相应的突破性勇气。要知道，正是因为毛南山乡师公先辈们大胆的突破性尝试，才使得毛南山乡肥套在很大程度上脱离了原始的跳神模式，完成了由单纯的原始宗教仪式向综合性表演艺术形态的过渡，成为毛南山乡传统文化的百科全书。或许，毛南山乡经典艺术形态肥套能够再一次焕发艺术生命，在很大程度上就需要一次观念与行动上的突破。确实，毛南山乡此类艺术形态的优化，既需要艺术智慧，更需要艺术胆略。在艺术胆略方面，无论是从实践还是从成果来看，毛南山乡师公先辈及其改善了的肥套仪式都为我们树立了榜样。在综合考虑多种因素以后，周密地制定出创作的理念与创作的路径，着眼于整体创新，应该是优化方法的重要方面之一。当然，这样的原创式优化仅仅是一种设想。对于毛南山乡艺术形态尤其对于肥套来说，必须操之慎而又慎，因为肥套有其独特性，离开其独特性的所谓优化，有可能将其打造得非驴非马。

第五章　严谨精致之美：顶卡花与傩面

　　相对于其他一些人口较少的民族的聚居地区而言，毛南山乡的手工艺术种类不是太多，但用功的精致与严谨在当地各民族中是至为出名的。其中为著者当推顶卡花和用于宗教仪式的傩面，此二者已经成为毛南族乃至环江毛南族自治县的文化符号或曰名片。漫步在毛南山乡的六圩或者环江毛南族自治县思恩镇（县城），建筑物上的雕塑或者广场的标志物就是毛南族顶卡花和傩面造型。而且顶卡花和傩面最能体现出毛南族人传统文化心理的两种特征：追求一丝不苟、精益求精的工作态度，将生活中的许多层面上升到神圣化艺术的高度，使虔诚的事神观念与严谨的生活态度有机地结合起来。

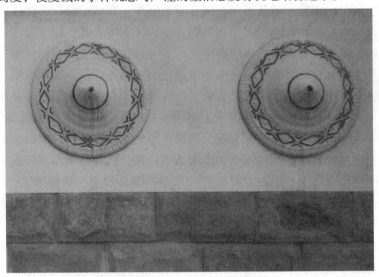

环江毛南族自治县下南乡政府大院墙壁上的顶卡花雕塑

　　毛南族"顶卡花"意即"帽底编花"、"帽子下面的花"，"花竹帽"是其汉语意译。毛南山乡的顶卡花走过了由一般生产生活工具（雨具）到男女定情之物，再到收藏艺术品的发展道路。有一段时间，毛南山乡的顶卡花甚至成为财富和地位的象征之一，在 20 世纪二三十年代的时候，一顶精致的顶卡花售价可达 300 斤大米①，富贵之家的子女才能戴得起。关于顶卡花的来历有一个美丽的民间故事，说是北方一个叫"金哥"的后生来到毛南山乡传授了顶卡花制作工艺，并因此获得了一位毛南族姑娘的芳心。其实从地理特征来看，以竹篾编织为依托或夹层，敷以竹叶（一种叶面宽大、柔软绵韧的竹叶，可用其包粽子，岭南地区极为多见）或芭蕉叶，戴在头上挡雨遮阳，应该是南方民族特别是岭南百越系民族常见的风俗之一。宋时范成大出帅广右，后撰《桂海虞衡志》记载："今安南国……交人无贵贱皆椎髻

环江毛南族自治县县城
文化广场上矗立的傩面组合雕塑

跣足；酋平居亦然，但珥金簪，衣黄衫紫裙；余皆服盘领四裙皂衫，不系腰，衫下系皂裙，珥银铁簪，曳皮履，执鹳羽扇，戴螺笠……螺笠，竹丝缕织，状如田螺，最为工致。"② 与范成大同时任职广右的周去非也描述："交趾有笠如兜鍪，而顶偏似田螺之臀，谓之螺笠，以细竹缕织成。虽曰工巧，特贱夫之所戴尔。"③ 范、周二公所描述之螺笠，其最大共同点为竹篾细如丝缕，且工致与精巧。交人螺笠虽然未睹实物，但根据描述推测，其外形及做工当与毛南山乡顶卡花有相似之处，只是顶卡花应该更为精致。

　　毛南山乡傩面为毛南山乡神职人员从事宗教活动时所戴面具，以木为之。中国傩面起源极早，在各民族中使用也极为普遍。至今毛南山乡周边的壮、布依、侗等民族的神职人员在从事宗教活动时，仍有戴傩面者。

　　广右傩面制作，在宋代便极有名气："戏面，桂林人以木刻人面，穷

① 卢敏飞、蒙国荣：《毛南山乡风情录》，四川民族出版社 1994 年版，第 286 页。

② （宋）范成大著，齐治平校补：《桂海虞衡志校补》，广西民族出版社 1984 年版，第 52 页。

③ （宋）周去非：《岭外代答》，广西民族大学图书馆排印馆藏本，第 63 页。

极工巧，一枚或值万钱。"① "桂人善制戏面，佳者一直万钱。他州贵之。"② "政和中，大傩。下桂府进面具。比进到，称一副。初讶其少。乃是八百枚为一副，老少妍陋，无一相似者。乃大惊。至今桂府作此者皆致富。天下及外夷，皆不能及。"③ 说毛南山乡傩面艺术或受广右其他地区尤其桂林傩面艺术影响，应该不为无稽之谈，因为毛南山乡周边地区民间作法事（尤其傩愿）常戴傩面，毛南山乡去桂林相距不远，两地交往并不稀少。发展至今，广西其他地区傩面艺术渐趋式微，唯毛南山乡傩面独树一帜，成为毛南山乡符号性艺术

桂林市灵川县民间珍藏的傩面

代表之一，享誉全国乃至海外。

　　毛南山乡肥套仪式是毛南族人传统生活中的人生大典，而肥套离不开傩面。旧时毛南山乡制作傩面者较多，经过 20 世纪 50 年代到 70 年代，毛南山乡傩面艺术连同肥套一起受到强烈冲击，精于此道者在毛南人中已寥若晨星，环江毛南族自治县下南乡堂八村上八屯谭圣慈老先生系其中佼佼者。

第一节　顶卡花所处生态

一　自然生态

　　旧时的毛南山乡整体而言呈相对封闭状态，即毛南族聚居区与周边其他民族居住区多为崇山峻岭或深险沟壑所阻隔，自然生态似孤岛状态，利于植物种类自成体系并长期保持。毛南山乡内部许多地方也是呈一个个相对独立的峒场，峒场与峒场之间大多仅有崎岖狭窄的山坳相通。因此，无论从外部环境还是从内部构造来讲，毛南山乡都是呈整体相对闭塞或内部相对分割的状态。

① （宋）范成大著，齐治平校补：《桂海虞衡志补校》，广西民族出版社 1984 年版，第 15 页。
② （宋）周去非：《岭外代答》，广西民族大学图书馆排印馆藏本，第 74 页。
③ （宋）陆游：《老学庵笔记》卷一，学苑出版社 1998 年版，第 13 页。

毛南山乡属于南亚热带季风气候区，
湿热多雨，日照充沛，无霜期长，热
量较为稳定，非常适合对水热条件要
求较高的浅根性植物生长，是多种竹
类较为理想的生长地域。尽管在旧时
期毛南山乡人为了满足基本的生活需
求不得不毁坏自然生态（例如在很长
时期内于农业生产方面行刀耕火种之
法以获取最为基本的食物来源），但他
们往往尽可能采取相应的措施补救和
恢复自然生态系统，因而毛南山乡虽
然号称自然生态环境恶劣，但局部的
自然生态景观仍然多有佳处，常常能
够看到大片的荆棘植被和金竹、墨竹
丛林。再加上竹林在日光充裕、湿热

古周村促峒屯旁的金竹林

多雨地区增殖和恢复力强盛，在大石山地区竹子较其他许多植物更容易种
植和生长，毛南山乡的许多地方竹林还是较为茂盛的。

左图直立者为金竹，斜倚者为墨竹。右图株为墨竹，但远处者皮色
明显较近处者皮色为深。

　　毛南山乡，尤其中南地区的下塘、古周、堂八等村屯的山麓沟谷，以及房前屋后遍地生长着金竹和墨竹。金竹和墨竹成片丛生。生长在沟谷和山麓间土层较为肥厚之处的金竹和墨竹，竹身高大通直，节竿匀称圆长，结节扁平顺滑。栽种培育后长成的金竹和墨竹外形更佳。金竹破成篾片晒干后其色黄亮，墨竹的表层篾片则黝黑如墨。竹质柔绵强韧，适于加工和编织。生长于山坳多石少土之处的金竹和墨竹低矮短促，一般不太适宜加工。因为自然生态系统的独特性和相对完整性，以及一般村民注重对金竹和墨竹的栽种与培育，金竹和墨竹丛林至今在毛南山乡仍然十分多见。

　　另外，毛南山乡的金竹和墨竹除了表皮颜色差异明显外，其他外形没有什么不同。据毛南山乡村民介绍，有时候由于雨水稀少，山麓沟谷干旱（毛南山乡峰岭峭拔，土层瘠薄，植被不茂，整体涵水性极差，地表水极容易流失。雨水稀少的年成或者时隔十数日未下雨，旱象便极为明显），墨竹会越来越少，而且其表皮颜色也有所淡化，金竹的生长则基本不受太大影响。[①] 这种情况与笔者以前所见有所不同，许多地方的墨竹，其表皮颜色并不受天气影响。笔者曾经在兴安县溶江镇坪寨村的一条山脊上看到成片墨竹。竹竿细小，表皮乌黑。其时为冬天，已两个多月未下雨。笔者供职的广西民族大学西校区也多处栽有墨竹，竹竿细小丛生，其皮油黑，并不受水分与光照影响。后来打听到，如今的顶卡花为了增加黄、墨之色，常常要先将篾丝浸泡着色。此不免令笔者内心有所担心，竹篾着色后编织而成的顶卡花，虽然乍看起来绰约未减，但未知尚有当年的魅力否？又考毛南山乡在旧时编织顶卡花时亦有一道工序：“帽子织成后，还需经过熏蒸（当地出产一种植物，其汁金黄而性苦，用来熏蒸竹制品，色泽光亮如油漆，并能防腐防虫），以保持其色彩和预防虫蛀。”[②]

　　广西地区烈日雨天较多，人们出行或劳作几乎离不开遮阳避雨工具。而竹笠兼具遮阳避雨功能，是烈日和雨天人们必带的工具。一般竹笠取

---

① 笔者于 2012 年 10 月 23 日赴毛南山乡考察，在下南乡古周村促峒屯周边看到很多金竹，唯不见墨竹，很是失望。正在东张西望、多处寻觅之中，碰上邻近的古周村便峒屯村民谭善泼在山腰上帮人伐木，便询其可见墨竹否。谭告诉笔者：“以前这山上有很多墨竹，到处都是。这几年雨水少，墨竹不见了。前几天我在那边山上看到几根。”笔者请谭善泼带路前往。到山腰上，成片的金竹丛中夹杂几株墨竹，甚为寂寥，而且墨竹的皮色深浅不一，明显有淡化的迹象。

② 莫家仁：《毛南族》，民族出版社 1988 年版，第 61 页。

材便宜，织造容易，经久耐用，在以农耕为主的时代许多男女均能掌握此物织造技艺，区别仅仅在于所织产品精致与简陋而已。旧时广西普通农家往往备下数只乃至十数只竹笠不等。毛南山乡地处云贵高原和桂南低矮河谷地带交接区域，除了具备东南亚热带季风气候一般特征之外，由于局部地形独特、上下对流气体强烈等原因，春、夏、秋等季节晴雨无常，人们出行随身携带竹笠几成习惯。只是近二三十年生活条件有较大改善，外地以芦草编织的凉帽大量进入毛南山乡，人们在晴天和阴天出门携带的多为芦草织就的凉帽而非竹笠，但出门备帽的习惯仍然基本保持，年纪稍长者尤甚。

2012 年 10 月下旬的毛南山乡未见日雨，
但劳作者仍戴帽具。

二　文化生态

由于毛南山乡自然生态条件恶劣，人们谋生极为不易。与周边地区相比，旧时毛南山乡的人们往往要付出几倍乃至十数倍的辛劳，所得收成则几乎是周边地区的一半甚至数分之一。如此艰难的自然生态条件造就了毛南山乡人坚忍倔强、细致严谨的性格，即使极为普通的人在劳作中也追求精益求精、尽善尽美。毛南山乡不大，但凡手工产品，往往被打造成品牌，其声名远播周边地区，例如顶卡花、石木雕制品及手工金属制品等。列入环江毛南族自治县申报的国家级和自治区级（省级）非物质文化遗产保护名录的多出自毛南山乡。无论是在生产还是在生活中，尽可能追求艺术化及高品位化，这已经成为毛南山乡人较为普遍的文化心理。"毛难人的住屋，一般较壮族为整齐与坚固，面积较仫佬人为宽阔。"① "富裕户建砖墙瓦屋者，屋分几层，有精制的石雕和木刻装饰，颇为壮观。"② "在旧社会，殷实之家建房往往雕梁画栋，而这些木雕作品基本上出自于毛南族工匠之手。"③ 有毛南族学者简单地将其解释为"毛南族比较爱面子"④，其实深层次原因在于毛南族人良性文化心理在制作艺术方面的呈现。

　　毛南山乡在封建半封建时期商业较周边地区还算发达。至清朝中期，毛南山乡还极为闭塞，至清朝同光年间以后，随着六圩集市的兴起，其政治、经济作用日渐显露。⑤ 弹丸之地的"毛难族山区共有十个圩场，除下南六圩外，还有中南三圩、波川圩、仪凤圩等。以六圩最繁华"⑥。在20世纪50年代以前的肩挑马驮的时代，以六圩为中心的下南地区还可以说得上是交通枢纽，因为云贵客商东进两广，或者两广客商西上云贵，这里都是重要的歇息地。山外汉、壮等族客商或者毛南族商贩将日用杂货运至六圩，再供给到此赶圩的壮、汉、苗、瑶、毛南等族人民；毛南族小贩或者外地客商通过六圩的集市收购土产山货，再贩运到山外各地。正因为有商业的需要以及为商业提供了方便，下南有商道通往思恩、河池、南丹甚至贵州。当然，这些商道都还是人行马走的崎岖小道。在当地以及周边地区，具有民族符号特征的毛南山乡民间艺术品，有许多就被当作手工业品进入商业流通领域，比如毛南山乡的顶卡花、石刻作品、木雕作品和银、铁制品等远销外地，并获得了良好的声誉。毛南山乡早期的商品经济活动为顶卡花的商品化提供了条件，从而促进了顶卡花技艺的进步。在20世纪50年代以前，顶卡花的织造作为一种商品生产活动已经极为普遍，"下塘、堂八、中南等山区生产最多，是一种重要的家庭副业。如下塘乡

① 广西省民族事务委员会：《环江毛难人情况调查》，1953年版，第69页。
② 广西壮族自治区编辑组：《广西仫佬族毛难族社会历史调查》，广西民族出版社1987年版，第42页。
③ 《毛南族简史》修订本编写组：《毛南族简史》，民族出版社2008年版，第93页。
④ 韩德明：《与神共舞——毛南族傩文化考察札记》，广西人民出版社2006年版，第6页。
⑤ 《毛南族简史》修订本编写组：《毛南族简史》，民族出版社2008年版，第49页。
⑥ 广西壮族自治区编辑组：《广西仫佬族毛难族社会历史调查》，广西民族出版社1987年版，第14页。

的三百峒、茶峒等地，农民有 40% 左右的人利用休息时间和农闲季节编织顶卡花，销售到各地"①。顶卡花的编织和买卖，很早就成为毛南山乡一项较为独特而初级的产业。

随着民族文化融合程度加深及范围日趋广泛，毛南山乡的顶卡花在增添了周边其他民族的文化元素的同时，也对周边其他民族的文化心理产生影响，这些都对顶卡花文化品质的升华形成了良好的促进作用。关于毛南山乡顶卡花的传说有许多，其中的一个传说体现了毛南族人民对于各民族文化融合的愿望与现实。关于顶卡花的传说后来演变成毛南山乡的一则优美的民间故事，也成为毛南族与其他民族交流乃至融合的佳话:古时候有个从北方流落到毛南山乡的汉族小伙名叫金哥，以毛南山乡的特产金竹和墨竹编成竹帽，并作为定情物送给毛南姑娘灵英，后来两人结为夫妻。随着时光的推移，技艺上不断改进的顶卡花成为青年男女表达爱情的信物，甚至成为男女爱情的象征。② 不仅毛南山乡青年女性对顶卡花极为喜爱，周边其他民族对顶卡花也有较大需求，顶卡花成为当地各族妇女随身携带的重要物品。"顶卡花不仅毛南族妇女，邻近区乡如川山、洛阳、水源、城关等地的壮族妇女也十分喜爱，她们常常到毛南山乡的圩集上选购自己中意的帽子。顶卡花还畅销到河池市的拔贡、六甲、长排及南丹县的七排、瑶寨等地。"③ 旧时顶卡花一般按照尺寸大小、材质优劣、竹帽色泽、技艺水平等情况论价。

20 世纪五六十年代以后，顶卡花作为男女爱情信物的地位逐渐下降。到今天，青年男女鲜见以顶卡花作为定情之物，人们在生产生活中逐渐难以见到顶卡花的身影。人工织造的简便雨帽、工业化生产的雨衣以及由外地购进的草帽成为人们挡雨遮阳最为常见的工具。即便是曾经以织造顶卡花享誉毛南山乡的古周村促峒屯、下塘村茶峒屯等地，一般农家对于顶卡花已经极为陌生，甚至一些年轻人不知顶卡花为何物。在毛南山乡的集镇圩场上几乎看不到顶卡花的身影。而尚余一脉气息的，则为环江毛南族自治县官方或团体为某些庆祝活动以及一些对外联络活动专门定制、由极个别民间艺人织造的顶卡花，成为人们收藏的珍品。顶卡花仿佛已经成为毛南山乡一般民众遥远而美好的记忆。

① 莫家仁:《毛南族》，民族出版社 1988 年版，第 61 页。
② 袁凤辰、苏维光等:《毛南族、京族民间故事选·"顶卡花"》，上海文艺出版社 1987 年版，第 63 页。
③ 卢敏飞、蒙国荣:《毛南山乡风情录》，四川民族出版社 1994 年版，第 287 页。

第二节　顶卡花的现状

一　顶卡花的织造

顶卡花分内外两层编织，内外编织用材均为毛南山乡所产金竹和墨竹。织工尽可能选择竿直、筒长、节平的竹子作原材料，因为这样的竹子既便于加工，加工后的篾片成品率也更高。用于编织顶卡花里层的篾片较外层略粗。编织里层时先用 12 片主篾，每片主篾的两端各剖成 15 片分篾，共计 360 片，再用 20 至 30 片横篾交叉编织。如此一来，编织顶卡花的篾片可谓细如发丝。竹帽边沿用金竹和墨竹织成壮锦图案。顶卡花外层的编织更为精细，一般取半厘米宽的主篾 15 片，每片主篾两端各剖成 24 片分篾，共计 720 片；加上 60 至 80 片横篾，与主篾交叉编织；边沿用 4 片墨竹细篾片织成一道墨圈；帽顶编织成蜂巢式小孔数十个。内外两层图案看似相近但往往并不相同，图案造型及经纬穿插有极大的差异，因为在大致相同的面积内篾片数相差很大，基础构图也往往不同。

粗加工后的篾片

一般在中秋前后将金竹和墨竹砍下来备用。春、夏两季雨水旺盛，正是竹子的生长季节。此时砍竹，一方面影响新竹生长，另一方面竹子体内水分过重，影响篾片品质。进入冬季，竹鞭处于孕育竹笋阶段，需要为成竹提供养分，故而此时也不宜砍伐竹林。竹子砍下后用刀破成篾片，再用手剖成细丝，然后放进清水中浸泡一两天，捞出晾干，就可以作为编织顶卡花的材料了。破竹、剖丝是一项非常细致的工作，技术要求颇高。破竹有专用竹刀。竹刀小巧玲珑，利钝适中——过于锋利，则容易划伤竹篾；过于拙钝，则难以将篾片剖为细丝。破竹、剖丝时既要手工娴熟，又要心思缜密。特别是将篾片剖成细如发丝的匀称绵长的竹缕，非手艺与心力达致炉火纯青者难以成功。所以人们常说，编织顶卡花难，而破竹剖丝尤难。近年来，环江毛南族自治县有关部门不时举办顶卡花编织技艺培训班，请毛南山乡民间艺人教授顶卡花编织技术。每班一般有学员二十来人，学成者也就一二人，而在破竹剖丝阶段便知难而退或者萌发退意者几占半数，此足证这一阶段工序难度之大，要求之高。竹篾、竹丝可以随破随用，也可以将加工而成的竹篾、竹丝置于箱柜中保存，闲暇时再拿出来编织。金竹和墨竹加工成的篾片或丝缕倘若保存得法，可以几年不坏，仍然是编织顶卡花的上好材料，足见毛南山乡金竹、墨竹材质上乘。

细加工后的篾丝

　　传统上，编织顶卡花的最佳季节应该为春季和秋季。因为冬季寒冷，手指不甚灵活，要将细如发丝的竹缕拣织极为不便；夏季炎热，编织时手掌和手指容易出汗，既不便分拣篾缕，汗渍沾染竹缕后也会影响顶卡花的色泽。然而春秋两季往往是毛南山乡的农事忙碌季节，或者为一般村民外出务工及做小买卖时期。如果此时期编织顶卡花，则多在清早和晚上进行。由于顶卡花使用和销售的旺季多在夏天，村民常常在夏季赶工编织，这样既可以提高功效，还可以及时售出并获得好价钱。好在毛南山乡属于岩溶地貌，高大、宽敞和深邃的岩洞所在多有，而且洞内冬暖夏凉。为了克服天气炎热的不利因素，村民白天选择在村旁的岩洞中做顶卡花的编织工场。夏日的岩洞内风凉气爽，最宜手工类劳作。织工们面对织盘全神贯注，十指如弹钢琴般灵巧翻飞。山洞外鸟鸣虫嘶，此起彼伏；不时掠过的山风在山谷峰峦间回旋，犹如阵阵涛声，时远时近。山洞内转动的织盘和抖动的篾缕沙沙作响，偶尔伴随着织工们的谈笑。自然、素朴的劳作场面，颇有天成佳境及天籁相和的韵致。

环江毛南族自治县古周村促峒屯，步行到附近一条简易公路约需2小时。这里曾经是顶卡花的重要产地。该屯因村民大多外迁而难掩凋零之气，现在只有6户人家，且青壮年多外出务工了。

二　顶卡花技艺的传承

　　顶卡花的生产与传承是一个残酷但又不能不面对的事实：毛南山乡的顶卡花已经进入一个尴尬的境地。由于编织过程中费时颇多而售价不高，加上掌握该门技艺的难度非常之大，毛南山乡热衷此道的人越来越少。即便当地政府以及民间的某些机构采取了相应的挽救措施，仍然难以展现顶卡花昔日的辉煌。

　　据环江毛南族自治县下南乡文化站介绍，谭顺美老先生为毛南族人，出生于1931年，18岁开始师从父亲谭秀财和舅父学习顶卡花编织工艺，熟练地掌握了顶卡花编织的全套技艺。在20世纪末和21世纪初，谭顺美先生曾经一度系毛南山乡顶卡花编织的唯一艺人。经过数十年的实践和钻研，谭顺美老先生探索出了从竹材栽培、篾缕制作到式样设计以及竹帽编织等一整套技艺。2008年，谭顺美老先生被确定为广西壮族自治区级非物质文化遗产项目——顶卡花编织技艺代表性传承人，一边继续编织顶卡花，一边开班授徒。

　　毛南山乡顶卡花技艺的传承，目前主要采取政府扶持和艺人自助相结合的办法。政府有关机构与传承人签订协议，各级政府每年给予传承人一定数额的经济补助，传承人必须编织相应数量的顶卡花（编织艺人编织的顶卡花可以自行销售且销售收入全归艺人），传承人有义务接受政府以及相关机构的订货，价格由双方商定，传承人在自愿的前提下参加相应的活动。顶卡花编织技艺传习班目前基本上为政府相关机构组织和资助，政府出面给予传授者及学习者以相应的经济补助。环江毛南族自治县相关部门先后于2004年、2009年、2010年及2011年分别开办了顶卡花编织技艺培训班，每期自愿报名参加学习者十数至数十人不等，教授者为谭顺美及其学有所成的徒弟。但由于顶卡花编织技艺过于复杂，学会并巩固该门技艺的难度极大，各期能够坚持学完并且基本掌握该技艺的学徒凤毛麟角。目前，经谭顺美培训能够传承顶卡花编织技艺的艺人仅为谭素娟、谭汝及谭素民三人而已。其中以谭素娟最为著名。谭素娟现在居住在县城，专门编织顶卡花，在式样、花色、结构等方面均在不断创新。环江毛南族自治县目前用于对外联络的顶卡花基本上出自其手。

工艺大师谭素绢在编织顶卡花，上图为半成品。现今环江毛南族自治县的顶卡花多出自其手。

　　谭素娟，女，毛南族，1967年出生，环江毛南族自治县下南乡下南村人。2001年开始师从顶卡花编织艺人谭顺美学习顶卡花编织技艺，经过长期实践，技艺已十分娴熟。2009年荣获顶卡花编织技艺代表性传承人称号，2010年被被授予省级民间工艺大师称号。多次受文化部门和相关媒体邀请，参加广西区内户外文化遗产宣传现场技艺展示。

　　谭汝，女，毛南族，1987年出生，环江毛南族自治县下南乡中南村上任屯人，2009 年开始师从顶卡花编织艺人谭顺美学习顶卡花编织技艺，经过多年实践，技艺不断娴熟。2011 年荣获顶卡花编织技艺代表性传承人称号。

第三节　傩面的宗教内涵

一　巫傩活动及其面具

传统的毛南山乡，原始宗教氛围极为浓厚。"毛难族迷信'万物有灵'的原始宗教，也吸收壮、汉族的宗教影响。""民间有多种自然崇拜，山有山神，水有水神，树有树神，村头村尾有土地神（庙），名目繁多。"① 受传统的原始宗教观念影响，毛南山乡的日常生活以及传统节庆，往往也伴随着浓厚的巫傩色彩，因而巫傩活动大行于毛南山乡，诸如还愿、请神、安龙谢土、打斋、祭祀等重要宗教活动常常与巫傩表演相伴而行。"毛难地区进行宗教活动的人种类繁多，而且有一定的分工。这些人有许多已经专业化和以作法收入为主要生活来源。毛难人不论婚、丧、生育和治病，都要请他们做一定的法事。每年最大的宗教活动——'还愿'和'分龙椎牛'，更要请巫师来主持。"② 此种情形在 20 世纪 50 年代以后仍不鲜见，直至近年仍然多见于毛南山乡。尤其在毛南山乡极为盛行的肥套，系绝大多数毛南族人的人生大典，也是毛南山乡带有符号意义的传统宗教仪式，一般要请到 6 至 12 位师公举行至少三天三夜、多达七天七夜的巫傩活动。而在这样的巫傩活动中，神职人员往往要佩戴面具，人们称其为傩面或木面。

毛南族傩面代表着毛南族传说中的神灵形象以及象征神灵所具有的无所不能的超自然力。神职人员在巫傩活动中佩戴上某一面具，就意味着特定的神灵登场并显示其特定的法力。毛南族喜欢造神并善于造神，其传统生活中有神灵 100 多个，其中著名的神灵达 36 个。这 36 个神灵都有相应的面具。这些面具根据毛南人传统的宗教观念及审美趣味进行刻画，其外

---

① 广西壮族自治区编辑组：《广西仫佬族毛难族社会历史调查》，广西民族出版社 1987 年版，第 49 页。

② 广西省民族事务委员会：《环江毛难人情况调查》，1953 年版，第 93 页。

形与毛南族人想象中的神灵形象构成神灵的整体特征。因此,传统宗教生活中的面具不仅仅是一件件神态各异、造型优美的手工雕刻的艺术品,还是寄托着人们无限期盼、能够在人们的传统生活中发挥重要作用的一个个神灵。

毛南族师公佩戴面具在毛南山乡传统节日分龙节椎牛 (毛南族叫 "纳牛") 仪式上舞蹈,其意为神灵接受人们的献祭,并为人们驱邪送福。

毛南山乡人对待傩面的态度体现出他们对于传统原始宗教情感的丰富与复杂。毛南山乡传统的巫傩活动绝大多数离不开傩面,这体现出毛南山乡傩面在传统宗教生活中极为崇高的地位,也体现出毛南山乡人对于以傩面为象征的神灵极度的虔诚与尊崇。但在传统宗教活动以外,毛南山乡人对傩面本身并不感到神秘。我们在毛南山乡传统的宗教活动中经常看到这样的情景:当毛南山乡神职人员佩戴上傩面代表特定的神灵履行宗教职能的时候,无论是神职人员的言行或是一旁的观众都是极为谨慎及一丝不苟的;当面具脱离神职人员的事神活动而仅仅作为一件一般的物件存在的时候,人们对其的关注并无特别,它们也就是一件一般物品而已,人们往往将其随地摆放。这充分表征,在毛南山乡人的传统观念里,巫傩活动中神职人员所使用的面具,必须与其他法器、与神职人员的相关表演活动结合在一起,才能够充分蕴含神灵身份的属性,也才能够在巫傩活动中发挥作用。

在毛南山乡，傩面仅仅是神职人员事神活动的道具，一般毛南族人家庭并不收藏或摆放表征神灵的傩面。假如某一家毛南族人一定要收藏或者摆放表征神灵的傩面，往往也不是着眼于傩面的审美功能，而是注重于傩面的宗教属性，一些有特别需求的毛南族家庭在举办过肥套仪式之后，将仪式中使用过的重要神灵面具或者一整套神灵面具从神职人员手中购买下来并诚心供奉，以使傩面所表征的神灵继续发挥其相应的超自然力作用而福佑家庭。而未曾举办过肥套仪式的非神职人员家庭是不能摆放或供奉傩面的。

上左图、上右图、下左图、下右图依次为毛南族传统宗教生活中的
神灵三娘、雷王、三界公爷和婆王傩面。

二 傩面的制作与使用

毛南山乡傩面材质本身就蕴含有极为丰富的生态审美特质。毛南山乡生长着一种被称为牛尾树、毛南族人也称之为恩树的乔木。恩树材质细密，软硬适中，适于加工雕刻。以恩树雕刻的傩面伸缩性好，不易开裂和变形，能够在毛南山乡潮湿和干燥交替出现的不同季节里保持傩面形状的稳定。恩树能够长期保持一种特殊的气味，因而防虫抗腐性能极强，其产品便于在毛南山乡多潮热易霉变的季节里长期保存。干爽的恩树材料着色性也很好，而且能够使所着色彩长期保持鲜艳如新。

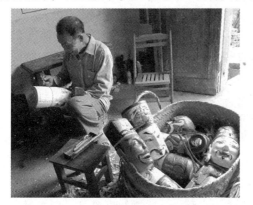

毛南山乡师公、毛南族傩面制作技艺代表性传承人谭圣慈老先生在家中雕刻傩面。

据毛南山乡的年长师公介绍，其师傅传承下来的傩面年代极为久远，直到 20 世纪五六十年代，在那个特殊的年代里发生群众运动被销毁的时候仍然保持着极好的形状和颜色。这之中除了师公们对傩面的精心呵护之外，与傩面所采用材质有更大的关系，亦即毛南山乡傩面所采用的材质与毛南山乡的自然生态环境构成了良好的和谐关系。

毛南山乡民间雕刻艺人选择通直少节的恩树圆木，经粗加工后剖为两半。然后将剖开的平直一面掏空，以便减轻傩面的重量，且便于神职人员参加事神活动时佩戴；在圆凸的一面雕刻神像。有的艺人在雕刻的时候先用画笔勾出线条，然后再下刀凿；有的艺人则不加笔墨，直接在木板上施以刀凿。造型完成后，艺人们需要根据神灵的属性在面具上敷陈色彩，以突出相关神灵的不同性格及增强面具造型的立体感。神灵的形象雕刻完成以后，还有一道宗教仪式——为傩面"开光"，亦即赋予傩面以神灵内涵，方法是先将傩面的眼球用白纸粘贴数层，再用浓墨点涂。浓墨点涂在数层白纸上，既可以增加色彩的厚度，又可以长期保持色彩的亮度。师公勾勒点涂以后，恭敬地将傩面摆放整齐，在傩面前供酒燃香，然后端坐诵经。师公诵经毕后反复拜揖。之后，开光仪式完成，傩面便具有神灵属性，神职人员就可以佩戴它们参加相关的事神活动了。

师公在肥套上佩戴鲁班
神像傩面表演

一个傩面便代表一位毛南山乡神灵。在毛南山乡传统宗教仪式中，神职人员身着服装、手持法器（例如三元宝印、符箓、串铃、刀剑之类），并佩戴相应傩面，便构成特定神灵的整体，象征该神灵在行使相应职能。不同的神职人员佩戴同一个傩面仍然被认为同一个神灵显现；而同一个师公佩戴不同的傩面则被看成是不同的神灵在作法。毛南山乡传统宗教仪式中的傩面促使人们完成了特定神灵由意念性形象向可感性形象的过渡，亦即在说唱文学里，人们要借助于语言的描绘，通过联想或想象才能构拟出神灵的形象，这样的形象是人们通过思维再造形式呈现的，相对来说是间接的；而在毛南山乡传统的宗教仪式里，人们能够通过傩面以及神职人员穿戴的服饰和舞蹈的动作直观地认识到神灵的形象，相对来说是直接的。当神职人员穿着表演服装、手持法器、佩戴傩面舞蹈或说唱时（在有的宗教仪式中，登场的神灵只舞蹈不说唱，而由场下的神职人员代为说唱），其所表达的信息则是特定神灵借神职人员来表达的旨意，因而具有特定的宗教内涵。所以，毛南山乡傩面要借助一整套元素才可能完整地表达其神灵内涵。当其独处时，傩面仅仅具备神灵的某些属性，而不能完整地行使特定神灵的职能。

从事毛南山乡传统宗教活动的毛南山乡师公大多有一副"担子"，亦即毛南山乡师公外出举行传统宗教活动时，以一对竹编箩筐将诸神面具、服装、法器、乐器以及其他相关物品全数盛之，挑到主办宗教仪式之家（现在交通发达，师公到宗教仪式主办之家往往不是步行而是乘车，但领班师公仍然习惯用两只箩筐盛载仪式中使用的物品，即仍然是一副担子）。这副担子几乎是毛南山乡师公行使宗教职能时最为重要的家当，是毛南山乡师公用以组织师公戏班、举行宗教仪式最为主要的资本。没有这副担子的师公，可以跟随别的师公参加宗教仪式，但不能出面组班充当班主。而这副担子里装得最多的，便是毛南山乡的神灵傩面。

今天的毛南山乡傩面虽然主要仍在履行着它们的传统宗教职能，但已经逐渐从其神秘的宗教氛围中走出来，作为普通的民间手工艺品为许多爱好者所青睐。一些手艺精湛的毛南山乡师公业余时间专工此道，其作品有远销至欧美等国者，往往售价不菲。笔者2012年10月下旬赴毛南山乡考察，专程拜访毛南族师公、毛南山乡傩面制作技艺代表性传承人谭圣慈先生。在与谭老先生的交谈及实地观摩谭老先生制作傩面的过程中，笔者感觉到谭老先生更多地是从审美角度而不仅仅是从传统宗教的角度去构思和体现傩面的造型。这应该是毛南山乡传统傩面由"神气"到"人气"的理性跨越，尽管这样的跨越在很早的时候就已经开始了。谭老先生自豪地告诉笔者，到他家里订购傩面的人比较多，常常是供不应求。毛南山乡傩面在裹着一层传统宗教的神秘面纱的同时，正日益显示其艺术审美魅力，作为毛南山乡最有代表性的文化符号之一而广受人们的喜爱。

三　傩面的流变

傩"是具有普遍意义的世界性文化"[1]。见诸文字记载的中国傩文化事象，至迟在中国先秦的《周礼》、《礼记》、《论语》等典籍中已经有明确记载。傩现象的存在而又未见诸文字记载实据的情形当更早。毛南族有语言而没有文字，其民族文化的许多东西难以有明确的时代认证。但毛南族与岭南古百越民族有着深厚而密切的血缘关系，其傩文化与岭南古百越民族的傩文化具有同源承继关系是一般学者所赞同的。毛南山乡的一些傩仪中，"鸟"色彩浓厚，而鸟作为岭南古百越民族的重要图腾，至迟在西汉时期已经明确地形诸造型艺术系统。[2] 这些原始宗教观念毫无疑问会反映到傩面制作中来。至今，我们从毛南山乡傩面造型的某些元素中仍然能够看到关于自然崇拜和图腾崇拜的许多痕迹。

由于自然损毁和人为破坏的原因，尤其在经过太平天国、民国初期以及20世纪五六十年代的文化急剧动荡时期，毛南山乡的肥套以及与肥套相伴而生的傩面都遭受了严重的冲击。而每一次剧烈的社会动荡，伴随而来的往往是以傩面为首的道具被严重损毁，因而毛南山乡傩面的人为性损

---

① 陈跃红、徐新建等：《中国傩文化·导言》，中央编译出版社2008年版，第3页。

② 《中国各民族宗教与神话大词典》编审委员会：《中国各民族宗教与神话大词典》壮族部分，学苑出版社1993年版，第772页。

桂西北地区壮族师公所使用的傩面，具有极为丰富的图腾崇拜的内涵。很明显，这样的傩面是在直接模仿动物的特征。

坏极为严重，历经岁月沧桑的毛南山乡傩面得以幸存的极少。① 虽然一些民间艺人在文化局面激烈动荡时期也在暗地里对傩面设法保护，但覆巢之下得以完卵的情形毕竟极为少见。② 但考诸残存下来的毛南山乡较有历史的傩面，以及毛南山乡周边其他民族从事巫傩活动所使用的傩面，我们仍然能够大致描绘出一幅毛南山乡傩面流变的图式。这样的流变图式一般从下述几方面体现出来。

首先，是其傩面"神"的元素逐渐淡薄，而"人"的特征日益突出。毛南山乡傩面本来是通过对神灵外部面相的刻画进而试图将神灵的内涵充实之。神灵应该主要是人们将自然百物的某些特征以及人类的相应特征融合以后再加以联想和想象的产物，包括

---

① 毛南族学者蒙国荣先生在《中华艺术论丛》第9辑《广西环江毛南族"肥套"（傩愿戏）》一文中说到："1851年，广西发生了太平天国运动，这个运动以拜上帝会为其思想基础，提出'斩邪留正'的口号，对傩戏（当时诬称'邪戏'）给予了首次严厉的打击。半个世纪后，辛亥革命的'革故鼎新'活动，傩戏又受了第二次灾难。民国初年的'破除迷信'，傩戏不免成了'破除'的对象。1950年后，肥套又受到几次冲击，特别是'文革'期间，在毛南山乡，师公被揪斗，面具、唱本及服饰道具被收缴焚毁。"笔者2012年3月8日到环江毛南族自治县考察，晚上与毛南族学者、作家、诗人谭亚洲先生住宿于县城长城宾馆同一房间。在谈到20世纪50年代初期毛南山乡肥套及其师公戏班的艰难处境时，谭亚洲先生说了一件逸事：中华人民共和国成立之初，毛南山乡掀起破除迷信风潮，肥套及其师公班子首当其冲。谭亚洲的大哥当时是民兵连长，带头将其父亲谭善明看管起来，并将其"担子"（毛南族师公将其表演所用的服装、面具、经书及其他重要道具装入两个竹筐中，外出表演时一担挑之。久而久之，人们将这些重要行头称为"担子"）销毁。2012年10月25日，谭亚洲家做肥套，笔者应邀前往观摩，其间碰上了谭亚洲的三哥谭乾洲（时年82岁，极为康健）。谭乾洲老人跟笔者闲聊的时候也说道："我父亲以前是很有名的师公。他（谭乾洲指着谭圣慈，该次肥套活动师公班子的领班）是我父亲的徒弟。我父亲很大年纪了还做师公。新中国成立初期，我大哥是民兵干部，带头破除迷信，把我父亲的担子上交烧毁了，还叫人把我父亲看管起来（说到这里，谭乾洲老人仰头大笑）。那时候我大哥带头破四旧，要下南的师公交出担子。别人说，你父亲是师公头，你先收了他的担子再收我们的。我大哥就把我父亲的担子交出去了。"

② 笔者于2012年10月下旬赴毛南山乡拜访毛南族傩面制作技艺代表性传承人、毛南族师公谭圣慈先生。谭老先生其时72岁，甚为康健善谈。他告诉笔者，在20世纪50年代后期，当时年轻的他学刻傩面，收集了许多以前流传下来的毛南族傩面。到20世纪60年代中期的时候被没收了十三四个，他便偷偷地将幸免于难的傩面藏到山洞里。笔者在毛南山乡考察得知，类似谭圣慈老先生这般作为的也偶有所见。

其外形和内涵。早期傩面的凶恶特征应该较为明显,而且模仿的成分应该相对较多。发展到后来,人的特征日益增多,"神"的怪异特征相对减少。这不仅是神灵外部特征的变化,更多地体现出毛南山乡人对神灵本质的认识不断加深,其原始宗教观念在不断被改变。

上述四张傩面代表毛南族传说中的神灵。上左图为功曹,上右图为
地主灵娘;下左图为鲁仙(鲁班),下右图为六曹。

上图为同一时期制作的在当今毛南山乡宗教仪式中普遍使用的毛南山乡神灵傩面,表征毛南族传统的神灵意识已经明显地由"神气"向"人气"转变,神与人之间的界限逐渐模糊。上排右的地主灵娘又称为灵娘,是毛南山乡及其周边地区极为尊崇的一位生育神灵。毛南人传说她是毛南山乡云峒地方的一棵榕树精幻化而成,其形象特征是"面白青云(云发)

两奶大，眉毛光彩好威仪"，风流成性，具有极强的生育能力。① 地主灵娘的生理特征和性格特征符合毛南山乡传统社会中的生育繁衍、群体壮大的祈求，因而被刻画成美貌娇艳的外在形象。上述各个傩面反映出毛南山乡传统的宗教神话观念正在缓慢地向生理科学观念的嬗变。2012年10月25日，笔者在毛南山乡观摩毛南族家庭举办肥套仪式，现场采访毛南族师公谭金赞先生（男，60岁，环江毛南族自治县下南乡六圩人。30岁开始拜祖父学做三元公），请教其毛南山乡傩面过去与当今的对比。谭金赞先生说："有些不同。以前的傩面具更像神灵，现在的傩面具更像人。"

　　其次，是毛南山乡傩面的制作逐渐向精致化发展，傩面的艺术美感特质逐渐浓厚于单纯的宗教特质。毛南山乡傩面越到后期，艺术美感的元素越加丰富，毛南山乡傩面艺术化的轨迹极为清晰。这体现出人们的审美意识在日渐增强。

不同时期的毛南山乡傩面（广西民族博物馆藏品）

---

① 毛南族师公谭圣慈（法号仁三）收藏的肥套仪式经文手抄本《红筵过桌》第二集。

以当今毛南山乡傩面与上述傩面相较，当今毛南山乡傩面的审美化趋向是极为明显的：当今傩面的制作技艺更为精湛，造型更为周正，刀法更为细腻，比例更为协调，舞台艺术元素更为丰富。

第四节　傩面的多民族文化特征

一　广西地区傩面概况

现今广西范围内的傩戏，还在宋朝的时候就极为著名，与傩戏如影随形的傩面在当时曾经享誉天下。宋朝淳熙中曾为静江府（今之桂林）通判的周去非在其所著的《岭外代答》中记述："桂林傩队，自承平时名闻京师，曰静江诸军傩。而所在坊巷村落，又自有百姓傩。严身之具甚饰。进退言语，咸有可观。视中州装队仗，似优也。推其所以然，盖桂人善制戏面，佳者一值万钱。他州贵之。"[①] 其时静江无论官方或民间，傩戏甚盛，而炽盛的傩风既得益于傩面的推动，无疑也促进了傩面制作技艺。稍早于周去非出帅广右的范成大对静江府的傩面也有精到的描述（本章前文已引）。而对广西傩面（尤其桂林府）记载更为详细和传神的是宋朝的陆游："政和中大傩，下桂府进面具。比进到，称一副。初讶甚少。乃是八百枚为一副。老少妍陋，无一相似者，乃大惊。至今桂府作此者皆致富，天下及外夷，皆不能及。"[②] 不唯傩面精致，还有精于此业以致富裕者。直至 20 世纪 50 年代前夕，桂林一代的跳神活动，仍然是"着戏服或道袍，戴上不同的面具，执刀、枪、鞭、斧或云帚等道具，歌舞跳跃"[③]。值得注意的是，面具（傩面）在这一类巫傩活动中仍然是重要装备。

广西临桂县六塘民间珍藏傩面，制作年代无考。相传临桂一带曾盛行傩舞。

---

① （宋）周去非：《岭外代答》，广西民族大学图书馆排印馆藏本，第 74 页。
② （宋）陆游：《老学庵笔记》卷一，学苑出版社 1998 年版，第 13 页。
③ 顾乐真：《广西傩文化樵拾》，广西艺术研究所、民族艺术杂志社 1992 年版，第 59 页。

以上各图为广西马山县壮族师公所用傩面

（广西民族大学教授蒙元耀先生拍摄并惠赐）

在广西的桂北、桂中、桂东南及桂西北一带，长期以来巫傩活动较为盛行，其巫傩活动中以傩面为主的道具是必备的。直到近年，南宁市周边的农村以及城中村几乎每到秋收后夏历九、十月的闲季，往往要举行祈神仪式，主旨为祈福驱邪。仪式中，神职人员佩戴傩面，身穿法袍，歌舞作法。只是其傩面的制作与毛南山乡现今傩面相比大为简陋粗糙。与毛南山乡相距不远的马山、上林等县的壮族地区，民间巫傩活动至今仍然较为盛行，有著名的师公队伍，时不时会举行相应的祈福驱邪仪式，仪式中会邀请众多的神灵，神职人员也需佩戴相应的神灵面具。其做工的精细与考究虽然难出毛南山乡傩面之右，但也可以算得上民间艺术精品了。

广西都安瑶族自治县菁盛乡一带壮族师公所用傩面

应该说，广西许多地区在 20 世纪 50 年代之前盛行巫傩活动，有的地区的巫傩活动具有明确可考的历史已达数百年。其巫傩活动基本上离不开重要的道具傩面。而且在 1000 多年前，广西傩面制作艺术曾经名冠天下，具有极高的艺术水平。只是由于广西地区气候湿热，木制傩面易腐烂，一般难以长久保存，因而流传下来的实物极为稀少。但制作傩面的技艺在民间未见间断。就现今的民族构成来讲，广西曾经盛行傩舞表演的地区，有以汉族居民为主的桂北、桂东南地区，也有以壮族居民为主的桂中和桂西北地区，其他少数民族居民形成大分散、小聚居的格局，比如桂中地区的金秀瑶族自治县、桂西北的环江毛南族自治县、罗城仫佬族自治县和融水苗族自治县等。尽管民族、地区不同，但均曾经盛行巫傩（傩舞）活动，因而傩面被广泛使用。尤其桂林一带，在漫长的封建和半封建时期，曾经是广西文化的首善之地，虽然汉文化极为发达，但仍然属于多民族杂居之地，少数民族居民所在多有。

因此，旧时广西地区傩面之使用，实乃许多民族之通俗，不唯汉族或少数民族也。

长期流行于广西桂东、桂南、桂西北一带的师公戏，约于清朝末年基本成型，其源与巫师神汉跳神驱邪之类的宗教活动类同，后来以神话和现实生活为题材的故事充实其内容，逐渐发展成民间剧种。这一民间戏剧形式最早戴着傩面歌舞演唱，所以又被称为"木脸戏"。毛南山乡周边地区的河池、宜州等地尤为风行。与师公戏几乎同实异名的"师公舞"，傩舞的色彩更为浓厚，而且跟傩面的关系更为紧密。所以，傩面在广西地区，尤其在桂西北地区，存在的历史极长，流行的地域极广，文化方面的影响极大，对一般百姓的艺术审美素养的促进也更为普遍。

广西罗城仫佬族自治县仫佬族师公举行法事时所用傩面
（广西民族大学教师雷晓臻拍摄并惠赐）

二 毛南山乡傩面的他族元素

传统的毛南山乡文化有很大一部分，尤其体现传统的原始宗教内涵的傩文化主要是由岭南古百越民族文化基因的裂变，通过独特的自然生态环境与多民族的文化浸染，综合孕育而成的。毛南山乡人敢于也善于吸收其他民族文化营养，这应该是毛南山乡文化水平高于周边其他少数民族文化水平的重要原因。传统上毛南族人生活的地区狭小，而且自然生态条件恶劣，但他们仍然能够基本保全其独特的文化样式，这主要得益于毛南山乡人宽广的文化胸襟。考察毛南山乡的神灵谱系我们会发现，除了从岭南古百越民族文化基因中裂变而成的神灵之外，一些由"人"神化而成的重要神灵，其中有许多具有外族文化"血统"。而且这些具有外族文化血统的神灵居于毛南山乡神灵谱系的尊位，其作用并不比毛南山乡本土神灵逊色。由此而形成的傩面神灵内涵,多民族元素随处可见。但其傩面的制作,包括宏观造型和微观勾勒,则在很大程度上借鉴了汉民族的艺术表现特色,因而后期的傩面更多地具有汉文化特征,体现毛南山乡人的艺术审美情趣的某些方面逐渐向汉文化融合的趋势。

　　毛南族与广西百越系其他民族出于一脉,文化基因中有许多相似甚至相同的成分。这种文化上的血肉融合关系在很多时候表现到毛南山乡人传统的宗教意识以及造神观念上来,明显区别往往在于不同地区的人们对于神灵形象的想象与确立。在以傩面为外形的神灵体系建构上,穿插于毛南山乡傩舞祭祀仪式肥套上有明确名号的神灵有 36 位之多,其他有形无名、仅仅挤在殿坛上一幅众神图上的神灵更多。传说广西壮族的师公傩舞祭祀仪式上"曾有 36 神,72 相,108 个角色",而且都用傩面标识,一些重要神灵与他族的或同神同名,或同神异名,例如雷王、鲁班、公曹、土地、梁吾等。[①] 环江毛南族自治县东面邻居罗城仫佬族自治县的仫佬族,有一个规模浩大、极为隆重的宗教祭祀仪式"依饭节"。仪式中要请师公戴傩面扮作神灵跳傩舞。出场的神灵主要有三元、社王、婆王、雷王、三界、土地等 36 位,均由师公佩戴象征该神灵的傩面以标识。仫佬族的这些神灵从名称及职分乃至外部造型上而言,与毛南山乡傩舞祭祀仪式肥套上的神灵相同或相似度更高,因而其傩面构成从本质上而言,互相影响的痕迹更多。

象征日、月、星的三光女神像

　　就毛南山乡傩面的外部造型而言,民间艺人在创作过程中借鉴汉族的艺术元素更多一些。毛南山乡肥套所用木雕傩面分为文神、善神和凶神面具三类,慈祥文静、喜怒哀乐各具特色。凶神面具雕刻的刀法粗犷,文神和善神面具雕刻的刀法细腻,体现出毛南族复杂的审美观念。从傩面构图来看,善神面部构图方正,鼻高梁直,眉清目秀,口小耳阔,造型颇具北方人体征,与当地人面型特征所形成的差距极为明显,与周边其他少数民族傩面也有很大不同,而且面相大多温文尔雅,常常具有汉式文人在社交场合的做派,即便是恶

────────────

① 李路阳、吴浩:《广西傩文化探幽》,广西人民出版社 1993 年版,第 211—214 页。

神傩面，除个别采用夸张丑化手法之外，整体造型及局部线条与善神相似，其神像冠饰多具宋、明冠盖风采，而且具有浓厚的汉族舞台造型艺术气息，显示出毛南山乡木雕艺术受汉文化影响较深。在追求此类主体造型特征的基础上，肥套面具糅入民族和地方自然生态特色，表征毛南山乡在木雕艺术上融借鉴与独创为一体，具有极高的审美艺术追求和艺术创造才能。其中的三光女神傩面造型秉承了中原传统美女模式：鹅蛋脸，丹凤眼，樱桃口，柳叶眉；鼻直而柔，气润而慈；面容丰满，色调素净；妩媚中不失庄重，明快中富含沉稳。头饰一朵盛开的牡丹，暗喻生活的美满富裕——这应该是所有人对于生活的期盼。

三 毛南山乡傩面的文化功能

尽管毛南山乡传统祭祀仪式中使用的傩面在内涵上反映了岭南古百越民族的原始宗教观念，在外观造型上大量地借鉴了汉民族文化元素，但整体而言，它们的毛南族特色极为鲜明和厚重，而且体现出独特的文化功能。毛南山乡传统宗教仪式中使用的傩面，其文化功能，其中包括审美功能主要从下述方面体现出来。

首先，毛南山乡傩面从形体上完整地建构了毛南山乡传统的宗教神灵体系。毛南山乡传统生活中有许多神灵，这些神灵既是对自然生态重要元素的概括与升华之后赋以人格属性并加以具象化的产物，又是对文化生态领域内某些现象的凝聚与演绎，再赋之以超自然力属性。毛南山乡神灵来源非常广泛而且混杂，有从岭南古百越民族甚至更大范围内继承来的原始宗教神灵，例如雷王和婆王。壮族先民有对于水神"蛟龙"的崇拜[1]，毛南族先民也有对于自然界中风、雨、雷、电化身的崇拜，最开始将这些现象概括为"龙神"或"雷神"（在毛南族的创世神话中，龙神和雷神常常互相替换，属于一神二名）。[2] 糅自然神与祖先神为一体的婆王是毛南族先民至为尊崇的一位神灵。在湘、黔、桂交界及其周边地区，存在对于自然界花的崇拜，发展到后来，围绕婆王产生了许多生育神话，在南方的相关地域形成了"花文化圈"。沅水、湘水上游的许多少数民族，以及岭南的百越系民族甚至有相当一部分汉族人都认为，世界上有一座美丽的花园，花园由婆王掌管。每一个人都对应着花园中的一朵神花。婆王将花赐

---

① 张声震等：《壮族通史》，民族出版社 1997 年版，第 226 页。

② 毛南族民间故事《盘古的传说》，袁凤辰、苏维光等编选《毛南族、京族民间故事选》，上海文艺出版社 1987 年版，第 3 页。

予人间男女后，妻子才能怀孕生育。① 在毛南山乡的神灵谱系中，女娲、古妹有时与婆王位置互换，有时合而为一。毛南山乡肥套中《用于红筵开坛的歌》、《三元》巫语和《说神欢》都讲述婆王来历：

太极初开分天地，婆王变化永长生。
盘古制造成百姓，爹是乾来娘是坤。
婆王分开四大洲，气凝成地养育人。
骨肉之恩一胎养，女娲力大真惊人。
世间万民婆王为母，今按古规办筵席。
五行例行世间传，伏羲兄弟先知情。
万岁婆王生男女，可从天上下凡尘。②

毛南族还有从外民族借来外形而以毛南山乡元素充实之的神灵三界、太师六官、鲁班、三元、瑶王等神灵，以及由于本民族社会发展以后从生活当中概括塑造而成的神灵，例如覃九官、欧德文官、三娘等。毛南山乡傩面赋予这些神灵以不同的面相，并且将相应的个性糅入面相之中，分派这些神灵司理自然生态与文化生态中的每一个领域，从而建构起具有毛南山乡特色的、职分明晰的神灵谱系。这一建构，在毛南山乡传统生活中完成了诸位神灵由抽象到形象、由形态经常变异的到相对稳定的发展过程，而且这种稳定的神灵形象随着毛南山乡传统宗教仪式肥套在每家每户代复一代的表演深入毛南山乡民众的心目之中。

其次，毛南山乡傩面形象地确立了毛南族人传统的认识自然、认识社会和认识人生的标准及人与神相和融的观念。毛南山乡的传统宗教观念认为，神灵有文神、善神和恶神之分，这样的观念往往通过傩面的直观形态表现出来。这实际上是将自然生态和人类社会及其构成元素中某些典型特征进行概括和抽象以后，再通过相关傩面的造型和色彩形象地呈现在人们面前。例如雷王这一形象，就集中了毛南山乡自然生态中某些物象特征以及人们对于自然界中风、雨、雷、电等物象的畏惧、祈求等复杂的情感，毛南山乡春夏两季多雨，而且多闪电雷鸣。雷声的震天撼地、闪电的裂云拔树甚是吓人。雷鸣、电闪不仅给在野外劳作和行走的人以生命威胁，还常常伴随着严重的洪涝灾害，给人们的物质产品造成极大的损失。所有这

① 过伟：《中国女神》，广西教育出版社 2000 年版，第 191 页。
② 毛南族师公谭圣慈（法号仁三）收藏的手抄本。

些在具有原始宗教观念的毛南山乡人看来，往往是人获罪于天，且为神灵惩罚人类恶行所致。据此，毛南山乡民间艺人将雷王塑造成凶狠暴戾的形象。但雷王的神通广大及其威严凌厉，如果能够为人所用，则可以使人间风调雨顺，驱逐一切魑魅魍魉，为人们带来安康。毛南山乡人将这种复杂的情感赋予雷王的形象之中，实际上体现了他们理性地认识自然、合理地利用自然生态中的有利因素，从而达致神与人和融的境界。婆王的形象则是高度浓缩了自然生态因素与人类社会元素。自然界的花朵由孕育、开放到凋零，象征着生命从孕育、诞生、灿烂到遭受灾变摧残。婆王精心地呵护和管理着花朵，则象征着慈祥的外祖母悉心地护佑着幼小可爱的生命，在毛南山乡的传统风俗中，幼童的魂灵来自于外祖母家，是由外祖母赐予女儿女婿家的。每年除夕的时候，女儿要回到娘家去领回幼童的新魂（一枚染红的鸡蛋），幼童来年才能顺利地成长。[①] 所以，毛南山乡传统宗教观念中婆王这一形象，蕴含了母权制社会的遗风。这些因素体现在毛南山乡的重要神灵婆王傩面上，无论从造型还是色彩，都充满了外祖母的宽厚、慈祥与睿智。其他如三界、三元、太师六官和三娘等傩面，凝聚更多的是人类社会中的文化元素，而自然生态元素相对淡薄，因为这些神灵主要来自社会生活，只是浸染了一些自然生态色彩而已。

左、右分别为毛南山乡的灵娘和花林仙官傩面

　　最后，毛南山乡傩面体现了毛南山乡人不断发展变化的审美观念。人

---

① 蒙国荣、谭贻生等：《毛南族风俗志》，中央民族学院出版社 1988 年版，第 148 页。

类最开始时期的傩面,应该主要着意于娱神、通神或者借助于神灵的超自然力达成自己的原始宗教期盼,艺术审美的元素应该极为淡薄。毫无疑问,毛南山乡的傩面大致也经历了这样的历程,这可以从毛南山乡较早时期一般巫傩活动所使用的面具获得明证。发展到后来,毛南山乡傩面的艺术美感元素日益增多,傩面的美化程度越来越高,毛南山乡傩面逐渐成为独特精致的手工艺品,毛南山乡周边地区的傩面在艺术性方面大多难以望其项背。宋代范成大《桂海虞衡志》记述"桂林人以木刻人面,穷极工巧,一枚或值万钱"①,想来艺术性应当极高,恨未见完整保存下来的实物。以笔者孤陋,毛南山乡傩面当可叹为观止了。综观现在毛南山乡传统巫傩活动中广为使用的傩面,从造型和着色等方面看,"神"气益淡而"人"气益旺,亦即尽可能从形体上去除神灵的怪异恐怖之色,丰富神灵的温厚慈祥之气,将俗世常见的审美趣味赋予神灵的外在形态上,促使神灵的人格化特征愈加突出。这实际上是毛南山乡人所追求的人与神和融观念的具象化,即通过将神灵形象的世俗化和平民化达到人与神平等和融的境界。例如根据毛南山乡民间传说,灵娘本是榕树精幻化而成,其身上应该蕴含有极为丰富的怪异之气,但在傩面造型和色彩布局上,灵娘却是一位娇艳美貌的女子,几乎具有人间美女的全部特征;花林仙官和三光神,则更多地具有善神的仁爱和处子的娇羞。即便如伴随雷王左右的雷王夫人,也绝少凌厉凶狠之色,多有福佑人间的贤内助特征。所有这些,都应该是毛南山乡人将人类的美质及审美欲望赋予神灵,体现了毛南山乡人日益丰富和理性的审美观念。

严格来讲,毛南山乡在其传统宗教仪式肥套中使用傩面分为两个阶段。前一个阶段为祖师进入神坛之前,后一阶段为祖师进入神坛(又称为"师公上门",即表演仪式的师公要请其祖师魂灵亲临现场)之后。祖师进入神坛前,现场表演仪式的师公佩戴纸板或者布板绘制的傩面;祖师进入神坛之后,表演仪式的师公佩戴木制傩面。从目前毛南山乡师公举行传统宗教仪式佩戴傩面的情形来看,前者极为简易,后者则非常精细,而且两种傩面内涵有明显不同:前者在象征神灵身份的同时,还象征着现场表演师公的身份与谦卑;后者象征神灵的身份与法力的同时,还象征着祖师的职分与尊严。表演的师公佩戴傩面时,先用一条极长的白粗布反复缠绕头脸,只露出鼻子与眼睛。这样既便于稳固地佩戴傩面,又能够有效地保护表演者的头脸不被傩面擦伤。

---

① (宋)范成大著,齐治平校补:《桂海虞衡志校补》,广西民族出版社1984年版,第15页。

四　毛南山乡傩面的制作与传承

　　毛南山乡传统宗教仪式中使用的傩面，一般由毛南山乡师公手工精细而虔诚地雕刻而成。因为毛南山乡傩面不仅仅是一件手工艺品，还蕴含了丰富的毛南山乡人的传统宗教意识，体现了毛南山乡人传统的自然崇拜、祖先崇拜、多神崇拜和人与神和融的艺术结晶；制作傩面也不仅仅是一项艺术性手工劳作活动，而是包含着毛南山乡传统神职人员将"人情"转化为"神情"、蕴含着神职人员普济苍生的朴素情感、将自然之物转化为神灵形象的虔诚且带有几分神秘色彩的造神过程。所以，毛南山乡傩面独特的宗教功能及其弥漫于傩面周遭的神秘氛围，决定了毛南山乡傩面制作与传承过程中相关人员必须具备独特身份。否则，傩面便有可能降低其实用价值。

　　毛南山乡傩面的制作还完全保持在民间艺人个体手工运作阶段。民间木雕艺人将选择好的木料截成相应长度的木段并整体刨平打磨，再将木段剖为两瓣。木瓣的直面被掏空，以便傩面雕刻成型在仪式表演中佩戴；木瓣的弧面用来雕刻神灵面相。艺人制作傩面的工具极为简易，唯轻便的刀、凿、刨、锯等物而已。制作方式亦极为原始、古朴，艺人坐于一只简易的四足矮凳上，将掏空、磨光的木坯置于膝上两腿之间再作面部雕凿。有的艺人在施以刀凿之前先用画笔勾勒，有的则在木坯上直接施以刀凿。制作过程中未见掺杂半点神秘色彩，制作工具散落一地，掏空、打磨好的木坯或者初具形态的傩面随地摆放，制作中的傩面或者制作好的成品，不相干的外人可以随便把玩。

　　20世纪50年代前，毛南山乡制作傩面的民间艺人较多。20世纪末、21世纪初活跃于毛南山乡并且具有较为高超的木雕技艺的毛南山乡师公主要为方宝国、谭圣慈、谭家烈和谭顺美等先生。傩面雕刻艺人谭姓毛南族人居多，恐怕与毛南山乡传统宗教祭祀仪式在毛南山乡的谭姓毛南族人中最受推崇有一定关系。上述四位民间艺人之中，"方宝国是目前公认刻傩面刻得最好的民间工艺师。他雕刻的毛南族傩面具工艺精细，比例协调，人物情态生动而又各具特色。广西壮族自治区博物馆向他征集了一套毛南族傩艺术面具，作为民族民间工艺品来珍藏"①。谭圣慈老先生的手艺也益发精湛，其作品中的艺术美感更为丰富，也受到越来越多的人喜爱，远销国内许多地方，甚至海外。

———————
① 韩德明：《与神共舞——毛南族傩文化考察札记》，广西人民出版社2006年版，第85页。

　　由于毛南族最为重要的宗教仪式肥套在毛南山乡仍然较为盛行，从而为毛南山乡傩面的传承与发展营造了良好的文化氛围；又由于在毛南山乡兼做师公者社会地位和家庭地位比较高，颇受人尊重，毛南山乡师公团队众多，学做师公以及有志成为师公的人不在少数。而这些兼行师公职业者中"道行"较深、人缘较佳且具备一定组织能力者，多期望置办一副担子，以便获得做领班师公的资格并有机会组织师公班子表演肥套仪式。毛南山乡傩面的宗教色彩逐渐退却，而艺术审美元素逐渐丰富，其蕴含毛南山乡传统宗教元素的民族民间手工艺术品属性不断强化，艺术欣赏价值和艺术收藏价值日益为人们所重视，其他民族或地方的游客对这一工艺品也有相当大的需求。鉴于上述种种缘故，毛南山乡传统宗教领域对于傩面的需求还较为旺盛。① 但是目前毛南山乡傩面的交易场所主要局限于制作者家庭，笔者尚未见市面上公开售卖。这在一定程度上体现出毛南山乡傩面的传统宗教蕴意阻碍了这一手工艺品的商品化进程，其原生态宗教属性仍然至为厚重。而从毛南山乡傩面的未来命运看，唯有正确处理好其传统宗教属性与一般手工艺商品属性的辩证关系，毛南山乡傩面才有长远的可持续发展的道路。

---

① 笔者 2012 年 10 月 24 日赴毛南山乡做田野，专程到下南乡堂八村上八屯谭圣慈老先生府上拜访。其时谭老先生正在家中大堂制作傩面。谭老先生告诉笔者，他做的傩面供不应求，有游客买了回去挂在家里做装饰品，甚至有外国朋友专程造访并求购傩面者，而且价钱不菲。谭老先生平常在农事和表演肥套仪式之余，许多时间都放在傩面制作上。

第六章 生态和谐之美：干栏石楼

干栏式建筑是南方卑湿地区广泛采用的典型建筑。晋人张华在其所著的《博物志》卷三描述："南越巢居，北朔穴居，避寒暑也。"此处所言南越居住之"巢"，远非早期南方人结树为巢，当是在桩柱上构架，架上以茅草、树皮、竹片之属覆之。这样的"巢居"既可以避暑热百虫，还便于日常出入。干栏式建筑与其说体现出民族性特色，还不如说更多地体现了地域性特色，亦即体现了自然生态特色。在今天的桂南、桂西以及桂西北地区，即便是非百越系民族，例如苗、瑶等民族，其居所也广泛采用干栏式建筑。今东南亚的许多地方，其传统建筑也呈干栏建筑格式。大致以长江为界，愈往南气候越湿热，虫兽越多，地气对人身的损害越明显、剧烈，此种状况尤其以岭南地区为甚。居住于广右地区的汉、回等民族，即便在居屋建制上不行干栏式构架，在居住习惯上也仍然难以完全脱离干栏建筑的间接影响，例如人们就寝、歇息的床铺，脚架往往较高，旧时候一般百姓还在高架床铺上铺垫蒿草、稻秆等属，略微富裕之家，其床架之高，常常需要在床前置一木制脚踏，就寝时先登其上，方可复登其床。高脚床铺大致功用与干栏式居屋建筑有异曲同工之妙，主要目的就在于防虫蛇、隔湿气。

毛南山乡旧时的传统建筑多属土木结构，以独栋干栏式为主，基本上承袭并发展了岭南古百越民族的建筑风格，充分体现出广右百越系民族传统建筑注重减暑热、避虫兽、隔潮湿以及防盗贼等功用特点。旧时毛南山乡富裕大户，其居屋也有采用汉族大户人家居屋建筑式样，即高墙大院、砖砌至顶、多进相连、屋宇成片，完全不见干栏式痕迹，"富裕户有建砖墙瓦屋者，屋分几层，有精致的石雕或木刻装饰，颇为壮观"①。但这样的汉式居屋在毛南山乡极为罕见。

---

① 广西壮族自治区编辑组：《广西仫佬族毛难族社会历史调查》，广西民族出版社 1987 年版，第 41 页。

传统干栏石楼（毛南山乡民居）

保留干栏建制的新式楼房（毛南山乡民居）

　　20世纪末21世纪初开始，毛南山乡的居屋建造观念大为改变，人们逐渐建造新式楼房，砖墙钢筋混凝土框架结构，多为二层以上。粗略从外观看，毛南山乡的民居与广西其他地区的民居没有太大的差异。但许多民居仍然保持干栏式建制，即房屋底层仍然用作堆放杂物、豢养禽畜、停放车辆，楼上住人。这应该是居住习俗惯性使然。因为新式建筑的楼房窗户

村寨远景（毛南山乡民居局部）

敞亮，空气流通，村寨周边环境大多整洁干净，极少有蛇兽爬入屋内，盗贼进入村寨内偷窃猪、鸡、鸭、鹅等禽畜者也极为少见，加上卫生条件极大改善，因暑热、潮湿而导致的瘟病对人们造成的威胁相对轻微，古时候卑湿地区干栏建制的民居功能已经大为减弱。

考诸毛南山乡的干栏石楼，我们发现其生活实用功能与审美功能同俱，还与毛南山乡独特的自然生态特征、毛南山乡人旧时的审美取向、毛南山乡人喜欢聚居的社会结构特点等具有密切的联系。毛南山乡传统的干栏石楼尽管逐渐消失，但人们仍然能够从这一传统建筑中窥探出毛南山乡人的艺术审美追求。

第一节　干栏石楼与自然生态

一　生态意识的承袭与拓展

高湿热、多虫兽的自然生态特征以及人类择居上的趋利避害意识催生了"巢居"。随着人们追求起居便利意识的增长以及建筑技术的进步，干栏式建筑得以进一步发展。考诸中国典籍，巢居或者干栏式建筑并不仅仅存在于南方，其实在古时候，中国的广大北方地区也能找到巢居或干栏式建筑的痕迹。

> 昔者，先王未有宫室，冬则居营窟，夏则居橧巢。（《礼记·礼运》）

> 当尧之时，水道行，泛滥于中国，龙蛇居之，下者为巢，上者为营窟。（《孟子·滕文公上》）

> 上古之世，人民少而禽兽众，人民不胜禽兽虫蛇，有圣人作，构木为巢，以避群害，而民悦之，使王天下，号之曰有巢氏。（《韩非子·五蠹》）

上述信息告诉我们，巢居应该是早期先民较为多见的一种栖身之所，可能缘于人类蒙昧时期的本能性选择；巢居现象曾经存在于中国广大地区，包括中原地区；巢居功能主要有三，一是抗炎暑，二是离潮湿，三是避虫兽。而岭南各族尤其百越系民族的传统干栏式民居正是承袭并发展了上古先民巢居的三项功能。宋代曾经在广西为官多年的周去非公对广右干栏民居有细致而形象的描述：

> 深广之民，结栅以居，上设茅屋，下豢牛豕。栅上编竹为栈，不施椅桌床榻，唯有一牛皮为裀席，寝食于斯。牛豕之秽，升闻于栈罅，不可向迩。彼皆习惯，莫之闻也。考其所以然，盖地多虎狼，不如是，则人畜皆不得安。无乃上古巢居之意欤！①

岭南潮湿炎热，自古多瘴疠之气。"瘴，二广唯桂林无之，自是而南，皆瘴乡矣。瘴者，山岚水毒，与草莽沴气，郁勃蒸薰之所为也。"②"岭南古称烟瘴之地，思恩盖亦犹是。向有青草瘴、黄柏瘴、青禾瘴、黄茅瘴等名目，昔人触之多生疾病。"③水土之中的矿物质，植物与动物、微生物散发的气息，以及腐败的生物等在闷热潮湿的环境综合作用下形成的氛围，容易对人产生伤害；加上旧时深广地区缺医少药、人们崇巫不重医，往往导致疫病大面积、快速地流行。干栏式居屋利于通风透

---

① （宋）周去非：《岭外代答》，广西民族大学图书馆排印馆藏本，第41页。
② （宋）范成大著，齐志平校补：《桂海虞衡志补校》，广西民族出版社1984年版，第31页。
③ 梁杓、吴瑜：《思恩县志》，民国二十二年九月铅印，（台北）成文出版社有限公司1975年版，第72页。

广西都安瑶族自治县下坳乡坝牙屯瑶族民居，基本上仍是干栏式建筑。

气，人们居住其上，相对地保持与地面湿热多霉气息的距离，则能够在一定程度上减轻瘴疠之气对人体的危害。居住于深广地区的人们，不唯百越系民族，其他民族也往往采用干栏式居屋建制；而居住于桂林以北地带的壮族，其居屋样式与周边汉族民居完全一样，未见有干栏式建筑。①足见地理环境作用于人们的居住习惯甚巨，而民族文化环境作用于人们的居住习惯略轻微。

　　毛南山乡气候有一个与深广其他地区所共有的特征，那就是在春、夏、秋三季往往多雨高温，潮湿闷热。因气候原因及季节变化所导致的疫病横行，在旧时的毛南山乡甚为多见，毛南山乡民谚"谷子黄，病满床"是至为真实而惨烈的写照。传统的毛南山乡民居行干栏式风格，于地理气候上不得不尔。旧时毛南山乡虫蛇猛兽极多，毛南族居住于大石山区，古时候毒虫猛兽所在多有。"虎，广中州县多有之。"② 毛南山乡民间故事中有许多关于毒虫猛兽袭人且致人伤亡的篇章，现实生活中毛南山乡的毒虫猛兽更不少见。直到 20 世纪 50 年代前后，毛南山乡的峒场地带仍然有以狩猎成果补充家用的。权威调查资料也有记载："（毛南山乡的中南地区下塘村）山区猴子成群，危害严重。1956 年粗略统计共有 9 大群，每大群 100—400 只……其他如野猪、箭猪、松鼠、花鼠及各种鸟类的危

---

① 广西桂林市兴安县溶江镇富江峒及其周边地区聚居有大量韦姓壮族，十数个村寨炊烟相望，鸡犬之声相闻，有的合族居住于同族村寨，有的与其他民族杂居。

② （宋）周去非：《岭外代答》，广西民族大学图书馆排印馆藏本，第 98 页。

害亦重。"① 毛南山乡虫蛇遍地，"兽类和鸟类名目繁多，过去常见的兽类有虎、豹、熊、猴、黄猄、野猪、箭猪、山羊、麂、獭、野猫、黄鼠狼、狐狸、果子狸等"。毛南山乡还专门有一风俗，名曰"审虎"，即村民狩猎获得老虎后，要举行一定仪式。② 上述兽类中有许多往往能够对人和禽畜构成威胁。居屋采用干栏式，平日尤其晚上能够有效防止或者减轻虫蛇猛兽的伤害。此居住传统的内涵仍然属于承袭中国古代先民尤其南方民族的自然生态意识。

广西干栏式民居基本上采用版筑土墙及竹木构架。这样的选材与制作反映出广西地区的地理物产特色：广西多山，且多有红壤，土质黏性强，夯墙结实，经久耐用；竹木广布，取用方便且费用相对低廉。但毛南山乡的干栏石楼则别具特色：墙基及山墙下部用精制的料石砌成，离地面三五尺高之后再夯筑土墙，既能够抵御风雨侵袭，坚固耐用，又外观平整，美观大方；庭院、廊道用片石铺就，干净整洁；柱础和登楼阶梯多用雕琢的料石，家境殷实人家还在其上饰以花鸟虫鱼或云水图案。这主要是因为毛南山乡的地理特征与广西其他地方相比略微有些不同，毛南山乡多峻拔山峰，土层浅薄，植被不茂，涵水性差，因而逢暴雨易涝，十数日无雨便旱象毕现。山溪沟谷狭窄陡峭，溪水陡涨陡落，冲刷力极强。由于毛南山乡土地资源极为匮乏，平缓之地甚为珍贵，村民的房屋绝大多数建在山麓或山脚。暴雨时水流顺山势而下，对墙体极易造成强力冲击和浸泡，纯土坯墙难以坚固，而以料石砌就的墙脚则完全堪当雨水冲击与浸泡之害。这应该是毛南族人在居屋建筑上自然生态意识的拓展。

毛南山乡遍地石山，泥土珍贵，而石头则随处可取。毛南族的戒律"地能生黄金，寸土也要耕"充分说明了泥土在生产中的重要地位，以及人们对于泥土的珍惜程度。居住在石山峒场地带的农民，对于泥土的珍惜之情更是超乎平原地区人们的想象，他们往往将泥土聚集在石窝、石缝之中，点种上玉米、南瓜、红薯或者豆菽之属。因此，人们取石建屋、墙体下半截以石代土，除了防雨水冲刷浸泡之外，还另有两层自然生态方面的缘由：一是夯筑墙体时尽量减少泥土的使用量，以便为农业生产节约出极为有限的泥土资源；二是开取石料的同时，石场的碎石和泥土能够造就一小方平地，略加平整便可为稼穑之用。此可谓一举数得，亦为在居屋建筑

① 广西壮族自治区编辑组：《广西仫佬族毛难族社会历史调查》，广西民族出版社1987年版，第69页。
② 蒙国荣、谭贻生等：《毛南族风俗志》，中央民族学院出版社1988年版，第42页。

毛南山乡到处多见废弃的石砌墙基

上自然生态意识的又一拓展。

二 选址中的自然生态观念及延伸

广西各民族于居屋建筑的选址方面有很多讲究，而这些讲究主要与古朴的生态意识，以及由生态观念延伸而成的堪舆观念有密切联系。人们居住的环境，几乎无望不山，无山不水。山水共依，成为广西各民族生境中的主旋律。广西各民族生活的每一个环境，往往是自成体系，但又曲折与他处相通，因而形成小封闭、大交通的生活环境格局：每一个生活区域，从微观来讲，似乎山环水抱；但从宏观来讲，则又四通八达。而且一个个生活区域因山水交错勾连，自然生态与文化习俗往往呈缓慢演变态势。因此，广西各族人民在建造居屋选址方面，往往表现出极大的共同点：一是借山水之形，求人生与山水相谐；二是承山水之韵，求人心与山水相通；三是托山水之灵，依山水再造生境。① 毛南山乡虽然偏居一隅，但毛南山乡人在文化方面，尤其在择居的自然生态观念方面，与广西许多地区的民众相比，其强烈与厚重，可谓有过之而无不及。

毛南族由自然生态，尤其因山川走势与其万物有灵的原始宗教观念融合而成的所谓龙脉观念根深蒂固，甚至认为龙脉的灵气所能涵盖的生活领

----

① 吕瑞荣：《广西民族择居心理的生态批评》，《广西师范学院学报》（哲学社会科学版）2012年第 3 期。

域远比广西其他地区民众来得更为宽阔。第三章所引毛南山乡下南坡川
（即今之波川）于清朝道光十八年（1838）公议禁约并勒石为《坡川乡协
众约款严禁正俗护持风水碑》可为极为重要明证。该禁约中有许多涉及
"龙脉"话题。在环江毛南族自治县下南乡堂八村附近谭姓毛南族人的公
共墓地凤腾山，从明朝中叶至民国时期，安葬了数以百计的谭姓毛南族先
民。谭姓毛南族人之所以推崇凤腾山，主要在于其山势脉理符合毛南族人
传统意识中的"龙脉"观念："后来湾弓龙脉，前面凤舞三台。"① 这两
句话的大意是，墓地深厚的山势蜿蜒起伏如一条游龙，墓地前境有三个山
包，山包旁边有山体形似凤凰翩翩起舞。毛南族传统观念认为，这类看似
神奇动物造型的山川脉理，具有某些超自然力，能够福荫后代。毛南山乡
传统社会中有一"安龙谢土"的风俗：

> 据说安龙谢土是因为土地（神）的龙脉不正，影响人丁家畜不
> 旺，因而要重新按过龙（脉），以保人丁家畜兴旺。②

"安龙谢土"仪式一般耗费极大，非寻常人家所能承受。按照毛南山
乡旧时说法，导致龙脉异位不正，有天理自然因素，也有人为造次因素。
属于前者的，村屯共襄举办"安龙谢土"，费用由公众分担；属于后者
的，由造次者独资承办。独自承担大型"安龙谢土"仪式的村民往往有
为之倾家荡产者。由此可见毛南山乡人传统观念中的"龙脉"意识之厚
重，非其他地方或民族的人可以想象。

毛南山乡人的传统择居观念承袭并放大了这样的自然生态效应，且将
朴素的自然生态观念与其传统的自然崇拜、多神崇拜以及祖先崇拜等原始
宗教意识、堪舆玄学等因素混杂起来。毛南山乡传统观念认为，住房依山
水形势及选址定位，亦即所依傍山岭的走向，以及房屋的朝向，动土建造
时机等如何，是关系到家庭乃至家族发达还是后继无人的大事，往往容不
得半点马虎。在毛南山乡，认为朝向不好而搬迁他方的农户或村寨屡见不
鲜。那些迁徙后留下的残垣断壁，如今还随处可见。由此择居观念而形成
的一整套仪式，毛南山乡叫"定课"。定课一直隆盛至 20 世纪 50 年代，
至今在乡下的人们建房时对那些类似于定课的相关仪式仍然极为重视。新

---

① 《谭家世谱》碑。清乾隆戊申年（1788）刊立，今保存于环江毛南族自治县下南乡波川小
　学内。
② 广西省民族事务委员会：《环江毛难人情况调查》，1953 年版，第 104 页。

中国成立前，"建筑瓦房有一套繁琐的仪式：先请地理先生定方位，择吉日请木匠师傅到家，办一席酒供奉鲁班。祭祀之后，木匠即在第一根柱上打一条墨线，称为'开墨'，日后就可以动土开工做木工活"①。毛南山乡人的这种择址观念，既可以从自然生态伦理的角度进行解读，也可以从堪舆玄学的层面进行揣摩。确切来说，这种观念及其引导下的择址行为，是岭南古百越民族原始宗教观念在毛南山乡独特的生境中的复杂体现。现今毛南山乡民居，大多选址于依山傍岭之处，村寨后面或者居屋周边往往广种竹木，多见蓊郁之气。实际上，毛南山乡人在建筑居屋时于位置的选择上仍然要受到诸多限制：水源远近、交通难易、场地所属、地势平仄等要素都是建筑居所时必须考虑的。倘若这些条件都具备，人们在选址时就会尽可能考虑"龙脉"因素，或者在建筑时采取相应的方式，比如举行一些仪式，以弥补"龙脉"及建筑朝向方面的欠缺。

三 自然生态意识的升华

毛南山乡自然生态系统脆弱，原本植被不丰的自然环境一旦遭到破坏便极难恢复，但毛南山乡人为了最为基本的生存与生活，往往又不得不在生产活动中伤害到自然生态体系。古代楚越之地本来就遍行刀耕火种的生产习俗："楚越之地，地广人稀，饭稻羹鱼，或火种而水耨。"② 直到20世纪50年代初期，毛南山乡的许多地方还沿袭这一生产方式："许多农民年年开荒，种三四年地力耗尽，便丢荒另种，待二三年后地力恢复，再烧山垦种，以致许多山岭树木被烧光，水土流失，水源枯竭。"③ 并非毛南山乡人自然生态意识低下，只是迫于生计，不得不尔。而在居屋的环境建设方面，毛南山乡人的自然生态意识却得到更多的体现与升华：毛南山乡村寨后面或者居屋周边往往广种竹木，多见蓊郁之气；人们常常花巨大功夫在居屋旁边垒出一小方平地，或辟作园圃，点播瓜菜，或砌成沟垄，植蔗种果。在毛南山乡房屋建筑的木雕饰品上，藤缠蔓绕、花开鸟鸣的图像比比皆是；在毛南山乡的古墓葬石刻中，山环水复、草木蓊郁的田园风光更是所在多见——由于自然环境和经济条件的原因，毛南山乡人在现实生活中难以建构牧歌式风光，于是通过艺术构思和手法将优美的自然

---

① 环江毛南族自治县地方志编纂委员会：《环江毛南族自治县志》，广西人民出版社2002年版，第910页。
② （汉）司马迁：《史记》，中华书局1959年版，第3270页。
③ 广西壮族自治区编辑组：《广西仫佬族毛难族社会历史调查》，广西民族出版社1987年版，第67页。

生态理想寄托于审美追求的境界之中。所有这些实际上体现了毛南山乡人民在建筑中营构诗化环境的强烈愿望，以及用艺术形态将相关期盼展现出来的具体实践活动，呈现了自然生态优化方面由诗化意识到诗化艺术的轨迹。

历史上，毛南山乡人于居屋建设方面便有不甘人下的气概与作为，即便整体生产条件与周边其他民族地区相比劣势明显。"毛难人的住屋，一般较壮族为整齐与坚固，面积较仫佬人为宽阔。"[①]毛南山乡传统的干栏石楼与毛南山乡的自然生态及文化生态是一脉相承的:自然生态催生了干栏石楼，干栏石楼反过来点缀并丰富自然生态;干栏石楼以独特的设计和尽可能少的占地面积，在坑洼陡峭的山地上创造出尽可能大的平地，并对楼底的坑洼之地予以充分利用。即便到了今天，大量采用干栏式建制、但材质主要为钢筋混凝土及火砖的多层式民居，仍然秉承了毛南山乡人珍惜土地、注重自然生态修复与保持的良好风尚。

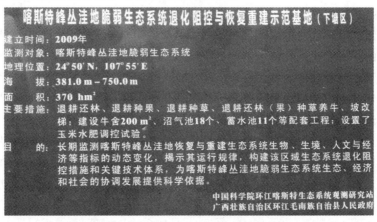

毛南山乡许多地方都树立有恢复和保护自然生态系统的告示（责任）牌

进入 20 世纪 50 年代以后，尤其进入 20 世纪 80 年代以后，毛南山乡的自然生态逐渐呈现出主动、积极的恢复与重建格局，而这些主动、积极恢复与重建毛南山乡自然生态功能的举措则是传统干栏石楼那种被动适应自然生态法则、局部而微小地保护与修复自然生态功能的理念和行为所远不能比拟的:毛南山乡大面积、大规模地实施自然生态的恢复与保护措施，其中以恢复和保护植被、保护山体为主要目标;大量往毛南山乡以外的地区迁徙、安置人口，以减少对毛南山乡自然生态的过度损伤;新建筑

---

① 广西省民族事务委员会:《环江毛难人情况调查》，1953 年版，第 69 页。

的民居尽可能少占用平地尤其耕地，从而使毛南山乡珍惜土地、保护自然生态由一种被迫的行为升华为积极主动的行为。整个毛南山乡积极行动，政府与民间统一协调，将自然生态保护范围由居屋周边和村寨周边扩大至整个毛南山乡。由此，则传统干栏石楼那种暂时的、局部的依据自然生态法则所发挥的积极作用，被赋予长久的、全局的自然生态保护使命。

第二节　干栏石楼与艺术审美

一　生态特征内化为审美取向

笔者曾经就广西传统民居主要的生态美学特征著文指出，广西独特的自然生态和文化生态孕育了广西传统民居的生态美学内涵。从广西建筑历史的纵向维度看，以民居为代表的广西建筑，数千年来一直体现着人们依附自然、借助自然、丰富自然、和融自然的生态审美理念，比如从纯竹木结构的干栏式建筑到砖木结构的仍然能够窥探出干栏痕迹的庭院式建筑，可以清晰地看到广西各民族与传统建筑关系密切的生态审美理念的嬗变过程；从广西建筑的横向维度看，许多建筑融合了中原建筑的厚重和江南建筑的清丽而形成了广西建筑的灵巧秀美风格，而这样的灵巧秀美仍然富有依附自然、借助自然、丰富自然、和融自然进而美化自然的内涵。比如即使高墙大院仍然不失婉约清秀、家族建筑连片却又局部自成体系。在特殊的生境中，广西传统建筑审美观念进入了从功用到合自然合目的，再到与生态发展规律自觉和融的过程。[①] 所有这些，成为考察毛南山乡传统干栏石楼艺术审美内涵所应该关注的整体艺术氛围。

毛南山乡除了在气候方面具有岭南地区的绝大多数共性之外，其自然生态中最为突出的特征为群山连绵、峰峦峭拔、沟谷幽深和溪流急促。这样的自然生态环境与毛南山乡人传统的生产活动以及原有的宗教仪式结合起来，造就了毛南山乡传统的民居建筑审美取向，那就是不断地神化自然生态及其元素，赋予自然生态及其元素以无穷而神奇的超自然力，并在此基础上发掘人的潜质，努力寻找人与自然相对应的和谐元素，建构人与自然生态相和谐、和融的佳境。传统社会生活中的毛南山乡人秉持此种审美取向规划并建构自己的居所，故而认识毛南山乡传统干栏石楼的艺术审美

① 吕瑞荣：《广西传统建筑的生态美学内涵》，《鄱阳湖学刊》2011年第1期。

内涵，亦需缘此审美取向溯流探源。在传统居屋建筑过程中，毛南山乡人将自然生态特征内化为审美取向的方式，一般体现在下述方面。

首先，是神化自然山水，建构人和于天的依生审美场。生活于毛南山乡的人们，几乎整天跟崇山峻岭、沟坎溪谷打交道，难以预料的灾难随时都会发生；许多人的房屋就建筑在山麓、溪畔，即使不出门，有时候山崩、地陷、树倒、水淹，顷刻间也会有灭顶之灾；毛南山乡多瘴疠之气，在缺医少药的时代，人们深受其害。旧时候传统宗教观念极为厚重的毛南山乡人往往将这些跟居屋选址及建造时机联系起来。因此，人们对山水生出畏惧之心，也是在情理之中。而人生的顺畅、子孙的荣昌、五谷的丰稔及禽畜的繁盛，人们也往往会归功于居屋的建筑。人们在选址和建造中刻意多多，其目的主要在于期盼借助自然生态系统及其构成元素，辅之以相关的仪式，建构起人臣属于天的依生审美场。[①] 尽管这样的观念与仪式以当今的自然生态科学原理衡量之，绝大多数属于堪舆玄学的无稽之谈，但其中仍然不乏符合自然规律以及符合人们心理发展规律的成分，因为人与自然和谐不仅表现在有形的物理系统的建构上，也表现在心境的建构上。在特定的历史时期内，对于那些处于特定境遇中的人们来说，事物外形的和谐统一以及相关的仪式，不能不说是建构和谐心境的重要方式。

其次，是将自然生态要素与人的作为结合起来，建构人与天相和融的共生审美场。很长时期里，许多人认为，自然生态系统及其要素往往具有强大的超自然力，这样强大的超自然力常常是人力难以驾驭的。人们需要祈求神灵福佑，或者借助一定的仪式获得神灵的福佑，从而建构起神与人之间，亦即天、人之间的和谐关系。例如在建造居屋时借山水之形，求人生与山水相谐，承山水之韵，求人心与山水相通，托山水之灵，依山水再造生境等，努力建构起局部环境中的天与人之间的和谐相融局面。毛南山乡的干栏石楼，粗略从外形及其所处的地理位置看，似乎并无特别之处，倘若将居屋与其周边环境作为一个整体来审视，即便去除堪舆玄奥因素而完全从居屋与环境的构成关系来讲，我们仍然能够发觉居屋与环境之间，其生态和谐与和融程度往往有可圈可点之处，居屋往往能够融入环境整体而不会成为整体环境的赘物。

最后，是在居屋建筑选址及建筑过程中，毛南山乡人从居屋与环境、环境与心境等建构上能够达成自然与人，即天与人系统生成的整生审美

---

① 袁鼎生：《审美生态学》，中国大百科全书出版社 2002 年版，第 133 页。

场。① 处于毛南山乡独特的自然生态和文化生态中的毛南山乡理想民居，具有供人们栖息居住的物质功能和心理抚慰的精神功能。只有这两类功能与毛南山乡人传统观念中的环境整体功能相吻合，居屋的物质属性、精神属性与周边的整体环境才有可能构成和谐与和融的整体。在毛南山乡人的传统观念里，这种和谐与和融局面的系统生成，需要依赖居屋的选址与建筑时机。

毋庸讳言，毛南山乡人传统观念中依据自然生态特征所孕育的审美取向，具有历史性和文化局限性。当自然生态条件逐步改善，以及居屋建设越来越注重交通环境和经济发展环境的时候，这种审美取向已经发生了本质变化。尽管在今天的毛南山乡，这样的变化趋势越来越强劲，但自然生态特征内化为居屋建设审美取向的现象仍然存在，或者会以其他相关形态延续相当长一段时间。

二　干栏石楼蕴含的生态审美特质

笔者在论及广西传统民居的生态审美内涵时，曾经认为广西各民族于民居的选址与建筑中具有下述特质：首先是依山水之便，求养人之利；其次是借山川之势，造宜人之所；再次是融生态之美，营怡人之境；最后是天人共生，成就人类社会与自然关系相谐的生态文明乐园。② 这些特质在毛南山乡于其传统干栏石楼的选址与建筑中更有鲜明的体现，只不过毛南山乡缺水，民居选址与建筑过程中，生态审美特质中的水元素要显得稀少一些，但仍然会尽可能考虑居屋离水源的远近与取水的便利与否，因而生活便利往往是人们着重考虑的因素。毛南山乡民居的建设，基本上区别于各个相对独立的自然生态系统——当然是毛南山乡整体系统中的一个个子系统——的差异，也呈现出养人、宜人和怡人的不同追求。在峰丛密集的峒场地带，传统干栏石楼能够基本养人、为人们提供简单的栖息之所已属不易；有少量水田、水源略有保障的田峒地带，传统的干栏石楼往往建筑在水田与山麓之间，依山傍田，田园风光元素丰富而明显，宜人气息浓厚；在溪流清澈之地，民居依水而建，溪流蜿蜒其间，水光山色与干栏石楼相映成趣，往往能够成一方怡人的佳境，尽管这样的怡人佳境在毛南山乡极为少见。

从毛南山乡自然生态系统的角度考察，干栏石楼对于养人、宜人及怡

---

① 袁鼎生：《生态视域中的比较美学》，人民出版社 2005 年版，第 96 页。
② 吕瑞荣：《广西传统建筑的生态美学内涵》，《鄱阳湖学刊》2011 年第 1 期。

人等元素的撷取，尤其对于宜人和怡人元素的撷取，已经是人们在生态审美意识与行为上的巨大进步。干栏式建筑式样的保留，使居住者能够尽可能减少或避免酷热、潮湿、毒虫和猛兽等侵害，从而在特定的自然生态环境中创造局部宜人环境；干栏石楼中的料石的大量采取与使用，既蕴含了丰富的毛南山乡自然生态保护内涵，墙基大理石颜色与居屋周边环境在色调上还可以构成浑然一体、相映成趣的艺术效果；整体建筑具有足够多的窗、门设计，尽可能强化干栏建筑原有的通风透气功能，以减少瘴疠之气对人体和禽畜的危害，从而在养人基础上强化宜人的审美功能，等等。这些自然生态审美元素或审美功能构成了干栏石楼的较为完整而且内涵丰富的生态审美体系。

从艺术表现方式而言，人们通过心境建构和形体建造完成了与干栏石楼相关的自然生态元素和原始宗教观念的融合过程，因而这一建筑样式更多地具有整体生态特征——自然生态与文化生态相融合的特征。毛南山乡人在传统民居的建筑过程中将有形的山川神化为无形但却赋予无边能量的超自然力，然后再将这种无所不能的超自然力注入居屋以及与居屋相关的心境建构之中，复以超自然力的眼光去审视居屋在整个超自然力构成的巨型场之中的位置与作用——这种循环往复实际上构成了超循环运行态势，即"圈行系统中的各部分以及整体，产生周期性的变化与旋升"，起点与终点均形成不同程度的提升。[1] 而这样的超循环运行态势成为毛南山乡传统民居干栏石楼生态审美特质的亮点。

三　居住观念与建筑艺术的跃进

毛南山乡传统民居干栏石楼的孕育与成型，表明毛南山乡人居住观念与建筑艺术的水平大幅度提升。应该说，毛南山乡的干栏石楼见证毛南山乡人生活水平的提升以及由此而形成的居住观念与建筑观念的嬗变。毛南山乡虽然狭小，但在封建时代各个小区域的社会发展仍然极不平衡，因自然生态环境的不同而呈现极大的差异："上、中、下三瞳及北遐一镇……亦种水田、采鱼。其保聚山险者，虽有畬田，收谷粟甚少，但以药箭射生。取鸟兽尽，即徙他处。无牛羊桑柘。"[2] 当毛南山乡的干栏石楼已经极为普遍而且已经成为毛南山乡的文化符号之一，"毛难人的住屋，一般

---

① 袁鼎生：《超循环生态方法论》，科学出版社 2010 年版，第 2 页。
② （清）谢启昆：《广西通志》，广西人民出版社 1988 年版，第 6861 页。

较壮族为整齐与坚固，面积较仫佬人为宽阔"的时候①，在毛南山乡的峒
场地带，"山居的贫苦农民住房较为简朴，都是以石砌墙，上搭架的棚
屋，待耕地肥力耗尽，即另迁他处改建"②。换言之，干栏石楼系毛南山
乡人的永久居所（尽管干栏石楼的存在时间不过百十年至数百年，但至
少在毛南山乡人的观念里，它应该是永久性居所），是人们游农或半定居
后的产物，是一份可以传之后世的产业。正因为如此，毛南山乡人在住屋
选址和建造时，在充分考虑到住屋的实用性的同时，也会给予更多的审美
关注，当然会更在意将自然生态元素与心境建构密切地结合起来。

　　位于毛南族发祥地的毛南山乡中南地区南昌屯谭寿仪故居，墙基
和大门台阶都是经过打磨的大理石，石阶两旁的斜栏还雕刻图案。谭
寿仪为清道光、咸丰时人。

　　尽管具有艺术审美特质的毛南山乡干栏石楼已经有着漫长的历史，但
我们也可以将毛南山乡的石墙棚屋看成是其早期干栏式建筑向干栏石楼发
展的过渡性住屋形式，体现出毛南族先民的艺术审美意识不断演进的过
程。因为从自然生态发展的角度以及毛南山乡传统艺术形态所揭示的背景
来看，毛南山乡曾经应该是植被丰茂且材林广布的，③ 只是反复刀耕火

---

① 广西省民族事务委员会：《环江毛难人情况调查》，1953 年版，第 69 页。
② 广西壮族自治区编辑组：《广西仫佬族毛难族社会历史调查》，广西民族出版社 1987 年版，
　第 43 页。
③ 在毛南族的神话故事里，社王是毛南山乡一位主管森林的神灵；瑶王的领地上也是材林密
　布。而瑶族中的支系白裤瑶的祖先，有的就曾经居住在毛南山乡，后来才迁徙到打狗河对岸
　的南丹县地界。这些足证毛南山乡曾经应该是植被丰茂、材林广布之地。

种，毛南山乡的许多山岭才至于材林斫尽，荆棘丛生。而在荆棘地区，建筑用的石材比硕大的木材更容易寻取，也更为廉价。所以，毛南山乡的干栏石楼既是自然生态演变的产物，也是人们艺术审美意识提升的结果。

毛南山乡独特的地理环境还催生了毛南山乡的石雕和木雕艺术（这在前文的"墓葬及其石雕"以及"顶卡花与傩面"二章已有阐述），而毛南山乡的石雕艺术也被广泛应用于其民居干栏石楼的建设，终于导致毛南山乡民居建筑艺术的快速发展："富裕户建砖墙瓦屋者，屋分几层，有精制的石雕和木刻装饰，颇为壮观。"[①] "在旧社会，殷实之家建房往往雕梁画栋，而这些木雕作品基本上出自于毛南族工匠之手。"[②] 我们从现存的干栏石楼或者干栏石楼被废弃后所留下的残垣断壁可证这些描述至为翔实。[③] 这体现出毛南山乡建筑艺术的极大进步，其石雕、木雕艺术应用于民居建设者，也应当有相当久远的年代。

第三节　干栏石楼的现状与未来

一　干栏石楼的局限性

干栏石楼在特定的时代以及特定的自然生态环境中所起的作用是非常明显的，尤其在防湿热瘴疠之气，防虫兽盗贼之害等方面，几无可替代者。但随着自然生态环境的改变以及社会生活的进步，干栏建筑在特殊时空条件下所具备的积极作用差不多可以忽略不计，由于卫生知识的普及与医疗条件的改善，岭南湿热气候下的所谓瘴疠之气对人的危害几乎被彻底消除。近三四十年来，在广西很少见到瘴疠给人们带来严重而广泛的危害，一般百姓已经不知道瘴为何物矣；虫蛇至今虽仍常见，但其对人的威胁已经远不如旧时深重；虎、豹、豺、狼等猛兽几近绝迹，其对人的威胁更是无从谈起；如今农户以家庭为单位养猪饲牛者寡，因而干栏建筑在防备猛兽袭扰禽畜等方面的功能日渐式微；偶有盗贼，也少见其偷盗农具、

---

① 广西壮族自治区编辑组：《广西仫佬族毛难族社会历史调查》，广西民族出版社 1987 年版，第 42 页。

② 《毛南族简史》修订本编写组：《毛南族简史》，民族出版社 2008 年版，第 93 页。

③ 笔者 2012 年 7 月 14 日赴毛南山乡考察，在环江毛南族自治县水源镇的上南村（毛南山乡之一部，原为环江县上南乡）的下艾屯、环江毛南族自治县下南乡仪凤村看到建筑年代较为久远的干栏石楼或者干栏石楼倾颓后留下的墙垣。墙壁下部的料石打凿整齐光滑，垒砌合缝。

家禽者，所以干栏底层的使用价值在日趋下降。但那些以竹木为主要材质建造的干栏，其痼疾却极难疗治：首先是干栏底层的巨大气味无法消除。居民在干栏底层堆放杂物、豢养禽畜，"民居鏊苫茅为两重棚，谓之麻栏。以上自处，下蓄牛豕。棚上编竹为栈，但有一牛皮为茵席。牛豕之

已毁的干栏石楼残垣

秽，升闻栈罅，习惯之"①。即便习惯，污秽的气味毕竟仍然存在。尤其平日不住干栏的人，偶入其室，便觉得气味极为呛鼻。其次是竹木为架、为栈的干栏建筑防火性能极差，易致火灾。"土人俱架竹为栏，下畜牛豕，上爨与卧处之所托焉。架高五六尺，以巨竹捶开，径尺余，架与壁落俱用之。爨以方板三四尺铺竹架之中，置灰蓺火，以块石支锅而炊。"② 此种现象为广西壮、侗及毛南等族居于传统干栏者所共有，于火灾方面极为易发。尤其在纯竹木建构干栏地区，例如侗族村寨，往往一屋失火，全寨被毁。毛南山乡传统的干栏石楼在防火方面虽然性能略优，但与一般干栏建筑并没有本质的差异。

尽管干栏石楼在建筑艺术以及选材上相对于一般以纯泥土夯墙、以竹木为架的干栏式建筑为优，其使用寿命也更为长久，但在潮湿闷热、冬夏温差极大，虫蛀鼠啮频繁的毛南山乡，屋架、楼板以及泥土夯筑的墙壁上部，其耐腐朽、抗颓毁的能力并不比一般干栏式建筑有太多的优势。而干栏石楼的这些部位一旦腐朽坏损，料石砌造的墙基便基本失去价值，亦即干栏石楼毫无疑问能够在毛南山乡独特的自然生态条件下极大地增强其抗毁损能力，但石砌墙基难以从根本上改变卑湿地区土木构架的易腐、易蛀及易燃实质。其使用寿命以及其他指标绝对难以与砖混结构的新式楼房相匹敌。笔者在毛南山乡考察时，在许多地方看到屋舍已坏但石砌墙基仍然

① （宋）范成大著，齐志平校补：《桂海虞衡志补校》，广西民族出版社1984年版，第35页。

② （明）徐霞客著，朱惠荣等译注：《徐霞客游记全译》，贵州人民出版社1997年版，第1218页。

完好无损的现象。

毛南山乡南昌屯谭寿仪故居，内外皆为汉式结构。

　　干栏式建筑在避虫蛇、防猛兽等方面与一般的的落地茅屋相比有着独到的优势，这无疑是干栏式建筑得以延续数千年，直至新式楼房出现以前的漫长时期。石楼式干栏民居确实极大地强化了这方面功能。但用于蓄养禽畜和堆放杂物的底层，由于呈开放和半开放状态，基本上不具备杜绝虫蛇侵入的功能。在毛南山乡野兽极为少见，尤其猛兽基本绝迹的今天，干栏石楼避虫蛇、拒猛兽的效用基本消失。即便在旧时候，于避虫蛇、防猛兽、拒盗贼等方面功能而言，以土石、竹木为主要材料的传统干栏式建筑远不如砖墙木架之庭院式建筑，因而至20世纪50年代前，毛南山乡富家财、有地位的大户人家，已经逐渐弃干栏而营庭院:"富裕户有建砖墙瓦屋者，屋分几层，有精制的石雕和木刻装饰，颇为壮观。"① 此类建筑在玉环村、中南村这样的经济富裕村屯并不鲜见。位于中南村南昌屯的砖砌

---

① 广西壮族自治区编辑组:《广西仫佬族毛难族社会历史调查》，广西民族出版社1987年版，第42页。

木架大院，楼宇连片，与汉式大户人家的住屋建筑无异，直至 21 世纪初才被拆除，改建以砖混结构的多层楼房。就建筑理念或建筑工艺而言，毛南山乡的干栏石楼无疑较岭南地区传统的纯竹木建构的干栏，或者纯泥土夯墙、竹木构架的干栏已有极大的进步，但较之砌墙——广西传统民居用于砌墙的材料主要有石头、烧砖和土坯砖等——加木料架构的庭院式建筑仍然稍显落后。因此，干栏石楼可以看成是土夯、木架干栏向砖砌、木架式居屋过渡的中间形式，以及由临时性居屋向永久式居屋发展的中间状态。在广西地区，即便是汉式民居，其临时性居屋往往也是版筑土夯为墙，简单地构以竹木；稍有资财，便是墙院式建筑。在旧时候，毛南山乡周边地区的壮、仫佬等民族尚不注重居屋建设的特殊氛围下，毛南山乡的传统干栏石楼当然具有骄人之处，但时过境迁，其局限性便显露无遗。

二 毛南山乡社会发展迅速

毛南山乡人本来就极为注重屋舍及村屯建设，其民族性本来就在注重内修的同时非常讲究外在形象，包括尽可能注重改善居住条件。在旧时候，他们宁可吃得半饥半饱，也要力求住所的整洁漂亮。自 20 世纪 50 年代以来，尤其自 20 世纪 90 年代以来，毛南山乡的整体社会面貌发生了惊人的变化，其政治、经济、文化、教育以及人们的审美观念等方面，与广西经济发达地区，甚至外省市较为发达地区日益接近。社会整体变化的结果之一，便是人们优化居住条件的意识得到极大激发与强化，其整体居住条件得到巨大改善，传统干栏石楼也就逐渐退出人们的视野。毛南山乡与屋舍建设相关的社会发展，主要体现在下述方面。

一是移民搬迁，导致毛南山乡原有社会结构形式一定程度的解体。由于毛南山乡大部分区域原有的自然生态条件过于恶劣，以及经济建设的需要，从 20 世纪 50 年代后期开始直至 20 世纪 80 年代末期，当地政府主导、扶持移民开发，将毛南山乡一些自然条件特别艰苦的峒场地带村民部分或者整体搬迁到毛南山乡内外其他条件较好地区。这些移民或者单独设点，或者掺杂于其他居民之中。毛南山乡移民到新居住点以后，基本上修建砖墙、瓦盖居屋，或者翻盖砖混楼房，其风格与毛南山乡的传统干栏石楼迥异。原居住地的干栏石楼房屋大多被弃置。笔者 2012 年 10 月 22 日考察毛南山乡促峒屯。其地原有 12 户人家，其时仅有二处房屋有人居住，而且均为空巢老人。原来的大多数村民，或响应政府号召迁徙他处，或因为近年出外打工已在其他地方建置房产，许多干栏石楼已成残垣断壁。

　　二是经济条件大为改善,从而导致人们居住观念的改变。20 世纪
50 年代初及以前,毛南山乡的生活条件异常艰苦。"旧时宜北县(后为
环江县一部分)的贫苦农民,一日三餐稀饭,少油盐,日常不过清水煮
菜。"① 这样的生活情景在毛南山乡直至 20 世纪 50 年代前后仍不鲜见:
"红薯曾经是思恩、宜北两县农民的重要口粮。"② 即便如此,毛南山乡
的居住情形仍然长时间远优于周边的壮、仫佬等民族。20 世纪 90 年代
以后,毛南山乡的自然生态状况得到较大的恢复和改善,人们通过务
工、经商等途径也积聚了相当的财富。因此,本来居住优化意识较周边
壮、仫佬等民族更强的毛南山乡人,其改善和优化居住条件的意识得到
更大激发和强化,从而加快了毛南山乡砖混楼房的建设步伐,并加速了
传统干栏石楼的式微。

　　三是各民族文化融合的广度和深度均迅速扩大,毛南山乡人民传统的
居屋实用观念和审美观念在不断嬗变。毛南山乡人的文化心胸非常开阔,
极为愿意接受其他民族的文化样式。在漫长的封建半封建历史中,毛南山
乡人往往能够在保持自己文化根性的同时,大量地吸收并融汇其他民族的
文化,在多方面造就毛南族文化与其他民族文化有机融合的局面。当大量
的毛南山乡人走出毛南山乡并长期融合于多民族文化形成的海洋之中的时
候,这种多民族文化融合的深度和广度无疑都在迅速扩大。在实用性强、
外形美观、经久耐用以及最大限度有效利用土地资源等方面,广西各地普
遍采用的新式砖混楼房较传统干栏石楼无疑具有更多的优势,而且基本上
可以具备传统干栏石楼曾经具备的绝大多数自然生态功能,因而新型居屋
审美观念得以在毛南山乡迅速而广泛地确立与普及。与此同时,毛南山乡
将干栏式建筑的部分功用融于砖混结构的新式楼房建构之中:将楼房的底
层建构成封闭或半封闭状态,仍然在其中豢养禽畜及堆放杂物;将"步
步高"的登楼石阶或木梯改建为混凝土阶梯,辅以木制扶栏或不锈钢制
扶栏,大为提高了上下楼梯的安全性等(实际上,一些曾经长期使用干
栏式居屋,对干栏式居屋充满依恋情结的百越系其他民族,其新式砖混楼
房也往往采用干栏式建制,与毛南山乡新式干栏式砖混楼房几无太大差
异)。这可以说是传统建筑风格与现代建筑风格的有机融合。

---

① 《环江毛南族自治县概况》编写组、《环江毛南族自治县概况》修订本编写组:《环江毛南族
　自治县概况》,民族出版社 2008 年版,第 92 页。
② 环江毛南族自治县地方志编纂委员会:《环江毛南族自治县志》,广西人民出版社 2002 年版,
　第 451 页。

三 干栏石楼的未来

应该说，无论从实用价值或是怀旧情结而言，毛南山乡的干栏石楼在人们的心目中仍然具有深刻的印象。而且这种印象的深刻程度与人们的年龄基本上构成正比例关系。笔者曾经于 2014 年 12 月 11 日赴毛南山乡下塘村考察，正碰上一户居民在拆除原有的干栏石楼，以便给即将兴建的砖混结构楼房腾出空间。干栏石楼拆除了一半，但仍留下很大一部分。正在施工的村民说："别看这旧房子破旧，但夏天住着凉快。水泥楼房夏天热死人。"下塘村下塘屯处于四面高山环绕的峒场之中，夏天日照时间虽然不长，但闷热的空气不易散发，居住在砖混结构的楼房之中，其闷热难耐的情形可以想见。因此，相较之下，干栏石楼的凉爽宜人还是具有极为明显的优势。

毛南山乡下塘村村民为建造新型的砖混结构楼房而拆除旧房。新楼房仍为干栏式建制。左上角为传统干栏石楼。

但毛南山乡整体经济条件的改善、毛南山乡人顺时而变的居住观念，以及砖混楼房整体上的实用与外形美观上的优势，使得传统干栏石楼在毛南山乡的地位逐渐式微成为必然。笔者多次赴毛南山乡考察，深切感受到毛南山乡人居住观念的与时俱进，即便在 20 世纪 50 年代之前，家境殷实的毛南山乡人，其住屋高墙大院，与桂东、桂北富裕之家的汉式民居相较，其坚固与气派有过之而无不及。在毛南族重要发祥地的毛南山乡中南村南昌屯（毛南语谓之"耀桑"），至今还留有巨大青条石墙基、青砖到顶、瓦片覆盖、庭院石板铺地的民居多处，不少地方虽然拆除了高墙大院的汉式民居，在其地基上建筑起砖混楼房，但楼房原有墙基及院墙的古老青条石块仍赫然在目。

笔者于2014年12月11日赴毛南山乡考察，次日与环江毛南族自治县下南乡中学校长黄有顶先生交谈。黄系宜北人（今环江毛南族自治县北部曾经为宜北县地，俗称"宜北"），壮族，1997年进入毛南山乡，一直在毛南山乡工作，对毛南山乡传统文化颇有研究。黄的一番话从一定层面道出了毛南山乡干栏石楼的命运："毛南人非常讲面子，比较喜欢攀比。在家里吃得好不好不是很注重，但住房要尽可能好。毛南山乡的自然条件远比不上我的老家，但这里的住房建筑比我老家至少先进10年到15年。在周边其他地方还在住土坯干栏的时候，毛南山乡就开始拆了干栏石楼建砖混楼房。在毛南山乡，干栏石楼越来越少了，而且消失的速度很快。"环江毛南族自治县下南乡文化站站长谭达道也说："干栏石楼在毛南山乡会越来越少。现在，在山区没通公路的地方还有干栏石楼，通公路的地方基本上都建楼房。因为楼房比较坚固，维修成本要小一点，传统的瓦房每年都要维修。老百姓是从实用的角度对房子进行改造的。但现在的楼房基本上都保留了干栏石楼的建筑形式，楼房的底层用来养猪或者堆放杂物。上南、中南、下南三地的情况基本相同。"

作为一道独特的风景，干栏石楼在毛南山乡的消失，应该是可预见的事，不管人们对其留恋还是怀念。

第七章　文艺生态的孕育发展规律

作为一种文化形态，尤其是在文艺形态相对独立的区域，毛南山乡的文艺生态之所以有其独特的民族性和鲜明的地域性，主要在于这样的文艺形态，乃至文艺生态具有较为独特的孕育和发展规律。这样的孕育与发展规律，主要体现在毛南族的根性文化与毛南山乡自然生态的有机联系方面，以及受多民族文化的濡染。尤其是，把握了毛南族根性文化的本质，抓住了毛南山乡自然生态的特征，以及揭示了毛南族根性文化与毛南山乡自然生态的有机联系，也就大致能够理性地认识毛南山乡文艺生态的孕育与发展的规律，也才有可能从本质上认识毛南山乡文艺生态的审美特质。

在毛南山乡这样独特的自然生态及其与之相关的文艺生态的生成与发展方面，毛南族的根性文化在其中发挥了至关重要的作用，尽管毛南族根性文化的孕育与发展本身就具有多元性。毛南族的根性文化构成主要来源于两大类型：一是以古百越族文化基因尤其岭南古百越民族文化基因发育而成的文化元素，二是古百越族系以外的，尤其以汉民族文化为主，同时包括壮、苗、瑶等民族文化基因形成的文化氛围。如此混融的文化体系经过毛南山乡独特的自然生态环境的孕育和促进以后，造就了毛南山乡文艺生态的一些重要特征，那就是原始宗教意识浓厚、人们的文化胸襟开阔、生存智慧多元，以及审美艺术与原始宗教意识、开阔的文化胸襟以及生存智慧等各方面呈现超循环运行态势。

相对封闭的地理环境和较具独特性的民族发展历史，并没有导致毛南山乡人形成狭隘而封闭的文化心胸，反而促使毛南山乡人的文化心胸更为开阔，毛南山乡人对于其他民族文化的认识更为科学，接纳其他民族文化的积极性和主动性更为强烈，这是毛南山乡文艺生态发展呈现出较高水平的重要原因，也是我们认识毛南山乡文艺生态审美意义所必须着重把握的方面。

第一节　根性文化与自然生态的融会

一　根性文化的特征

毛南族的文化基因虽然更多地来源于古百越民族尤其岭南古百越民族，然而其构成却是较为复杂的，因为毛南族本身的来源具有多元性特点。这种民族源流的多元性特点无疑会对毛南族的根性文化构成直接的影响。毛南族根性文化的特征，较为鲜明地体现在下述方面。

首先是毛南族人对族源多维性认识高度一致。毛南族在 20 世纪 50 年代初期总人口为 18149 人①，族内大姓为谭、覃、卢、蒙等姓，"谭、覃、卢、蒙等姓毛南人都传说其始祖为外来汉人，与当地女子结婚，生下子孙成为毛南人"②。其中，占毛南族人口 80% 以上的谭姓，族谱记载和民族史诗都说自己祖先在明朝初年来自湖南常德府，后辗转至毛南山乡定居并娶当地女子为妻，子孙不断繁衍致使群体壮大③；覃姓毛南族人族谱记载自己祖先原籍山东齐郡，始迁浙江，再迁至广西，后来部分族人迁徙至毛南山乡定居，娶当地女子为妻并繁衍后代④；卢姓毛南族人传说自己的祖先来自福建，蒙姓毛南族人则说自己的祖先来自贵州荔波⑤。毛南族人上述族源传说虽然不能完全视为家族信史，但也不无根据，那就是毛南族应该融合了中原或其他地区包括汉族在内的其他群体而成。毛南族根性文化的重要特征之一就是族源的多维与高度融合。

其次是毛南山乡原始宗教色彩浓厚。许多人认为，甚至连毛南山乡的师公都觉得，毛南山乡人信奉的是道教。⑥ 其实这仅仅是从所行某些宗教仪式的外形而言。确切地说，毛南山乡人较为普遍地信仰以原始宗教为核

---

① 广西省民族事务委员会：《环江毛难人情况调查》，1953 年版，第 1 页。

② 蒙国荣、谭贻生等：《毛南族风俗志》，中央民族学院出版社 1988 年版，第 53 页。

③ 《谭家世谱》碑。清乾隆戊申年（1788）刊立，今保存于环江毛南族自治县下南乡波川小学内。

④ 广西省民族事务委员会：《环江毛难人情况调查》，《覃家祖谱》，1953 年版，第 27 页。

⑤ 蒙国荣、谭贻生等：《毛南族风俗志》，中央民族学院出版社 1988 年版，第 53 页。

⑥ 广西省民族事务委员会编印的《环江毛难人情况调查》第 95 页写道："群众过去在宗教信仰方面，以混有佛教色彩的道教为主。"毛南族师公尊称道教的上元、中元、下元为自己的祖师，在师公们广泛使用和传承的经文中还有关于三元的来历故事；师公们行宗教仪式时往往要请出三元祖师压阵。

心，兼有道教、佛教元素为外形的混融式宗教。"毛难族迷信'万物有灵'的原始宗教，也吸收壮、汉族的宗教影响。"① 毛南山乡传统的日常生活中，原始宗教色彩极为浓厚，神灵众多："民间有多种自然崇拜，山有山神，水有水神，树有树神，村头村尾土地神（庙），名目繁多。家内的鬼神更多。"② 毛南山乡的许多传统节庆以及生产、生活中的禁忌，几乎都与毛南山乡人原始宗教意识，亦即与万物有灵、多神崇拜、祖先崇拜等有关。例如毛南山乡传统节庆活动放鸟飞、赶祖先圩、分龙节、迎祖送祖等，几乎充满了自然崇拜和祖先崇拜元素；毛南山乡传统社会中的生产与生活禁忌（第一章第一节已录），更是原始宗教意识的形象写照。所有这些禁忌，几乎都反映出毛南山乡传统社会中人们对于自然百物和逝去的祖先超自然力，以及自身异化力量的畏惧与臣服。直至今天，毛南山乡仍然氤氲着浓厚而神秘的原始宗教氛围。笔者曾经认为，外地人要真正进入毛南山乡，最大难度在于需要寻找到通往毛南山乡人传统文化心理的大门，而这一扇大门几乎与毛南山乡人传统的原始宗教心理之门是同形而异名的。③

再次是多民族文化融合痕迹明显。从大环境而言，广西各民族之间交流频繁，而且融合历史悠久，百越系内各民族之间、百越系各民族与其他民族之间在政治、经济、文化以及婚姻等方面，基本上不存在隔阂。尤其毛南族来源较为多元，其本身便是多民族融合的产物，因而毛南族与其他民族在文化上的交流与融合方面基本上不存在障碍。毛南山乡具有文化符号意义的民间手工艺品制作艺术，例如顶卡花织造、傩面雕刻、石雕技艺等，很大程度受汉文化的影响；语言艺术受壮、汉等民族文化的影响也极为深刻，例如毛南山乡的情歌、礼俗歌、生产歌等民歌，由于选词和韵律的原因，有很多就是借用壮语演唱；毛南山乡综合仪式肥套中的巫语朗诵和故事叙说，有很多就是借助于汉语表达，以渲染典雅、庄重的气氛，肥套的建构形式和内容元素，都充满着道教、佛教以及周边其他民族本土宗教的色彩；干栏石楼建筑也是在南方巢居的基础上，尤其在岭南古百越民族竹木干栏的基础上，融合了毛南山乡的自然生态元素，等等。即便是毛南语，也是多民族语言融合的产物——毛南族历史文献记载和当今毛南族

---

① 广西壮族自治区编辑组：《广西仫佬族毛难族社会历史调查》，广西民族出版社 1987 年版，第 49 页。

② 同上。

③ 吕瑞荣：《寻寻觅觅，只为一把钥匙》，吕瑞荣、谭亚洲等《毛南族神话的生态阐释》，广西人民出版社 2012 年版。

学者也基本持这样的态度。① 但毛南山乡人对于其他民族的这些文化元素，并不是简单地照搬，而是经过熔炼、重铸之后形成具有毛南山乡鲜明特征的民族文化。当然，从这些具有鲜明的毛南族色彩的文化样式中，人们仍然能够清晰地看到其他民族文化的痕迹。所以，多民族文化元素的有机融合，成为毛南山乡文艺生态以及毛南族根性文化的重要特征。

最后是地域性突出。毛南山乡系一个具有独特风景的文化岛屿，周边是其他民族文化所构成的海洋。从某种角度而言，毛南山乡的文化特色基本上等同于民族特色或地域特色，三者具有高度一致性。正因为如此，毛南山乡的根性文化更多地可从其所处地域的自然生态层面进行解读。毛南山乡根性文化地图的边缘基本上与毛南族聚居地域边缘、与毛南山乡地理边缘相重合。当然，历史上的毛南山乡与今天通常认为的毛南山乡在地域面积上略有差异——从文化面积上而言毛南山乡似乎有日渐缩小的趋势——但这样的差异对毛南族的根性文化没有构成本质上的影响，因为毛南山乡具有符号性意义的文艺形态主要集中在毛南山乡的中心地带，毛南山乡的文化中心地带与地域中心地带是高度重叠的。例如毛南山乡最具特色的文艺样式主要存在于毛南族聚居区的中南和下南地区，而这两个地区基本上属于毛南山乡的政治、经济和文化中心。从民间风俗以及毛南山乡符号性文艺形态来看，越往毛南山乡地域中心地带，风俗及符号性文艺形态的民族特色就越鲜明，毛南族根性文化的色彩就越厚重。而这些正是构成毛南山乡文艺生态的主要元素。从地域特征来讲，毛南族的根性文化从周边的文化海洋中吸收了大量的养分，同时又为周边的文化海洋增添了绚丽的色彩，文化岛屿与周边的多民族文化所构成的海洋相映成趣，周边的多民族文化构成的文化海洋也极大地衬托了这一岛屿的独特风景。

① 《谭家世谱》碑载："多蒙益友方刚振，始而结盟，继而姻婚，生育男女，玲珑智慧。庶几苗瑶散于四方，由是出作入息，耕食凿饮，土苗互语，了然明白，田产器皿，绰然有余。将见交朋结友，情义和稔，男姻女嫁，了配风光，人杰地灵。"其中的"土苗互语"，就说明毛南语的形成系融合多民族语言的结果。在旧时广西，很多时候将所谓"未开化"的民族或群体称为"苗瑶"或"苗蛮"，因而"苗"或"瑶"常常不是特指，而系泛称。2012年10月25日，毛南族学者谭亚洲先生在其家中举办肥套，笔者与其谈到毛南语的独特性问题，谭亚洲先生说："我们老祖宗开始到毛南山乡的时候，他说的话当地人听不懂，当地人说的话他也听不懂。后来互相之间都变化一下，于是就成了毛南语。"此说当然还需要学术考证，但应该大致描述了毛南语构成的多民族元素融合状况。民国三十一年（1942），思恩先政府官修成书的《思恩年鉴》在记述到毛南话时，云："冒南话之音，有十分之四似母老话，十分之二似壮话，十分之三似官话，十分之一另一种土音，为本县特别语言。"冒南话即今之毛南话。

二　根性文化与自然生态的耦合

在这里，我们借用物理学上的一种现象来对毛南山乡的自然生态和文化生态之间的相互作用进行阐释，即毛南族的根性文化与毛南山乡的自然生态两大系统之间拓展对方的影响，进而融合起来建构成毛南山乡整体文艺生态等现象。无论是构成毛南族根性文化的重要元素之一的岭南古百越民族文化基因，还是毛南族文化成型后体现出来的特征，与最基本的生存欲望相关的原始宗教意识浓厚是毛南族根性文化最具特色之处。而这样的根性文化与毛南山乡的自然生态特征构成耦合关系，彼此影响且强化了对方的系统效应。毛南族根性文化与毛南山乡自然生态系统之间的耦合关系，主要体现在下述三方面。

一是人们基于根性文化中的原始宗教观念以及基本的生存欲望阐释并放大了毛南山乡自然生态系统及其构成元素的超自然力能量。人们原始宗教观念中的许多成分，本来就是缘于对自然生态系统及其某些构成要素的超自然性阐释，以及在此阐释的基础上达成对于超自然力的借取和利用。毛南族传统观念中的原始宗教成分以及与原始宗教相关联的生存期盼的宗教性表述，既来源于岭南古百越民族的文化基因，也产生于毛南山乡自然生态系统及其某些要素的触发；或者说毛南族传统的原始宗教观念，极为重要的原因在于人们基于万物有灵观念对于毛南山乡自然生态的认识与解读。清朝中期直至民国广西旧政府统治时期，毛南山乡的中、上层社会的文化观念有较大改变，儒家的读书做官思想逐渐浓厚，而且这样的观念也逐渐浸润至毛南山乡的社会下层，但这样的浸润速度极其缓慢，而且对社会下层的影响较弱，一般百姓还需为最基本的生存做艰难的挣扎，传统原始宗教观念仍然继续大行其道，保持了对于传统社会价值观念的主导地位。

二是毛南山乡恶劣的自然生态系统及其构成元素促使人们保持并发展了相应的原始宗教观念。时代前进至20世纪40年代末期，当毛南山乡周边地区的原始宗教观念在日益淡化，人们逐渐从超自然力的迷思中解脱出来的时候，毛南山乡的原始宗教氛围并未见根本性稀释，因为毛南山乡的自然生态加重了人们对于超自然力的迷思，加重了人们的原始宗教意识。毛南山乡普遍艰难的自然生态条件，衬托出主体力量的渺小，促使主体生发出对超自然力的多重期盼。本来，人类对于超自然力的迷信和期盼，应该随着自然环境的改变以及社会文化的进步而逐渐淡化。但直至20世纪50年代前期，毛南山乡的自然生态系统不仅未见改善，反而日趋恶劣，因自然生态系统以及与自然生态系统和社会综合因素相关的作用，一般百姓简单的生存及生活极为不易。他们除了勤苦劳作之外，将更多的期盼寄托于神灵世界，以祈求从和融于神灵的期盼与实践中获得对人生的慰藉及福佑。此种状况持续至 20 世纪 50 年代初期。

三是根性文化与自然生态耦合并共生了毛南山乡文艺生态中的特色元素。在毛南山乡的传统社会生活中，由于自然生态和文化生态的综合作用，人们借助于根性文化中的原始宗教观念，以及对毛南山乡独特的自然生态系统及其构成元素的阐释结果，进行夸张性联想和想象，建构其具有毛南族特色的，带有毛南山乡鲜明印迹的文艺生态，而这一文艺生态的能量远远大于毛南族根性文化中的原始宗教观念，以及毛南山乡自然生态系统及其构成元素二者间简单之和。传统社会生活中的毛南族根性文化既成为自然生态系统以及其他相关元素综合作用的产物，又为根性文化与自然生态的耦合运动提供动力，从而建构起形神兼备的毛南山乡文艺生态。毛南山乡文艺生态中的最耀眼的部分，主要由毛南族根性文化与自然生态耦合生发。

三　根性文化与自然生态融会的方式

在毛南山乡文艺生态形成及发展的过程中，毛南族根性文化与毛南山乡自然生态系统及其元素融会的方式，大致包括以下三种。

首先是传统文化为阐释自然生态的外形及其所谓的超自然力提供了独特的观念与视角。自然生态中的山形水态，以及宇宙万象本来是天地造化的产物，本身仅仅具有物理与化学特性而不具备超自然力属性。但具有原始宗教情怀的人往往将山形水态以及宇宙万象与超自然力联系起来。毛南山乡传统社会就乐于并善于作这方面的联系，而且这样的联系来得极为漫长和广泛，进而形成毛南族文化中的集体无意识。毛南山乡传统社会生活中的诸多禁忌，人生中的极为注重的仪式，往往都与毛南山乡人审视自然生态的外形及其所谓超自然力的独特观念和视角，有着直接或间接的关系。在外人看来极为平常的小事，毛南山乡人常常视为重大事端，因此请来神职人员郑重其事地做一场法事。"村里发生意外事时，如石山掉下，大树刮倒，发生怪异现象等等"，人们往往将其视为神灵的旨意，随即采取祈神仪式。[1] 毛南山乡传统社会生活中的"龙脉"观念，难以数计的自然神灵，人们为安抚和祈求自然神灵所举办的仪式等，大多系毛南山乡人

---

[1]　广西壮族自治区编辑组：《广西仫佬族毛难族社会历史调查》，广西民族出版社 1987 年版，第 50 页。

因其以独特的观念与视角审视自然生态的外形及其所谓的超自然力所导致的结果。

其次是独特的自然生态环境下偶然呈现的物象以及由于自然生态环境加重的某些社会现象"印证"了人们对于超自然力的迷思。自然生态系统所呈现的物象千奇百怪，其中有的物象人们可以做出合理的解释，有的物象则是人们难以究其原委的。而对于后者，人们受原始宗教观念的影响，便有可能作超自然力的联想；或者某些自然物象与人们的生活经历有所巧合，人们便从超自然力角度认定该物象与人的生活经历有着内在的必然联系。毛南山乡传统社会生活中的此种现象比比皆是，这无疑促进了自然生态系统与毛南族根性文化之间耦合的深度和广度，同时也导致毛南山乡的原始宗教意识即便在 20 世纪 50 年代以后仍然极为浓厚。毛南山乡传统社会生活中的原始宗教观念导致人们对自然生态系统及其构成元素产生超自然力迷思，而因为超自然力迷思被赋予神秘色彩的自然生态系统及其构成元素反过来促使人们的超自然力迷思更为深沉和广泛。两者之间构成循环往复并相互提升的耦合态势。

再次是难以预知的自然及社会事件促使人们更多地将人生道路与超自然力做无谓的联想。对于原始宗教意识极为浓厚的毛南山乡的人们来说，畏惧或者期盼神灵眷顾的往往不是已经呈现的物象或人生经历，而是难以预知的人生未来。在他们看来，自然生态环境中的某些现象，例如山崩地裂、干旱水涝、树倒房塌以及植物的异样生长和动物的偶然出现等，往往被看成是超自然力的显现；人生或家庭的微小变故，往往被认为是更大变故的开始或先兆。由此他们需要祈求神灵的福佑或者举行宗教仪式来禳解。有时候，即便属于生活发展的必然结果，或是人为拼搏的必然结局，人们也认为是神灵的特别眷顾，也要举行相应的仪式对所谓的神灵及其眷顾之力进行酬谢，将这样的必然情形归功于超自然力，从而放大了人们对于超自然力的期盼，以及人们对于未来不确定性的恐惧。

最后是艰难的自然生态催生了毛南山乡传统社会中崇尚努力、坚忍与诚实的社会风尚。毛南山乡人并不总是盲目地沉浸于超自然力的迷思中。人们在畏惧且期盼超自然力的同时，更多地将生活期盼演绎至艰辛的努力与顽强的拼搏，因为毛南山乡自然生态的恶劣程度异常，非一般人可以想象。努力与坚忍是人们获得基本生存与生活条件、延续家庭或家族血脉最为有效的途径。正因为如此，毛南山乡人普遍推崇努力拼搏的精神与作为，鄙视懒惰和懈怠，无论大小事务都尽可能一丝不苟，力求将事情做得尽善尽美。传统社会中的毛南山乡人对于自然化身的神灵推崇备至，在意识与言行中往往不敢对神灵有丝毫的虚伪与欺诈。由于在恶劣的自然生态环境中需要有浓厚的互助与守信精神，人们对于人与人之间的诚实守信至为推崇，并且试图通过神灵的力量强化诚信的意识与作为。毛南山乡至为重要的宗教仪式肥套，就反复强调人们对于神灵的诚实和守信，这实际上是人们渴求在社会生活中相互守信的意识的反映。

第二节　封闭环境与开阔胸襟的碰撞

一　交通阻隔下的社会生活

历史上的毛南山乡，其中一些地区与外部的阻隔相对较少，例如原属于毛南山乡的今水源镇、洛阳镇、川山镇等乡镇的一部分，有许多属于缓坡田峒地带，甚至被当地人称为平原区块，即便在封建时期交通也不甚困难。但随着时间的推移，毛南族人往今天的毛南山乡腹地收缩，其生活环境越来越集中于"山田硗确"的峒场地区，交通阻隔日益严重。虽然今天的毛南山乡内部有许多地区尚可称为鱼米之乡的局部田峒地带，例如下南的六圩，中南的堂八，以及川山、仪凤等地，多有溪流平缓的田畴沃野，但总体而言，毛南山乡许多地区被峻岭崇山阻隔，其内部更是被分割成一个个谷深山峻、形如锅底的小块。"抬头远眺，蓝天底下那巍峨绵亘的大石山，墨绿朦胧，挺拔叠嶂，四面环列，一簇簇，一层层，似乎要刺破那蔚蓝的天。"[1] 尤其毛南山乡的下塘、上南、玉环、才门、景阳和希远等地及其偏远村寨，更是由一个个幽深封闭的峒场构成，旧时人们出入往往需要爬山攀岩。即便经过 20 世纪的近 50 年和 21 世纪的 10 来年的交通建设，一些地方仅仅是变羊肠崎岖小道为简易的机耕路，人们仍然深感出行不易。

与交通状况相对封闭以及经济状况整体不佳的情形相对应的是，在较长时期内，毛南山乡民众的社会生活，尤其宗教生活方面基本上自成体系，受外界影响或者影响外界的程度相对微小。在旧时的农耕社会，人们的生活方式与生活内容极为简单，基本上为一日三餐或一日二餐，而日常所需之物主要为柴米与油盐酱醋而已。在一些自然条件极为艰苦的山区峒场地带，许多村民甚至连最简单的一日三餐都难以保证："下南乡坡川屯

---

① 莫家仁：《毛南族》，民族出版社 1998 年版，第 3 页。

谭玉圭，家庭成分为雇农。全家四口人，土改前无房屋，借住别人草房或住别人房檐下和山洞。全年生活靠夫妻俩出卖劳力和柴草维持，一年难得一饱，有时仅以野菜当餐。"[1] 如此简单而贫困的物质生活，在自给自足的小农经济时代，人们基本上不需求助于山外。20 世纪 50 年代前的毛南山乡，与岭南其他地区一样，人们崇巫不重医。"邑人最迷信者为佛。往往于亲死之时延道士诵佛经作道场破地狱，祈亲之超升天界。其有不善终者，必延道士鬼师合行荐祓，祈佛神遨大赦。次为神道三界公爷，谓其能扶危救病；万岁天尊圣母，谓其能送子宜男；更有八庙（以雷王为主神），上穹上司诸神，均有誓愿，视为家神。若病时，更有外鬼，名目繁多。祭之以乳猪狗鸡鸭等。而以蒙官为厉害……一切休咎均就法巫求指示。"[2] 毛南山乡此类神职人员广布，无须到山外寻求。当其他地区的经济逐渐向前发展，社会生活尤其宗教观念变化迅速的时候，毛南山乡仍然基本上采用原有的物候节律。故而自然生态圈相对封闭，导致了基本社会生活圈的封闭，进而形成了一个文化上独具特色的孤岛。

在 20 世纪 50 年代以前，毛南山乡的圩镇较多且分布较广，其间不乏外地客商。但毛南山乡的圩镇所交易的绝大多数属于村民的日用必需品，以及村民自产的土特山货。交易中虽然涉及较大数量的本地村民与外地客商的交流，但这样的交流对于促使毛南山乡文化变迁的推力仍然是极其有限的。到毛南山乡圩镇上做生意的外地客商大多仅仅是赁处经商而已，要想在毛南山乡置地购屋则困难重重，因为旧时毛南山乡多为同姓聚族而居，村民有典卖田产的，先依族内；族内无人购买的，方能卖予外人。但这种将田产售予外人的情形在毛南山乡极少存在。这就在很大程度上减少了外族、外姓人入住定居村寨的可能性。毛南山乡主要为谭姓、卢姓和覃姓等大姓，而 20 世纪 50 年代以前，谭、卢二姓在毛南山乡的政治和经济生活中基本上占据支配地位。在谭、卢二姓聚居的村屯及其周边地区，他姓人或者难于立足，或者被迫同化。因此，总体上而言，毛南山乡同姓聚居的社会生活格局，当然不排除他族或他地文化的影响，但这种外来文化的影响很难在短时间内从根本上动摇毛南山乡本土文化的主导地位。而且，毛南山乡接受外来文化元素并将其融会于自己的文化体系之中，所需时间也较为漫长。这就导致其文化特征一

---

[1]　环江毛南族自治县地方志编纂委员会：《环江毛南族自治县志》，广西人民出版社 2002 年版，第 941 页。

[2]　梁玓、吴瑜：《思恩县志》，民国二十二年九月铅印，（台北）成文出版社有限公司 1975 年据原铅印本影印，第 94—95 页。

且形成，便会极大地稳定而持久。

二　毛南族开阔的文化心胸

尽管自然生态环境为毛南山乡与外界的交流设置了重重障碍，但毛南族渴望与其他民族、其他地区的人们交往，而且这种加强与其他民族交往、努力吸收其他民族文化元素的愿望至为强烈、稳定和持久。这已然成了毛南族的民族个性。考其来源，其中既有民族生存与发展的功利性需要，也有毛南族族源构成多元性的原因，还与毛南族在长期的发展过程中所坚持的处世理念有很大的关系。从民族的生存与发展的角度而言，人口极少的毛南族必须在文化上坚持开放、包容的心态，尽可能在毛南山乡及其周边地区营造出和谐、融洽的文化环境。从族源构成上来讲，毛南族先民本来就融合了来自百越系其他民族、苗瑶系民族以及汉民族的血液，根性文化中原本就蕴含有其他民族的相关元素，因而在民族的形成与发展过程中有着能够融合其他民族文化的天然优势。从民族发展经历来讲，毛南族先民走过了极为坎坷的道路，曾经有过很多教训：谭姓毛南族人的始祖谭三孝在进入毛南山乡之初饱受磨难，于是立志周正做人、和融他族①；由于祖先曾经与白裤瑶产生过争执，毛南族先民对这样的争执进行了深刻的反省并且通过宗教行为对其作出修正②；直到今天，毛南族在内心深处以及言行中对白裤瑶表现出或多或少的歉意，等等。③　正是因为具有这样的文化背景，毛南族开阔的文化心胸，以及缘于其开阔的文化心胸而对外来文化所采取的态度，才有着较为坚实的基础，也才体现得较为自然。当这样的文化心胸与相对封闭的自然生态发生碰撞的时候，毛南山乡人才有可能在自己眼前展现一片敞亮的文化境地。毛南山乡人在文艺生态建构过程中的开阔心胸，主要从下述方面体现出来。

一是具有强烈的接受先进文化的意识，注重缩小毛南山乡与周边文化发达地区的差距。尽管毛南山乡长期处于较为封闭和贫困的状态，但在接受和普及先进文化尤其汉文化方面却有着强烈的意识及切实的作为。明朝

---

① 这样的处世理念在毛南族的史诗以及《谭家世谱》碑中有明确的记载，而且毛南族史诗和《谭家世谱》碑所载内容是毛南族传统文化活动中非常注重传承的内容。
② 毛南族在日常生活及宗教活动中创造了许许多多的神灵，其中有一个神灵叫瑶王，善良、敦厚、朴实，对毛南族人非常友好。这个神灵就是白裤瑶的代表，在毛南族最重要的宗教仪式肥套中发挥重要作用。
③ 韩德明：《与神共舞——毛南族傩文化考察札记》，广西人民出版社 2006 年版，第 110、112 页。

万历三十年（1608），思恩县城创立学宫，清代设立书院。① 清朝乾隆年间，毛南山乡始设私塾，至清朝光绪年间，"文化教育相当发达，在前清科举时代，有不少人中秀才、举人和进士……就是贫苦的家庭，也设法送其子弟入学，因为他们深切感到家里没有人读书，就处处吃亏。甚至有的以上山打柴火、烧木炭、做小贩、编织竹器等来维持子弟的学费"②。到清末民初，毛南山乡兴教向学之风益盛，其整体汉文化教育水平远高于周边其他少数民族地区甚至汉族地区，并获得了"三南文风颇盛"的美誉。③ 民国年间，毛南山乡修建下南学校，村民将仪凤一处最大的三界庙拆掉，将条石、砖头、瓦片运至下南六圩作建校之用，而仪凤距六圩约十里，且为翻山越岭的崎岖小路。这在当时传统宗教盛行、三界神在毛南族传统生活中享有崇高地位的毛南山乡，实属不易。毛南山乡重教向学之风由此可见一斑。直到今天，还有毛南族学者认为："我们毛南人历来注重文化教育……是这一带各少数民族中教育水平最高的"；"在中华大地上，汉文化是最先进的。毛南人学汉语是相当勤奋的。"④ 这种观点在毛南山乡确实有很强的代表性。

二是毛南山乡在打磨本民族的经典文艺形态的同时，积极推崇外来文艺元素在其中的激发与促进作用。应该说，曾经在毛南山乡及其周边地区产生过重要影响，并且被毛南族以及周边其他民族誉为毛南山乡传统艺术符号的艺术形态，诸如毛南族的顶卡花、木刻、石雕以及传统建筑等，是在毛南山乡独特的自然生态和文化生态中融合、铸炼而成的，象征着毛南山乡人们传统的审美取向以及于艺术创造和艺术升华方面的聪明才智。但毛南山乡人从不忌讳外来艺术元素在本民族符号性艺术形态孕育及成长过程中所曾经有过的激发与推动作用。毛南山乡关于顶卡花的来历有一个美丽的传说：一位姓金的"汉族后生哥"逃荒南下，来到毛南山乡一个叫穿山洞的峒场居住垦荒，并与比邻而居的毛南族姑娘谭灵英相爱。金哥用毛南山乡出产的优质金竹和墨竹精心编织了一顶雨帽送给灵英。久而久之，顶卡花成为毛南山乡青年男女的爱情信物。⑤ 毛南山乡傩面中的神话人物从五官造型到面部色彩都大量采用中国北方人面相特征以及汉族舞台

① 环江毛南族自治县地方志编纂委员会：《环江毛南族自治县志》，广西人民出版社 2002 年版，第 775 页。
② 广西省民族事务委员会：《环江毛难人情况调查》，1953 年版，第 5 页。
③ 《毛南族简史》修订本编写组：《毛南族简史》，民族出版社 2008 年版，第 95—96 页。
④ 韩德明：《与神共舞——毛南族傩文化考察札记》，广西人民出版社 2006 年版，第 125、128 页。
⑤ 袁凤辰、苏维光等：《毛南族、京族民间故事选》，上海文艺出版社 1987 年版，第 63 页。

艺术人物元素，其原始宗教范畴内的鬼神元素逐渐从中淡出。传统墓葬以及民居建筑中的石雕和木雕，大量采用周边汉族文化区所推崇并广泛存在的田园风光及建筑风格。毛南山乡传统中重要的碑刻艺术往往有意无意地推崇汉族工匠。[①] 尽管毛南山乡人在传统社会生活中崇奉的是以其原始宗教为核心、兼有道教与佛教元素外衣的混融宗教，但毛南山乡最为重要的神职人员"公三元"（师公）则坚称自己的祖师为来源于道教梅山派的三元，在重要宗教仪式及其经文中将道教的三元祖师置于非常崇高的地位。我们可以说，富有开阔的文化胸襟的毛南山乡人，在其传统的艺术创造理念与创造活动中，不仅不排斥外来艺术元素的影响，还积极地推崇外来较为先进的艺术元素。

三是在艺术创造中更多地遵循艺术本身的规律，而不囿于狭隘的民族文化观念的束缚，尽管这样的遵循有可能出于无意识而非出于艺术自觉或者艺术审美理性。毛南族有自己的语言而没有自己民族的文字，其传统文艺形态有许多系民间口头创作和传承。毛南语在发展的过程中，在某些艺术创作尤其在歌谣创作方面已经呈现出相应的局限性。毛南山乡人在从事歌谣创作或其他语言艺术时，在必要的时候果断地放弃本民族语言而采用壮语或汉语。例如在民歌演唱中，毛南山乡民间歌手更多地运用壮语；在重要宗教仪式肥套的表演中，其颂语和叙述语言大量使用汉语，等等。[②]

三　环境的聚力与胸襟的张力

正是因为毛南山乡相对封闭的自然环境，以及虽不充裕但却相对完备的自然元素，能够在小农经济及自给自足的简朴生活时代为人们提供一个相对自成体系的生产与生活领域，因而在特定的时代为诸如毛南族这样的人数极少、势单力薄的群体提供一个较为安全的生息繁衍之地。这是独特的自然生态环境对毛南族先民产生的聚力。这样的聚力在特定的时代对于

---

① 毛南族具有重要文物价值的《谭家世谱》碑记载"三楚李明才敬刊"，表明至迟在清朝乾隆戊申年（1788）汉族工匠在毛南山乡已经有艺术活动；据卢敏飞、蒙国荣的《毛南山乡风情录》（四川民族出版社 1994 年版）介绍，建于民国年间、现存于毛南山乡波川村的谭老孺人生墓，其石雕虽然出于毛南族工匠之手，但建墓主人最初筹建时，更推崇外地工匠。

② 2012 年 10 月 25 日开始，毛南族学者谭亚洲先生家举办肥套，其间有一场由观众与师公同场演唱主办者家族和家庭事迹。谭亚洲的三哥谭乾洲（毛南族著名歌手，仪式举办的前两天曾专程赴毛南族山乡的下南六圩参加毛南族山乡民歌赛唱）其时正跟笔者交谈关于肥套的轶事，突然起身说："我们家的事情和亚洲家的情况我很熟悉，我要上去唱。"然后在场中择地而坐，与师公们用壮语朗声歌唱。

特定的群体而言，往往意味着屏障与温馨的完美结合。毛南族人不唯碰上族外压力的时候才日渐往毛南山乡中心聚集，即便为了缓解或消除族内压力及家庭压力时，也往往选择毛南山乡的深山峒场栖身。毛南山乡这一方较为贫瘠但却能在特定的历史时期给予弱小群体以足够安全感的水土，将四面八方谋生不易的家庭或家族吸引进来。

当人们聚集到毛南山乡的时候，不同地域、不同群体的文艺元素也被聚集到毛南山乡这片土地上来，并与当地的自然生态元素和当地原有的文艺元素结合起来，进而孕育成具有毛南山乡特征的文艺形态。毛南山乡从某一层面来讲正如一个巨大的文化场，将相关地域和民族的文艺元素吸引到其中之后，再孕育和熔铸成新型的文艺形态。考察毛南山乡的墓葬，尤其谭姓毛南族人的墓葬，其整体建制与墓壁石雕迥异于周边百越系其他民族：主墓两侧一般石砌或泥垒"护手"，起拱卫主墓作用，此一墓葬建制风格几乎不见于岭右百越系其他民族地区，而与湘桂走廊的楚国故地的兴安、全州、灌阳的汉式墓葬极为相似；墓门碑石构架整体呈五合式样，此亦与广西兴安、全州、灌阳的汉式墓葬略同。而兴安、全州、灌阳三地汉族多来自湖南或者道经湖南迁徙而至，其俗与湖南尤其湘南大致相同。所以从墓葬风格角度看，谭姓毛南族人云其祖先来自湖南，应该有极大的可信度，因为墓葬习俗在诸类民间习俗中，往往保持得相对稳定而持久。毛南山乡的顶卡花编织技术，毛南族民间传说源于南下流落至毛南山乡的北方汉族灾民所创（前文已有介绍）。民间传说故事虽然未必具有历史价值，但此一传说从一个侧面揭示了毛南山乡顶卡花编织在一定程度上聚集了外地的精致的竹编技艺，应该是有相当大的可信度的。其他诸如木雕技艺、民居建筑技艺、钢铁冶炼及铁器制作技艺和民歌等，其成型与升华，往往也得力于毛南山乡的凝聚和孕育之功。因为这些文艺形态具有明显的外来色彩。

但毛南山乡人并不是简单且被动地依赖于毛南山乡的聚力，尤其在文艺方面所体现出来的聚力，而是要通过自身的努力将毛南山乡的这种聚力演变为文艺的孕育与升华之力。这种在聚力的基础上生发出来的孕育与升华之力正是毛南山乡人开阔的文化胸襟特有的艺术张力：毫不犹豫地"拿来"，然后再做艰苦的熔铸和升华，将其打造成具有自己鲜明特性的民族符号，使其成为民族文艺力量的象征并在周边地区形成强烈影响。毛南山乡人的倔强、坚忍、细致，以及在生活和艺术方面的融通和再创造精神，正是其文化胸襟张力的集中体现。这种张力我们可以在毛南山乡的整体文艺生态中，在毛南山乡具有符号性意义的文艺形态，诸如礼俗歌、

《枫蛾歌》、顶卡花、墓葬石雕、傩面木雕以及传统民居建筑艺术等，几乎随处可见。上述文艺形态几乎都融合了毛南山乡的自然生态元素、原始宗教观念和毛南山乡人的传统审美情趣及创造美的能力。

第三节　生存智慧与审美艺术的旋升

一　生存期盼与艺术审美的直白

毛南山乡的文艺生态在很大程度上带有简洁、淳朴以及原生态色彩，亦即毛南山乡的文艺活动与毛南山乡人的生产活动及毛南族的繁衍期盼有着密切而直接的联系，有许多甚至还是生产活动及民族繁衍期盼的直接体现。而无论是生产活动还是民族繁衍期盼，都可以看成是生存期盼的体现——它们蕴含着个体与群体极为丰富的生存课题。

毛南山乡传统文艺形态凝聚了民族的生存期盼，与个人生存及群体生存追求构成了直接而浅近的关系，文艺形态内涵的生产性及生存期盼性色彩鲜明。应该说，毛南族本身的形成与发展，就可以看成是生存智慧的结晶。毛南山乡艰辛的自然生态，促使人们为了生存在生产上要付出比周边水田稻作区域高数倍乃至十数倍的体力，肉体与心灵上要承载更多的苦痛，需要有更大的精神慰藉来舒缓内心的生存压力，等等。如此，毛南山乡人在长期的生产与生活中孕育并升华了更多的生存智慧以及与之相关的艺术审美活动，而这些生存智慧及其活动就直接或间接地创造或丰富了毛南山乡的文艺生态。在毛南山乡，生存期盼与艺术审美活动往往构成了极为浅近而直接的关系。毛南山乡的礼俗歌，表达的是对家庭和睦与子孙繁衍的期盼——当然是为了更高境界的生存；《枫蛾歌》叙说的是生活压力的繁重与女性生存境遇的残酷，是生存与艺术更为直接的对白；顶卡花编织技艺的诞生与升华，在某种程度上讲则是特定生产技艺之过程与结果的呈现，客观效果之一仍然是为了弥补最为简单的生计需求；傩面木雕艺术的精进与传承，就是为了满足毛南山乡传统社会生活中最为重要的人生大典——祈求子孙繁衍、人畜平安的肥套仪式中祈神、娱神和酬神的需要以及其他相关事神活动的需求，反映的仍然是传统社会生活中的生存期盼；墓葬过程的讲究与墓壁石雕的奢华，追求的固然与人生最终归属的完满相关，但更多的是体现毛南山乡人的利生观念，即仍然与生存期盼联系密切。

　　毛南山乡传统的文艺形态往往能够从人们日常的生产生活中寻找到直接的素材与原型。我们直到今天仍然能够清晰地看到毛南山乡文艺生态中的许多元素具有生存期盼或者生存活动的身影，这成为毛南山乡传统文艺所具有的古朴性与原生性特征的重要构成因素。毛南山乡传统的文艺形态，往往是粗糙与精致并存，有时候粗糙与精致甚至达到了完美的统一。但不管粗糙还是精致，它们与物质生产活动和一般日常生活的距离都极为接近，有许多甚至就是生产活动与日常生活习俗的简单照搬与移植。毛南山乡的风俗习惯（其中有许多具有艺术属性，可以归为艺术范畴），大多与毛南族先民朴素的生存期盼，以及将某些生存期盼艺术化有着极为密切的联系。当然，我们不能片面地责难毛南族先民在这样的艺术处理过程中常常含有某些不科学元素。在特定的时代以及特定的人群中，人们对自然生态某些属性的认识，以及对人生的某些思考，往往会受到这样或者那样的局限，但正是这样的艺术化过程及其结果却能体现出更多的生活本源性和艺术性的原生态属性。毛南山乡的民间歌谣、传统建筑、木雕石刻、祭祀仪式等，其中有很多往往表现为生存期盼与艺术的直接对话，中间并没有过多的环节。在很多方面，艺术表现的形式和过程往往就是人们艰难的生产及生活过程与样式，其生存期盼与艺术表现密切地融为一体。

　　生存期盼与艺术审美的直白导致毛南山乡文艺生态的粗糙性与精致化并存。如果从生存期盼的精神表达层面，亦即生存期盼的相关仪式而言，此类艺术活动或者某些具有艺术属性的活动，毛南山乡人讲求的往往是仪式的完备性与过程的顺畅性，尽管其中具有较为丰富的艺术元素，有的甚至在往艺术层面提升，但整体而言大多还停留在较为浅层次的带有原始宗教意味的普通仪式。在传统社会生活中，毛南山乡人由出生到正常逝世入土，其间需要举办的仪式达十数种乃至数十种之多，年节时令以及临时举办的仪式更是难以数计。但这些仪式中有的除某些元素属于艺术审美范畴或者具有较多的艺术属性之外，许多还不能被称为艺术活动，即便如毛南山乡人极为重视的人生大典肥套中的许多场次也是如此。然而，其活动或结果能够于生计有补，亦即能够从物质上满足生存期盼的，则艺术化程度极高，甚至成为民族文化品牌，具有民族符号文化意义。例如干栏石楼不仅能够予居住者以安稳与舒适，还能予木工、石工以副业收入；毛南山乡特产顶卡花，在 20 世纪 50 年代以前，其编织和销售能够带来不菲的收入，在自给自足的小农经济时代是一门难以取代的副业；毛南山乡傩面直到今天仍然有巨大的市场，傩面雕刻者在获得宗教心理慰藉的同时，还能够从傩面的销售中获得极大的经济效益①；毛南山乡旧时的墓葬石刻也是这样，手艺精湛的石工不仅社会地位高，收入也往往高于一般农作者和樵采者。由此可以看出，在毛南山乡的文艺生态中，有许多元素的功利属性极为显著与厚重。

二　审美意识与艺术创造的旋升

随着社会的进步以及经济条件的逐步改善，毛南山乡人的审美意识逐渐浓厚，并通过多种途径和方式体现出来。毛南山乡人日渐浓厚的审美意识极大地促进了毛南山乡的文艺创造活动，而不断丰富的文艺创造活动则促进了人们审美意识的增强与升华。一些原本与生存期盼联系密切而直接的活动，被注入越来越多的审美艺术元素。发展到后来，有的活动及其结果，审美艺术属性占据主导地位，而生存期盼的表达反而居于次要或从属的地位，例如毛南山乡具有符号意义的礼俗歌、《枫蛾歌》、顶卡花编织、傩面的雕绘以及墓葬石雕等。即便如传统的干栏石楼的建筑，也尽可能赋予其丰富的艺术审美元素，将艺术审美与生活实用密切地结合起来，甚至独立地突出其艺术审美效用。毛南山乡传统审美意识与艺术创造的不断旋升，大致从下述方面体现出来。

一是毛南山乡人原本就极为浓厚的倔强与精致意识在艺术创造活动中不断得到强化和提升。在毛南山乡人的传统观念中有很多方面既颇具特色又令人钦佩，尤其在不甘人下的倔强方面，以及做事情讲求精益求精的精致方面，这些几乎成为毛南山乡人较为普遍的风尚。而艺术创造活动，或者与艺术创造相关的活动极为需要而且推崇这种意识。毛南山乡的干栏石楼，如果仅仅从实用的角度而言，墙基及墙体的下半截用石块填砌已经足矣。而将石块打磨得尽可能方正平整，则体现出艺术审美的追求与造诣。毛南山乡传统的干栏石楼，不仅家境殷实者普遍如此，即便光景一般的农户也力求如此。一些生长于毛南山乡的人认为，这是毛南族人爱面子，讲住不讲吃性格使然。从表面看来，此说似乎有一定根据，因为在20世纪50年代前的毛南山乡，即便称得上大户人家的所谓殷实富户，其经济实

---

①　笔者于2012年10月下旬赴毛南山乡考察，于23日下午到环江毛南族自治县下南乡堂八村上八屯谭圣慈老先生府上拜访。谭老先生告诉笔者："我1958年开始学着刻傩面。先是照着原来的傩面刻，后来慢慢领悟。大家看还愿仪式，会对傩面评价。刻得好的，大家喜欢，表演的师公才会来我这里买。我这里刻的傩面基本上供不应求。开始学的时候，我收集了很多傩面，'文化大革命'的时候被没收了十三四个。后来我就偷偷地把傩面藏进山洞里。改革开放以后，来买的人多了，还有很多外国朋友来买。也有的人买了回去挂在家里当装饰品。"

力也往往难以与周边地区尤其龙江两岸"种稻似湖湘"的水田稻作区的富裕之家相提并论。根据 1952 年土改材料统计，下南六圩西南平坝地区中心地带的环江县第四区坡川乡（现为环江毛南族自治县下南乡波川行政村）号称毛南山乡的富庶之地。"地主平均每人占有田 2.5 亩（实为 2.54 亩，《毛南族简史》修订本引用的当是概数——笔者根据广西省民族事务委员会 1953 年版的《环江毛难人情况调查》之《环江县第四区坡川乡土改前各阶层土地占有及使用情况统计表》核实），地 0.31 亩，为贫苦农民每人平均占有耕地的 19 倍。"[1] 波川号称土地平旷，田质肥沃，在 20 世纪 50 年代前，亩产稻谷量仍然极低，也就二三百斤。这样的经济状况，在当时的广西许多地区，例如桂林以北及广西东南部，也就基本温饱而已。但其时当地的民居建设，却远胜周边其他少数民族地区。其实从深层次来讲，这很得益于毛南山乡人传统的生存与生活韧性，也是毛南山乡人传统的自信心与自尊心使然。

　　二是毛南山乡人的审美欲望在艺术创造过程中不断得到强化。毛南山乡人在传统的劳动生产和日常生活中，往往有意或是无意地从事着艺术创造活动，或者从事着与艺术创造相关的活动。这样的活动无疑对强化人们的审美欲望产生着积极的促进作用。尽管在 20 世纪 50 年代前的毛南山乡，绝大多数艺术活动均处于民间的俗文化层次，可能缺乏更为丰富和系统的艺术理性，但审美自觉和审美理性仍然或多或少地存在于民间艺人之中。这成为毛南山乡文艺生态体系中极为耀眼的部分。"一位年过古稀的老石匠说，他父亲年轻从师的时候，师傅一天教他学刻一只画眉鸟，叫他每天凿出的石粉末，只能装满一个牛眼杯。如果凿出的粉末多了，就是粗制滥造；不精工细刻，就不是工艺品。直到如今这位石匠也还是如此严格要求自己。"[2] 这样的审美意识在毛南山乡俯拾皆是。毛南山乡顶卡花的编织可以说是审美欲望在艺术创造活动中完美而充分的体现，该项工艺如果仅仅从功利而不是从艺术的层面着手，我们很难解释其创造与传承过程中的诸多问题：编织顶卡花不仅仅需要艺术技巧，更需要艺术定力。只有审美欲望达到相当高的境界，这样的定力才可能生发并持久。毛南山乡自然环境恶劣，人们在现实生境中寻求基本生存的条件极为不易，但人们向往怡人田园风光的愿望非常强烈。于是在现实生境中难以满足的愿望，毛南山乡人便通过文艺形态表现出来。例如毛南山乡的传统民歌《十二月

①　《毛南族简史》修订本编写组：《毛南族简史》，民族出版社 2008 年版，第 39 页。
②　蒙国荣、谭贻生等：《毛南族风俗志》，中央民族学院出版社 1988 年版，第 49 页。

歌》、《旱情歌》，以及毛南山乡凤腾山古代墓葬石雕等所创造的田园景致，实际上是毛南山乡人强烈的审美欲望在文艺形态上的体现。而这样的艺术体现强化、升华了毛南山乡人的审美欲望，从而使毛南山乡的文艺生态增加了主动性和理性化的色彩。

三是日益强化的审美意识使得毛南山乡的艺术创造活动更为频繁与严谨，其评判艺术形态的眼光更为犀利。就毛南族所处的自然环境与社会环境而言，其传统艺术方面的创造活动应该是较为频繁的。干栏石楼遍布毛南山乡，其创造者（包括石楼的主人及工匠）几乎具有地域内全民性特征，而且其干栏石楼的建筑与美化部分不仅在于石楼本身，还包括石楼周边尽可能大的环境。顶卡花的编织，也几乎是相应地域内（主要是毛南山乡生长墨竹和金竹的地区）的全民性活动，尽管这样的活动具有一定程度的经济利益驱动成分。家境略过得去的人家，其先人墓葬都尽可能修建得美观；而家境殷实者其先人墓葬则相当富丽辉煌，而且建制宏大、石雕精美的墓葬在毛南山乡多有所见，足见毛南山乡在相当长的一段时期内艺术创造活动的兴盛。毛南山乡一些人对于艺术创造活动及其成果要求异常严格，有时甚至到了挑剔的程度，民国时期毛南山乡的一位财主要建造一座生墓，从工匠选择、石材取用以及石雕图案的设计与雕制，几乎到了苛刻的程度。[1] 类似的情况在石雕工艺传承上也出现过。[2] 这实际上是审美意识与艺术创造活动相互作用，个体以及两者之间呈现超循环态势。

三　文艺生态演进与审美化生存

毛南山乡文艺生态在孕育与发展过程中，有一个特征较为明显，那就是文艺创造主体在文艺生态建构中，由面的铺开到点的突出，亦即先着意于文艺生态基础层面的建设，然后在此基础上打造民族符号性文艺形态，进而凝聚毛南山乡的艺术特色，从而全面提升毛南山乡文艺生态的整体品位，尽管有时这样的活动或许缺乏足够的主动性和理性。

毛南族在建构文艺生态的过程中，很注重对人这一要素——文艺活动主体在整体文艺生态中属于极为重要的组成部分——进行提升或优化。文艺生态建设的重要方面在于文艺活动主体综合艺术素养的提高。尽管毛南山乡的文艺活动长期处于俗文化状态，但人们在优化文艺活动

---

① 卢敏飞、蒙国荣：《毛南山乡风情录》，四川民族出版社 1994 年版，第 282 页。

② 蒙国荣、谭贻生等：《毛南族风俗志》，中央民族学院出版社 1988 年版，第 49 页。

主体方面一直未见松懈。人们给予民间艺人，或者文艺活动的领军人物以较为重要的地位，从而为优化和提升毛南山乡艺术队伍的品质提供了社会文化方面的保证。毛南山乡一些著名的歌手（歌师）、木雕和石雕艺人受到社会的普遍尊重，而且他们在传承歌唱艺术、木雕和石雕技艺的过程中，既注重学徒习艺的方式，更注重学徒习艺的态度。毛南山乡最为庞大和最为重要的神职队伍师公团体，广受人们尊敬，社会地位极高。① 这样的民间艺术创作群体，在 20 世纪 50 年代前的毛南山乡是较为庞大的。即便在今天，毛南山乡仍然注重对这一群体的艺术素养进行优化与升华。尤其在最近几年，有关部门正有计划、有组织地提升毛南山乡民间艺人的相关素养，从而使毛南山乡文艺生态的建构与优化步入理性、主动和积极的境界。

毛南山乡的文艺生态状况与毛南山乡人生存期盼的内涵和品质有着密切联系。当毛南山乡人为了满足最为基本的生存条件而苦苦挣扎的时候，毛南山乡的文艺生态大致呈现素朴、简洁、实用和粗糙等状况；当毛南山乡人逐步进入审美化生存阶段，尤其在物质资料仍然未见根本性改善，但追求和谐的心境建构已经日益受到人们重视的时候，毛南山乡的文艺生态便逐渐呈现出富丽、繁密、审美和精致等发展趋势。文艺生态的大致特征与生存期盼的内涵品质所形成的这种对应关系，在一定条件下会发展成超循环状态：相互对应的一方从形式到本质发生变化的时候，另一方也会随之发生变化。毛南山乡人审美化生存——应该说，形成于毛南山乡的审美化生存愿望与实景按照不同的时代具有不同的形式与内涵——的观念及其相关现状，除了具有一定的物质属性以外，有很多方面仅仅是在具备最为基本的物质条件的前提下，人们常常通是过心境的建构获得的。而这样的心境建构主要是通过建构人期盼与天相和融的依生美、天与人相谐调的和融美等审美范式，形成理想化的人与人相和、人与社会相和的社会伦理，以及诗化自然等方面来实现。在这样的审美范式促进下，以及在理想化的人与人和融关系、人与自然的和谐关系的状态下，毛南山乡的文艺生态在自身嬗变的同时，还促使人们的审美化生存观念的旋升。

正是由于这样的超循环关系以及超循环力的作用，毛南山乡的文艺生态处于不断演进的状态，尽管有时候这样的演进极为缓慢；毛南山乡人的

---

① 笔者于 2012 年 10 月下旬赴毛南山乡考察，于 10 月 24 日下午在堂八村拜访毛南族肥套代表传承人谭三岗先生。笔者问谭先生："您做师公，在家里教徒弟，您的妻子有没有意见？"谭先生告诉笔者："做三元公的人在家里和在社会上地位是比较高的，很受人尊重，因为我们是在做好事。老婆很喜欢自己的丈夫是三元公，觉得很有面子。"

审美化生存观念及情形处于不断提升的过程，尽管有时候这样的提升幅度极为细小。但即便是缓慢而细小的变化，在毛南山乡这样的特殊环境中也极为不易。尤其当毛南山乡人审美化生存理念与情形逐渐由侧重于心境建构发展到物质条件的改善与心境的升华相互促进的时候，毛南山乡的文艺生态就逐渐发生质的变革了。

第八章　文艺生态的重塑

毛南山乡的文艺生态有其自身的特点，在漫长的历史发展过程中，在一方狭小而较为封闭的土地上，曾经为毛南山乡孕育出诸多的文学艺术珍品，其中还有在周边乃至更为广阔地域引以为傲的民族符号性文艺品种，而且为毛南山乡整体文化素养的提升营造了良好的氛围。从传统的视角而言，毛南山乡的文艺生态应该可以称得上具有较高的品质。但是，随着时代变迁，毛南山乡的文艺生态应该有更为厚重的担当，应该酝酿和产出更为优秀的既具有毛南族特色的，又能够为其他地区和其他民族更为欣赏的文学艺术精品，同时还应该为毛南族在新的时代里提升全民族综合素质营造出更为良好的条件。毛南山乡文艺生态的某些特色，包括主体与客体融合而成的某些文艺元素所呈现出来的独特个性，以今天的眼光进行审视，会显示出这样或那样的与时代不甚合拍的部分。尤其从文艺生态最为主要的构成元素——文艺创造主体及其所体现出来的审美风尚这一层面进行剖析，毛南山乡文艺生态的整体提升还有极大的空间。因此，当我们欣赏和评判毛南山乡文艺生态的既有特征及其所取得的成就时，我们还应该有另一个担当，那就是着手规划毛南山乡文艺生态的重塑课题，从而为毛南山乡的文学艺术发展建构一个更高更宽并且更具理性色彩的发展平台。

我们应该看到，毛南山乡文艺生态的传统阶段部分，主要以社会基层百姓、基层百姓的文学艺术创造活动及其成果、毛南山乡自然生态的相关属性等体现出来的，因而是在毛南山乡传统文艺创造主体文化层次普遍不高的状态下展开的文艺活动并创造而成的文学艺术成果，文人介入的机会极少，文人所创造的文艺成果在毛南山乡的总体传统文艺成果中比重极低。所以，毛南山乡传统的文艺生态具有强烈而浓厚的俗文化色彩，文人参与的理性加工不多。基于这一现实，毛南山乡文艺生态的重塑就应该包含两个最为主要的方面：一是对原有文艺生态的某些构件进行品质提升，二是着手对文艺生态的某些方面进行新型构架，从而在整体上建构出与毛南山乡整体发展水平相适应的、能够对毛南山乡人民的文学艺术审美情趣

进行科学引导的、符合当今时代主潮要求的新型文艺生态，从而促进毛南
山乡的新型文学艺术活动。

第一节　重塑的必要

一　文艺观念亟待优化

　　毛南族传统文艺观念的源头可以追溯到岭南古百越民族的原始宗教意
识，即万物有灵与祖先崇拜观念居于主导地位的意识。这样的原始宗教意
识在毛南山乡传统社会的特殊阶段，即文化发展相对落后，自然环境极为
恶劣，人们的生存与发展极为艰难，宗族和家庭希冀子孙繁衍与生活平安
而难以如愿的情况下，万物有灵与祖先崇拜观念能够有助于人们解释自然
和社会的某些现象，以及化解内心出现的某些困惑，因而在一定程度上是
有助于社会的安定及人们内心的抚慰的，也能够在一定程度上起到和融群
体、和谐社会的作用。但随着社会的发展，尤其到了今天，这种与原始宗
教观念有着密切联系的社会文化因素由于受到多方面的冲击而显得日益淡
薄，其衍生的文学艺术观念也在许多方面显得落后，在此观念主导下的文
艺生态，无论从形式还是内容而言，有许多已经极为不合时宜。所以，重
塑毛南山乡的文艺生态，必须从其根源，亦即从优化毛南山乡人的文艺观
念入手。具体来说，优化毛南山乡人的文艺观念，应该从下述方面着手。

　　首先，应该逐渐用现代生态和谐观念以及生态文明观念排斥与取代自
然崇拜中的愚昧成分。与自然崇拜相关的某些观念，比如崇尚自然、尊重
自然、极为注重保护生态平衡等成分，直到今天仍然蕴含有许多积极的意
义。这些可以成为我们重塑毛南山乡人生态理念的重要基础。但直到今天
仍然将自然界的某些现象人为地构拟得深不可测，进而对其盲目敬畏与膜
拜，则未免愚昧而迷信。但毛南山乡传统习俗中许多与自然崇拜相关联的
理念与做法，虽然出发点未必科学，但与现代生态和谐理念多有暗合之
处，值得提炼和借鉴，并将之与塑造毛南山乡人文艺观念密切结合起来。
因为毛南山乡文艺生态与毛南山乡人传统生活中原始的自然崇拜观念联系
得较为紧密，而毛南山乡新型文艺观念的确立和完善，必须借助于现代生
态和谐理念以及生态文明理念，以科学的自然观与人生观逐步置换毛南山
乡人传统观念中的万物有灵、自然崇拜等已经落后于时代的观念。

　　其次，要用人的力量取代神的力量，变尊重神性为尊重人性，由祈祷

神的力量转变为注重人的本质力量、相信人在社会生活中的主导作用。在特定的历史时期，由于人的力量在面对自然和社会生活诸种现象时往往会显得相对渺小，人的力量和心理被极度扭曲，诸事皆祈求神灵的恩赐，将人置于神灵的附庸与仆从地位。此种现象虽然存在于许多民族和许多人群之中，但在毛南山乡传统社会尤为普遍与严重。这样的观念几乎贯穿于毛南山乡文艺生态总体结构以及绝大多数细节，尤其在一些宗教仪式中表现得最为明显，成为主导与宗教艺术相关的文艺形态的整体观念。这样的文艺观念主导下所形成的文艺生态或其组成部分，以今天的眼光来审视，其糟粕性以及对人们思想意识的负面影响特别是对人们树立科学的人生观与文艺观的阻碍作用是显而易见的。因此，从塑造毛南山乡人正确的世界观而言，丰富和强化人性而弱化神性是极为必要的。

最后，必须用现代科学的生殖和生活观念改变神灵、巫术主导家庭、家族繁衍与生活的迷信意识，进而优化毛南山乡传统观念中生殖和生活由神灵主导、传统的生殖与生活观念与现实生活高度脱节的状况。自20世纪50年代以后，尤其在20世纪80年代以后，毛南山乡的自然环境及医疗卫生状况发生了根本性变化，毛南山乡人生殖繁衍的忧虑得以彻底消除，人们祥和安定的生活与周边其他地区并无太大差异，但毛南山乡的文艺生态，尤其某些宗教仪式（毛南山乡的宗教仪式有的本身即为艺术形态，有的则包含有极为丰富的艺术元素）如肥套所体现的家族繁衍和生活平安的观念仍然一如百年之前。这未免过于陈旧，即便如一般文化程度不高的毛南山乡人也难以认同。秉持这样的观念所创造的文艺形态，在现代社会里其感召力与发展前景也就可想而知了，因而人们文艺观念的优化不仅是必要的，而且是紧迫的。

二　文艺形态尚需美化

毛南山乡的文艺生态虽然一直处于发展之中，但进程较为缓慢，大多未能及时将自然环境和社会生活的最新面貌纳入其中，因而导致某些文艺形态与生活的距离越来越大；加之许多民间艺人对相应的文艺形态缺乏深度的构架和锤炼的意识与能力，毛南山乡某些文艺形态在形式结构方面远跟不上人们日益加快的生活节奏和欣赏节律，例如集中展现毛南山乡歌舞和说唱艺术的综合宗教仪式肥套，结构散漫，过程冗长，耗资巨大，且对一般的观赏型受众吸引力日益降低。因此，重塑毛南山乡的文艺生态，其重要内容之一应该着眼于美化毛南山乡传统的某些文艺形态。毛南山乡文艺形态的美化，主要应该包含下述两个方面。

首先，应该恢复并发展毛南山乡原有文艺种类曾经具有的丰富的美感内涵。毛南山乡的一些文艺品种走过了较为漫长的由实用器物向实用兼美感艺术品的发展道路。而美感艺术元素的含量往往体现人们审美情趣发展变化的轨迹，象征着人们某一方面文艺素养乃至整体文艺素养的提升，成为引导人们文艺观念演进以及文艺鉴赏能力增强的重要标杆。例如毛南山乡的石雕和木雕、干栏石楼、顶卡花、礼俗歌谣、《枫蛾歌》以及肥套中的某些场次等，已经呈现出极高的美感艺术品位。正是因为其较高的艺术造诣和独特的民族文化色彩，赢得了周边乃至更为广阔地域的赞誉，而且其中的某些艺术元素已经显示出毛南山乡民间文艺的正确发展方向，例如墓葬石雕中融入人们理想的田园风光、喻示人们审美化的生活期盼；石雕和木雕中的整体造型与线条勾勒所体现出来的民间艺人的艺术自觉与审美境界追求；民居建筑中在注重实用的同时追求与自然生态的协调与融合；礼俗歌谣的道德伦理教化功能、《枫蛾歌》带给人们心灵的震撼；在传统文艺形态中不断融入时代元素，以促使文艺形态的美学功能和教化功能不断加强，等等。这些都是毛南山乡传统民间文艺形态的亮点和优良传统。但这些方面仍然有优化的空间。而且这些亮点和优良传统有的正在暗化或淡化，亟须恢复或强化。

其次，要对某些文艺形态做结构性调整。文艺形态的外部结构，有许多是属于形式部分，但这样的形式直接影响到相应文艺形态的内容，因而在一定程度上制约着该文艺形态的整体品质。当这样的文艺形态直接或主要服务于宗教仪式并试图达成宗教期盼时，形式及内容与该文艺形态的审美社会效应的矛盾是较为隐晦的。随着社会的发展，当人们日益用艺术审美的眼光去观照这样的文艺形态时，它们的缺陷就逐渐明显了。毛南山乡的某些文艺形态，其结构是受过去的宗教观念以及相应仪式的整体结构影响，并且作为整体仪式的有机组成而不断完善的，其中具有历史的合理性。但由于人们的宗教观念越来越淡化，某些仪式的宗教效应也就越来越弱化，因而要求某些仪式简化的呼声或明或暗地表达出来，与该仪式互为表里的某些文艺形态，其结构性的不足就日益明显了。例如某些仪式上演唱的礼俗歌，肥套仪式上的歌舞、说唱及敬神法事等，都亟待做结构性调整，才有可能优化其审美功能，从而才有可能恢复人们、尤其年轻人的关注。

三　整体生态正在诗化

曾经孕育毛南山乡文艺生态并促进其成长的整体生态环境，包括自然环境及社会文化环境，在很长的时期里蕴含着太多的苦水，因而毛南山乡文艺生态中悲愁的成分至为多见。毛南山乡传统的民间文艺工作者一直沉醉于他们所生活的充满诗情画意的这一片天地，而且不断在文艺形态中展现这种诗情画意。中华人民共和国成立以后，毛南山乡人民的这种理想有很大一部分已经变成了现实：自然环境由恶劣、不适合人类生存向养人、宜人的状态转变，整个毛南山乡早已经跨过温饱线，丰衣足食对于绝大多数村民来说已经不是奢望，富裕而祥和的景象在许多村屯都能看到。村寨或宗族之间为了自然资源而发生的争斗基本上绝迹，人们在自己的田地里过着日出而作、日落而息的田园生活。毛南山乡的教育、卫生和文化状况与周边其他地区看不出有明显的差异。外来人需要仔细地从他们的语言、习俗以及蕴藏在他们生活深处的迹象，才能感觉到这是毛南山乡。虽然毛南山乡人的文艺观念有其生存与发展的惯性，文艺形态与整体生态环境的吻合需要相应的时间，但整体生态环境对文艺形态的发展应该形成推力；同时，自然生态与文化生态高度发达且完美结合的牧歌式田园图景应该能够孕育出更高品位的文艺生态。毛南山乡整体生态环境的诗化趋势与过程，在经过 60 多年的准备之后，即将进入质变的发展阶段，因而对文艺生态的重塑提出了更高的要求。

诗化整体生态环境主要包括诗化自然环境和诗化人文环境两个内容。毛南山乡诗化整体生态的努力，在以下几个方面已经见出端倪或者取得了实质性进展。

人们正在确立自然与人自由平等、和谐共处、相互促进，人类真情呵护自然的观念。人类对于自然的观念大致经过畏惧（膜拜）自然、试图征服自然和努力与自然和谐共处等阶段，尽管这些阶段相互交叉、界线极不清晰、人们各种不同的观念高度杂糅。毛南山乡自然生态独特，人们在漫长的封建半封建社会生存和生活极为不易，其自然观也就更为复杂。即便是在诸多传统文艺作品里，毛南山乡人对于自然环境的描摹也是简单的，他们对于优美的自然环境的向往，基本上也就局限于养人的层面：恶劣的生存环境未能孕育出毛南山乡人对于整体生态更高的向往之心。经过20 世纪后时期的努力，毛南山乡的自然环境达到了养人的标准，村屯建设发生了翻天覆地的变化，诗情画意在毛南山乡的大多数地方不再是理想而是现实，于是人们又在努力促使毛南山乡的自然生态向宜人和怡人的目标发展。在开始这一步骤的时候，尊重和遵守生态伦理，将自然万象的存在和发展置于与人类存在和发展的同等地位，注重与自然和谐共处、相互促进等观念正在萌芽或强化。毛南山乡人曾经较为注重局部的生态建设，但这样的意识往往基于原始宗教观念，与新型的诗化生态环境理念有着根本性不同。因此，随着自然环境的改善，毛南山乡人正在着手塑造自己的整体生态理念，使之向更为符合生态发展规律的方向嬗变，并且将这种新型的生态观念渗透到文艺形态之中。

在理念和实践上，毛南山乡人民逐渐在采取措施实现毛南山乡由生态和谐向生态文明的进步。这应该是诗化生态环境方面目前所能设想的最高的理念和追求的最高境界，是整体生态环境对于自然环境及其理念的要求。近十多年来，广西以及包括毛南山乡在内的河池市较为注重生态建设，优化生态观念，建设生态文明的呼声及行动日益增强及增多。从毛南山乡的实际情况来说，实现这一质的进步也许需要很长的时间，但今天的毛南山乡，其生态发展水平已经在为这样的进步奠定基础，人们也逐渐在确立甚至强化这样的理念，并为此种理念的实现做踏踏实实的工作。而毛南山乡传统韵味甚浓的文艺生态在许多方面所体现的仍然是较为陈旧的生态理念，难以与日益显现的诗化生态环境相合拍。

毛南山乡的人文环境从未有如今天的良好局面。民族压迫、宗族压迫和阶级压迫在毛南山乡已不复存在，毛南山乡获得了与周边其他地区同样的发展机遇，在许多方面还获得了比周边地区更多的来自政府和相关团体的关注。毛南山乡人民完全能够自己主宰群体繁衍与生活平顺等人生中至关重大的课题。新型的科学理念已经在逐渐取代毛南山乡人传统的原始宗教意识。因此，毛南山乡文艺生态必须设法与这种新型的人文环境相适应。

四　文艺创新应该强化

应该说，毛南山乡的文艺形态乃至文艺生态一直都在不断创新，比如肥套，就是由单纯的跳神、唱神活动发展成为毛南山乡现今规模最为宏大、内容最为丰富的百科全书式的综合艺术性极为丰富的仪式，这其中就充满了艺术创新；在肥套的基础上，毛南山乡借鉴其他民族的文艺形态创立了毛南戏；整体文艺观念和文艺氛围都在缓慢演进等。但是，毛南山乡文艺形态如肥套的创新，尤其近百年来的创新，无论从其成分还是速度而言，都是极为有限和极其缓慢的。从毛南山乡自然环境和人文环境的变化速度与变化规模来讲，从毛南山乡人民以及其他地区人们对毛南山乡文艺形态的期盼来讲，毛南山乡文艺形态的创新应该更为强化，即创新的规模和速度应该尽可能加大。

首先，文艺主题应该创新。传统的毛南山乡文艺形态的主题有许多是基于原始宗教理念、着眼于在神灵的福佑下群体繁衍和人畜平安。这样的主题我们很容易从毛南山乡有代表性的民歌、墓葬石刻及肥套等宗教色彩厚重的仪式中窥探出来。这样的主题在特定时期是有进步意义的。当新的生育观念取代旧的生育观念并且在毛南山乡成为普遍共识以后，以及现代医疗卫生技术已经使人们能够在很大程度上主宰自己的命运而不必祈求神灵的福佑，于是这样的主题就显得有些不合时宜了。因此，我们需要为毛南山乡的文艺形态确立新型的主题，并进而为体现新型主题创制相应的文艺形式与内容。

其次，创新的意识应该强化。毋庸讳言，毛南山乡文艺形态所体现出来的许多理念，比如与形式及内容的发展变化相关联的理念，大致与毛南山乡的小农意识——求稳讳变——有异曲同工之处。从肥套的流变历程来看，其根本性的变动或曰创新，往往是在外界的压力下展开的，内部主动性变革多不彰显。这实际上是民间艺人的艺术创新意识不强、缺乏注重文艺形态在引导和塑造受众的审美需求趋向方面的作用所致。这可能跟毛南山乡民间传统艺术家们的艺术目的及相关艺术素养有着直接的关系。因此，必须采取措施强化包括毛南山乡民间艺术家们的创新意识，培养其文艺创新的主动性和紧迫感。

最后，创新的机制应该建立并不断完善。由于毛南山乡的许多文艺形态为纯民间创作和传播，且不甚具备商业竞争属性，其创新机制几乎不存在，它们的生存与发展基本上处于自然与自发状态，没有相应的淘汰和激励措施。而这种缺乏相应机制的文艺形态自发运行模式在目前及今后各类文艺形态竞争激烈的局面下是难以适应的，因此必须建立相应的机制以便激励创新，包括建立与毛南山乡文艺生态发展相适应的文艺形态淘汰和激励机制，将相关措施与文艺创新理念及创新成效紧密联系起来，从根本上改变过去那种民间文艺工作者在许多情形下不思创新、难以创新的局面。

第二节　重塑的基础与机遇

一　重塑的基础

（一）民族文艺谱系完整独特

至 20 世纪 50 年代前夕，毛南山乡文艺类型多样，构建了毛南山乡较为完整的文艺谱系，而且有的文学艺术形态，例如民歌、故事、雕刻、建筑、编织等文艺形态取得了较高的成就;其石雕作品、木雕傩面、手工编织品顶卡花以及综合艺术形态肥套等在周边各民族中具有广泛而深刻的影响,成为毛南山乡独树一帜的符号性文艺形态。毛南山乡文艺形态的这些特征为毛南山乡文艺生态的重塑奠定了极为宽厚而坚实的基础。

某些综合性较强的文艺形态,往往需要采用其他类型的文艺成果作材料,借鉴其他类型文艺形态的创造方法,借助其他类型文艺形态的影响,进行架构和传播。例如毛南山乡传统宗教仪式肥套中的艺术元素正是毛南山乡师公们以毛南山乡其他民间文艺形态为材料和羽翼,或者借助于其他文艺形态的创造方式,经过综合、提炼与新的创造熔铸而成的。经过中华人民共和国成立后60余年的流变,毛南山乡的某些文艺形态虽然呈现出活力下降、成果不丰的局面,但其谱系尚称完整,民族特色仍然鲜明,能够为毛南山乡文艺生态的重塑提供必要的条件。毛南山乡民间歌谣和故事丰富,能够为毛南山乡文艺生态的内容创新提供充足的材料;毛南山乡的许多民间歌手都具有即演即唱、出口成章的文艺天赋,能够为文艺生态的重塑提供人才上的保证;毛南山乡的服饰艺术和雕刻艺术才能,可以为毛南山乡舞台造型艺术的提升准备推力。如此多种艺术能力结合,重塑毛南山乡文艺生态应该不是空话。

毛南山乡独特的文艺谱系应该能够为重塑后的毛南山乡文艺生态继续保持毛南族的民族特色提供保证,亦即毛南山乡文艺生态在独特的文化氛围中所做的提升能够继续保持毛南族文艺的鲜明特色。毛南山乡文艺生态中的重要元素如礼俗歌、《枫蛾歌》、肥套、顶卡花和木雕傩面之类,其文艺成就与其说在于它形式与内容的完美性,还不如说在于它文艺的独特性及原生性。重塑后的毛南山乡文艺生态当然不应该降低其民族独特色彩,那么材料及手法的独特性,有许多就应该来自毛南山乡文艺谱系独特性的有力保证。因为有现成的、独特的民族文艺谱系,我们重塑毛南山乡文艺生态时所出现的偏差应该不会很大或者一般不会出现偏差。

毛南山乡整体文艺谱系中的非符号性文艺类型的优化与重塑,能够为毛南山乡文艺生态的重塑形成推动力量。从20世纪50年代初期开始,人们对毛南山乡的民间文艺作品做过多次大规模的收集整理,而且在收集整理的基础上做过较多的理论研究。这些收集、整理和研究从某种角度来说,都在不同程度上直接或间接地对毛南山乡相关文艺形态进行了优化与重塑。因为由变异性较大的口头文艺形态变为较为规范的文字和音像记载的文艺形态,其中往往伴随着适度的取舍与调整,这实际上就是优化与重塑的过程。在对非符号性文艺形态进行收集、整理和研究并取得较多成果之后，人们于20世纪90年代前后，也着手对符号性文艺形态或其元素进行整理和优化，例如对肥套唱本的收集、整理和研究，以及对表演肥套的师公戏班进行调查研究，并且取得了初步成果。这应该是毛南山乡文艺谱系的整体效应在毛南山乡符号性文艺形态或其元素研究方面的连锁式反应，是毛南山乡其他非符号性文艺形态在优化与重塑过程中，以及优化、重塑成果对毛南山乡符号性文艺形态及其元素在优化、重塑方面的推动。

（二）文艺生态颇具活力

随着时代的推进以及某些外力的干预，毛南山乡文艺生态中的某些元素处于沉寂状态，甚至濒于消亡，例如曾经在毛南山乡最具影响力的传统歌圩，基本上处于沉寂状态且再难呈现昔日的繁盛；毛南山乡庙节（分龙节）的大规模公祭与娱乐形式自清末民初逐渐衰落直至消失之后，今天再也难以重现辉煌，而近年官方主导的分龙节庆典无论是形式还是内涵已经与民间传统分龙节有极大差异；与"不落夫家"风俗一同绝迹的相关文艺形态再也无力重生等，殊难尽列。但文艺生态中某些组成部分经过数度磨难之后，正如野火烧不尽的原上之草，一遇春风便蓬勃生发。毛南山乡的民间歌谣、雕刻以及宗教仪式肥套等，正是在屡经劫难之后，仍未见其生命力衰竭，略有机遇便再度兴盛，例如由文化部门倡导或举办的民间歌手演唱会或比赛，尤其如顶卡花、雕刻和宗教仪式肥套等。毛南山乡综合宗教仪式肥套在近、现代有文字可考的大规模磨难就不下三次：太平天国运动兴盛时期、民国初年和20世纪六七十年代。当然，其经历的磨难与其本身具有较强的糟粕性有密切的关系。肥套大难之后的复苏及迅速成长，表征其生命力不是一般的顽强。即使在今天众多现代文艺形态激烈竞争的环境下，肥套仍然在缓慢地收复失地，足见其活力并未有实质性的大规模降低。整体而言，毛南山乡文艺生态的生命力是极为旺盛的。尤其某些元素，例如肥套，从20世纪70年代末80年代初开始，师公戏班及其表演活动即逐步恢复，这比毛南山乡传统文化中的许多文艺形态恢复的时期要早，恢复的速度要快。到20世纪80年代中期，肥套又在毛南山乡的许多地方滋生开来，而且大有燎原之势。[1] 目前在毛南山乡有较大影响、经常受邀在民间演出的师公戏班有谭三岗等8家，每年演出约90场。

---

[1] 笔者于2012年3月18日到环江毛南族自治县考察，下午到毛南族传统傩戏传承人、毛南族学者蒙国荣先生家拜访。蒙先生告诉笔者，近几年毛南山乡做肥套仪式的家庭又逐渐普遍起来。

虽然师公班子的规模及演出的盛况远不能与 20 世纪 50 年代之前相提并论，但在毛南山乡的诸多本土传统文艺形态中，处于恢复期的肥套无论是表演的场次还是在毛南山乡的实质性影响，应该算得上首屈一指的。近年来，毛南山乡民间傩戏表演团体还受日本、韩国等国家以及我国台湾地区邀请赴外演出，此亦足见肥套的活力与魅力。毛南山乡的肥套已经走出毛南山乡及其周边地区，国内和世界其他地区通过广播、电视、网络等媒体对毛南山乡肥套有了更为全面和深入的了解。从这一层面来说，肥套的生命力则显得比 20 世纪 50 年代之前更为旺盛。顶卡花、傩面雕刻等文艺形态虽然不如 20 世纪 50 年代之前兴盛，但它们在艺术发展上另辟蹊径，将功用性与观赏性结合起来，而且尽可能突出其观赏性。此两类艺术形态已经逐渐渡过发展低谷，出现了再度勃发的迹象。

　　毛南山乡文艺生态中的某些元素从流变中获得了发展推力，从而有助于文艺生态整体生命力的重整与勃发。例如中华人民共和国成立以后，以毛南傩的表演形式以及某些场次和情节为基础创造了毛南族自己的戏曲形式——毛南戏①，其剧目《莫一大王》、《鲁班仙》、《三娘与土地》、《喜迎春》、《心红菜牛肥》、《窑堂火红》、《酒葫芦》等在不同场合演出，影响较大。② 而《莫一大王》、《鲁班仙》、《三娘与土地》等剧目基本上就是根据毛南山乡传统的宗教仪式肥套的场景和情节改编的。近年来，主要用来展示毛南族风情的民族歌舞，基本上是以毛南山乡肥套的造型与整体风格为基础，吸收现代歌舞的某些元素创造的。毛南山乡顶卡花现在基本上发展成集观赏性和收藏性为一体的手工艺品，而且有不同型号的系列产品。许多民间文学作品经过搜集整理以后不同程度得到优化并载入规范文本，其形式、品质以及在社会上的影响力都远非昔日口耳相传的状态能比。这些都足以证明毛南山乡文艺生态尚有较为旺盛的生命力，以及具备重塑或者可以再造毛南山乡文艺生态的有力基础。

　　（三）艺术创造力量尚存

　　毛南山乡文艺创造班底实际上就是在毛南山乡民间传统文艺形态制作或表演方面有一定造诣、其文艺活动在毛南山乡有一定影响、较长时期从事毛南山乡文艺形态创造活动、多次创作或者创作过较多数量文艺作品的民间艺人或其组成的团体。毛南山乡民间传统文艺创作队伍，例如民歌、顶卡花、木雕、石雕以及宗教仪式肥套等的文艺创作班底在中

---

① 蒙国荣、王幺丁等：《毛南族文学史》，广西人民出版社 1992 年版，第 179 页。
② 《毛南族简史》修订本编写组：《毛南族简史》，民族出版社 2008 年版，第 92 页。

华人民共和国成立前夕规模庞大，力量雄厚。自 50 年代以后有所萎缩，但到了近十多年有较大恢复。毛南山乡肥套 20 世纪 60 年代中期到 70 年代末期虽然饱经冲击，但到 20 世纪 80 年代初期毛南山乡民间传统文化复兴时，毛南山乡从事肥套表演活动的师公戏班大多还能重建，原来一些著名师公戏班里的中坚力量有的还健在。20 世纪 80 年代初期，毛南山乡的肥套创作队伍虽然远逊色于 20 世纪 40 年代末期的阵容，即便经过近 30 年的恢复性建设也仍然难以尽如人意，然而基本的艺术创造力已经具备。有的著名老艺人一直活到 21 世纪，他们通过言传身教，促使肥套表演队伍迅速重生。恢复后的毛南山乡肥套师公班底，在整体艺术素养方面虽然还难以与 20 世纪 40 年代末期的师公戏班比肩，但却出现了一个可喜的现象，那就是新班子的师公们有许多受过正规学校的初中、高中教育，文化程度普遍高于 20 世纪 60 年代中期及其以前的师公们。据环江毛南族自治县文化馆 2010 年 9 月统计，整个毛南山乡师公戏班共有成员 124 人，其中小学文化程度 20 人，初中文化程度 87 人，高中文化程度 17 人。另外还有学者参与理论研究——而这样的状况在中华人民共和国成立以前基本上是没有的。这一总体队伍在文化素养上应该比原有旧式班底略胜一筹。这样的艺术队伍在接受新理念和新的艺术创作方法、重塑毛南山乡文艺生态的内容、传播文艺形态等方面应该具有更多的优势。

与毛南山乡肥套师公戏班所创造的艺术形态具有血缘关系、其艺术创造与毛南山乡师公戏班的艺术创作遥相呼应的其他队伍，比如毛南戏创作及表演队伍和民族歌舞综合创作与演出队伍等，都有较为丰硕的、与毛南山乡传统文艺形态有外在和内在联系的成果。这些队伍都应该被看作是毛南山乡师公队伍的友军，他们与毛南山乡师公们一起构成毛南山乡文艺生态建构的整体力量。毛南山乡师公们可以与文艺领域内的其他团队分工合作，共同重塑毛南山乡文艺生态。

（四）民众仍有较大需求

虽然毛南山乡的整体条件有根本性的改变，毛南山乡的子孙繁衍和人畜平安等忧虑已经基本解除，人们的原始宗教观念已经大为淡化，但受集体无意识的影响，人们长期形成的心理需求往往有一定的惯性。当某种风俗形成之后，该风俗往往与促使它产生及促进它发展的自然生态与人文环境保持相应的距离，从而衍生出相对的独立性。毛南山乡的某些文艺形态，尤其与其传统宗教有密切关系的文艺形态，例如肥套综合表演仪式，以及与祖先崇拜有渊源关系的丧葬仪式，在毛南山乡流传了数百年，在毛南山乡人的意识上烙下了深刻的印痕，在一定程度上强化并系统化了人们的原始宗教观念。这种观念的彻底淡化乃至完全消除，不仅有赖于环境——包括自然环境和人文环境——的根本性改变，还有赖于岁月的销蚀。观念的惯性与当今生活中尚存的某些不可预知因素融合在一起，人们与宗教观念相联系的某些恐惧心理的彻底消失尚需时日。因此，人们借助于肥套这一形式来消除恐惧、慰藉心灵的风俗，借助于丧葬仪式表达的敬崇祖先、造福后人的观念，居屋建造中的一系列心理期盼呈现及其相关仪式等，尚在延续，而且还极有可能延续较长时间。民间的某些文艺形态尤其宗教属性较为明显的文艺形态之顽强的生命力，有许多正是来源于风俗与人们心理流动力的惯性。

　　某一种文艺形态的形成与发展，往往具有较为复杂的综合原因，而这些复杂的综合原因常常是构成整体文艺生态的重要基础成分。例如毛南山乡肥套仪式的习俗发展到今天，已经汇集了包括宗教内涵在内的来自社会生活多个层面的推力。毛南山乡肥套仪式既是一项宗教性极强的祈福禳灾活动，也是亲友、邻居给主办之家祝福的社交机会，同时还是家庭融入社会的一种方式。每当某一家庭举办肥套仪式，亲戚朋友以及乡党邻居多会置办财礼上门祝贺，与主家一起参加仪式。村屯中德高望重、福寿双全的老者还会亲临坛场，一同为主办之家祈福，异常庄重。在毛南山乡的人们看来，是否依期举办肥套仪式以及仪式规模的大小，除了践行娱神、祈神和酬神的主题之外，更多地已经跟主办之家在亲友乡邻面前的颜面、在社会生活中的地位密切相关。所以，我们可以预见，即使有一天毛南山乡人们的与求子祈福、禳灾除祸等相关的宗教观念及诉求完全消除，肥套仪式作为一种多功能的社会文化活动，在相当长时期内仍然会有较为广泛的需求。人们对其他某些文艺形态的需求与此类似。

　　政府的文化及旅游部门希望借助毛南山乡传统文艺形态来突出民族文化特色，希望丰富毛南山乡的文艺生态内涵、提高毛南山乡文艺生态品质，进而提高毛南族人的整体文化素养；非毛南族人也希望借助毛南山乡传统文艺形态去认识毛南族特色文化。这种"特色文化"需求在很多地方有日益扩大的趋势，相信在毛南山乡、在其他地方也会形成趋势，近几年已经出现了与此相关的良好苗头，当地政府和一些民间人士在大力宣传、展示毛南山乡文艺形态，以突出当地的文化特色和增强毛南族文化的活力，而这样的宣传与展示当然需要文艺作品以及整体文艺生态作为背景和基础；一些爱好和研究毛南山乡文化的人士也期待有相关的文艺形态及整体文艺生态做蓝本，以满足自身的需求和丰富相关的研究材料。诸多因素综合起来，人们对毛南山乡的文艺形态乃至文艺生态的需求都会增加。

二 重塑的机遇

（一）"建设文化广西"东风强劲

广西的地理位置非常重要，其整体发展的水平关乎我国南部边疆的稳定和安全。近十多年来，国家侧重扶持、发展广西，并近年来倡导、规划的与东南亚相关的21世纪海上丝绸之路发展战略，这样的战略正在显现成效。广西在加强经济建设的同时，十分注重文化建设，并提出了具体目标和规划："充分利用我区丰富的民族文化资源，创作更多更好体现时代精神、具有地方和民族特色、在国内外有较大影响的文艺精品。"① 中央和广西地方政府在边境及桂西、桂西北少数民族地区的文化建设方面进行了较大的投入，并且取得了初步的成果：2009年，广西各市、县共完成《非物质文化遗产普查成果汇编》400多册并通过文化部验收；推荐53个项目申报国家级非物质文化遗产名录；公布第二批非物质文化遗产项目代表性传承人78名、第一批非物质文化遗产研究传承基地10个；建成乡镇综合文化站212个，建成文化信息资源共享工程县级支中心45个、乡镇基层点499个、村级基层点783个，并配备相关设备。在建设文化广西的过程中，包括毛南族文化在内的少数民族文化建设被提到重要地位，毛南族特色文化建设也奠定了良好的基础，仅2009年，编纂完成并出版了《中国少数民族古籍总目提要·毛南族/京族卷》，毛南族古籍被列入国务院第二批国家珍贵古籍名录，2009年6月13日至7月10日，国家图书馆举办珍贵古籍特展，广西毛南族土俗字古籍《毛南族山歌抄本》参展，2009年6月16日，广西壮族自治区文化厅批准设立自治区级非物质文化遗产传承保护基地——毛南族肥套展示中心。② 这些都从大环境为毛南山乡文艺生态的重塑提供了难得的机遇。

从政府部门到民间机构再到毛南山乡的一般百姓，人们几乎形成了相当的共识，那就是认为文化建设的重要性绝对不亚于经济建设。从社会可持续性和长远发展来看，文化建设必须被置于重要地位。建设文化广西就是夯实广西可持续发展的必要基础，培育社会高品质发展的极为有效的力量。毛南族从近代以来重视教育和文化建设所获得的某些优势对此也做了

---

① 《广西壮族自治区党委、自治区人民政府关于建设文化广西的决定》（2007年1月8日桂发〔2007〕8号文件。)

② 《广西年鉴》，广西年鉴社2010年版，第57—358、385—386、490页。

充分说明。因此，在建设文化广西的东风的强劲推动下，人们的科学价值观尤其传统优秀的文化价值观由此而加速回归，为毛南山乡文艺生态的重塑带来的机遇更为珍贵和难得。

（二）毛南族重塑文艺形态的愿望强烈

由于历史的原因，在很长的历史时期内，毛南族的文化自卑感和文化自尊感杂糅一团，他们常常借助周边其他民族的文化力量来壮大自己的文化阵容，并且有意无意地宣扬壮、汉等民族文化的优越性；自觉或不自觉地模糊自身的民族认同，更多地将自身族源与汉、壮等民族以及其他少数民族联系在一起。此种状况一方面反映了历史真实，另一方面也显示出毛南族人民较为博大的文化胸怀，同时还透视出毛南族在特定历史条件下的文化无奈心态。与上述文化自卑表现相对应的是，毛南族具有强烈的文化自尊心，亦即毛南族一直在努力保持和完善具有本民族鲜明特征的文化体系，用自己独特的文艺形态向周边各民族昭示毛南族文化的活力以及毛南族顽强的生命力。

随着社会的进步，以及各民族平等、友爱和相互尊重等新型关系的确立，毛南族的文化自尊心被广泛激发，他们对自己的独特文化更为珍视。进入 21 世纪以后，毛南族的这种文化自尊与自重发展到更为自觉和自能的阶段。他们渴望发展进而重塑自己民族的文化体系，期待用具有鲜明民族特色的文艺符号来突出毛南族的生存现状和强化毛南族的文化追求。笔者多次进入毛南山乡，所接触到的毛南族人不仅对自己的文艺形态表现出虔诚的态度，并且对关注毛南山乡文艺形态的外地人也表现出极度的敬重。毛南族知识分子如此，即使文化程度不高的一般百姓亦如此。笔者在做田野调查的过程中劳烦很多人——有年高多病的学者，也有以屠猪为副业的农民——他们都欣然相助，不计报酬。他们之所以如此，是因为都抱持着一个既平凡又伟大的信念：到毛南山乡来关心毛南族文化的，就是关心毛南族人。他们不仅期望先辈们创造的这份文化遗产能够通过他们的手完整地传承给后代，更期望建构新型的毛南山乡文艺生态。

（三）当地经济力量不断增强

在封建社会，毛南山乡及其周边少数民族地区经济落后，人们生活极端艰苦。中华人民共和国成立初期，人们的生活仍然未有大的改善。衣食尚缺，文艺形态的改良当然难以有经济力量的保障。然而近 20 年来，环江毛南族自治县的经济状况有根本性改变，已经能够为文化的发展，尤其为毛南山乡文艺生态的重塑提供经济支持。

环江毛南族自治县主要年份经济状况表

年份	国内生产总值	人均国内生产总值	地方财政收入	农民人均纯收入
1991	23558 万元	716 元	1804 万元	未统计
1995	86898 万元	2637 元	3178 万元	未统计
2000	127597 万元	3571 元	7287 万元	1341 元
2005	159227 万元	4396 元	13006 万元	1879 元
2010	301885 万元	9473 元	26686 万元	3397 元

注：数据来源均为相应年份的《广西统计年鉴》。

　　我们从统计数据中可以看出，近十多年来，该县的财力有较大幅度的增长。地方财力增长以后，就有可能加大对社会事业，尤其对文化事业的支持力度，其中包括对毛南山乡的文化事业投入。事实上，多年来环江毛南族自治县对毛南山乡的各项投入都有较大侧重，对毛南山乡的文化建设投入也较为注重，例如县里拨出经费、规划人力等对毛南山乡传统文艺人才的培养与文艺队伍的优化。除此以外，上级有关部门及民间机构也会对毛南山乡文化项目提供相应的支持。这些综合因素也都成为毛南山乡文艺生态重塑的重要机遇。

第三节　重塑的方向

一　审美观念与社会发展相适应

　　毛南山乡的人们借助其文艺形态以及许多生活细节所体现出来的传统审美观念具有朴素而淳厚的特点，其中有很多至今仍然为毛南山乡人民看重，也为周边其他民族所称道，成为毛南山乡优秀传统文化中的可贵成分。比如他们对生态系统的认识与评价，人生在整体生态系统中的地位；个人在社会生活中的地位，以及人们应该遵循的社会道德规范；人们对群体和谐内涵的认识，对生活质量的评价等，都有其独特的判断标准。但这样的审美观念往往受传统的原始宗教观念影响，而且其观念本身在成型之后具有一定的流变惯性，因而或多或少与现代社会生活有相应的距离，甚至与现代社会生活所要求的审美观念相悖。审美观念往往与文艺生态的重塑理念及重塑方法有着直接的关系，因此，必须对毛南山乡人民传统的审美观念做辩证分析，按照审美观念应该与社会发展相适应的原则，对毛南山乡人民的传统审美观念作必要的塑造，从而确立与现代社会的发展规律相适应的新型审美观念。为此，必须注重下述方面。

首先，应该提高毛南山乡人民认识事物的境界，端正其看待事物，尤其看待本民族文艺形态的态度。在这一过程中，毛南族与传统宗教相关的文艺观念尤其民间艺人的审美观念的重塑更为重要，因为他们大多是毛南山乡文艺形态的直接创造者。鉴于毛南山乡传统文艺形态如礼俗歌、《枫蛾歌》、顶卡花、宗教范畴内的石雕与木雕、肥套等主要流行于毛南山乡，而且属于已经成型并且有着广泛影响的民族民间文艺形态，其重塑过程的顺利程度以及要将其重塑成何种状况，在很大程度上取决于毛南山乡人民正确的审美观念的形成、稳固与升华，意即为毛南山乡文艺生态的未来发展确立相应的文化氛围。重塑毛南山乡文艺生态必须标本兼治，而培养毛南山乡人民，尤其培养毛南山乡文艺形态的直接创造者们与社会发展相适应的审美观念，正是着力于改善和重建毛南山乡文艺生态的生长土壤。只有在新型的与社会发展规律相适应的审美观念的指导下，人们才有可能对毛南山乡文艺生态做全方位的、辨证的审视，才有可能为毛南山乡文艺生态的重塑设定正确的路径，也才有可能将毛南山乡文艺形态重新打造成既具有相应的文艺性与思想性高度，又能为毛南族人民以及其他人们喜闻乐见的文艺形态。毛南山乡的一些文艺形态从主题诉求到形式内容都显得纷繁复杂，没有正确的审美观就很难有正确的审美角度和审美方法，也就难以认识其复杂成分，当然也就不太可能为毛南山乡文艺生态的重塑设计出理想的方案。

其次，重塑后的毛南山乡文艺生态应该能够鲜明地体现出毛南山乡人民与时代相适应的文艺审美风尚。在相对闭塞、观念落后的时代，毛南山乡人把神灵的力量以及对神灵的虔诚看得至高无上，并由此确立人生中必须遵循的规范。人们往往在此观念引导下建构及欣赏与原始宗教意识相适应的文艺形态。社会嬗变以后，毛南山乡的文艺审美风尚为之大变，人们由盲目崇拜神灵、祈求神灵，向尊重人性、崇尚生态与人生整体和美转变，并期望其文艺形态能够正确地反映人与自然、人与社会的和谐关系。毛南山乡文艺生态作为相应观念与实践的浓缩和镜子，应该能够正确反映出毛南山乡人这种变化了，并且仍然处于变化中的文艺审美风尚，亦即毛南山乡文艺生态必须恰当地反映出毛南山乡审美风尚的现状及发展趋势。因此，我们在重塑毛南山乡文艺生态的时候，不应该盲目着力于对人们传统而落后的审美风尚的搜寻与回归，而应该着眼于新型审美元素的凝聚与新型审美风尚的建构。这应该成为毛南山乡文艺生态重塑的重要方向。

最后，重塑后的毛南山乡文艺生态应该能够准确地反映毛南山乡整体面貌的剧烈变化。任何人都无法否认，自 20 世纪 50 年代以来，尤其自 20 世纪 80 年代以来，毛南山乡的整体发展变化是翻天覆地的。尽管有一些情形未能尽如人意，但毛南山乡人民的生活品质确实达到了前所未有的高度。这是我们在审视毛南山乡的生活与文艺时都必须坚持的基本事实。但毛南山乡文艺形态如肥套所反映的某些社会现实却基本上是百年前甚至数百年前毛南山乡的面貌，这实际上与极端落后的审美观念有着密切的关系。因此，审美观念的与时俱进，用艺术的眼光看待当下的生活以及审视社会的发展趋势，并将社会发展成果科学地融入文艺形态之中，是我们重塑毛南山乡文艺生态所应该遵循的原则。倘不如此，表面看起来这是民间艺术家们用文艺形态扭曲现实，实际上是极为不合时宜的原始宗教观念扭曲了民间艺术家们的审美心理。而这种与现实生活高度脱节的文艺形态，对毛南山乡今天的整体形象的塑造是极为不利的。这种状况不仅对外地人产生一定程度的误导，也会给当地人带来困惑，人们主观上坚持"文艺的原来面貌"，客观上却放大了民众意识中已经极为淡化了的某些原始宗教痕迹。

因此，无论是毛南山乡的民间艺人，还是毛南山乡的普通受众，甚至相关的学者，在面对毛南山乡文艺生态重塑这一课题时，都需要对相应的审美观念进行检讨，进而确定毛南山乡文艺生态的变革方向。偏差的审美观念，不仅无法拓展某些文艺形态的生存与发展空间，还极有可能扼杀它们。当然，面对毛南山乡的某些宗教艺术如肥套之类，我们的审美观念应该具有怎样的定位才是最为恰当的，这本身仍然是一个值得慎重探讨的课题。

二　文艺独特性与普遍性相统一

毛南山乡的某些文艺形态尤其与其原始宗教观念相关的文艺形态之所以与周边其他民族地区存在较大差异，而且受到越来越多人的重视，主要原因就在于其独特性：体现了毛南山乡传统生活中至关重要而且历史悠久的主题，承袭了岭南古百越民族原始而朴素的艺术表现方式，展现了毛南山乡曾经广泛存在而今天逐渐消失、仅存神韵的生活场景，形式粗糙但浓缩了毛南山乡文化中的精华，充满神秘色彩而又成为毛南族传统人生中不可或缺的环节，等等。与此同时，毛南山乡某些文艺形态又体现了该地域文化的普遍性：具有鲜明的古百越系文化特征的遗迹，借鉴了包括汉文化在内的多民族艺术成分，融合了道教、佛教以及岭南古百越民族原始宗教等文化元素，等等。这在毛南山乡的说唱艺术、雕刻艺术以及综合表演艺术等形态中广泛存在。毛南山乡文艺形态所呈现的独特性与普遍性有机结合的状况，构成了毛南山乡文艺生态的重要部分。在重塑毛南山乡文艺生态的过程中，对其独特性与普遍性的关系应该如何理解，独特性与普遍性是否仍然应该融合，其独特性与普遍性应该以怎样的方式呈现，是否应该突出某一方面而弱化另一方面，突出或弱化的程度应该怎样等，都是我们必须妥善处理的课题。

目前在理论上关于毛南山乡文艺生态重塑中之独特性与普遍性及其如何处理等问题，尚未展开讨论，但在某些文艺形态的创作实践中已经有人尝试，而尝试的初步结果也触发了议论。这些尝试和议论主要集中在诸如与肥套相关的文艺形态的形式与内容上。在毛南山乡师公等民间艺人们看来，肥套这一艺术属性极强的形态是老祖宗留给后人的，不能轻易改动，因而在他们的艺术实践中，肥套基本上仍然以其六七十年前的面貌呈现，形式和内容基本未做大的改动，只是根据情况对场次和内容略作增减；近年来以现代歌舞方式呈现的毛南族"傩戏"，则采用大力度的舞蹈方式，野性勃发，竭力突出人类的原始生活情态，甚至在很多地方过分模仿广西宁明花山崖画所展现的早期百越民族原始舞蹈造型，几乎看不见毛南山乡传统肥套场景中温文尔雅的舞蹈动作与情节。对这样的改动，毛南族学者有自己的看法。① 这种情形在毛南山乡文艺生态的重塑中具有较为普遍的意义。所有这些，已经涉及毛南山乡文艺生态重塑方向的探索性举动。当然，毛南山乡文艺生态在重塑中某些文艺形态所体现出来的艺术独特性与普遍性的问题非一朝一夕所能解决，在正式确定原则之前适当展现相应的形式以供未来参考，应该利大于弊。好在上述两种状态都在努力追求艺术的独特性与普遍性的结合，其大致走向仍然是值得肯定的，只是侧重点和呈现方式有所不同，以及对"独特性"的内涵界定有些差异罢了。

我们认为，毛南山乡文艺生态及其各类文艺形态的艺术独特性，主要应该在毛南族的民族性和毛南山乡的地域性范畴中作出界定。毛南族与广西百越系其他民族，尤其生活在桂西、桂西南、桂西北的百越系少

---

① 2011年7月中旬，笔者赴毛南山乡采访。7月14日夜与毛南族诗人、学者谭亚洲同宿环江毛南族自治县长城宾馆。二人翻看一份中共环江毛南族自治县委员会、环江毛南族自治县人民政府编的彩印画册《魅力神奇的环江》，其中有几幅经过改编的毛南族"傩戏"表演场面摄影图片。谭亚洲先生笑着说："这不是傩戏（谭亚洲先生此处所言傩戏意即肥套——笔者注），是后来年轻人自己编的。"

数民族"系出同门",艺术中有许多相近甚至相同的元素。这些艺术元素与广西乃至全国其他民族、其他地域的艺术样式比较起来,其独特性是显而易见的。而这样的独特性与毛南族艺术的独特性是有着很大差别的,应该定义为中华民族整体艺术中的百越系艺术的独特性,而在百越系民族艺术范畴内则可以看作是具有普遍性的艺术元素。尽管多民族、多地域文化融合之后,有的艺术元素已经很难确定为土生土长于哪个民族或哪个地区,但从艺术元素时下所体现出来的民族标识和地域标识进行审视,并对其艺术特色进行必要的凝练,如此凸显出来的艺术独特性就更具民族性和地域性。毛南山乡文艺生态的重塑,其艺术独特性也应该如此选定。

当然,强调毛南山乡文艺生态的艺术独特性的同时,还必须充分考虑到毛南山乡当今文化氛围的整体变化,以及当地人们受外来文艺形态影响而形成的艺术接受心理。毛南山乡的人们接受普遍性文艺形态机会日益增多,他们也期望毛南山乡文艺生态能够从形式到内容都有机地融入相应成分的带有不同地区、不同民族,且为人们所喜爱的艺术元素。在这方面,毛南山乡师公前辈们的革新理念与做法很值得借鉴,当他们认识到肥套中单纯的跳神活动已经不适应人们的需求变化时,师公们果断地增加新的内容,将曾经普遍流行于毛南山乡及其周边地区的民间情爱歌舞引入仪式之中,并将这些民间情爱歌舞与肥套仪式中通过敬神、娱神、祈神和酬神所表达的子孙繁衍、人畜平安等原始宗教诉求结合起来,从而使艺术独特性与普遍性有机融合。经过长时期的发展,这种有机融合的形式终于成为毛南山乡文艺形态的独特要素,体现出毛南族的民族特色和毛南山乡的地域特色。不难预见,当我们致力于毛南山乡文艺生态的艺术独特性与普遍性完美统一并对其精心打造的时候,若干年之后,这种完美统一体也应该会成为毛南山乡文艺生态的独特个性。

三 优化传统形态,鼓励文人参与

毛南山乡传统的说唱艺术、雕刻艺术以及综合表演艺术等文艺形态完全出自民间艺人之手,其通俗性、古朴性以及影响的广泛性均获得好评,其中更不乏技艺精湛者。但有的文艺形态仍然具有极大的优化、提升空间。例如肥套这种综合性极强、文化含量要求极高、对表演者素养又特别注重的综合性仪式,整体形态显得极为粗糙,与毛南族的"大百科全书"称誉与要求尚有极大的距离。因此,从形式到内容对毛南山乡的文艺形态进行更大程度的优化还是很有必要的。例如对肥套进行整体优化更是很有必要，线索应该更为清晰，结构应该更为顺畅，节奏应该更加紧凑，情节要更为凝练，主题要更为鲜明，人物适当集中；加强首尾呼应，设置一定程度的矛盾冲突，可以融入更多的喜剧元素，语言还需更加艺术化，等等，借鉴戏剧结构的方式对肥套的形式作整体优化要求，对肥套的内容按照情节发展的需要重新排序，使其材料各居其位、各显其能，并达到材料之间相辅相成、凝练精致的要求。

　　鉴于某些规模较为宏大、结构较为复杂——例如肥套之类——的传统文艺形态或艺术性活动的使命、内涵及形式等皆具有特殊性，完全来自毛南山乡民间的业余艺人恐怕难以胜任其深度优化工作，需要具有相应专业知识和专业技能的文人适当地参与，亦即文人适当参与创作——包括唱本建构、表演形式的斟酌以及成系列的文艺项目的规划与实施等——应当成为毛南山乡文艺生态重塑工作的重要内容。在这方面，毛南山乡肥套所走过的发展道路很有借鉴意义，由于毛南山乡师公班子整体文化底蕴欠佳，以及许多毛南山乡基层百姓仅仅将肥套视为传统的宗教需求，加上很长时期毛南山乡的文人未能正确地认识到肥套的真正价值，对其未给予足够的重视，毛南山乡非神职人员尤其文人参与创作的痕迹稀少且模糊。直到今天，肥套的真实价值被揭开以后，文人参与实质性创作的情况仍然极为罕见，肥套唱本及其表演形式等综合水平因此未见有明显提升。所以，重塑肥套一类大型文艺形态，必须打破原有的某些神秘框架，将唱本创作与场地表演艺术创作置于一个更为开放的格局，从优化该文艺形态的整体创作队伍入手，提升其创作人员的文化素养及专业结构水平；通过增加文人的创作成果，促进肥套真正完成由宗教仪式向综合表演的文艺形态的彻底转变。其他类型文艺形态乃至毛南山乡整体文艺生态的重塑，也可以借鉴这样的理念与方法。

　　当然，文人的这种参与必须拿捏得当、恰到好处。这需要学术界、毛南山乡艺人以及基层受众等深入探讨，为毛南山乡传统文艺形态的优化确定相应的路径并经相应试验后再制订出具体的实施方案。因为毛南山乡传统文艺形态本身所具有的特殊性，要求我们在为其优化、进而为文艺生态的重塑设计方向时必须十分谨慎，否则就有可能完全改变文艺形态乃至文艺生态的属性，从而扼杀毛南山乡某些文艺形态的生命力，甚至危及毛南山乡的文艺生态。

第四节　重塑的方法

一　倡导文艺批评　强化文艺理性

　　文艺批评是促进文艺形态发展的重要途径，对于民族民间的某些文艺形态更是如此，因为民族民间文艺形态在创作与传播的过程中，往往带有更强的自发性和随意性，缺乏较为系统的、高水平的理论指导。毛南山乡文艺形态被大规模发掘并受到广泛关注，应该是在20世纪50年代以后；对毛南山乡文艺形态展开的文艺批评则主要是近二十来年的事，而且往往带有阵发性和间歇性特征，缺乏系统性、规模性和持久性，总体而言，赞誉的较多，针对其缺陷的议论相对较少。对毛南山乡文艺生态的批评则更为少见，整体性梳理与评价甚至未见。此种状况对毛南山乡文艺形态的发展、对毛南山乡文艺生态品质的提升极为有限，对毛南山乡文艺生态的重塑更是缺乏实质性推力。因此，在重塑毛南山乡文艺生态之前以及在重塑的过程之中，对毛南山乡文艺形态、对毛南山乡文艺生态展开必要的批评，尤其对其值得改进的方面展开广泛的理论探讨，是非常有益的。

　　毛南山乡文艺生态的构成纷繁复杂。正确认识其形式与内涵并为之拟定出重塑方案，需要我们有足够的艺术理性。在过去一段时间，人们针对毛南山乡某一文艺形态——例如肥套——所做的批评，对其民族性、地域性、原生性、特殊影响性等独特属性给予了较多的关注，这无疑是正确和必要的。但这些仅仅是肥套这类文艺形态总体属性中的某些方面，远不是全部。即使上述这些属性，其构成与价值也还是多维度的，同样需要用辩证的眼光进行审视，亦即需要用理性的态度对待毛南山乡的这些文艺形态。而在此基础上对毛南山乡文艺生态所作的批评，涉及面将更为广泛，难度更大。客观地说，毛南山乡文艺生态的历史局限性与现实缺陷性极为多见，对人们的文化心理所产生的负面影响，尤其对毛南族现代科学素养的培育所形成的阻碍作用不容轻视。充分发掘毛南山乡文艺生态的历史与现实价值，并将其用于新型文化体系的构建，当然是必要而且紧迫的，但理性地揭示其历史与现实的局限性并将其作为构建新型文化体系的教训和参考，在一定程度上而言，其意义有可能远胜于单方面的赞美与推崇。缺乏理性、一味赞美的文艺批评态度与方式，对于文化发展相对滞后、所处地域相对偏僻和闭塞的毛南山乡来说，客观上无异于推行变相的愚民理念，有可能会在一定程度上激发或者强化人们的偏颇文化意识，尽管很多时候我们的初衷并非如此。

文艺批评者对自己的文艺批评理念和批评方式所秉持的理性也应该强化。也许有的人担心，在对少数民族文艺生态进行文艺批评的过程中强调文艺理性有可能会对该民族的文化自尊心造成负面影响。这其实是某些人对少数民族文艺理性水平的误解。以笔者数十年来在少数民族地区行走所见所闻而得出的印象，绝大多数少数民族的文化胸怀是极为宽广和开放的，其文艺理性内涵远比那些对少数民族缺乏真正认识的人们所想象的要丰富得多。他们期望对其文艺现状作真诚和恰如其分的理性批评，只要这些批评不是嘲弄性和亵渎性的。毛南山乡人也是如此。他们希望人们对其文艺生态给出理性的评价和建言，并真心地为他们的新型文化体系的构建出谋划策。所以从某种角度来讲，文艺批评者整体观念的理性强化是其理性地认识毛南山乡文艺生态的重要基础和必备前提。

与此同时，强化和丰富毛南山乡人们，尤其毛南山乡民间艺人们的艺术理性体系及内涵也极为重要。重塑毛南山乡文艺生态的主要基础和主力军在毛南山乡，其民间艺人是极为重要的力量。新型的文艺生态需要有与之相称的文艺创造主体的艺术理性。毛南山乡人民虽然具备了开放、宽阔的文化心态，但在此基础上进一步强化其艺术理性仍然是十分必要的，而且这样的强化应该是持久性的。这方面的艺术理性强化可从下述角度入手：一是要理性地认识毛南山乡某些文艺形态的主旨。某些文艺形态的主旨成因与毛南山乡传统的原始宗教诉求密切相关，而原始宗教诉求与毛南族原始文化基因、独特的自然环境以及毛南山乡早期的社会文化氛围有直接而密切的关系。目前这些因素发生了深刻变化，与此相关联的文艺形态所体现的宗教主旨应该受到理性检讨。二是要理性地认识不同属性的文艺生态在毛南山乡整体社会生活中的积极作用和负面影响，从而为自己的社会文化生活设定更高的艺术标准。三是要直面毛南山乡文艺生态在当今文化环境下步履艰难的根本原因，从而增强重塑毛南山乡文艺生态的积极性和主动性。

二　提高生活品质　优化文艺风尚

毛南山乡人民的生活，目前不仅衣食无忧，绝大多数地方已经达到了物质生活较为丰富的程度，一些条件较好的地方或者成员能力较强的家庭，物质生活早已经达到小康水平。毛南山乡某些传统文艺形态所期盼的景象，在今天的毛南山乡已经基本成为现实。许多村屯用上了自来水，人们的居住条件有了极大改善，农村建设取得了巨大成就，许多村屯的整体面貌看起来比周边其他民族地区的村屯建设更为先进。农户中拥有电视、电话的极为普遍，文化教育发展状况与周边其他民族地区没有明显的差别。自然生态系统的有效恢复、物质条件的根本改善，加上毛南山乡传统的厚道淳美之风仍然浓郁，毛南山乡的牧歌式景象在一些地方正逐渐显现。应该说，千百年来毛南山乡人民在一些传统文艺形态中所憧憬的生活正在逐步变为现实，毛南山乡人民创造了神灵无法赐予的辉煌成就。

今天的毛南山乡，生态系统建设达成养人和宜人的基本目标以后，怡人的生态环境建设仍然任重道远，社会文化建设整体而言还处于较低的层次，人们的精神面貌还期待根本性改变，故而生活品质尚需极大的提升。弥漫于毛南山乡的原始宗教氛围——相信万物有灵和期待祖先的神力福佑等意识——仍然十分浓厚，生活中因原始宗教意识而衍生的疑虑和恐惧仍然随处可见。因此，重塑毛南山乡文艺生态最直接和最有效而且最应该首先采取的方法，便是继续着眼于提高毛南山乡人民的生活品质，尤其需要提升人们的精神文明的程度，加快物质文明和精神文明由量的积累向质的升华转化，促使人们尽快地挣脱原始宗教桎梏的束缚，从而自觉、自主地从事生态文明的建设，包括在建设和谐、怡人的自然生态环境过程中，同时着手重塑自己的新型文化体系，其中包括文艺生态。

从重塑毛南山乡文艺生态以及建设毛南山乡新型文化体系来看，优化毛南山乡的文艺风尚应该是一个值得也必须着力的基点。因为在毛南山乡，民族民间文艺对基层百姓的感染力是非常强大而广泛的。一定的文艺风尚往往能够主导人们的文艺审美取向，对塑造人们的文艺心理产生巨大的作用。特定的自然环境和文化环境曾经造就了毛南山乡人相对古朴、淳美和简洁的文艺风尚，使其与毛南山乡古朴、淳厚以及相对单纯的文艺形态相适应。近二三十年来，多种文艺形态在毛南山乡广泛传播，在外地务工、经商、求学之士以及到毛南山乡旅游的人，把外地的文艺风尚带进毛南山乡。这些风尚与毛南山乡原有的传统文艺风尚融汇起来，形成了毛南山乡文艺风尚的多样性与复杂性特征，并且其中混杂有许多不甚健康的因素，比如随着某些流行文化样式的传播而形成的热衷于低俗、暴力、游戏人生等具有低劣属性的文艺风尚在毛南山乡的某些地方和某些青少年中兴起，甚至一些中老年人也或多或少受到浸染。毋庸讳言，这种不良文艺风尚已成为影响毛南山乡文艺生态重塑的障碍，因为毛南山乡文艺生态的生存与发展需要一个质朴、淳厚而又不失清新的文化氛围。所以，优化毛南山乡的文艺风尚实际上是优化毛南山乡文艺生态的重要元素，是与重塑毛南山乡文艺生态相辅相成的有效方法。具体来说，此方面的优化工作包含下述两个层次。

第一步要着力清除低俗、暴力、游戏人生等劣质文艺形态的影响，对毛南山乡曾经有过的淳朴、雅正、简洁等良好文艺风尚做恢复性工作。毛南山乡民间传统文艺形态中，虽然也充满男女之间的情爱、人与邪恶力量的争斗以及社会生活中常有的嬉戏等元素，但它们往往是对人们真挚情感的凝结、对正义精神的崇尚、对丰富健康的文娱生活的再现以及体现人们对理想境界的憧憬，与当今社会某些文艺形态所宣扬的低俗、暴力和颓废等情感有着本质的区别。毛南山乡受外界影响所呈现的这类不健康的、与中华民族所推崇的优秀传统文艺风尚相背离的低劣文艺风尚虽然尚不明显，但已经在局部地区及某些人群中滋生蔓延，并且导致毛南山乡传统社会所推崇的淳朴、雅正、简洁等良好文艺风尚有逐渐淡化的趋势。我们必须采取多方面的措施，比如加强对青少年的教育引导，举办内容健康、形式多样的民间传统娱乐活动，充分利用现代传媒的优势推广优秀文艺作品等，恢复和强化毛南山乡淳朴、雅正、简洁等良好文艺风尚的活力，促使其重新在毛南山乡活跃起来，使之成为毛南山乡主流文艺风尚的重要成分。

第二步要在推崇淳朴、雅正、简洁的文艺风尚的基础上，构建与新时代中华民族主流价值观相适应的文艺风尚。注重中华民族的整体发展及国内各民族和谐共处，全心全意致力于祖国的繁荣强盛，个人利益服务于民族的整体利益，崇尚科学文明、勤劳朴实、诚实守信、遵纪守法、艰苦奋斗等是我们今天所推崇的中华民族主流价值观的重要内容。其中有许多本来就是毛南山乡传统社会中极为看重的为人准则，也是毛南山乡传统文艺形态所极力体现的。因此，在毛南山乡构建新型的主流价值观体系，进而构建和优化与之相适应的文艺风尚，既十分必要，又有着厚实的社会文化基础。这也是重塑毛南山乡文艺生态的有效方法之一。

三　提升文艺精华　汰除文艺糟粕

毛南山乡文艺生态作为多种元素的融合体，其精华与糟粕共存。重塑的直接方式之一，就是在辨析清楚精华和糟粕的成分及其属性之后，将精华元素提升的同时，汰除糟粕元素。毛南山乡文艺生态中尚有很多部分混杂着精华与糟粕元素，需要采取多种方式对其重塑。这里仅择其要者而论之。

毛南山乡某些文艺形态所体现的主要宗旨——追求群体强盛、向往人生平安等——在特定的历史时期具有积极和进步的意义，即使在今后的文艺生态重塑中仍然值得借鉴。但人们将其定位于原始宗教的范畴并试图通过宗教迷信的仪式去实现，在今天的社会文化环境下已经失去思想意识基础，且与当今所倡导的科学文明观念和人口素质观念不相吻合。今天，毛南族的繁衍和强盛与周边各民族、与中华民族的整体繁衍和强盛已经密不可分。因此，毛南山乡传统的繁衍和强盛观念应该由"小我"——局限于家庭个体和民族个体——向"大我"——放眼于整个中华民族——的境界转变，从而使相关的文艺形态的主题得到提升。主题实现的方式也应该由祈求神灵的福佑转变为通过改善整体生态环境、提高社会生活品质来达到目的等科学知识与现代技术的保障，消除愚昧的观念和落后的方法。

毛南山乡文艺形态如肥套所倡导的人生价值观——诚实守信与知恩图报等——无论在过去、今天甚或未来，都应该有着永恒的积极意义，人类社会必须永久地推崇。但在毛南山乡相关的文艺形态中，这种可贵的具有人生与社会普遍意义的价值观被定位于决定家庭兴衰的一般生活范畴，其确立和传播，也主要是通过原始宗教仪式的胁迫及迷信的因果报应等方式来实现的。这样的方式在科学极不发达、人们的观念主要受原始的宗教意识所左右的时代能够产生作用。当人们的科学文化素养提高以后，这样的陈旧方式便在一定程度上失去了思想基础，也会对人们新型科学理念的建构形成误导作用，其局限性与弊端日益显露。因此，将诚实守信、知恩图报的价值观从人生与家庭生活的狭隘范畴中提升出来，置于建设和谐社会的境界，从而充分揭示其在现代及将来高度文明的社会生活的建构中的重要意义，采用科学阐释和现代传播方式扩大其影响。

毛南山乡文艺形态尤其如肥套等符号性文艺形态所蕴含的毛南族先民在漫长的历史进程中创造的丰富文化成果，是至为珍贵的，既是我们认识毛南族的文献材料，又是我们建构毛南山乡新型文化体系的重要基础，更是中华民族整体文艺库容中独具特色的艺术奇葩。但某些文艺形态的属性良莠兼具，对人们的影响也利弊互见，而且其中的许多成果显得较为粗糙。我们可以考虑在保持这些成果的基本原貌的前提下，对其结构状态及呈现方式进行恰当的优化，摒除其相互矛盾及与人们的科学观念明显相悖的成分，促使其光彩部分更为耀眼。

毛南山乡文艺形态尤其如肥套等符号性文艺形态在呈现形式上保留了古朴的结构状态、原生态的舞蹈语汇和原始宗教仪式的大量遗迹，这些都有助于我们认识毛南山乡综合表演艺术的早期状况，以及从原始宗教仪式向民间综合表演艺术流变的某些轨迹。但其庞大的神灵队伍、烦琐的宗教仪式、多宗教元素的混融则过分渲染了表演过程中的神秘氛围，从而使文艺形态中的许多精华元素被淹没在繁复的宗教仪式之中。毛南山乡的师公们说，早期的肥套就是单纯的跳神。其实从现今的肥套全过程来看，这一艺术形态仍然保留了大量的跳神元素，与舞台艺术尚存在遥远的距离。在今天看来，过多的原始宗教语言和法事所营造的"超自然力"景象，将肥套这一艺术形态与人们的距离拉得越来越大，而且在一般民众的内心中加重了原始宗教色彩，客观上具有相当的愚民作用。很显然，这一艺术形态的某些原始宗教语言和法事与当今社会文化生活中应该倡导且正在形成中的科学、文明的风习是格格不入的。其他的某些文艺形态或者一些艺术属性较为丰富的仪式也存在与肥套类似的弊端。我们可以考虑在不影响文艺形态的总体面貌的同时，对其中的宗教性语言、法事及反科学元素进行删减或改良。

毛南山乡的某些传统文艺形态对于认识特定时期毛南山乡的落后的社会状况、古朴的教育观念以及简单的娱乐方式等具有一定的原生性材料价值，但其中的某些成分已经与社会现实大相径庭，须得在保留精华的同时，果断地剔除糟粕。例如肥套舞蹈中的某些性爱动作以及相关道白和唱词体现了毛南族先民的生殖观念以及生殖期盼实现的古朴方式，使人们能够认识到人类早期性教育的大致状况，具有一定的历史认识价值。但在今天看来，其猥亵色彩是相当浓厚的，因而基本上不再具有欣赏价值。即便在毛南山乡的传统生活中，这类动作和语言也仅仅能够在特定的场合出现，在其他日常生活中是禁止提及的，而且绝对不适合通过现代媒体传播。在科学的生育知识得到大规模普及的今天，此类性教育方式已经显得极为原始和浅陋。所以，对其适当删除或改造，应当是很有必要的。

四 继续发掘抢救 整合原创并重

由于社会的变迁和某些载体的自然损耗，毛南山乡文艺形态遭受损害或者以不同的形式呈现应该是难免的，比如某些作品整体散佚，有些作品的构成部分缺损，还有些文艺作品出现版本变异等。这其中尤以肥套所受到的毁损最为严重。对于毛南山乡文艺形态来说，在对现存的作品样式进行保护和研究的同时，注重继续对有可能淹没在历史尘封中的作品进行发掘抢救，是我们对该类文艺形态进行优化的基础，因为这样能够为我们提供相应的材料及其结构方式，从而使我们在重塑文艺生态的方法上获得借鉴。在毛南山乡文艺形态尤其符号性文艺形态的发掘抢救方面，从 20 世纪 50 年代初期开始，直到 21 世纪初，学界和毛南山乡的民间艺人们曾经做了大量的工作，取得了许多基础性的成果。比如在对肥套的收集整理方面，工作量和成效都比较大，但还有一些更为深入和更加广泛发掘抢救工作，诸如唱本的收集、甄别、整理、翻译，以及在毛南山乡除了动员师公群体的力量以外，还可以发动上年纪的群众一起回忆和整理，因为对于毛南山乡的家庭来说，几乎都是肥套的经历者和接受者。差不多每一个上了年纪的人都能对仪式的全过程及相关细节熟记于心。在过去对肥套相关材料的发掘抢救中我们将主要注意力放在师公这一群体，对毛南山乡一般百姓有所忽视。今后可考虑将一般百姓以不同的方式组织起来，赋予其发掘、抢救及参与优化的职责，这可能比单方面依赖于个别独特群体的力量更为有效一些。其他类型的文艺形态也可以借鉴此一方式。这样的方式对于毛南山乡文艺生态的重塑也是极为有利的。

还在清末民初的时候，毛南山乡的知识分子偶有参与文艺创作，且有少量作品存世。从 20 世纪六七十年代以后，毛南山乡文艺生态中逐渐出现了较多的作家作品，形成了民间作品与文人作品并存的局面，并且出现了文人作品增长的幅度骤大、影响面日益广泛的态势。与此同时，民间歌手以及其他类型的艺人仍然在积极地从事创作，只不过他们的文艺活动延续了数百上千年以来民间的素朴创造方式。这两支文艺队伍一般各行其道，极少交汇。即便偶有接触，也多局限于毛南族当代文人涉足毛南族古籍的发掘整理领域，基本上不参与毛南山乡传统符号性文艺形态的再创造工作。例如毛南山乡传统符号性文艺形态顶卡花、木雕、石雕和肥套仪式等，大致仍然沿袭着民间传承的老路，毛南山乡当代文人除参与对其的挖掘和整理以外，基本上不参与结构性改造活动，至少未见深度参与。例如毛南山乡肥套的唱本与表演，正是因为缺乏文人的深度参与，其诸多局限性至今未见改观，尽管早已经具有毛南山乡百科全书的某些属性，但肥套情节结构的松散性、主体线索的模糊性、人物性格的杂糅性以及许多演出道具的粗糙性等弊端仍然随处可见。而毛南族当代的一些作家作品，有的已经在本质上与毛南山乡文艺形态中的传统韵味形成了相应的距离，未能理性地发扬毛南山乡传统文艺中至为宝贵的淳朴、雅正、简洁的优势。所以，在重塑毛南山乡文艺生态的过程中，各种类型力量的整合显得极为重要和迫切。

无论是民间传统文艺形态还是文人新型创作形态，毛南山乡文艺生态的重塑绝对需要鼓励有个性的原创。就毛南山乡的民间传统文艺形态而言，传承过程中的模仿与承袭固然难以避免，甚至有时候是必要的，但缺乏创作者个性的模仿与承袭终将成为文艺形态的杀手。实际上，毛南山乡的某些符号性艺术，诸如顶卡花、木雕和石雕艺术等，传承中往往都有不同时代民间艺人的个性创造。今天的顶卡花与 20 世纪 50 年代前的顶卡花相比，在造型、着色、图案设计等方面较多地融入了现代审美元素；波川谭老孺人生墓的墓壁石雕与毛南山乡凤腾山古墓的墓壁石雕无论从整体构思还是从雕刻刀法而言，都形成了极为巨大的距离。前者明显体现出更为强烈的个人独创风格。毛南山乡傩面在不同的制作者以及不同时代的制作者方面所体现出来的个体风格差异就更为明显。这实际上是民间木雕艺人着意突出独创特色的结果。毛南山乡其他传统文艺形态的优化，以及毛南山乡整体文艺生态的重塑也应该借鉴这些较为成功的经验。

主要参考文献

一 专著

[1] 梁杓、吴瑜:《思恩县志》,民国二十二年九月成书,(台北)成文出版社有限公司 1975 年据原铅印本影印。

[2] 广西省民族事务委员会:《环江毛难人情况调查》,1953 年版。

[3] (汉)司马迁:《史记》,中华书局 1959 年版。

[4] [法]丹纳:《艺术哲学》,傅雷译,人民文学出版社 1963 年版。

[5] (元)脱脱:《宋史·蛮夷列传一》,中华书局 1977 年版。

[6] (宋)范成大:《桂海虞衡志校补》,广西民族出版社 1984 年版。

[7] 广西壮族自治区编辑组:《广西仫佬族毛难族社会历史调查》,广西民族出版社 1987 年版。

[8] 袁凤辰、苏维光等:《毛南族、京族民间故事选》,上海文艺出版社 1987 年版。

[9] 袁凤辰等:《毛南族民歌选》,广西民族出版社 1987 年版。

[10] 蒙国荣、谭贻生:《毛南山乡》,广西人民出版社 1987 年版。

[11] 覃永绵等:《毛南族研究文选》,广西民族出版社 1987 年版。

[12] [法]列维·斯特劳斯:《野性的思维》,李幼蒸译,商务印书馆 1987 年版。

[13] 莫家仁:《毛南族》,民族出版社 1988 年版。

[14] 蒙国荣、谭贻生等:《毛南族风俗志》,中央民族学院出版社 1988 年版。

[15] 广西师范学院民族民间文学研究所:《回、彝、水、仫佬、毛南、京六族故事选》,广西人民出版社 1988 年版。

[16] (清)谢启昆:《广西通志》,广西人民出版社 1988 年版。

[17] [法]列维·斯特劳斯:《结构人类学》,陆晓禾等译,文化艺术出版社 1989 年版。

［18］吴永章：《中国南方民族文化源流史》，广西教育出版社 1991 年版。

［19］林惠祥：《文化人类学》，商务印书馆 1991 年版。

［20］张有隽：《广西通志・民俗志》，广西人民出版社 1992 年版。

［21］蒙国荣、王弋丁等：《毛南族文学史》，广西人民出版社 1992 年版。

［22］李路阳、吴浩：《广西傩文化探幽》，广西人民出版社 1993 年版。

［23］中国各民族宗教与神话大词典编审委员会：《中国各民族宗教与神话大词典》，学苑出版社 1993 年版。

［24］卢敏飞：《毛南山乡风情录》，四川民族出版社 1994 年版。

［25］韦秋桐、谭亚洲：《毛南族神话研究》，广西人民出版社 1994 年版。

［26］张声震等：《壮族通史》，民族出版社 1997 年版。

［27］杨权等：《侗、水、毛南、仫佬、黎族文化志》，上海人民出版社 1998 年版。

［28］黄泽：《神圣的解构：民族文化研究的多维审视》，广西教育出版社 1998 年版。

［29］钟文典：《广西通史》，广西人民出版社 1999 年版。

［30］蒙国荣、谭亚洲：《毛南族民歌》，广西民族出版社 1999 年版。

［31］过伟：《中国女神》，广西教育出版社 2000 年版。

［32］鲁枢元：《生态文艺学》，陕西人民教育出版社 2000 年版。

［33］［法］莫里斯・哈布瓦赫：《论集体记忆》，毕然、郭金华译，上海世纪出版集团、上海人民出版社 2002 年版。

［34］环江毛南族自治县地方志编纂委员会：《环江毛南族自治县志》，广西人民出版社 2002 年版。

［35］袁鼎生：《审美生态学》，中国大百科全书出版社 2002 年版。

［36］蒋志雨：《走出大山看世界：毛南族》，云南人民出版社 2003 年版。

［37］央吉等：《中国京族毛南族人口研究》，中国人口出版社 2003 年版。

［38］黄秉生、袁鼎生：《民族生态审美学》，民族出版社 2004 年版。

［39］袁鼎生：《生态视域中的比较美学》，人民出版社 2005 年版。

［40］陈嘉映：《无法还原的象》，华夏出版社 2005 年版。

［41］韩德明：《与神共舞——毛南族傩文化考察札记》，广西人民出版社 2006 年版。

［42］袁鼎生：《生态艺术哲学》，商务印书馆 2007 年版。

［43］汪森、黄振中等：《粤西丛载校注》，广西民族出版社 2007 年版。

［44］谭恩广：《毛南族医药》，广西民族出版社 2007 年版。

［45］王兆乾、吕光群：《中国傩文化》，汕头大学出版社 2007 年版。

[46] 陈跃红、徐新建等:《中国傩文化》,中央编译出版社 2008 年版。

[47] 蒋向明:《环江毛南族自治县概况》,民族出版社 2008 年版。

[48]《毛南族简史》修订本编写组:《毛南族简史》,民族出版社 2008 年版。

[49] 段炳昌:《民间生活与习俗》,云南民族出版社 2008 年版。

[50] 黄泽:《非物质文化遗产视野下的民俗艺术与宗教艺术》,海南出版社 2008 年版。

[51] 袁鼎生:《超循环生态方法论》,科学出版社 2010 年版。

[52] 蒙元耀:《壮汉语同源词研究》,民族出版社 2010 年版。

[53] 蒙元耀:《生生不息的传承:孝与壮族行孝歌之研究》,民族出版社 2010 年版。

[54] [英] 詹姆斯·乔治·弗雷泽:《金枝》,赵阳译,陕西师范大学出版总社有限公司 2010 年版。

[55] 黄秉生:《壮族文化生态美》,广西师范大学出版社 2011 年版。

[56] 张泽忠等:《侗族古俗文化的生态存在论研究》,广西师范大学出版社 2011 年版。

[57] (宋) 周去非:《岭外代答》,广西民族大学图书馆排印馆藏本。

[58] 袁鼎生:《审美的生态向性》,广西师范大学出版社 2012 年版。

[59] 袁鼎生:《整生论美学》,商务印书馆 2013 年版。

[60] 蒋新平:《仪式视野中的广西少数民族口传文学》,漓江出版社 2013 年版。

[61] 袁鼎生、申扶民:《少数民族艺术生态学》,民族出版社 2014 年版。

二　论文

[1] [美] 威廉·鲁克尔曼:《〈文学与生态学〉一次生态批评实验》,美国《衣阿华评论》1978 年冬季号。

[2] 姚正康:《血泪交织的悲歌——试论毛难族的〈枫蛾歌〉》,《民族文学研究》1984 年第 2 期。

[3] 过伟:《毛南族民歌初探》,袁凤辰等编《毛南族民歌选》,广西民族出版社 1987 年版。

[4] 蒙国荣:《毛南族"条套"的风格与源流》,覃永绵编《毛南族研究文选》,广西民族出版社 1987 年版。

[5] 覃永绵:《毛南族原始社会残余及其影响论述》,覃永绵编《毛南族研究文选》,广西民族出版社 1987 年版。

[6] 谭亚洲:《毛南族民歌的形式与风格》,覃永绵编《毛南族研究文

选》，广西民族出版社 1987 年版。

[7] 谭亚洲：《抛砖引玉引起的争议——兼答邓如金同志》，覃永绵编《毛南族研究文选》，广西民族出版社 1987 年版。

[8] 黄泽：《南方稻作民族的农耕祭祀链及其演化》，《思想战线》2001 年第 1 期。

[9] 段炳昌：《简论民族审美文化交流融合的一般性原理》，《思想战线》2002 年第 1 期。

[10] 黄泽：《人类学艺术研究的历程与特质》，《广西民族大学学报》（哲学社会科学版）2006 年第 4 期。

[11] 何明：《学术范式的转换与艺术人类学的学科建构》，《学术月刊》2006 年第 12 期。

[12] 吴兰：《毛南族传统宗教仪式“求花还愿”透视》，《广西民族大学学报》（哲学社会科学版）2006 年第 6 期。

[13] 何明：《从实践出发：开启艺术人类学研究的新视域》，《文史哲》2007 年第 3 期。

[14] 蒙国荣：《毛南族傩文化概述》，《河池学院学报》2008 年第 6 期。

[15] 巫瑞书：《越楚同俗探讨》，广西民族大学文学院主编《百越论丛》第一辑，广西人民出版社 2008 年版。

[16] 孟凡云：《论明代广西毛南族谭姓“轻”组织的性质》，《中南民族大学学报》（人文社会科学版）2009 年第 5 期。

[17] 何明：《从团体多元主义的角度重新理解中国的民族和民族关系》，《学术探索》2009 年第 6 期。

[18] 黄小明、胡晶莹：《毛南族还愿仪式舞蹈“条套”的动作特征与文化内涵》，《艺术百家》2009 年第 5 期。

[19] 刘琼秀：《在发展中保护——浅论少数民族感恩文化的传承——以毛南族傩文化为例》，《今日南国》2010 年第 4 期。

[20] 赖程程：《论毛南族舞蹈语汇的美学特征及艺术精神》，《歌海》2010 年第 6 期。

[21] 彭家威、吕屏：《毛南族肥套仪式中的造型艺术及其文化功能阐释》，《装饰》2010 年第 10 期。

[22] 何明：《迈向艺术建构经验的艺术人类学》，《思想战线》2011 年第 4 期。

[23] 蒙国荣：《广西环江毛南族“肥套”（傩愿戏）》，《中华艺术论丛》第 9 辑。